W0030335

Die Pfaueninsel in der Havel bei Potsdam, Rückzugsort der Preußenkönige, wurde im 19. Jahrhundert von Lenné und Schinkel unter Mithilfe des Hofgärtners Fintelmann zu einem künstlichen Paradies umgestaltet. Es gab Känguruhs dort und einen Löwen, Palmen und Götterbäume, einen Südseeinsulaner, einen Riesen, Zwerge und einen Mohren. Thomas Hettche läßt diese vergessene Welt wieder auferstehen, in deren Mittelpunkt er die kleinwüchsige Marie stellt, das historisch belegte Schloßfräulein der Pfaueninsel. Von ihrem Leben und unseren Vorstellungen von Schönheit erzählt sein Roman, von der Zurichtung der Natur und unserer Sehnsucht nach Exotik, von der Würde des Menschen, dem Wesen der Zeit und von einer tragischen Liebe.

THOMAS HETTCHE, 1964 am Rand des Vogelsbergs geboren, lebt in Berlin und in der Schweiz. Sein Romandebüt »Ludwig muß sterben« wurde 1989 als Geniestreich gefeiert. Seitdem erschien u.a. »Der Fall Arbogast« (2001), ein Bestseller, der in zwölf Sprachen übersetzt worden ist. »Woraus wir gemacht sind« (2006) stand auf der Shortlist des Deutschen Buchpreises. Es folgten »Fahrtenbuch« (2008) sowie der hochgelobte Roman »Die Liebe der Väter« (2010) und der autobiographische Essayband »Totenberg« (2012). Thomas Hettche erhielt zahlreiche Preise, u.a. Robert-Walser-Preis, Premio Grinzane Cavour, Düsseldorfer Literaturpreis, Wilhelm Raabe Preis, Bayerischer Buchpreis, Solothurner Literaturpreis. www.hettche.de.

THOMAS HETTCHE BEI BTB
Die Liebe der Väter (74288)

Thomas Hettche

Pfaueninsel

Roman

btb

Für Lenore

Das Zukünftige nimmt ab, das Vergangene wächst an,
bis die Zukunft verbraucht und das Ganze vergangen ist.

AUGUSTINUS

Erstes Kapitel

Das Wort der toten Königin

Die junge Königin stand einen Moment lang einfach da und wartete, daß ihre Augen sich an das Halbdunkel des Waldes gewöhnten. Gerade eben noch hatte sie auf der sonnigen Wiese Ball gespielt, jenes englische Spiel mit den hölzernen Hämmerchen, das dem König so sehr gefiel. Auch die Tapeten für ihr Schloß in Paretz stammten von einem Engländer, er hatte seine Manufaktur im Scheunenviertel, und das Billard in Paretz war direkt aus London geliefert worden. Und sie glaubte auch zu wissen, weshalb der König alles adorierte, was von der englischen Insel kam: weil er sich nicht eingestehen konnte, wie sehr er diese Insel hier liebte. Diese Insel, die auf Karten einem Fisch gleicht, einem flossenschlagenden, sich wild aufbäumenden Wal, aus welchen Gründen auch immer an gerade dieser Stelle der hier besonders träge mäandernden, sich weitenden und wieder verengenden Havel gestrandet, an der man wohl vergißt, daß jeder Fluß eine Quelle hat und eine Mündung. Als ob die Zeit selbst hier ihre Richtung verlöre, umstrudelt sie die Insel, es vermischen Vergangenheit und Zukunft sich hier auf besondere Weise, denn zwar verbindet die Havel die Auen des Spreewalds mit denen der Elbe, gerade hier aber scheint ihr Wasser stillzustehen in einer Kette dunkler Seen und sich unter den schattig verhangenen Blätterdächern von Traubeneichen, Flatterulmen und Rotbuchen zu verlieren, in Auenwäldern, feuchten Erlenbrüchen, unter Grauweiden.

Im Frühjahr blühen hier Scharbockskraut und Sumpfdotterblume, später im Jahr Sumpfcalla, Wasserschwertlilie und Blutweiderich. An den flachen Ufern breite, undurchdringliche Röhrichtgürtel, in denen unzählige Vögel brüten. Eiszeitliche Bildungen all das, Endmoränen, Urstromtal. Nichts auf der Pfaueninsel steht sicher in seiner Zeit. Jede Geschichte beginnt lange, bevor sie anfängt. Die Königin atmete tief durch. Wo war der Ball?

Die kleine Hofgesellschaft, die heute zum ersten Mal nach dem Exil wieder hergekommen war, umfaßte außer den Kindern mit ihren Gouvernanten nur zwei Hofdamen, die Gräfinnen Tauentzien und Truchseß-Waldenburg, den Prinzenerzieher Ancillon und Wrangel, den Flügeladjutanten seiner Majestät. Von Hardenberg, dem es noch immer verboten war, sich bei Hofe aufzuhalten, wurde morgen zu einem geheimen Treffen erwartet, um Napoleons Forderung nach einer Abtretung Schlesiens zu besprechen, die er jüngst erhoben hatte, weil Preußen die Reparationszahlungen von fast einhundert Millionen Francs nicht aufbringen konnte. Heute aber genoß man den Frühling, flanierte, unterhielt sich und war wegen der für einen Maitag ungewöhnlichen Hitze damit beschäftigt, die Silberbecher mit geeister Citronenlimonade nachzufüllen. Niemand hatte bemerkt, wie die Lederkugel, von der kaum siebenjährigen Prinzessin Alexandrine mit einem Jauchzer weggeschlagen, im Unterholz verschwand. Und so schlüpfte die Königin selbst, bevor noch jemand sich anerboten hatte, den Ball zu suchen, lachend vom hellen Rasenplatz unter die schattigen Bäume.

Als wäre sie durch einen Vorhang in eine andere Welt getreten, war es plötzlich still um sie her bis auf das leise Summen müder Insekten. Überrascht spürte sie, wie sehr ihre Haut von der Anstrengung des Spiels und der Sonne brannte. Gleichwohl zog die Königin den Shawl über der Brust zusammen, der aus derselben dünnen, fast durchsichtigen Gaze wie ihr Kleid war, ganz weiß war das Kleid, kurzärmelig, mit weitem Dekolleté und nur mit einem blauen Seidenband unter dem Busen gegürtet.

Eine Königin? Was ist das? Eine Märchengestalt, denken wir, und doch: dieser hier pulste das Leben am Hals und flackerte über die Wangen, hier, in der schwülen Enge der Bäume, eng um die junge Frau herumgelegt wie jenes Wort sie zu bezeichnen. Spricht man es aus, ist es, als zerginge die Person in ihm ebenso wie ihre Gestalt in den dunklen Schatten dieses Hains. Dabei sind wir es, die sie mit allem, was uns jenes Wort durch den Kopf jagt, anhauchen, während wir sie betrachten, und das Wort dabei tonlos vor uns hin murmeln. Eine Königin, eine Königin. Gar nicht verschämt glotzen wir, und ebenso indiskret betastet unsere Phantasie ihre Gestalt. Eine Königin, was ist das? Wohin bringt uns dieses Wort? Wir glauben es ganz genau zu wissen, und wenn wir nur einen Moment nachdenken, wissen wir gar nichts. Wußte man damals mehr? War denn tatsächlich damals jenes Wort eines wie Soldat oder Arzt? Wir können es nicht wissen. Alles ist Märchen oder nichts. Wenn wir Heutigen auch noch nicht einmal zu sagen vermöchten, was denn ein Märchen, ernsthaft gesprochen, überhaupt sei. Alles ist Märchen oder nichts. Eine Königin, ein Schloß, eine Insel. Ein Ball. Und noch ein Wort wird gleich nötig sein, ebenso märchenhaft wie dieses, dabei aber abstoßend und ekelhaft und doch ebenso unumgänglich wie jenes für die junge Frau dort. Die Frage wird sein, wohin es uns führt.

Sie hat es an diesem schwülen Frühsommertag ins Dämmerlicht geführt, und der süße Geruch warmer, fleischiger Blätter, die im Unterholz vermoderten, stach ihr in die Nase. Sie begann sich nach dem Ball umzusehen, entdeckte ihn auch gleich, weiß leuchtend am Stamm einer alten Eiche, halb im knorrigen Wurzelwerk gefangen, halb von einem Farn verborgen. Doch als sie sich bückte und schon nach ihm greifen wollte, kam aus dem Schatten des Stammes plötzlich die Gestalt eines kleinen Jungen hervor, der, ganz dicht vor ihr, sie anstarrte, und an dem irgend etwas, wie sie sofort wußte, nicht stimmte.

Erschrocken rief die Königin den Kleinen an, wer er sei und was er hier wolle, wie immer, wenn sie aufgeregt war, im weichen Singsang ihrer südhessischen Heimat, der nie wirklich scharf klang, und es gab das Kind, das sie auf vielleicht vier oder fünf Jahre schätzte, ihr auch ganz unbefangen Auskunft. Doch kaum hatte es den Mund aufgetan, stieß die Königin, von dem, was sie da hörte, nun in wirklichem Abscheu erfaßt, einen nur mühsam unterdrückten Schrei aus und wich zurück. Kam doch aus dem Körper des Kindes, unpassend wie bei einem Bauchredner, eine ganz erwachsene, sehr tiefe Stimme, die so höflich wie schauerlich einen Namen nannte, den die Königin indes überhaupt nicht zur Kenntnis nahm. Denn nun bemerkte sie auch, was an der Gestalt sie vom ersten Anblick an irritiert hatte. Diese breite, irgendwie eingesunkene, tierhafte Nase. Die mächtig gewölbte Stirn, die nur auf den ersten Blick an ein Kleinkind denken ließ. Dazu kurze, irgendwie maulwurfshafte Hände, die neben dem gedrungenen Leib pendelten. Darüber erschauderte die Königin so sehr, daß sie, um dieses Geisterwesen zum Verstummen zu bringen, ihm ein Wort entgegenschleuderte, bei dem sie sich selbst entsetzte und die Hand vor den Mund schlug.

Als der Junge merkte, wie sehr die Antwort, die er freundlich und gutwillig seiner Königin zu geben versucht hatte, diese erschreckte, und wie angeekelt ihre Blicke über ihn hintasteten, stieß er ein furchtbares Geheul aus, drehte sich um und verschwand im Unterholz. Keine Minute später, die Königin starrte dem Jungen mit pochendem Herzen noch nach, brach die Schar ihrer Kinder lachend durch die Büsche. Der vierzehnjährige Fritz in Uniform vorweg, dicht gefolgt von Wilhelm und Charlotte, dahinter Prinz Carl, der wiederum Alexandrine an der Hand hatte, jene Prinzessin, die den unglücklichen Schlag getan. Aber es war der kleine Ferdinand, der, während die Großen von der Mutter wissen wollten, wo sie denn bleibe und ob etwas geschehen sei, den ledernen Ball als erster entdeckte. Jubelnd drängelte er sich zwischen den Beinen seiner Geschwister hindurch, hob ihn lachend auf und lief, ihn triumphierend über dem Kopf schwenkend, zurück auf die Wiese zum Vater.

Was denn mit ihr sei, fragte Charlotte leise, der es vorkam, als sähe ihre Mutter plötzlich krank aus, ganz bleich und kraftlos. Es rufen Orte in uns ganz dieselben Gefühle hervor wie Menschen, man vertraut einer Landschaft wie einem Freund, ein Gesicht, das man zum ersten Mal sieht, behagt einem, oder eben auch nicht. An bestimmten Orten empfinden wir Mißtrauen und Furcht als schwer erträgliche körperliche Nähe, ohne daß diese Nähe Augen hätte und ein

Gesicht. Diese Insel war der Königin von ganzem Herzen zuwider. Und obwohl ihre Kinder sie umstanden und unsicher musterten, konnte sie den Blick nicht von dem schattigen Dunkel losmachen, in dem das Wesen verschwunden war, auf das sie, wie einen Pfeil, jenes eine Wort abgeschossen und das getroffen hatte und noch immer dabei war zu treffen. Mit einer müden, resignierten Handbewegung trieb sie ihre Kinder hinaus in das helle warme Sonnenlicht der Pfaueninsel, auf der sie an diesem Tag zum letzten Mal in ihrem Leben war. Kaum acht Wochen später, am 19. Juli 1810, war die Königin Luise tot.

Der Zwerg aber rannte. Ja, ein Zwerg. Es muß auch dieses Wort jetzt ausgesprochen werden, auf die Gefahr hin, daß es sich beruhigend wie alle Wörter vor unseren Blick schiebt, was aber ganz falsch wäre. Denn vor nichts anderem als einem Wort rannte der Zwerg davon, und das eigene Geheul folgte ihm und darin ebenjenes Wort der Königin, dem zu entkommen ihm nicht gelang. Dabei kannte er die Insel besser als irgend jemand sonst, besser als der Hofgärtner Fintelmann und besser selbst als Kriepe, der Jäger, der ihn mit seinem Hund hin und wieder im Dickicht aufscheuchte. Im Südwesten das Schloß, darumher die Schloßwiese mit der Kegelbahn und den Schaukeln. An der Anlegestelle das Haus des Kastellans. In der Inselmitte ein lichter Wald aus uralten Eichen und Hainbuchen, in dessen Wildnis man sich verlieren konnte. Ein Gutshaus darin und im Nordosten eine als gotische Ruine gebaute Meierei. Wiesen für die Kühe, ein Karpfenteich, Felder mit Roggen, Kartoffeln, Hafer und Klee. Unzählige Wege führten durch das Unterholz, und Christian Friedrich Strakon, wie der Zwerg hieß, paßte mit seinem kleinen Körper überall hindurch.

Er rannte am Ufer entlang bis zum Parschenkessel, der großen Bucht am äußersten Ende der Insel, und irgendwann hörte das Geheul dabei auf, aus seinem Mund herauszulaufen wie aus einer Wunde. Doch das Wort blieb in ihm drin. In jener Bucht gab es eine kleine Kuhle im sandigen Boden und darüber ein Dach aus Grassoden, das er im letzten Jahr als Versteck für sich und Marie gebaut hatte, seine kleine Schwester, die jetzt dort darauf wartete, daß er ihr von der Königin berichte. Maria Dorothea Strakon, die alle Marie nannten und die, seit sie vor vier Jahren auf die Insel gekommen waren, den Titel eines Schloßfräuleins trug und sich für diesen Tag nichts sehnlicher gewünscht hatte, als der Königin endlich aufwarten zu dürfen.

Während der Hof im Exil gewesen war, hatte es dazu keine Gelegenheit gegeben, und um so größer war ihre Enttäuschung, heute nicht ins Schloß bestellt worden zu sein. Christian blieb stehen und schöpfte Luft. Es dauerte eine Weile, bis er wieder zu Atem kam. Das Schilf, noch grau vom Winter, stand wispernd ins Wasser hinaus, die Kolben schwarz und vertrocknet, ein paar Enten dazwischen. Er sah einem Schwan zu, der gleichmütig heranschwamm und begann, sein Gefieder mit sorgfältigen wischenden Bewegungen des Schnabels zu pflegen. Dann bückte sich der Zwerg und schlüpfte unter das Grassodendach.

»Und? Ist sie so schön, wie alle sagen? Und der König? Christian, erzähl' schon! Was machen sie? Erzähl' mir, wie ihr Kleid aussieht!«

Marie, geboren mit dem Jahrhundert, sah den Bruder mit großen Augen an. Sie trug ihr schönstes Kleid, das sie vor Tagen schon für diesen Anlaß ausgebürstet und geplättet hatte. Nun, inmitten der Blätter und Wurzeln hier am Seeufer, sah sie darin, wie sie wohl wußte, ebenso traurig wie unpassend aus. Christian kauerte sich zu ihr und strich ihr das schwarze Haar aus dem Gesicht, das sie am Morgen so lange gekämmt hatte wie noch nie.

Gewiß, er sah dasselbe wie alle anderen auch, wenn sie seine kleine Schwester betrachteten, die Makel des Zwergwuchses, der ihren Kinderkopf im Laufe der Jahre immer weiter verformte, so daß ihre Stirn sich hoch aufwölbte unter dem Haaransatz, und darunter die breite, wie zerdrückte Sattelnase mit der aufgestülpten Spitze, die so gar nichts von einem Kindernäschen hatte. Er wußte, wie sie watschelte beim Laufen, weil ihre Beine sich schon zu verkrümmen begannen. Kannte ihre ganze Gestalt so gut wie seine eigene. Doch er sah in Maries Augen unter den schwer lastenden Brauenbögen auch, wie neugierig und zärtlich sie alles betrachtete, was ihr begegnete. Er kannte ihren Mund, der so gern lachte. Wie vorsichtig und liebevoll ihre Stummelfinger alles betasteten. Wie klug sie für ihr Alter war. Für ihn war sie schön.

Geduldig beschrieb er ihr die Kleider der Damen und vor allem dasjenige der Königin und die Uniform des Königs und jenes seltsame Spiel, das die Hofgesellschaft auf der Wiese beim Schloß gespielt hatte. Und erzählte ihr schließlich auch von seiner Begegnung, und weil er es nicht übers Herz brachte, sie zu belügen, wiederholte er auch, was die Königin gesagt hatte. Und so traf schließlich ihr Wort auch Marie noch, der fernwirkende Pfeil, der es war und der so lange nachwirken sollte, lange über den Tod der Königin hinaus und das ganze Leben des kleinen Mädchens hindurch.

Monster. Mit einem jämmerlichen Wimmern wie ein geschlagenes Tier befreite Marie sich aus der Umarmung des Bruders. Das Wort tat ihr weh wie nichts, was jemals jemand zu ihr gesagt hatte. Hilflos sah sie zu, wie die Sonne am anderen Ufer der Havel in ihrem langsamen Fall den Horizont über Sacrow entzündete. Christian küßte und streichelte sie, und sie ließ es geschehen. Ein Monster. Sie versuchte das Wort abzuschütteln, wie man ein Insekt abschüttelt, aber es wollte ihr nicht gelingen. Monster. Monster. Monster. Deshalb also hatte man sie nicht rufen lassen.

Daß man sie Schloßfräulein nannte, war nichts als ein Maskenspiel in der Spielzeugwelt der Pfaueninsel, wie alles andere hier auch, wie der Gutshof, bei dem es ganz gleichgültig war, wieviel Milch die Kühe gaben, wieviel Wolle die Schafe, alles nur Maskerade, Kulisse wie die Mauern des Schlosses, die nicht aus Steinen, sondern aus bemalten Brettern bestanden. Schloßfräulein, dachte Marie, und begann zu weinen, war sie nur in dieser Welt der Lüge, in der wirklichen aber ein Monster. Und sie hatte es ja immer gewußt. Die Jahre auf der Insel hatten dieses Wissen nur beruhigt, hatten es einschlafen lassen und ihr das Gefühl gegeben, es könnte doch gut sein, wie sie nun einmal war.

Nie hatte auf der Insel jemand gewollt, daß sie und ihr Bruder wuchsen, und niemand hatte sie je gemessen. Früher, als sie noch in Rixdorf zu Hause gewesen waren, hatte zuerst der Vater und dann, als der Vater nicht mehr heimgekommen war, die Großmutter sie beide beinahe jeden Tag gemessen. Sie sah die Kerben im Türstock noch vor sich, zu denen irgendwann keine neuen mehr hinzukamen. Weil sie klein blieben. Und weil der Vater tot war. Manchmal hatte Christian morgens im Bett ihre Beine an den Knöcheln genommen und daran gezogen, zum Scherz nur, gewiß, doch Marie hatte immer gespürt, daß sie beide hätten anders sein sollen, und sie erinnerte sich nicht, damals nicht traurig gewesen zu sein.

All das hatte sich mit einem Morgen geändert, der in einem strahlend hellen Raum in Potsdam und mit einer großen Aufregung begann, mit Kniehosen und den weißen Seidenstrümpfen der Hoftracht. Die Großmutter, beide Hände auf ihren Schultern, hatte sie nach vorn geschoben. Der Vater Soldat. Gefallen? Marie hatte gespürt, wie die Großmutter nickte. Die Mutter? Von einer Mutter wisse man nichts. Die Großmutter hatte ihr einen kleinen Schubs gegeben und der König ihr über den Kopf gestrichen. Ob sie auch wirklich so klein bleibe? Aber gewiß, der Bruder sei ja ebenso. Marie erinnerte sich noch an den Kragen einer Uniform, der hoch und fest wie ein Zylinder auf den Schultern stand. Ein Kopf hatte darauf gelegen, der redete, als man sie an der Hand nahm und wegzog. An der anderen hielt sie ihren Bruder. Sie verlor die Großmutter aus dem Blick und sah sie nie wieder.

Schnell ging es durch Flure und Zimmer, dann durch einen feuchten Gang, man griff sie um die Taille und hob sie in ein schwankendes Boot, und der Mittag brach mit so viel Licht über sie beide herein. Die Ruderer hatten sich schweigend ins Zeug gelegt, Aalfischer, die in ihren Booten standen, sich nach ihnen umgesehen. Christian hatte ihr einen Kormoran gezeigt. Der Himmel über dem Jungfernsee flirrte an den Ufern, und die hohen Bäume, deren Grün so satt war, daß es von ihnen abzutropfen schien, neigten sich tief über den Grund und kamen immer näher, als die Havel sich verengte. Und dann hatte sie die Insel gesehen, zum allerersten Mal. Hochgeschmückt mit ihren Bäumen kam sie selbst wie ein masthohes Schiff heran, weiß der Ausguck der beiden Türme des Schlosses. Ihr Herz schlug wie wild, so glücklich war sie in jenem Moment, denn sie war sich sofort völlig sicher, daß sie, so, wie sie war, nur hierhergehören konnte. Und hatte im selben Moment, zum ersten Mal in ihrem Leben, den Schrei eines Pfaus gehört.

* * *

Marie war sechs Jahre alt, es war der erste Morgen nach ihrer ersten Nacht auf der Pfaueninsel, und die sanfte leise Stimme war die des kleinen Jungen, der in seinem Kinderstuhl neben ihr saß: »In der Geschichte, die Mama mir immer vorliest, reist der heilige Brandaen bis über den Rand der Welt hinaus!«

Alle Bewohner des Kastellanshauses hatten sich um den großen Tisch im Eßzimmer versammelt, der Hofgärtner Ferdinand Fintelmann und seine Schwägerin Luise Philippine, geborene Rabe, die mit ihren drei Söhnen seit ihrer Scheidung hier lebte, der Gartengehülfe Albert Niedler, der bei Fintelmann in die Lehre ging, und Mahlke, der Hauslehrer, den Fintelmann für die Kinder engagiert hatte. Und nun, als königliche Pfleglinge, Christian Friedrich und Maria Dorothea Strakon. Maries Blick ging aufgeregt von einem zum andern und vor allem immer wieder zu der Mutter der drei Jungen, die sie staunend dabei beobachtete, wie sie ihren Kindern das Brot schnitt, die Münder abwischte, die Tassen zurechtstellte, wenn sie drohten, herunterzufallen, und wie sie aufstand, um den Kleinsten, noch einen Säugling, auf den Arm zu nehmen, als er zu weinen begann. Und wieder hörte sie die sanfte helle Stimme direkt neben sich.

»Da begegnet ihm einer, der ist nur daumenlang und so klein, daß der in einem Blatt schwimmt. In einer Hand hat er ein Näpfchen und in der anderen einen Griffel. Den steckt er immer wieder ins Meer und läßt davon Wasser in den Napf triefen. Und wenn der Topf voll ist, gießt er ihn aus und fängt wieder von vorn an.«

Die Mutter drehte sich erzürnt um, und ihre hellen Wangen flackerten rot vor Scham.

»Gustav! Sei still!«

Überrascht hörte Marie sich selbst trotzig antworten: »Und? Was soll da schon dabei sein?«

»Der Däumling«, erzählte der Kleine weiter, »erklärt dem heiligen Brandaen, ihm sei vom lieben Gott auferlegt, das Meer zu messen bis zum Jüngsten Tag.«

»Gustav!« sagte die Mutter noch einmal, kam an den Tisch und legte Marie entschuldigend eine Hand auf den Scheitel. Dieses Wort hatte sie noch nie gehört. Was ist das: ein Däumling? Bin ich das: eine Däumlingin vom Ende der Welt? Es dauerte sehr lange, bis sie sich getraute, den Jungen anzusehen, und immer, wenn sie später an jenen Moment zurückdachte, erinnerte sie sich daran, wie freundlich Gustav sie angelächelt hatte.

»Kannst du schon lesen?« fragte er neugierig.

Überrascht von dieser Frage, ja entsetzt, daß sie nicht genüge, schüttelte sie heftig den Kopf. Alles war verloren. Trotz der Freundlichkeit des Jungen. Sie konnte noch nicht lesen. Und das erfüllte sie im selben Moment mit panischer Angst, denn sie spürte, wie dankbar sie ihm war. So, als hätte er sie an einer Stelle berührt, die berührt werden wollte. Und er hatte es sanft getan. Nie mehr, dachte sie, wird er mit mir sprechen, weil ich nicht lesen kann. Sie wartete, ob er vielleicht noch etwas sage, aber es blieb still, und ihre Angst wurde immer größer. Doch dann, plötzlich, breitete sich wie ein warmer Tropfen, den man, woher auch immer, in sie hineinpipettierte, die sanfte Gewißheit in ihr aus, daß das nichts mache.

* * *

Als die hochbetagte Gräfin Voß, seit Jahrzehnten Oberhofmeisterin, Marie endlich rufen ließ, war diese schon seit fünf Jahren auf der Pfaueninsel. Einer der Diener in Livree kam über die Wiese zum Kastellanshaus und holte sie. Die königliche Familie wurde erst für den Nachmittag erwartet, die Oberhofmeisterin war mit den Köchen und dem Personal vorgereist, und als man ihr Marie brachte, saß sie in jenem Zimmer des Schlosses direkt an der Eingangshalle, das ihr allein vorbehalten war, in ihrem Lehnstuhl mit dem Rücken zum Fenster und vor der geblümten Tapete. Sie trug ein Kleid aus verschossenem bleufarbenem Seidendamast mit weißem Blumenmuster, das sich über dem altertümlichen Reifrock weit um den Sessel herum ausbreitete und dessen Ärmel, die die Unterarme frei ließen, ebenso wie das recht große Dekolleté mit weißer Spitze gefaßt waren. Weiß auch die Haut der alten Frau. Marie sah, wie das lose Fleisch zitterte, als sie mit einer energischen Geste herangewinkt wurde.

Am meisten aber beeindruckte sie die Perücke der Gräfin, die diese wohl als einzige bei Hofe noch trug, obwohl die Oberhofmeisterin mit Wehmut hatte erleben müssen, wie der junge König seinen Zopf abgeschnitten und ihn Luise geschenkt hatte. Marie, die derlei nicht kannte, wußte nicht, wie sie sich diese hochaufgetürmte graue und offenbar gepuderte Haarpracht erklären sollte, deren feine Löckchen so sehr mit der papiernen Haut der alten Frau harmonierten. Lange nahm sie in ihrem Staunen den trüben Blick der Oberhofmeisterin gar nicht wahr, die sie, unter dem Ticken der Stutzuhr auf der Kommode, ihrerseits musterte. Schließlich aber, als ihr die Stille im Raum bewußt wurde und sie darüber erschrak, fragte sie die Oberhofmeisterin, was eigentlich eine Däumlingin sei, denn sie hatte Gustavs Geschichte nicht vergessen können, vor allem jenes Wort nicht, weil es so viel freundlicher als jenes andere war, das ihr noch immer in der Seele brannte.

»Approche-toi!«

Marie folgte mit Bangen. Und tatsächlich schien ihre Frage die alte Frau zu erbosen, denn eine weiße altersfleckige Hand schloß sich so fest um ihren Oberarm, daß Marie das Gesicht vor Schmerz verzog.

»Sag mir deinen Namen.«

»Ich heiße Maria Dorothea Strakon, Madame.«

»On t'apprend le français?«

»Oui, nous l'apprenons chez Monsieur Mahlke.«

»Quel âge as-tu?«

»J'ai onze ans, Madame.«

»Und du bist das Schloßfräulein der Pfaueninsel?«

Marie nickte stolz.

Der Blick der Gräfin Voß, die als junge Frau sehr unter den Nachstellungen des letzten Königs zu leiden gehabt hatte und dann von Kindheit an die engste Vertraute seines Sohnes Friedrich Wilhelm III. war, musterte Marie lange. Die Augen der Alten waren trüb, wie von Milch überzogen, ihr einst fein gezeichneter, nun eingefallener Mund zuckte mümmelnd dabei, als kaute sie auf etwas herum. Armes Ding, dachte die Oberhofmeisterin und empfand dabei keinen Ekel, sondern

Mitleid mit dem Mädchen. Es erinnerte sie an Zeiten, als Gestalten wie diese Zwergin am Hof nichts Ungewöhnliches gewesen waren, im Gegenteil, man hatte sich gebrüstet mit ihnen. Doch heutzutage? Was wollte der junge König nur mit diesem Kind?

Während sie sich das fragte, wurde der Oberhofmeisterin bewußt, wieviel sich verändert hatte in ihrem langen Leben, seit den Zeiten des letzten Königs und des Königs davor, und der Gedanke, wieviel verschwunden war und fast schon vergessen, schmerzte sie, wie immer, wenn sie daran dachte, dabei den Blick nicht von dem jungen Ding lassend, das hier so einsam stand, als wäre es das letzte Exemplar einer Gattung, die es eigentlich schon gar nicht mehr gab. So wie ich selbst, dachte die Gräfin bitter. Und sie sah: Es würde eine richtige Zwergin werden, so, wie man sie früher geschätzt hatte, und ihr fiel wieder ein, was man einst mit ihresgleichen angestellt hatte, die Zwergenhochzeiten etwa, die man in Rußland so gerne veranstaltet und von denen man sich auch am preußischen Hof erzählt hatte. Der Zar war besessen von dem Ehrgeiz gewesen, ein Geschlecht von Kleinwüchsigen zu züchten, und es hieß, er habe der Hochzeitsnacht der kleinen Paare mit seinem ganzen Hof beigewohnt und die Zwerge großzügig für ihr Bemühen belohnt. Das aber stets erfolglos geblieben war.

Es kostete die alte Gräfin Mühe, derlei Gedanken zu vertreiben, aber schließlich tat sie es, ließ den Arm des Mädchens los und lächelte sie dabei sogar an, wobei ihre Lippen für einige Momente aufhörten zu zucken. Wie zur Besänftigung Maries, die gar nicht verstand, worum es ging, sagte sie: »Mußt du dir nichts daraus machen. Hier auf der Insel ist ein guter Platz für dich.«

Marie nickte nur. Das wußte sie ja. Doch nun wollte sie lernen, was sie als Schloßfräulein können mußte, denn deshalb, dachte sie, hatte man sie doch gerufen.

»Du willst also wissen, was ein Däumling ist?« fragte die Oberhofmeisterin statt dessen.

»Nein, eine Däumlingin!«

Bei dieser Antwort lachte die Oberhofmeisterin tief und hohl und sah das Mädchen zufrieden an. Sie verstehe. Ob es schon einmal von der Bataille bei Groß-Beeren gehört habe?

Marie schüttelte den Kopf. Die Gräfin seufzte und forderte sie auf, sich zu setzen. Schnell hockte Marie sich auf den Boden, an den äußersten Rand der weißen Blumen, die den Seidendamast schmückten.

»Groß-Beeren gehört dem alten Geschlecht der Beeren oder Berne seit über vier Jahrhunderten, und in der Familie erzählt man seit alters her folgende Geschichte: Einmal, als eine Frau von Beeren gerade eines Kindleins glücklich genesen war und, neben sich die Wiege, am späten Abend im Bette lag und die Schatten in dem spärlich erleuchteten Zimmer verfolgte, wurde es mit einem Mal unter dem Kachelofen hell, der auf vier eisernen Füßen stand. Und überrascht sah sie, wie ein Teil der Diele wie eine kleine Kellertür aufgehoben ward. Heraus stiegen allerhand zwergenhafte Gestalten, von denen die vordersten kleine Lichtchen trugen, während andere artig die Honneurs machten und die nach ihnen Kommenden willkommen hießen. Tu sais déjà, comment on le fait? Kleines Schloßfräulein?«

Marie nickte schüchtern.

»Dann mach.«

Als Marie aufgestanden war und ihren Hofknicks vorgeführt hatte, betrachtete die Oberhofmeisterin sie eine Weile, ohne etwas zu sagen, so, als verwunderte sie sich noch immer über ihre Gestalt. Dann gab sie sich einen Ruck und erzählte weiter.

»Ehe noch die Wöchnerin sich von ihrem Staunen erholte, formierte sich ein Zug zu ihrem Bett, und die beiden vordersten Kleinen frugen um Erlaubnis, ein Familienfest feiern zu dürfen, zu dem sie sich unter dem Ofen versammelt hätten. Frau von Beeren, eine liebenswürdige Natur, nickte bejahend, und schon wurden aus der Kelleröffnung Tischchen herausgereicht, man deckte weiße Tücher darüber, Lichterchen wurden aufgestellt, und bald saßen die Kleinen an ihren Tischen und ließen es sich schmecken. Frau von Beeren konnte die Züge nicht unterscheiden, aber sie sah, daß alle sehr heiter waren. Nach dem Essen wurde getanzt, eine leise Musik, als würden Violinen im Traum gespielt, klang durch das Zimmer. Hast du schon mal Violinen gehört, mein Kind?«

Marie schüttelte den Kopf.

»Tu le feras!«

Nachdem die alte Gräfin lange ebendieser Möglichkeit nachzusinnen schien, raffte sie sich schließlich auf und sprach weiter. »Am Ende des Festes ordneten sich alle wieder zu einem Zuge und erschienen abermals vor dem Bett der Wöchnerin und dankten für die freundliche Aufnahme. Zugleich legten sie ein Angebinde nieder und baten die Mutter, des Geschenkes wohl zu achten: die Familie werde blühen, solange man es in Ehren halte, werde aber vergehen, sobald man es mißachte. Dann kehrten sie unter den Ofen zurück, die Lichterchen verloschen, und alles war dunkel und still. Unsicher, ob sie gewacht oder geträumt habe, sah Frau von Beeren sich nach dem Angebinde um, und tatsächlich lag es auf der Wiege des Kindes. Eine kleine Bernsteinpuppe, etwa zwei Zoll lang, mit menschenähnlichem Kopf und einem Fischschwanz.«

»Iiih, ein Fischschwanz!« platzte es aus Marie heraus, die sich sofort für diesen Ausbruch schämte. Doch die Oberhofmeisterin lächelte.

»Oui, mais la poupée, que les petits lui ont donnée, a porté bonheur.«

»Und das waren Däumlinge?«

»Oui.«

Das Püppchen habe sich vom Vater auf den Sohn vererbt und werde noch heute ängstlich in der Familie bewahrt und gehütet, das wisse sie mit Bestimmtheit, sagte die alte Gräfin Voß, die damals schon hinfällig war und in jenem Winter drei Jahre später, als man in Wien um Europa feilschte, in ihrer Wohnung im Kronprinzenpalais Unter den Linden starb.

* * *

Es gehörte zu den Eigentümlichkeiten der preußischen Hofgärtner, daß ihr Amt nicht selten über Generationen in der Familie blieb und Dynastien entstanden wie die der Lennés, der Sellos und der Nietners. Das lag wohl ebenso an den Besonderheiten dieses Berufes wie an der besonderen Stellung der Gärtner bei Hofe. Es gab achtzehn preußische Hofgärtner, die in ihren Gartenrevieren, in denen sie immer auch lebten, ob in Sanssouci oder im Schloß Charlottenburg, im Neuen Garten oder in Rheinsberg, im Schatullgut Paretz, in Brühl, Babelsberg, Glienicke oder eben auf der Pfaueninsel, für die Bewohner verantwortlich waren, sie anzuleiten und auf Sitte und Anstand zu achten hatten. Ihrerseits empfingen sie, wie alle Hofbeamten, ihre Weisungen nur vom König direkt. Diese Verbundenheit mit dem Boden wie mit dem Regenten brachte jene besondere Vorstellung von Adel hervor, die für alle Hofgärtner Preußens bezeichnend war und so auch für die Fintelmanns. Ferdinand Fintelmann, ein bedächtiger Mann mit den wasserblauen Augen der Mark, hatte bei dem aus Wörlitz nach Potsdam berufenen Johann August Eyserbeck die Lustgärtner-Kunst erlernt und danach für den Fürsten Radziwill in Polen gearbeitet. Seit 1804 war er der Hofgärtner auf der Pfaueninsel.

Die einzige Stelle, an der die Insel, ansonsten überall von einem Steilufer umgeben, sich sanft zur Havel hin öffnet, ist von alters her der Ort, wo man anlandet. Hier hatte man seinerzeit, zusammen mit einem Steg und zwei Pappeln, die den Weg zur Anlegestelle markierten, ein Kastellanshaus mit tief herabgezogenem Walmdach errichtet, seit dem Tod des alten Schloßkastellans vom Hofgärtner mit seiner Familie bewohnt. Es stand so dicht an die Böschung geschmiegt, daß man auf seiner Rückseite im ersten Stock über eine kleine Brücke in den Garten gelangen konnte. Drei Stuben und eine Küche im Erdgeschoß und ebensolche Räume im ersten Stock, ausgehend vom zentralen Vestibül mit der Treppe, dazu noch zwei winzige Kammern unter dem spitzen Dach. Die größte Stube diente dem Hofgärtner als Dienstzimmer, dazu ein fensterloses Nebengelaß, in dem er seine Samenkästen und die Akten des Gartenreviers archivierte.

Ferdinand Fintelmann sah dabei zu, wie seine drei Neffen vor dem Fenster des Arbeitszimmers durch die Pfützen sprangen. Vor sich auf dem Schreibtisch hatte er die Akten des Jahres, das zu Ende ging. Die Insel ersoff im Regen. Die Kinder störte das nicht. Ludwig, der Jüngste, war jetzt fünf und rutschte immer wieder aus, seine Mutter würde schimpfen, wenn sie die Hosen sah. Julius, eigentlich Carl Julius Theodor, war ein Jahr und Gustav zwei Jahre älter. Vielleicht, weil Gustav der stillste von den dreien war, lag er dem Hofgärtner besonders am Herzen. Als seine Schwägerin, die aus der Oberlausitz stammte und zu den Herrnhutern gehörte, seinen Bruder, einen Bankerotteur, verließ, war es keine Frage gewesen, daß er, der Unverheiratete, die vier aufnahm. Ob Gustav wohl einmal sein Nachfolger werden würde? Fintelmann war sich nicht sicher. Wie der sanfte Knabe sich immer wieder die Mütze auf dem Kopf zurechtrückte, und sie wollte nicht halten. Wie er immer wieder für Momente erlahmte und einfach in sich versunken dastand.

Es waren die Gärten nun einmal nichts für Schöngeister, sondern vor allem Wirtschaftsbetriebe, die den Hof mit Obst und Gemüse zu versorgen hatten. Wichtiger als die Planteure, die sich mit den Bäumen beschäftigten, mit den Hecken, Alleen und Bosketten, waren Gärtner, die Kenntnisse der Pomologie vorzuweisen hatten und sich auf Spalier und Gewächshaus verstanden. Der Anspruch des Hofes war groß in einer Zeit, in der das Wissen um das, was in anderen Weltregionen heimisch war, beständig wuchs. Die Gartenreviere hatten sich daher spezialisiert, und der Pfaueninsel oblag insbesondere die Blumenzucht, aber auch Kirschen wurden hier gezogen und Erdbeeren, frei und unter Glas. Auch eine Baumschule hatte man angelegt, in der junge Bäume oculiert, gepfropft, copuliert und für die anderen Gärten recrutiert wurden. Jeden Samstag hatte Fintelmann zu rapportieren, was an die Hofküche geliefert werden konnte.

Schon zu Zeiten Friedrichs des Großen hatte man in Potsdam im Winter in den Gewächshäusern Trauben und Pfirsiche geerntet, Pflaumen, Feigen, Orangen und Ananas. Auch

Bananen, von denen der König sich eine Linderung seiner Gicht erhofft hatte. An Gemüse ganzjährig Blumenkohl, Gurken, Kartoffeln, Kohlrabi, Möhren, Radieschen, Salat, Wirsing und Spargel. All das war zum Erliegen gekommen, als der Hof nach der Schlacht bei Jena und Auerstedt ins Exil ging.

Der König hat eine Bataille verloren, hatte man in der Hauptstadt plakatiert, *jetzt ist Ruhe die erste Bürgerpflicht*. Die Franzosen besetzten die Stadt, der Hof floh nach Memel, Löhne wurden nicht mehr bezahlt, in den Gärten die Parkwächter entlassen. In Berlin wurden die Nahrungsmittel so knapp, daß der Gartenintendant den privaten Anbau auf königlichem Boden gestattete.

Ihren Bewohnern war die Pfaueninsel da wie ein Schiff erschienen, das in einer vergessenen Bucht vor den Toren der Welt ankerte und abwartete. Weil Fintelmann den Umbau der Insel forciert, bei der Meierei etwa einen Rinderstall und eine Scheune errichtet und von den dreihundertfünfundachtzig Morgen der Insel zweiundsiebzig gerodet und in Felder verwandelt hatte, konnte man sich nun weitgehend selbst versorgen. Wobei man die alten Eichen inmitten der Felder belassen hatte, so die schöne, in Freiheit gestaltete Natur mit den Notwendigkeiten des Landbaus verbindend. Klaglos richtete man sich in den neuen Verhältnissen ein und war in den unruhigen Zeiten eher froh, daß weder Potsdam noch Berlin sich sonderlich um die Insel kümmerten.

Dem Hofgärtner aber hatte es in der Seele weh getan, dabei zusehen zu müssen, wie alles verkam, weil kein Geld da war, um die Leute zu bezahlen. Und so schrieb er sofort nach der Rückkehr der Königlichen Majestäten dem Hofmarschall von Massow, er *wünsche deshalb sehr, Euer Excelenz hätten die Gnade und Liebe für die Pfauen Insel und ertheilten mir die Erlaubnis, die seit 3 Jahren unbearbeitet gelegenen Gänge wieder in Ordnung bringen zu dürfen und überhaupt die Gärtnerey wieder so instand setzen zu können, als die Allerhöchsten Herrschaften selbige vor 3 1/2 Jahren verließen.*

Fintelmann zupfte den Briefwechsel aus der Akte und mußte lächeln, als er das Responsum des Hofmarschalls noch einmal las: *Es kann nicht alles auf einmal geschehen.* Fintelmanns Antwort datierte nur zwei Wochen später. *Die Königlichen Majestäten sind vorgestern mit Familie auf der Insel gewesen, haben die Promenade um die ganze Insel gemacht, auf der Meyerey mehrere Gläser süße Milch getrunken und sich nachher noch über eine Stunde beym Thee verweilt. Ihre Königlichen Hoheiten der Kronprinz und Prinzeß Charlotte waren den Tag vorher schon hier und kamen denselben Tag wieder und versprachen, weil es höchst ihnen hierselbst sehr gefiel, diesen Sommer recht oft zu kommen. Auch wollen Seine Majestät bald hier wohnen, und noch in dieser Woche erwarte ich die Allerhöchsten Herrschaften zum Mittag hierselbst. Unstreitig ein Zeichen, daß Allerhöchst Ihnen die Pfauen Insel noch ebenso wie ehedem gefällt.*

Man bewilligte, was er verlangte. Und so begann er am Schloß mit einer Saumpflanzung von Himbeeren und Feigen, die es im Winter sorgsam einzuhausen galt, ließ dann die Ufer an der Überfahrt mit Feldsteinen sichern und Pestwurz pflanzen, um mit ihren Blättern zu prunken. Dahinter Eselsdistel und Rittersporn. Und an manchen Stellen der Insel die Lieblingsblumen der Königin, die teuren, erst vor wenigen Jahren entdeckten Hortensien, die er von Georg Steiner in Charlottenburg zu sechzehn guten Groschen das Stück bezog.

Daß Gustav ihn plötzlich anzusehen schien, holte den Hofgärtner aus seinen Gedanken. Dabei hatte er es doch trotz der Dämmerung versäumt, die Lampe anzuzünden.

Aber er begriff schnell, daß der Junge nicht ihn, sondern jemanden ansah, der auf der Treppe vor der Haustür stehen mußte, und dann kam Gustav auch schon angelaufen und verschwand ins Haus, ohne noch einen Blick für seine Brüder zu haben.

Der Hofgärtner wußte natürlich, wer einzig seine Aufmerksamkeit so plötzlich auf sich gezogen haben konnte, es war Marie, die Zwergin, an der Gustav, seit ihrem ersten Tag auf der Insel, einen Narren gefressen hatte. Fintelmann war dies nicht recht. Dabei mochte er das Mädchen. Aber er war Gärtner, und als solcher wünschte er sich, ihr Riemen unter die Achseln zu schieben und sie wie Spalierobst aufzubinden, damit sie gerade wachse. Er wollte sie düngen, in ein Treibhaus setzen, ihre Füße mit guter Gartenerde behäufeln, damit sie wachse. Endlich wachse. Er hörte Gustavs aufgeregte Stimme im Flur, ihr Lachen, die Haustür, die ins Schloß fiel, und wie die beiden die Treppe hinaufstürmten, hinauf, wie er wußte, in Maries winzige Kammer unter dem Dach.

Nicht, daß sie ihn angewidert hätte, ganz im Gegenteil. Auch auf der Insel kümmerte er sich um jene Pflanzen, die nicht gerieten, mehr als um die makellosen, und er tat das gern, und es tat ihm jedesmal leid, wenn ihm schließlich nichts anderes blieb, als sie auszureißen und auf den Kompost zu werfen. Auch Marie betrachtete er so, mit aller Aufmerksamkeit, ja Liebe, doch er wußte auch um die Gelenkschmerzen, die sie später haben würde, um die Ohrenentzündungen, die bei ihresgleichen oftmals zur Taubheit führten, sah ihre gespreizten Stummelfinger beim Essen und daß sie die Ellbogen nicht gerade bekam. All das verlangte geradezu nach einer Korrektur, und es machte ihn unruhig und wütend, daß es diese Korrektur nicht gab. Es verspottete dieser Leib die Ebenmäßigkeit des Gesunden, wie ein krummer Baum um die Schönheit jammert. Doch Fintelmanns Kunst konnte in diesem Fall nichts erreichen. Er war nicht Gott. Und Marie war keine Pflanze. Aber was war sie dann?

Der Hofgärtner starrte hinaus in den Regen. Wozu hatte Gott sie so gemacht? Ist dem Schöpfer die Schönheit seiner eigenen Schöpfung ganz gleichgültig? Er schüttelte den Kopf über solche Gedanken. Auch die beiden anderen Jungen waren jetzt verschwunden. Er hatte sie nicht ins Haus kommen gehört, aber das Klappern der Teller nebenan verriet ihm, daß zum Nachtessen gedeckt wurde. Das Dunkel stieg aus der Havel herauf und kroch zwischen die Bäume. Zwerge gelten als scheu, aber als gute Arbeiter. Manchmal helfen sie den Menschen. Sie lieben das Gold. Sie sind diebisch. Sie heißen auch das schweigende Volk. Man sagt, es sei ihnen zuwider, wenn Kirchen gebaut werden, auch Glockengeläute störe sie. Sie meiden die Sonne und haben in ihren Höhlen anderes Licht und eine andere Zeit als die Menschen. Gern entwenden sie wohlgestaltete Kinder aus den Wiegen und legen ihre eigenen häßlichen oder gar sich selbst hinein. Wechselbälge nennt man diese. Eine Frau, das hatte ihm seine Mutter erzählt, schnitt einmal Korn an einem Berg, zur Seite lag ihr Säugling. Eine Zwergin kam geschlichen, nahm das Menschenkind und legte ihr eigenes an die Stelle. Als die Frau nach ihrem Säugling sah, gaffte ihr der Wechselbalg in die Augen, und sie schrie so heftig Zeter, daß die Diebin endlich wiederkam mit dem Kinde. Aber nicht eher gab sie es zurück, bis die Frau den Zwergenbalg an ihre Brust gelegt und einmal mit edler Menschenmilch gesäugt hatte.

Drüben vom anderen Ufer, das nun schon ganz versunken war in der Dunkelheit, kam ein einzelnes Licht herüber, flackernd und dünn über das Wasser hin, vom Haus des Königlichen Büchsenspanners Brandes, der an der Überfahrt wohnte und tagsüber Besucher auf die Insel zu bringen hatte. In der Nacht, dachte Fintelmann, waren sie ganz allein hier, und waren es wohl, bei Licht besehen, eigentlich immer. Denn etwas von der alten Zeit hatte sich hier bewahrt, das wußte er wohl.

Er erinnerte sich noch gut daran, wie er zum ersten Mal dort draußen an der Anlegestelle gestanden hatte. Auch damals hatte es geregnet. Vom ersten Moment an hatte ihm all die Kunstfertigkeit mißfallen, die er dem Schloß und der Meierei und dem Garten durchaus konzedierte, all das Tändelnde und Metaphorische, diese letzte Ausstülpung des Rokoko an einem Ort, der für pudriges Apricot doch viel zu naß war und zu karg. Alles Glänzende verwies hier auf das Graue, das darunter lag, alles Ironische auf einen Ernst, der um so bedrohlicher schien, als er unsichtbar blieb. Alle Sehnsucht duckte sich. Ja, es war ihm damals tatsächlich so vorgekommen, als wucherte in all den Quasten und Beschlägen geradezu etwas Böses, Dunkles. Gewiß hatten Marie und ihr Bruder damit nichts zu tun, ebensowenig wie mit den Zwergen der Märchen. Doch auch in die neue Zeit gehörten sie nicht, die nichts mehr wissen wollte von Bandelwerk und Rocaillen. Und in der Zwerginnen keine Schloßfräulein mehr wurden.

Einen Moment noch starrte Fintelmann zu dem flackernden Licht hinüber, dann nahm er den Stapel mit der Korrespondenz und den Rechnungen vom Tisch und legte ihn, bevor er hinüberging, in der Kammer zu den anderen Akten des Jahres 1810.

Zweites Kapitel

Ein rotes Glas

Wir sagen: Die Zeit vergeht. Dabei sind wir es, die verschwinden. Und sie? Ist vielleicht nur so etwas wie eine Temperatur der Dinge, eine Färbung, die alles durchdringt, ein Schleier, der alles bedeckt, alles, von dem man sagt, daß es einmal war. Und in Wirklichkeit ist alles noch da, und auch wir sind alle noch da, nur nicht im Jetzt, sondern zugedeckt von ihr, der Zeit, im Setzkasten der Ewigkeit. Denn zwar stirbt alles, doch es bleibt etwas dort, wo etwas war. Zunächst sind es die Orte, die länger bleiben als wir. Was tut die Zeit mit ihnen?

Niemand, der die Flossenschläge des Inselfisches in der Havel gehört hätte. Dann aber Klingen und Abschläge aus Feuerstein, Überbleibsel mesolithischer Jäger, die hier rasten, zum ersten Mal der Geruch von Feuer. Jemand, der die Erde aufreißt, mit Händen und Hacke, eilig, schon zur Flucht gewendet, und bronzene Ringe und Armspiralen in einem groben Topf aus Ton vergräbt, kaum einen halben Meter tief im Boden. In der Bronzezeit dann erstmals ein Netz von Siedlungen im ganzen Berliner Raum, Scherben und weitere Bronzeringe, ein Ringopfer, wie überall in Norddeutschland von den Germanen praktiziert, dann wieder Stille. Tausend

Jahre Stille. Dann die kärglichen Reste einer Siedlung der Heveller. Immer ist es das Feuer, das sich in die Erde gräbt und in ihr seine Zeichen hinterläßt, feindlich den Pflanzen, die es erst verdorrt und dann verzehrt.

Marie stand auf der Schloßwiese und drehte sich im Kreis, immer schneller und immer schneller, und trommelte mit ihren neuen Stiefelchen dabei immer heftiger auf den gefrorenen Boden, bis ihr die kalte Winterluft in der Nase stach. Ihr wurde schwindelig. Sie ließ die Arme herabsinken, wurde langsamer, blieb, außer Atem, stehen. Peitschenkreisel, Triesel, Tanzknopfmarie, dachte sie. Vor einigen Tagen hatte sie zum ersten Mal geblutet und war weinend zur Tante gelaufen. Doch alles war gut. Sie horchte auf die Rufe der Pfauen, die ganz so klangen wie kleine Kinder.

* * *

Der König schloß die Augen und lehnte die Stirn an die kalte Scheibe. In allem das Gegenteil seines Vaters, schmal und groß, die Augen klein und wäßrig, helle Wimpern, die man kaum sah, schienen die dünnen Haare an seinem langen Schädel zu kleben, der Mund zu karpfenhaftem Schweigen geschürzt. Er erinnerte sich noch genau daran, wie er nach dem Tod des Vaters im Winter 1797 hier, an diesem Fenster des gerade fertiggestellten Schlößchens, gestanden und auf den Park hinabgesehen hatte. Fast anderthalb Jahrzehnte war das jetzt her, er war noch keine dreißig gewesen, und für einen Moment hatte er damals tatsächlich geglaubt, die Geisterstimme Alexanders zu hören, seines Bruders, des toten Bastards, den sein Vater mit der Konkubine gehabt hatte, die er der Mutter vorzog.

Der Vater hatte die verwilderte Insel als junger Mann entdeckt und sich mit der zu Beginn erst dreizehnjährigen Wilhelmine Encke, Tochter eines Hornisten im Königlichen Orchester, oft hierher übersetzen lassen. Kaum war er König, ließ er die Pfaueninsel dem Waisenhaus abkaufen, dem sie gehörte, und veranstaltete romantische Feste auf ihr. Mit Gondeln ruderte man herüber, orientalische Zelte, kostbare Geschenke des Sultans, wurden ausgespannt, es gab Musik und Tanz, und erst mit der untergehenden Sonne kehrte man ins Marmorpalais nach Potsdam zurück. Wilhelmine war fünfzehn, als sie das erste Mal Mutter wurde. Es heißt, sie sei hier sehr glücklich gewesen. Eine Scheinheirat machte sie erst zu Madame Ritz und der König sie schließlich zur Gräfin Lichtenau. Kaum war das Schloß fertig, das er ihr hier bauen ließ, starb er.

Die Frau von der Insel zu jagen, die in den Stunden seines Todes beim Vater gewesen war und mit einem Tuch die Ströme des Blutes aufgefangen hatte, das er kotzte bis zuletzt, war beinahe das erste, was Friedrich Wilhelm III. tat, als er seinerseits König geworden war. Er ließ ihr den Prozeß machen und ihr Vermögen konfiszieren, und es sollte zehn Jahre dauern, bis Napoleon die schöne Wilhelmine, wie die Berliner sie nannten, rehabilitierte. Sie heiratete dann noch einmal, den viel jüngeren Theaterdichter Franz Ignaz Holbein von Holbeinsberg, doch die Ehe hielt nicht lange, die Gräfin blieb allein, starb 1820 und wurde in einer Gruft in der Hedwigskirche beigesetzt, ganz in der Nähe ihres Wohnhauses. 1943 räumte man die Gruft leer, um sie als Luftschutzkeller zu nutzen, und bettete ihre Überreste in einem schlichten Sarg auf den Hedwigskirchhof um. 1961 wurde sie dort wiederum exhumiert, weil ihr Grab nun im Todesstreifen der Mauer lag. Damit verliert sich die Spur ihres Körpers.

Der aber, der sie von der Insel vertrieben hatte, kehrte nur selten dorthin zurück. Meist, wie auch heute, am Todestag seiner Frau. Als er hörte, wie man die Flügeltüren des Saals öffnete und jemanden hereinließ, straffte er sich und blinzelte auf die neblige Havel hinunter. Der Hofgärtner Fintelmann hatte ihn bei seiner Ankunft darauf hingewiesen, eine Zwergin, die er selbst vor Jahren als königlichen Pflegling hierhergesetzt habe, bekleide nun formal das Amt eines Schloßfräuleins, und er hatte sich tatsächlich an das Kind erinnert, das ihm seinerzeit vorgeführt worden war, der Vater wohl im Felde gefallen, und befohlen, es solle ihm Gesellschaft leisten. Schritte trippelten über das Parkett heran, er drehte sich um, und Marie fiel in einen tadellosen Hofknicks. Der König nickte ihr zu, setzte sich in einen Sessel, den man ihm an eines der großen Fenster gerückt hatte, und starrte, ohne noch ein Wort an sie zu richten, hinaus in den Nebel.

Ein Ritual, das sich von nun an jedes Jahr wiederholen sollte. Außer, daß er ihr in seiner abgehackten Diktion, über die man sich allenthalben lustig machte, weil sie keine vollständigen Sätze kannte, kaum Verben und beinahe niemals ein *Ich*, hin und wieder eine Frage über die Insel stellte, wußte er nichts mit ihr anzufangen bei dem erstarrten Brüten, in das er in diesem Schloß unweigerlich verfiel. Nur, daß er sie gern im Blick hatte.

Er war schnell mit sich selbst dahingehend übereingekommen, bei seinen Besuchen hier auf der Insel handle es sich um seine Art der Trauer um Luise, die er so sehr geliebt hatte. Aber tatsächlich war es eher ein Warten. So, wie die Zwergin vor ihm neben dem Fenster stand und wartete, daß er etwas von ihr wolle, so wartete er selbst, und deshalb wohl auch mochte er, auf seine Weise, die kleine Person, von der er nichts wußte und auch nichts wissen wollte. Selbst den Gedanken, daß sie kleinwüchsig war, machte er sich nicht. Nur gelegentlich, wenn er sich an etwas erinnerte, was er nicht vergessen konnte, erzählte er Marie von seiner Königin.

»Zuletzt«, begann er etwa einmal, das war im zweiten Sommer nach ihrem Tod, »hatte meine Frau einen höchst seltsamen Traum. Glaubte mit mir auf einer angenehmen Wiese zu spazieren. Dann sich am Ufer eines Flusses zu befinden. Dann Friedrich II. in einem kleinen Boot zu bemerken. Auf sie zugesteuert gekommen und sie freundlich gewinkt. Aber totenbleich gewesen. Als sie darauf in den Nachen gestiegen, dieser so schnell vom Ufer abgestoßen, daß ich nicht mehr hinein hätte können. Habe mich immerzu gewunken, ihr nach zu kommen. Sei aber nicht möglich gewesen. Habe mir ihr Lebewohl gewinkt. Ihr sei immer leichter und wohler geworden, und endlich sei sie mit dem Nachen untergegangen.«

Marie sagte nichts.

»Meine Frau nichts weniger als abergläubisch. Und ließ doch zum Scherz sich Träume deuten. Des andern Morgens also zur Gräfin Tauentzien, weil diese die Reputation hatte, allerlei Mystisches auszulegen. Da nun aber dieser Traum nichts Gutes und jener dies wohl anzumerken war, fiel meine Frau gleich ihr in die Rede. Still, still, wenn es was Übles ist.«

Der König nickte, und so ihre Einlassung noch nachträglich gutheißend schwieg er wieder, als gälte ihre Aufforderung über das Grab hinweg nun ihm selbst. Was es wohl war, was er verschwieg? Ob er es selbst wußte? Zumeist saß er einfach da, und sein Blick glitt, ohne sich festzuhaken, über

Marie hinweg nach draußen, während die Parkettböden des Schlößchens unter den Schritten derer knarrten, die vor der Tür unruhig antichambrierten und darauf warteten, daß ihr Herr endlich zurückfinde in die Wirklichkeit. Doch es war, als säße der König blind und taub im Parkettknarren seiner Diener und vergäße alles um sich her, und Marie, die Hände vor der Schnürung ihres Kleides gefaltet, stand geduldig bei ihm an der glänzenden Holztäfelung neben dem hohen Fenster.

Niemand hatte sie jemals auf diese Weise betrachtet. Der König sah sie an, ohne daß sein Blick irgend etwas an ihr zu finden schien, und als sie das bemerkte, spürte sie im selben Augenblick, wie sehr sie es genoß. Als könnte sie sich unter dem völlig gleichgültigen Blick selbst vergessen. Irgendwann wagte sie es, die Augen zu schließen, um diesem Gefühl nachzuspüren, dem Honigfluß dieses seltsamen Triumphes, der wohl darin bestand, dem König zu gehören. Der Rücken tat ihr weh, und ihre Füße, eingeschnürt in den ungewohnten Seidenschühchen, begannen erst zu kribbeln und dann zu pulsieren vor Schmerz, doch auch der Schmerz ließ sie triumphieren. Und obwohl ja nichts Unsittliches darin lag, flatterten ihr doch die Augenlider vor Erregung. Wie ein Tierchen war sie. Nein, wie etwas noch viel Geduldigeres. Noch viel Nachgiebigeres. Noch viel Stummeres. Stand mit zitternden Lidern vor dem König und spürte lächelnd auf der eigenen Haut, wie sein Vergessen sie zu einem Ding werden ließ.

Als sie sich das mit Herzklopfen zum ersten Mal eingestand, mußte sie einen Moment ihre Schenkel gegeneinanderdrücken, um die Spannung zu verringern. Sie war ein Ding. Ein Ding, das man benutzte, selbst dann, wenn man es vergaß. Denn auch dann war es da. Sie gehörte ihrem König wie die Insel, auf der sie waren, und die ebenso stumm blieb wie sie, was auch immer geschah. Und die immer da war. Hierher, wußte Marie, gehörte sie. Hier konnte ihr nichts geschehen. Hier war sie schön. Ich bin kein Monster, dachte sie. Und spürte, wie das Vergessenwerden ihr Fleisch mit seinem sehnenden, lustvollen Schmerz mazerierte. Sie triumphierte unter ihren geschlossenen, wenn auch zitternden Lidern, und ein Lächeln zuckte um ihre Lippen. Sie zwang sich, ganz flach zu atmen, und stand still, ganz still.

* * *

Der Schnee wollte lange nicht schmelzen im fahlen Licht des kalten Frühjahrs, das auf den Winter 1812 folgte, doch als das struppige Pferd seine Hufe zögerlich auf das Eis des Ufersaums setzte, zerbrach es mit lautem Krachen. Marie blieb überrascht stehen, im Arm das Bündel Reisig, das zu holen Fintelmann ihr und ihrem Bruder aufgetragen hatte. Christian war in diesem Moment viel zu weit weg, als daß er hören konnte, was sie hörte, und dennoch sah sie sich aufgeregt nach ihm um, während das Pferd durch das nun aufspritzende Wasser auf sie zustampfte.

Soldaten! War es nur einer, oder waren es mehrere? Marie rührte sich nicht, sie war ja so klein, vielleicht übersah man sie. Ein Kind, was sollte man auch damit? Verstohlen musterte sie die Uniform dessen, der da auf sie zukam. Wenn sie auch hier auf der Insel weit weg vom Krieg lebten, kannte sie doch wie alle die Uniformen der Franzosen, aber eine solche Aufmachung hatte Marie noch nie gesehen: eine schwarze Schafsfellmütze und ein weiter brauner Filzmantel, dessen Schöße über das Hinterteil des wirklich sehr struppigen

Pferdes bis fast auf den Boden fielen. An den Kragenstücken weiße Litzen, orientalische Hosen, an der Taille von einem Gürtel gerafft, dazu schwarze Stiefel.

In diesem Winter sprach man auch auf der Pfaueninsel viel von den nicht enden wollenden Zügen der verwundeten und mit Erfrierungen bedeckten französischen Soldaten der Grande Armée, die auf ihrem Rückzug aus Rußland durch Berlin kamen, in Lumpen gewickelt, die Kürassiere ohne Pferde, ihre Sättel auf den Rücken, ohne Gewehre die Infanterie. Und von den Russen flüsterte man hinter vorgehaltener Hand, sie folgten ihnen bereits auf dem Fuße. Das, schoß es Marie durch den Kopf, mußte einer der Kosaken des Generals Tschernitschew sein, der die Oder überquert haben sollte. Oder einer der Kalmücken aus der asiatischen Steppe, von deren Grausamkeiten die Franzosen nur das Allerfürchterlichste berichtet hatten.

Bevor der Hof nach Breslau geflohen war, hatte Kronprinz Wilhelm seinem Freund Gustav noch ein Billett geschrieben: Im nächsten Sommer werde er zurück sein auf der Pfaueninsel. Dann die unerhörte Kapitulation Yorks. Die lange erhoffte Proklamation des Königs. Lützows wilde, verwegene Jagd. Auch die Hofgärtner schickten ihre Söhne in den Krieg. Ein Sello und ein Schulte waren gefallen. Von einem Fintelmann hieß es, er überbringe, als Bauer verkleidet, der mit Rosenwildlingen handele, geheime Depeschen ins Hauptquartier. Marie bezwang ihre Angst und schaute geradewegs in das breite Gesicht mit den gewaltigen Wangenknochen und sehr kleinen blinzelnden Augen.

Das Pferd stand jetzt still und dampfte im harten Licht. Von seinem nassen Fell tropfte an den Flanken und vor allem an dem sich schwer auswölbenden Bauch das Havelwasser hinab. Marie sah Handschuhe aus weißem Leder, zwei gekreuzte Pistolen im Koppel, an der Seite einen Säbel, in der Ellbeuge eine Lanze, der Schaft rot bemalt, mit einer Eisenspitze, die vor ihrem Gesicht auf und ab tanzte. Sie verstand nicht, was der Soldat sagte. Ließ vor Schreck das Holz fallen. Der Soldat lachte. Die Lanze tanzte. Und sie fiel in das Lachen ein, bis es verstummte. Der Soldat musterte sie nachdenklich. Dann deutete er lächelnd eine Verbeugung an und verschwand im Unterholz des Ufers. Marie hörte, wie die Hufe das Eis mit jedem Schritt zerstampften, nur allmählich wurde es leiser, dieses Krachen und das Prusten des Pferdes.

* * *

Marie tippte mit dem Zeigefinger ganz sanft gegen das Glas, und es begann sich mit klingelndem Scharren um eine imaginäre Achse zu drehen. Das rote Leuchten, dunkel und warm darin gefangen, warf zitternde Splitter um sich her auf das weißgestrichene Fensterbrett und das rauhe Steinzeug der Blumentöpfe. Dann lag das Glas wieder still. Ein altes Weinglas, das keinen Stiel mehr hatte und aus dessen gewölbtem Rand ein Stück ausgebrochen war wie ein zackiges Blatt und das so mehr einem Blütenkelch glich als einem Gefäß, dort im Fenster vor dem Sekretär des Onkels, zwischen den Töpfen mit den Pelargonien. Gustav hatte es entdeckt und auf einen Moment gewartet, an dem niemand zu Hause war außer ihnen beiden, um es Marie zu zeigen. Er hatte sie vor den Kelch geführt, dessen tiefdunkelrotes Glas das helle Sonnenlicht aufleuchten ließ, und Marie war sofort wie verzaubert. Die Pelargonien verbreiteten ihren Geruch nach Zitrone.

»Ist von Kunckel«, flüsterte Gustav.

Marie spürte die Aufgeregtheit und den Schauder in seiner Stimme. Großvater Fintelmann, der über Jahrzehnte den Obst- und Gemüsegarten des Schlosses Charlottenburg betreut hatte, nach seiner Pensionierung auf die Insel gekommen und schon im nächsten Jahr an Entkräftung gestorben war, hatte ihnen immer wieder die Geschichten vom Alchimisten und Goldmacher Johann Kunckel erzählt, der einst hier gelebt hatte. Das papierne Gesicht im Lehnstuhl mit der spitzen großen Nase, die Augen gelb. Kunckel war Marie egal, aber von dem roten Glas konnte sie den Blick nicht lassen, nicht genug bekommen von dem Feuer darin, wieder und immer wieder stieß sie den Kelch vorsichtig mit ihrem Zeigefinger an, ganz leicht nur, und immer wieder vollführte er seine Drehung um den imaginären Zirkelpunkt. Kippelte dann, mit winzigem Zittern, über unsichtbaren Unebenheiten des hölzernen Fensterbrettes und erstarrte schließlich laut- und bewegungslos.

Seine Härte, mit beinahe nichts zu ritzen, mit kaum etwas zu ätzen, macht Glas so fremd. Etwas, das sich nicht verbinden will und nicht vergeht. Und das in seiner Härte zu beinahe nichts zu gebrauchen ist. Behutsam greifen wir nach den Gläsern mit Wein, sorgsam schließen wir die Fenster, in achtsamem Abstand stehen wir vor den Spiegeln, die zu berühren wir vermeiden. Wir spüren in seiner Härte und in seiner Zerbrechlichkeit, daß es nicht vorgesehen ist in unserer Welt. Es braucht Vulkane, deren Lava es als Obsidian auf die Erde wirft, Meteoriten, deren Gestein in der Hitze des Aufpralls zu glasigen Tektiten zerschmilzt, Gewitter über den Wüsten, deren Blitzeinschläge im Sand als glänzend splittrige Fulgurite sichtbar bleiben. Marie stieß das Glas an. Es rollte und erstarrte erneut.

»Der Onkel sagt, die Sansculotten in Paris haben nach der Revolution die roten Scheiben aus den Kirchenfenstern gerissen.«

Mühsam machte Marie sich von dem Glas los und sah zu Gustav hinauf. Obwohl zwei Jahre jünger, war der Neffe des Hofgärtners, gerade zwölf geworden, längst größer als sie.

»Weshalb?«

»Na, des Goldes wegen! Es braucht Gold, um rotes Glas zu machen.«

»Gold«, wiederholte Marie.

Sie stieß das Glas an, damit es sich drehe. Spürte dabei, wie Gustav sie betrachtete. Wenn doch Christian endlich käme. Sie hatte im Eßzimmer auf ihren Bruder gewartet, den sie kaum noch sah, seit er nicht mehr in ihrer gemeinsamen Dachkammer schlief, die eher ein Verschlag war, die rohen Latten weiß gestrichen, und in dem nur ein Bett für sie beide Platz gefunden hatte, als sie damals auf die Insel gekommen waren, ein ausrangiertes Kinderbett, direkt unter dem winzigen Fenster, das auf den Park ging.

Marie fragte ihn nicht, wo er jetzt seine Nächte verbrachte, er kam und ging, wie er wollte, zerstoßen und schmutzig, dazu mit einem Geruch nach Wald, den sie sehr mochte. Mein Bruder ist ein Faun, dachte sie. Oft, wenn sie nicht einschlafen konnte, spähte sie in den Park hinaus, ob er vielleicht komme, um sie zu holen. Und jetzt kam er, und Gustav sah zu, wie er seine Schwester, ohne sich lange mit ihm abzugeben, lachend hinausbugsierte in den strahlenden Sommertag. Dann war es wieder ganz still im Haus, und das Glas lag erstarrt auf der Fensterbank.

Vorsichtig folgte Gustav mit dem Finger der zarten Wölbung der Pelargonienblätter in den Blumentöpfen des Onkels, den feinen Blattadern, dem Schwung der Stengel, und bildete sich ein, eine Bewegung darin zu spüren. Doch dann ließ er von den Topfpflanzen ab und lief auch hinaus in die Sonne, denn ohne Marie mochte er nicht sein.

* * *

Von dem, was nach dem Krieg im Land an Veränderungen angestoßen wurde, nahm man auf der Insel nur wenig Notiz, von all den Reformen, dem Ende der Leibeigenschaft, dem Bau der Chausseen, der Gründung der Berliner Universität, an der Wilhelm von Humboldt im politisch machtlosen Preußen eine intellektuelle Macht versammelte mit Schleiermacher, Fichte und Savigny, mit Wolf, Klaproth, Niebuhr und Thaer. Daß Friedrich von Maltzahn, als er Gartenintendant wurde, die Intendantur ans Hofmarschallamt band, wodurch die Kasse, an die Ferdinand Fintelmann sich zu wenden hatte, von Sanssouci nach Berlin kam, mag bei Tisch Gesprächsstoff geboten haben. Daß der erste preußische Blitzableiter am Schloß der Pfaueninsel montiert wurde, haben Marie und Gustav selbst gesehen, auch die Einrichtung der ersten Fährverbindung erlebt, denn nun kamen Maultiere aus Sanssouci auf die Insel, Fasane, Herden von Schafen und Ziegen.

Doch wenn es Sommer wurde und Mahlke, der Hauslehrer, der aus Dogelin im Lebuser Land stammte, zu seiner Familie fuhr, und sie für ein paar Wochen kein Französisch lernen mußten, keine Mathematik und keine Psalmen, verschwand all das unter dem völlig gleichgültigen blauen Himmel jener stabilen Hochdruckgebiete, die sich im Juli und August so häufig über Schlesien bilden.

Und ganz langsam, aber Tag für Tag ein wenig mehr, blichen in diesem Sommerlicht die Erwachsenen aus, wurden durchsichtig und lösten sich schließlich ganz auf, so daß Marie sich am Abend anstrengen mußte, wenn sie wieder mit ihnen am Tisch saß, nicht durch sie hindurchzusehen und nicht zu überhören, was man zu ihr sagte, wenn es auch ganz gleichgültig war. Denn alle die Inselbewohner verschwanden in diesen Sommern nach dem Krieg, Gustav, Marie und Christian schüttelten sie einfach lachend ab, vor dem Kastellanshaus oder auf der Wiese am Schloß, bevor sie zu dritt hineintauchten in den Wald.

Da gab es das Ufer im Nordwesten, das sie in der Nähe der Küche und des Gartens entlangstreiften hinauf bis zum Parschenkessel. Da gab es auf der anderen Seite, nördlich der Anlegestelle, den lichten Wald aus uralten Eichen um die Hügelkuppe der Insel, und es gab manche Lichtung, auf der sie die Feste der Gräfin Lichtenau nachspielten, Marie nun tatsächlich ein Fräulein bei Hofe, im Reifrock und gepudert, und Gustav der König. Und wenn es dämmerte, fürchteten sie sich vor dem toten Sohn der Gräfin, der, wie es hieß, auf der Insel spuke. Sie kannten Wege durch das Schilf in der Nähe der Meierei, ganz im Nordwesten der Insel, wo der Blick über die Havel in Richtung Berlin geht. Dort malten sie sich die große Stadt aus, in der keiner der drei je gewesen war, mit ihren Avenuen und Plätzen, dem Schloß und den Linden, und dann dösten sie schweigend lange Arm in Arm in der Mittagshitze.

Unsere Erinnerung mißt die Kindheit nicht nach Jahren, und so wissen wir später, als Erwachsene, nie zu sagen, wann sie denn geendet hat. Unmerklich geschieht es. Bei den dreien war es so, daß nach und nach eine Unsicherheit zwischen ihnen Einzug hielt, die damit zusammenhing, daß Gustav und die Geschwister zunehmend in verschiedenen Dimensionen zu leben begannen. Es war, als paßte er immer weniger in die Welt hinein, die für Marie und Christian nicht zu vergehen schien. Er wuchs und sie taten es nicht, so einfach war das. Und in einem jener langen Sommer hockte er dann, während die Geschwister sich eng aneinanderschmiegten in einen der Orte ihrer kindlichen Phantasie, so lange allein vor ihnen auf dem Waldboden, bis er sich endlich entmutigt davonmachte. Wobei es nicht etwa so war, als ob sie ihren Freund absichtlich ausschlössen, aber immer öfter lehnten sie doch wieder nur zu zweit, außer Atem vom Laufen, an einem vermoosten Baumstamm, lachten wie über ein gewonnenes Spiel und spürten, ohne zu wissen, woran das liegen mochte, daß sie froh waren, allein zu sein.

* * *

»Für mich bist du schön«, flüsterte Christian, nahm Maries Arme an den Handgelenken und bog sie über ihren Kopf.

Und sie ließ sie liegen, wo er sie hinhaben wollte. Auf den Resten des längst verrotteten Grassodendachs ihres alten Unterschlupfs am Parschenkessel lagen sie weich. Sie konnte nicht genug davon bekommen, wie er sie ansah. Ein wenig fühlte das sich an wie der Blick des Königs und war doch intensiver, schneidender. Es war noch nicht lange her, da hatte sich seine rechte Hand das erste Mal unter ihre Röcke gewühlt. Ihr Leben lang würde sie sich daran erinnern, wie sie die Augen geschlossen und ihr ganzer kleiner Körper zu summen begonnen hatte, wie ihre Angst verschwunden und wie zum ersten Mal in ihrem Leben dann plötzlich um seine

Hand zwischen ihren Schenkeln alles naß und zitternd und dankbar war.

Christian lag neben ihr, den Kopf auf einen Arm gestützt, und betrachtete sie so, wie er sie sich hingelegt hatte. Es war Mittag und drückend heiß, und sie waren beide nackt hier in ihrem Versteck. Wie der Schweiß auf seiner braungebrannten Haut glänzte. Sie sah seine muskulösen Arme und seine kurzen krummen Beine, noch im Liegen wie zum Sprung gespannt, riesig das Mannesglied an dem kleinen Körper. Ob das bei normalen Männern ebenso war? Und bei Gustav? Die Frage entstand und verschwand. Sie sah, wie er es mit der freien Hand zu reiben begann und wie es noch größer wurde dabei, während sein Blick über ihren Körper tastete. Sie schloß die Augen und spürte, wie wohl es ihr tat, die Arme so von sich zu strecken, die Beine auseinanderfallen zu lassen, hinein in den leichten Windhauch, der vom See her über sie hinstrich. Sie stellte sich ihre Brüste vor, die in der Hitze weich waren und ein wenig zur Seite fielen. Ihren Nabel, wie er sich im langsamen Atmen hob und senkte. Seine Hand, die sein Glied rieb, und wie es immer weiter wuchs, während er sie betrachtete.

Maries Körper begann wieder zu summen, und sie spürte, daß sie ein Ding war, das er ansah. Ganz so, wie wenn der König sie betrachtete. War ein Ding wie alle anderen in seiner Welt und meinte tatsächlich zu spüren, wie sie ihm, wie alle Dinge, eine Seite zeigte, die sie selbst nicht kannte. Die nur er sah.

Christian hockte sich auf ihre Brust, seine Schenkel an ihre Seiten gepreßt, als ritte er ein kleines Tier. Es gab keinen Grund, die Augen zu öffnen, wohl aber die Lippen, zwischen die jetzt die feuchte Spitze seines Gliedes drängte. Sie nahm so viel, wie sie konnte, davon in den Mund. Er bewegte sich vor und zurück, erst langsam, dann schneller. Sie hob den Kopf ein wenig und folgte achtsam seinen Bewegungen. Nach einer Weile schluckte sie, er verharrte einen Moment in ihr, dann stieg er wieder von ihr herunter. Sie schloß die Lippen und überlegte, ob sie wohl lächelte. Spürte die Lider über ihren geschlossenen Augen. Dann schlief sie in der Hitze ein.

* * *

Es war sehr heiß, Juli oder August, da entdeckte Gustav die Geschwister einmal an einer ihrer Lieblingsstellen auf der Westseite der Insel. Verborgen vom hohen Ufersaum saßen sie dort am Wasser, nur ein Schleichweg durch das Gestrüpp führte herab. Dicht am Ufer die mächtige alte Grauweide beschirmte sie mit ihren weit ins Wasser hängenden Zweigen. Beide lächelten ihm zu, als sie ihn herankommen sahen, machten jedoch keine Anstalten, ihre Umarmung in der Kuhle des Wurzelwerks der Weide zu lösen, die einer bequemen Achselhöhle glich, in der auch Gustav früher oft gelegen hatte. Doch da war kein Platz mehr für ihn, und so stand er eine Weile unsicher lächelnd vor den beiden, die sich ausgezogen und ihre Kleider auf einen kleinen Haufen gelegt hatten, als Marie plötzlich eine ruckartige Bewegung machte, deren Ursache er gar nicht begriff, und dann, seltsamerweise von der Umarmung ihres Bruders nicht gehalten, aus der Wurzelkuhle heraus- und hinabrutschte ins Wasser, das hier, wegen der steilen Uferböschung, sofort einigermaßen tief war.

Mit einem spitzen Schrei tauchte ihre nackte Gestalt unter, und bevor sie wieder auftauchte, und ohne daß er nachgedacht hätte, war Gustav ihr schon hinterhergesprungen.

Er wußte, sie konnte nicht schwimmen, auch Christian seltsamerweise nicht, er selbst hatte es mit fünf oder sechs von einem Gärtnergehülfen gelernt, während die Zwerge auf dem Landungssteg gesessen und mißtrauisch zugesehen hatten.

Mit einem Griff um ihren zappelnden Leib hielt er sie. Sie hatte Wasser geschluckt, hustete und japste und paddelte wie ein junger Hund mit Armen und Beinen. Seine Füße faßten Grund. Er hielt sie ganz fest. Und spürte überrascht: Im Wasser war sie nicht kleiner als er, Wange an Wange waren sie, und je mehr sie sich wieder beruhigte und ihr Griff um seine Schulter sich lockerte, um so tiefer ließ er sich ins Wasser hineingleiten. Stieß sich vom Grund ab und schwamm ein Stück, sie in seinem Arm, ohne zu überlegen, was das sollte, und dann küßte er sie. Schwamm mit langsamen Beinschlägen um den Mittelpunkt ihrer beiden Köpfe herum, die nun ganz ruhig auf dem Wasser lagen, und Marie, die Augen geschlossen, ließ sich von ihm küssen. Sie trieben umeinander, er konnte nicht sagen, wie lange, dann löste sie sich von ihm und öffnete die Augen.

»Bring mich ans Ufer«, flüsterte sie.

Christian, der keinen Versuch unternommen hatte, seiner Schwester beizustehen, lag noch immer in der Wurzelhöhlung des Baumes und grinste sie an, während sie, nun wieder unbeholfen in ihren so verschiedenen Körpern, zu ihm hinaufkletterten. Das Herz schlug Gustav dabei bis zum Hals, und ein Durcheinander von Gefühlen tobte in ihm, Scham und Freude und Schwäche zugleich, und all das wollte er unbedingt vor den beiden, vor allem aber vor Christian, verbergen, der ihn spöttisch musterte. Braungebrannt und in seiner Mißgestalt sehr muskulös saß er da, und während Gustav die nackte Gestalt des Mädchens betrachtete, das er gerade geküßt hatte und das sich jetzt, tropfend und zitternd, wieder zu seinem Bruder setzte, zwinkerte er ihm sogar zu, und eine solche Intimität lag in diesem Zwinkern, daß Gustav errötete, denn gerade in diesem Moment dachte der spätere Hofgärtner der Pfaueninsel zum ersten Mal, daß er Maria Dorothea Strakon, die Zwergin, liebe. Doch seltsamerweise katapultierte ihn dieses Wissen, das sein Herz schlagen ließ, gleich wieder so unendlich weit von ihr weg, daß Gustav nicht anders konnte, als das Lächeln Christians zu erwidern.

* * *

Nur aus einem Grund steht das Schloß dort, wo es eben steht, so weit auf der Westspitze der Insel, um vom Marmorpalais in Potsdam aus als ferne Vedute gesehen zu werden. Jeder Blick, der uns trifft, zerstört unsere eigene Welt und stellt uns in seine eigene hinein. Marie hatte das von jeher gespürt, so, als trüge sie diesen Blick in sich, von ihrer allerersten und einzigen Überfahrt von Potsdam herüber, bei der sie sozusagen jenem Betrachter gefolgt war, der auf immer und unabänderlich und unsichtbar dort jenseits der Havel stand. Aufmerksam spähte sie in seine Richtung. Es war windig, und auf den kleinen, kabbeligen Wellen glitzerte es. Ob es diesen Glanz auf dem Wasser vielleicht nur gab, wenn der Himmel darüber leuchtete wie gerade jetzt, da die Wolken für einen Moment aufrissen? Keine Schönheit also, die nicht das Abbild eines Schönen war? Wenn Gustav mich liebte, überlegte sie, wäre ich dann also schön? Marie schob Kies mit dem Fuß hin und her und hielt das Tuch fest über der Brust zusammen. Nun war der Himmel wieder so grau und stumpf wie das Wasser, und sie fror, obwohl es doch Juni war. Schnell schlüpfte sie ins Schloß hinein.

Wenn auch der Onkel als Kastellan die Schlüssel sorgsam verwahrte, fand sie doch immer eine offene Tür, meinte als Schloßfräulein auch ein Recht zu haben, sich im Schloß aufzuhalten, und stieg meist zuerst die Treppe hinauf, die im südlichen der beiden Türme bis auf das Dach führte, von wo man einen weiten Blick über die Insel und den Fluß hatte. Über das ganze Königreich hinweg, hatte sie als Kind gedacht. Im Turmzimmer im ersten Stock mit dem Schreibtisch des Königs betrachtete sie dann die Aquarelle an den Wänden, setzte sich im Schlafcabinett für einen Moment auf sein schmales Feldbett. Glitt sie anschließend in den Saal hinein, der die ganze Breite zwischen den Türmen und die halbe Tiefe des Schlosses einnahm, lauschte sie darauf, wie das ganze hölzerne Gehäuse knackte, während der Wind um es strich. Sie mochte den Glanz auf allem, auf dem Marmor des Kamins, auf dem Glas der Lüster, auf den Mahagonistühlen und auf dem lackschwarzen Klavier, den stumpfen Glanz der schwarzen Roßhaarbezüge und das spiegelnde Intarsienparkett.

Heute aber tat sie etwas, was sie noch niemals getan hatte, wenn sie allein hier im Saal war. Vor den großen bodentiefen Spiegeln zog sie sich aus, fror schrecklich dabei, und als endlich all ihre Kleider um sie verstreut auf dem Parkett lagen, drehte sie sich zitternd hin und her, um sich einmal von allen Seiten zu betrachten. Im Kastellanshaus wechselte sie ihre Kleider morgens und abends hastig und ohne daß sie überhaupt noch merkte, wie sehr sie sich stets bemühte, den eigenen Körper zum Verschwinden zu bringen. Und auf eine Weise, die sie jetzt selbst irritierte, war ihr das auch tatsächlich gelungen, denn außer der Kälte spürte sie nichts, während sie sich ansah. Sie war eine junge Frau, und ihr fiel all das ins Auge, was sie von einer solchen unterschied, ihr vorgewölbter Bauch, der herausgestreckte Steiß und ihre Säbelbeine, verbogen, als lastete ein ungeheures Gewicht auf ihnen. Doch sie konnte nichts dabei empfinden.

Ungläubig ging sie immer näher an das Spiegelbild heran und musterte ihren vor Kälte schlotternden Körper so gründlich wie möglich, doch kein Gefühl wollte sich einstellen. Lange suchte sie dann im Spiegel ihren eigenen Blick, als wäre mit ihm etwas falsch. Doch ein Blick läßt sich nicht anblicken. Aus dem Spiegel sah niemand zurück, sosehr sie sich auch bemühte, sich selbst in die Augen zu sehen. Sie waren nichts als gleichgültige Kugeln, die leblos starrten. Gespenstisch, weil Marie ja wußte, daß diese Kugeln sie im selben Augenblick ansahen. Schaudernd machte sie sich von ihrem Abbild los, beeilte sich mit dem Anziehen und verließ eilig das kalte Schloß.

Jenes Jahr 1816, in dem der König in den preußischen Landen als Gedenktag für die Gefallenen der Napoleonischen Kriege den Totensonntag einführte, war nicht nur kühl, sondern eines ohne Sommer, denn im Herbst davor hatte der Vulkan Tambora auf Java Millionen Tonnen Staub und Asche in die Atmosphäre gespuckt, die sich wie ein Schleier um den ganzen Erdball gelegt hatten. Mißernten und Frost, selbst Schnee im August, waren die Folge, und ebenso wie Marie fror auch ein anderes junges Mädchen, das zudem denselben Vornamen wie sie trug und das jenen Sommer, der keiner war, mit Shelley, seinem Freund, in Lord Byrons Villa Diodati am Genfer See zubrachte. Statt über den See zu fahren und Sommerfeste zu feiern, blieb man im Dauerregen zu Hause, diskutierte über die gerade entdeckte Elektrizität und las sich so lange am lodernden Kamin Gespenstergeschichten vor, bis das Mädchen selbst zu schreiben begann, eine Geschichte, deren Helden sie Frankenstein nannte.

Währenddessen regnete es auch auf der Pfaueninsel fast die ganze Zeit. Die Gärtner fluchten, und Christian trieb es aus dem Wald zurück ins Haus. Ohne daß Marie ihn jemals hörte oder auch nur davon erwachte, schlüpfte er nachts lautlos zu ihr ins Bett, und was sie weckte, waren seine kalte Haut und sein intensiver Geruch nach nasser Erde. Er sprach nie. Seine Umarmungen hatten in ihrer Stummheit etwas Gewaltsames, ohne gewaltsam zu sein. Nur tat er ihr offenkundig nichts zu Gefallen. Doch sie genoß es, wie er sie sich zurechtlegte, und ließ alles geschehen, solange er sie nur betrachtete. Sie gierte nach seinem Blick. Er küßte sie nie auf den Mund. Meist ging er wortlos am Morgen. Doch heute hatte er etwas gesagt. Das graue Licht hatte gerade erst fahl in der Dachkammer zu glimmen begonnen. Sie war davon aufgewacht, daß er die dicke Daunendecke anhob und aus dem Bett stieg.

»Du liebst ihn«, hatte er gesagt.

Doch bevor sie ihn noch hatte fragen können, was er damit meine, hatte Christian die Tür schon hinter sich zugezogen und war die Treppe hinab, hinaus in den Regen dieses Tages, wohin auch immer.

* * *

Rubinglas fängt das Licht selbst dort, wo keines ist, und faßt es, wie Geschmeide, zum Feuer. In seiner *Ars Vitraria Experimentalis* von 1679 kommentierte und ergänzte Johann Kunckel nach eigenen Versuchen die verschiedenen Mischungen der

Schmelze, die der Priester Antonio Neri 1612 in Florenz veröffentlicht hatte. Die Rezeptur aber für jenes rotleuchtende Glas, das ihn berühmt machte, gab Kunckel niemals preis.

Gustav tippte mit dem Zeigefinger gegen das Glas und sah zu, wie es sich auf dem Fensterbrett zwischen den Pelargonien drehte, gefangen darin, dunkel und warm, das rote Licht. Ein halbes Jahr war es jetzt her, daß Marie und er zusammen im See geschwommen waren und er sie geküßt hatte. Mit jenem Kuß war ihre Zeit zu dritt endgültig vorüber gewesen. Marie wurde sechzehn in diesem Jahr. Christian, inzwischen achtzehn, half seitdem beim Vieh. Und er? Er war noch nicht einmal konfirmiert. Wie so oft spürte er auch jetzt ihren Blick und wußte, sie wartete darauf, daß er etwas sage, aber er konnte nicht. Sicherlich war es ihr peinlich, ihn so zu sehen. Daß er immerzu ihre Nähe suchte, um dann in schweigendem Brüten zu versinken. Daß für ihn alles an einem Lachen von ihr hing. Sie mußte wissen, daß er sie liebte.

Um das Schweigen zwischen ihnen zu beenden, fragte Marie irgendwann, ob er inzwischen mehr über jenes Glas wisse.

»Der einzige«, antwortete Gustav zögerlich, »der darüber Bescheid weiß, ist der alte Gundmann.«

»Dann gehen wir zu Gundmann!« Sie lächelte ihn triumphierend an, als er überrascht aufsah.

»Zur Meierei? Aber es regnet!«

»Aber es regnet doch immer.«

Schon griff Marie sich ihr Kapuzenmäntelchen, das sie beim Hereinkommen über einen Stuhl geworfen hatte. Gustav zögerte, doch als sie ihn neckte, er sei langweilig, löste er sich endlich vom Fenster im Arbeitszimmer, nahm im

Flur die Jakobinerjacke vom Haken, die er seit einer Weile und sehr gegen den Protest des Onkels trug, und die beiden machten sich auf den Weg.

Mochte die angebliche Klosterruine der Meierei auch ebenso künstlich und kulissenhaft entworfen worden sein wie das Schloß, orientierte sie sich doch an jenen in der Mark damals durchaus anzutreffenden Bauernhöfen, die sich nach der Säkularisierung in ruinösen Klosteranlagen eingenistet hatten. Und als man die Wälder auf der Insel rodete und das Land unter den Pflug nahm, wurde aus ihr das, was sie bis dahin nur vorgegeben hatte zu sein. Der prunkvolle Raum im Obergeschoß mit seinen gotischen Spitzbogenfenstern, dem erlesenen Parkett, der Trompe-l'œil-Malerei und den böhmischen Bleikristallüstern verwaiste, der Stall aber füllte sich, was überraschenderweise dem alten Gundmann entgegenzukommen schien, der den Bauern bis dahin mehr hatte spielen müssen, als der entsprechenden Arbeit tatsächlich nachzugehen. In kürzester Zeit wurde er wieder das, was er, bevor er auf die Insel kam, gewesen war. Als Kinder waren Marie und ihr Bruder oft mit Gustav bei ihm gewesen, er hatte sie die Kälbchen streicheln lassen und ihnen Milch ausgeschenkt, und Marie vermutete, daß ihr Bruder die Scheunen jetzt mitunter als Nachtquartier nutzte.

Der Regen war kalt, und alles troff vor Nässe, auf den Feldern stand das Wasser. Die Saat war spät und dann auch nur spärlich aufgegangen, überall schimmerte die nackte Erde naß zwischen den kümmerlichen Halmen. Im Wald krachten die Kiefern im Wind mit einem hellen, schreienden Geräusch aneinander, und in den Eichen rauschte es bedrohlich. Marie hatte überlegt, ob ihnen wohl Christian begegnen würde, und obwohl sie gar nicht wußte, weshalb das eine Rolle spielte, war sie froh, daß er sich nicht zeigte, meinte nur einmal seinen Blick in ihrem Rücken zu spüren, doch als sie sich umsah, war da nichts in der Wand aus regenschwarzen Stämmen und tropfenden Blättern, und dann lagen die sumpfigen Wiesen vor ihnen, die den nördlichen Teil der Insel bildeten. An dem kleinen Bach, der sie durchzog und das Wasser in die Havel brachte, vereinzelt alte Weiden. Jenseits der Wiesen, unter dem düsteren tiefen Himmel, die Meierei, zu der ein gewundener Sandweg hinführte. Sie fanden den alten Gundmann im Stall bei seinen Kühen.

»Marieken!«

Kaum hatte er die beiden durchnäßten Gestalten an der Tür entdeckt, nahm er die Zwergin ohne Umstände hoch und hielt sie lachend vor sich hin, um sie besser mustern zu können. Dann setzte er sie mit einem Schwung auf dem hohen Tisch ab, der ansonsten voller leerer Milchkannen stand. Auch sie mußte lachen, denn das tat er, seit sie ein Kind war, und für einen Moment gefiel ihr, daß er das immer tun konnte, während Gustav längst zu groß für derlei war, weshalb ihm Gundmann wie einem Erwachsenen einen guten Tag wünschte. Wie stets trug der Bauer trotz der Kälte nur ein einfaches flachsenes Wams, das weit offenstand und die weiße Brustbehaarung des alten Mannes zeigte. Unter dem knielangen Kittel lugten grobe Hosen hervor, die in weiten Stiefeln steckten, an denen Mist klebte. Auf dem bis auf einen mächtigen weißen Schnäuzer gänzlich kahlen Kopf schief ein rotes Käpsel.

Gundmann hatte die Zwergin immer besonders gemocht, so, wie ihm eines seiner Tiere besonders am Herzen liegen mochte. Er kam selten zum Kastellanshaus, und auch wenn er natürlich Fintelmann und die Gärtner ständig traf, wollte er doch zunächst von Marie wissen, was es Neues dort vorn gebe, wie er sich ausdrückte. Marie tat dem Alten den Gefallen und erzählte von der Tante und von Lehrer Mahlke und von den Sorgen des Onkels wegen des Regens, bis sie endlich auf das rote Glas zu sprechen kam.

Sie dabei genau betrachtend, schlug Gundmann Stahl und Stein aneinander und entzündete seine Pfeife. Für einen Moment war es still bis auf das malmende Kauen der Kühe und das Klirren ihrer Ketten. Um den Tabak in Brand zu bringen, paffte der Alte so sehr, daß der Rauch sie alle fast ganz einhüllte, und begann dabei die Geschichte von Johann Kunkkel zu erzählen, wie er sie wußte und wie er sie offensichtlich schon oft erzählt hatte.

»Unsere Insel war zur Zeit des Großen Kurfürsten ein gefürchteter und von jedermann gemiedener Ort. Sie war nämlich der Aufenthaltsort des als Schwarzkünstler verschrienen Goldmachers Kunckel, dem seine Majestät sie für ein Laboratorium überließ, denn der Kunckel hatte ihm eingeredet, er könne bei seinen im übrigen für die staatliche Schatulle sehr kostspieligen Versuchen dem Goldmachen auf die Spur kommen. So schlug derselbe hier also seinen Wohnsitz auf und wußte durch scheinbare Zauberkünste das Publikum von der Insel fernzuhalten. Nie wagte ein Fischer mit seinem Kahn hier zu landen, denn wer es versuchte, mußte seine Neugierde mit dem Untergang seines Fahrzeugs büßen, das auf unerklärliche Weise wie faules Holz zerfiel oder wie ein Schwamm Wasser einsog und untersank.«

»Müßte man die im Wasser nicht noch entdecken können?«

Gustav, zu schüchtern, um ihn anzusehen, zog mit einem Strohhalm die Maserung des Holztisches nach, gegen den er sich lehnte. Gundmann blinzelte durch den Rauch auf ihn hinab und wartete wie jemand, der alle Einwände gegen das, was er berichtet, längst kennt, ob der Junge, der der Neffe seines Grundherrn war, noch andere Fragen hatte. Schließlich entgegnete er nur, die Boote seien eben zerfallen.

»Sobald jemand den gefürchteten Goldmacher auch nur von fern sah, wich er ihm erschreckt aus. Bei sich hatte er, nachdem ihn sein alter Diener Klaus verlassen hatte, der Heideläufer wurde und im Jahre 1650 zu Berlin wegen erwiesener Zauberei hingerichtet ward, niemand als einen mißgestalteten Menschen, der bald auch noch die Sprache verlor, ihm aber treu anhing. Außerdem hatte er einen schwarzen zottigen Hund, der von denen, die ihm im Wald begegneten, seiner glühenden Augen wegen für einen bösen Geist gehalten ward. Nach dem Tode des Großen Kurfürsten wurde der Schwarzkünstler vertrieben und sein Laboratorium von den Leuten niedergebrannt.«

Gundmann verstummte, als wäre dies das Ende der Geschichte, bevor die Frage nach dem Gold, die Gundmann erwartete, überhaupt nur gestellt worden war.

»Und wo war das?« wollte Gustav statt dessen wissen, obwohl er die Antwort ebensogut kannte wie Marie. Immer wieder waren die Kinder früher zu dem von einem Schauder umgebenen Ort geschlichen und hatten in den niedrigen Ruinen des Ziegelbaus nach dem Gold gescharrt, das sie dort erträumten, und mitunter auch Brocken glänzender Schlacke, verrostetes Werkzeug und Glasscherben gefunden, von denen aber nur wenige so rot leuchteten wie das Glas des Onkels.

»Und das Gold?« ging Marie über Gustavs Frage hinweg.

»Gold hat er keines gemacht, Marieken! Man sagt aber, sein Geist habe sich nicht von unserer Insel trennen können und werde zuweilen noch heute gesehen. Und auch der feurige Hund soll noch jetzt längs dem Strande der Havel bis zu der Badebucht seines Herrn hineilen und dann mit jämmerlichem Geheul im Walde verschwinden.«

»Hast du ihn gesehen?« fragte Marie.

Der alte Gundmann klopfte seine Pfeife in einen irdenen Napf aus, der auf dem Tisch stand, und wiegte vielsagend seinen Kopf.

»Man weiß nicht immer, was man sieht.«

»Vielleicht ist er verflucht, weil er den Kurfürsten um sein Gold betrogen hat.«

»Das war eine andere Zeit damals, Marieken.«

Gundmann versuchte ihr mit seiner viel zu großen Hand die Wange zu tätscheln, dabei eher ihren ganzen Kopf umfassend. »Wollt ihr wissen, was der Kunckel, als man ihn fragte, welchen Nutzen denn seine kostspieligen Versuche gehabt hätten, zur Antwort gab?«

Marie und Gustav nickten, den Blick jetzt beide auf den Alten gerichtet, der sich tatsächlich ein wenig in Positur warf und um klare Artikulation bemühte: »Der hochselige Herr Kurfürst war ein Liebhaber von seltenen und kuriosen Dingen und freute sich, wenn etwas zustande gebracht wurde, was schön und zierlich war. Was dieses genützt hat, diese Frage kann ich nicht beantworten.« Gundmann lachte laut auf. »Ha! Das war einmal ein Wort.«

Auch Marie lachte, denn sie mochte diese Antwort. Unnütz war sie selbst.

Gustav aber blieb ernst. »In Kunckels Buch über die Glasmacherkunst heißt es: *Wann die Gläser nicht so zerbrechlich wären, sie wären dem Silber und Gold fürzuziehen.* Ist das nicht ein seltsamer Satz für einen Goldmacher?«

»Du kennst ein Buch von Kunckel?« fragte Marie überrascht.

»Der Onkel hat es«, nickte Gustav. »Vielleicht war er überhaupt kein Goldmacher und Schwarzkünstler. Vielleicht galt all seine Schwarze Kunst nur dem Rubinglas?«

»Wohl. Hat Glas aus Gold gemacht. Und sollt' es doch anders«, beendete der alte Gundmann das Gespräch, das in eine Richtung ging, die ihn nicht interessierte. »Willst du ein Glas Milch, Marieken?«

Es waren aber nur irdene Becher, in die er aus einer der Kannen die frische, fast noch warme Milch goß. Die beiden tranken sie auf einem Sitz aus, die Köpfe dabei wie als Kinder weit in den Nacken gelegt. Zum Zeichen, daß er nun zu tun habe, hob Gundmann Marie anschließend vom Tisch herunter. Einen Moment lang standen die beiden noch unter dem Dach vor dem Stall und sahen in den Regen hinaus, der stärker zu werden schien. Es donnerte, gar nicht weit entfernt, und der Wind pfiff kalt und naß. Marie war enttäuscht. Auch darüber, daß Gustav den Alten nicht besser examiniert hatte. Nichts hatten sie über das Rubinglas erfahren!

Dann lief sie los, lief durch den Regen um den ganzen Stall herum, an dessen Stirnseite, wie sie wußte, sich im ersten Stock eine große Lade befand, durch die man im Herbst das Heu auf den Boden brachte. Und tatsächlich: Die Leiter lehnte an der Wand. Ohne zu zögern, kletterte Marie hinauf und beugte sich erst von der obersten Sprosse zu Gustav hinab, der ihr natürlich gefolgt war und fragend zu ihr heraufsah. Was das solle, wollte er wissen. Sie lachte und beschwor ihn, leise zu sein, andernfalls könne Gundmann sie hören. Das Gewitter jedenfalls, das sich nun mit Donnergrollen und Blitzen zu entladen begann, soviel wußte sie, war nur ein

Vorwand, hier heraufzusteigen, wenn sie auch selbst nicht verstand, worauf dies hinauslief. Mit Herzklopfen stieß sie die Lade auf.

Drinnen war es warm, viel wärmer, als sie erwartet hatte. Im ersten Moment hatte sie wiederum Angst, ihren Bruder hier vorzufinden, aber dann genügte ihr schon ein flüchtiger Blick über das Heu, das sich bis hoch in die Dachsparren und den Giebel türmte, um sich deswegen zu beruhigen, obgleich in dem Halbdunkel in Wirklichkeit beinahe nichts zu erkennen war. Statt dessen hüllte sie ein süßer trockener Geruch ein, und als wären sie in einer Kirche, tasteten Gustav und sie sich mit vorsichtigen, leisen Schritten in diesem Dunkel voran. Einmal hörte er am Rascheln, wohin sie sich bewegte, einmal strich ihr Atem ganz nah über sein Gesicht. Dann hörte er, wie sie sich hinsetzte, und tat es ihr nach. Ihr klopfte das Herz bis zum Hals. Sie wußte nur: Etwas würde geschehen, und dann wäre alles einfach.

»Ich muß immerzu an das Rubinglas denken«, flüsterte sie dicht neben ihm. »Davon hat der alte Gundmann gar nichts erzählt. Dabei interessierte mich das viel mehr als die Schauergeschichten von dem schwarzen Hund mit seinen glühenden Augen.«

Sie dachte einen Moment nach, und gleich kam es ihr so vor, als machte ihr Schweigen das Dunkel um sie her noch dunkler. »Denn es ist ja das Glas, das wirklich glüht.«

Wieder stockte sie, als müßte sie erst überlegen, wie sie ausdrücken sollte, was sie empfand. Und diesmal dauerte die Pause so lange, daß Gustav sich schon ausmalte, er sei allein. Kein Rascheln, kein Atmen hörte er, nur von draußen den grollenden Donner und das Klingeln der Tropfen auf den Ziegeln des Daches.

»Als ob Feuer darin wäre.«

Das sagte sie so schnell, als wäre ihr der Satz peinlich. Dann spürte er, wie sie sich dicht an ihn schmiegte. »Ich glaube, hätten wir es dabei, es würde uns hier alles hell machen.«

»Ja«, sagte Gustav leise und ohne sich zu rühren.

Marie wollte, daß er sie küßte. So, wie schon einmal. Dann würde sie wissen, ob ihr Bruder recht hatte. Und als Gustav es nicht tat, beschloß sie, es selbst zu tun, wenn ihr das auch falsch vorkam. Richtete sich auf und suchte im Dunkel Gustavs Mund, und er ließ es zu, ließ sich finden, fassen, seine Lippen weich, ihre hart.

»Couche avec moi«, flüsterte sie.

Er schien sie nicht zu hören.

Sie umfaßte ihn, so gut das ging, und drückte ihn an sich. Eine seiner Hände glitt unter ihren Mantel, unter ihr Kleid und fuhr über ihre Brust. Lächelnd öffnete sie die Augen, die sich inzwischen an die Dunkelheit gewöhnt hatten. Einen solch ängstlichen Blick hatte sie nicht erwartet. Es ist das erste Mal für ihn, dachte sie, und sagte lächelnd noch einmal: »Couche avec moi!«

Aber seine Hände lagen wie tot auf ihren Hüften. Dabei hatte er sich seit jenem Kuß im Wasser nichts mehr gewünscht, als Marie wieder so nah zu sein. Er begriff nicht, was ihn jetzt lähmte und weshalb er den völlig unpassenden Gedanken nicht aus seinem Kopf bekam, jenes Glas mit seinem Glitzern und Leuchten, von dem Marie so fasziniert war, sei nichts im Vergleich zu den Farben der Blumen. Zum sanften Blau der Pflanzen selbst.

Das dachte er in diesem Moment, statt Marie zu küssen, und je länger der Moment sich dehnte, um so höher stieg ihm die Verzweiflung würgend in den Hals, und dann fiel ihm plötzlich etwas ein, was er noch nie gedacht hatte. In der Liebe, dachte er, sind wir entweder Pflanze oder Tier. Es zeigt sich in ihr unsere eigentliche Gestalt, und es gibt kein Drittes, es sei denn, man wäre ein Ding. Aber dann wäre man tot wie jenes Glas, da mag es leuchten, soviel es will. Das dachte Gustav, während er spürte, wie er vor Verzweiflung zu zittern begann, ohne sich doch regen zu können. Und dann: Ich will kein Tier sein. Das Tierhafte bringt immer nur Tiere hervor, Tiere in all ihrer obszönen Vielfalt, die immerzu weiter fressen und begehren.

Und als wäre das etwas besonders Obszönes, mußte er in diesem Moment an die peinvollste Situation denken, die er jemals erlebt hatte, so nah an dem Schönsten, an das er sich erinnerte. Wie nämlich, als er damals Marie küßte, Christian ihn angesehen und wie er dort gelegen hatte im Schoß der Weide, nackt und mit jenem Grinsen und Zwinkern, als wüßte er etwas über ihn, was er selbst damals nicht und noch immer nicht wußte, auch jetzt nicht, da es, wie er spürte, nötiger wäre als alles andere.

»Ich gefalle dir nicht«, flüsterte Marie. »Du findest mich häßlich!«

Er konnte nur den Kopf schütteln.

»Eine Mißgeburt, ein Monster!«

»Nein, um Gottes willen nein, sei doch still«, platzte es aus ihm heraus. »Das stimmt nicht, sei still! Bitte!«

»Dann küß mich jetzt.«

Doch er schüttelte nur traurig den Kopf, und sie konnte nicht aufhören, im Dunkel seines Gesichts nach dem Grund für das zu suchen, was gerade geschah. Die Empfindung von Scham bedeutet, außerhalb seiner selbst zu sein, ohne irgendeinen Schutz, im absoluten Licht, das vom Blick des anderen ausgeht. Scham ist nicht das Gefühl, dieses oder jenes, sondern überhaupt Objekt zu sein. Ist das Gefühl des Sündenfalls mitten in die Dinge hinein. Marie riß sich den Mantel herunter und die Knöpfe des Kleides auf, stampfte aus ihm heraus und trat es ins Heu, zog noch im selben Moment ihr Unterkleid mit beiden Armen über den Kopf, warf es zur Seite, schnürte die Unterhose auf und ließ sie zu Boden gleiten. Stand da, heftig atmend, und funkelte Gustav wütend an.

»Ekelst du dich vor mir? Schau dir meine krummen Beine an. Sieh dir an, wie mein Bauch vorsteht. Siehst du meinen Popo, der sich wölbt wie bei der Negerin in der Fibel?«

Er wollte sie nicht ansehen. Begrub den Kopf in den Armen. Verblüfft sah sie ihn an, dann hörte sie, wie er schluchzte. »Mais je t'aime«, schluchzte er.

Und ihre Wut war mit einem Mal verschwunden. Müde setzte sie sich neben ihn und saß eine Weile einfach da. Nahm irgendwann ihr Cape und legte es sich um die Schultern. Und irgendwann sah er sie dann an, das Gesicht in dem spärlichen Licht furchtbar verweint. Mit keinem Blick musterte er ihre unter dem Cape noch immer nackte Gestalt. Versuchte etwas zu sagen, doch sie schüttelte den Kopf und legte ihm ihre sehr kleine Hand auf den Mund.

»Sei still«, flüsterte sie und lächelte müde. »Sei still. Es ist gut.«

Wie ein altes Werkzeug, fast schon vergessen unter anderem Gerümpel, war das Wort wieder aufgetaucht, als hätte es die ganze Zeit nur darauf gewartet, ihr zur Hand zu sein. Ich bin ein Monster, dachte sie traurig und lächelte.

Man erwartete sie zu Hause, bevor es dunkel war, aber für den Moment war das egal. Sie würden den Weg finden. Gustav, als sie sich neben ihn legte und er sie umarmte, fühlte ihren Herzschlag, der ihn so sehr ängstigte und quälte, daß er am liebsten ihr ganzes rotes Herz in die Hand genommen hätte. Und Marie? Sie spürte, wie verkrampft er neben ihr lag, immer bemüht, sie nicht wirklich zu berühren, und wie traurig sie darüber war, neben all der Liebe, die sie, wie sie jetzt zum ersten Mal wußte, für ihn empfand. Das Gewitter war vorbei, sie hatten es nicht bemerkt. Aber es regnete noch immer, und so hörten sie dem Wasser zu, das über die Ziegel tropfte und gurgelte, und ihnen war dabei unheimlich und heimelig zugleich.

Nicht lange, nachdem sie an jenem Abend schweigend ins Kastellanshaus zurückgekehrt waren, fragte Marie den Lehrer Mahlke, als sie einmal alleine mit ihm war, was ein Monster sei, und konnte nicht anders, als dabei zu weinen. Der Begriff, erklärte mit größter Verlegenheit der hohläugige Mann, dem die fettigen Strähnen ins Gesicht fielen, komme aus dem Lateinischen wie derjenige der Monstranz. Die Alten hätten in Mißbildungen göttliche Zeichen der Sünde gesehen, wovon er aber nichts halte. Die Welt sei groß und das, was wir nicht verstünden, eben nichts als ein noch unverstandener Teil der Welt. Alles Leben habe seinen Platz in der Entwicklungsgeschichte der Natur. Nichts stehe außerhalb. Das, was man früher gefürchtet habe und wovon die Märchen erzählten, Riesen und Zwerge, allerlei Ungeheuer, sei nichts als Aberglaube und in Wirklichkeit etwas, das, daran glaube er fest, im Zuge des Fortschritts der Wissenschaften eine Erklärung finden werde.

Und was, wollte Marie wissen, bleibe ihr jetzt zu tun? Mahlke musterte sie beschämt. Ob sie viel lese, fragte er, nachdem er einen Moment nachgedacht hatte. Sie schüttelte den Kopf. Mahlke stand auf, ging in seine Kammer und kam mit Büchern zurück, die er ihr, wie zur Entschuldigung, überließ.

Marie begann zu lesen, was er ihr gab, zunächst Romane von Defoe und Swift, zu denen er anmerkte, es kämen Inseln darin vor, solche wie die Pfaueninsel, und er könne sich vorstellen, daß sie das interessiere. Als sie ihm die Bände zurückbrachte, sagte sie nicht viel dazu, obwohl der Lehrer wohl gern mit ihr darüber gesprochen hätte, und bat statt dessen nur um andere. Er gab ihr den *Werther*, jedoch nicht ohne den Kommentar, es handle sich um ein heikles Werk. Sie nickte und las es, doch auch dazu sagte sie nichts. Wie sie auch gegenüber den anderen Inselbewohnern nach dem Erlebnis in der Scheune immer verschlossener wurde, denen lediglich auffiel, wie oft Marie nun tagelang im Bett blieb oder sich im Sommer, fern von den anderen, mit einem Buch auf die Wiese legte.

Wobei sie lieber als von den fernen Ländern der englischen Romane und obwohl ihr das Schicksal des einsamen Robinson sehr zu Herzen gegangen war, die Bücher von Christian Heinrich Spieß las, erst das *Petermännchen*, dann *Löwenritter* und schließlich auch die *Biographien der Wahnsinnigen*, und es überhaupt mehr als alles andere genoß, sich in fremde Leben zu verkriechen, wenn diese durch Fluch und Schicksal und Geister aus der Bahn gerieten, um, am besten, ganz am Ende ihr Glück zu finden.

Drittes Kapitel

Die Schönheit der Pfauen

Der Pfau schlug sein Rad. Marie kauerte vor ihm auf der nassen Schloßwiese und mummelte sich fest in ihren alten, unförmigen Mantel. Daß sie längst eine junge Frau war, fast zwanzig, spielte für sie selbst die meiste Zeit keine Rolle, da es niemand bemerkte, seit jenem Erlebnis mit Gustav nicht einmal mehr sie selbst.

Der Schnee war in diesem Jahr spät erst geschmolzen, Anfang Mai, und so balzte der Pfau im Matsch. Auf seinem in glänzend purpurblaues Federglas gekleideten Kopf mit den Knopfaugen und dem kleinen, konzentrierten Schnabel zitterte das Krönchen, und Marie meinte zu sehen, welche Mühe er damit hatte, das weite Federrad, diesen in allen Farben glänzenden und schimmernden Mantel, der seinen Kopf umrahmte, immer wieder ein kleines Stück weiterzudrehen, immer wieder von neuem ins Blickfeld der unscheinbar nußbraunen, weißbraunen, lichtbraunen Henne, die gänzlich ungerührt im Dreck nach Körnern pickte, die es dort nicht gab. Wie sehr er sich konzentriert! dachte Marie. Er hat nur Augen für seine Henne, alle Augen der Welt. Und es kam ihr so vor, als versuchte er, sie mit der ganzen Opulenz seiner ornamentalen Pracht davon zu überzeugen, daß es eine Welt außerhalb seines schützenden Farbkreises gar nicht gebe. Sie glaubte es ihm wohl nicht. Und trotzdem: Wie schön er ist! Marie konnte sich nicht satt sehen an der perfekten Symmetrie der Farben.

Alle Pfauen der Insel schienen sich an diesem Tag hier in der Frühlingssonne versammelt zu haben, die langen Schwanzfedern streiften über die bloße, nasse Erde, und so zogen die Hähne weiche, fächernde Spuren hinter sich her, die Hennen hinterließen die spitzigen Abdrücke ihrer nackten Krallen. Das Blau der Männchen hatte im hellen Licht einen deutlich goldenen und grünen Schimmer, jede Feder kupfern gerändert und muschelartig gezeichnet, auf der Rückenmitte waren die Tiere tiefblau, auf der Unterseite schwarz, und die grüne Schleppe mit ihren prächtigen Augenflecken war mehr als einen Meter lang. Mancher Hahn öffnete hin und wieder seinen Schmuck ein wenig wie zur Probe, doch war kein Weibchen in der Nähe, sank das fluffige Farbspiel schnell wieder in sich zusammen, und er stolzierte weiter.

Hier am Schloß hatten sie ihren Stall, hierher brachte Marie ihnen im Winter ihr Futter, das gleiche, das auch die Hühner bekamen, doch die meisten Pfauen hielten sich nur zum Fressen im Stall auf, als Schlafplatz zogen sie die alten Eichen zwischen Kastellanshaus und Schloß vor. Es war ein seltsamer Anblick, wenn sich die Hähne schwerfällig mit kurzen Flügelschlägen auf einen der unteren Äste schwangen. Dicht an dicht dann die blauen, immer umherspähenden Köpfe, umrahmt von den Federn der anderen, im Schlafbaum. Im Sommer duldeten sie derartige Nähe nicht. Nach der Balz verschwanden sie in alle Ecken der Insel und trugen mitunter heftige Kämpfe um ihr jeweiliges Revier aus. Dann verloren die Hähne auch ihre ganze Pracht. Eben zu der Zeit, wie der Onkel erklärt hatte, da in Indien, wo sie im Dschungeldickicht lebten, der Monsunregen einsetzt, bei dem es ihnen mit nassen Federn unmöglich wäre, auf die Bäume zu kommen.

Ob die Henne ihn erhören wird? Marie betrachtete den balzenden Hahn mit Sympathie. Sie würde sich nicht zieren. Niemals würde sie schön sein, dachte sie traurig und verfolgte gebannt das Spiel zwischen den beiden. Wie er seinen Schmuck werbend immer wieder nach der Henne hindrehte, und wie sie ihn scheinbar nicht beachtete. Wie grotesk ist doch diese Schleppe, dachte Marie, wenn sie sich nicht zum Rad aufspannt, und das tat sie ja meistens nicht. Wie sehr sie den Pfau behinderte. Schönheit ist Willkür. Es gab sie nicht, wenn er ihr nicht gefiel. Ganz egal, ob ich ihn schön finde, dachte Marie, nur ihr muß er gefallen.

Darwin, im fernen England noch ein Knabe, würde einmal angesichts solch balzender Pfauen begreifen: Obwohl die Schleppe es dem Pfau erschwert, seinen Feinden zu entkommen, ist sie für das Überleben seiner Gene doch von Vorteil, denn je schöner, größer, bunter, symmetrischer seine Schwanzfedern, um so größer die Chance, daß ein Weibchen ihn wählt. Und jede Wahl der schönsten Pfauen bringt noch schönere Pfauen hervor. So treiben die unscheinbaren Hennen die Evolution dessen voran, was sie schön finden. Nichts ist Gesetz, alles Entscheidung. Wäre dieser Gedanke in diesem Moment schon in der Welt gewesen, er hätte Marie wohl sehr gefallen. Daß Schönheit der sichtbare Einspruch der Liebe gegen den Kampf ums Überleben ist, gegen die Sphäre des Todes.

Doch Marie wußte davon nichts, und sowenig, wie wir Tiere heute betrachten können, ohne daß jedes einzelne immer nur zum Exemplar einer Gattung wird, war sie damals in der Lage, in ihrer Schönheit etwas anderes zu sehen als Prunk und Überschuß. Eine Grenze, die wir nicht mehr zu überschreiten vermögen, trennt unser Denken von Maries Empfinden. Und doch findet sich, auch wenn die Ideen herzklopfensneu in die Welt kommen, an der Stelle, an der sie sich einmal bilden werden, zuvor schon ein Unbehagen daran, wie alles ist. Unsere Sehnsucht reicht mindestens ebensoweit in die Vergangenheit zurück wie in die Zukunft hinein. Marie also sah die Hingabe dieses Tiers und dachte: Jedes konnte schön sein, es kam nur darauf an, wer es betrachtete. Vielleicht sogar sie selbst. Und vielleicht war jede Schönheit grotesk. Und alles Groteske schön. Und so selbst eine Zwergin schöner noch als eine Königin, dachte Marie, weil sie einzigartig war, und auch eine Königin nichts anderes als eine schöne Frau.

Der Pfau stand jetzt ganz dicht bei der Henne, die sich nicht mehr rührte. Marie kauerte sich noch ein wenig mehr zusammen und schlang die Arme um ihre Knie. Gebannt sah sie zu, was dann geschah. Sehr langsam und zärtlich begann der Pfau den Mantel seiner Federn über sie beide zu senken, über sich und das Weibchen, wie die vielaugigen Flügel der Seraphim. Marie hielt den Atem an.

Doch plötzlich, und bevor sie selbst bemerkt hatte, was ihn störte, fiel die ganze Federpracht in sich zusammen. Der blaugeharnischte Kopf mit den blicklos schwarzen Augen sah sich unruhig um. Dann blökte ein Schaf. Hahn und Henne und auch alle anderen Pfauen flatterten eilig davon, während ein schmutzigweißes Schaf, noch in seiner dichten Winterwolle, über die Wiese heranzockelte, geführt an einem roten Band von ihrem Bruder, der ihr grinsend schon von weitem zuwinkte. Verärgert stand Marie auf. Christians Oberkörper war nackt, und er trug eine Hose aus Schafsfell, deren Zotteln bei jedem Schritt seiner Säbelbeine wippten. Genauso groß wie er, ließ das Tier sich willig von ihm führen, wobei das rote Seidenbändchen, das dazu diente, nur mit einer Schleife um seinen Hals befestigt war.

»Ist dir nicht kalt?«

»Nein, gar nicht, Schloßfräulein.«

Er blieb lachend vor ihr stehen, während das Schaf sofort begann, die wenigen bleichen Halme zu ihren Füßen auszurupfen. Als er sie umarmen wollte, entwand sie sich seinem Griff und vergrub die Hände in den Taschen ihres Mantels. Seit ihr Bruder kaum mehr ins Kastellanshaus kam und statt dessen Gundmann und dem Fasanenjäger bei der wachsenden Zahl von Tieren zur Hand ging, die auf die Insel kamen, war er ihr fremd geworden. Marie wußte gar nicht mehr, wie das angefangen hatte. Zu den Kühen, Schafen und Ziegen der Meierei war zunächst, von Sanssouci herüber, die Fasanerie verlegt worden, seitdem kamen nach und nach immer mehr ungewöhnliche Tiere auf die Insel, Geschenke an den König, schlesische und ungarische Schafe, dann sogar Wasserbüffel, chinesische Schweine und bengalische Hirsche, die ein Graf von Lindenau überbringen ließ, die Gräfin Louise Magni Angoraböcke, Perlhühner, türkische Enten und Goldfische. Alles wurde vom König dankend angenommen und hierher auf die Insel expediert. Auch ein riesiger Braunbär, vor dem Marie sich sehr fürchtete, war als Geschenk aus Rußland in einem eisernen Käfig gekommen und im Wald an einen mächtigen Pfahl gekettet worden,

den er seither, vor allem in der Nacht immerzu brüllend, unablässig umrundete.

»Wieder traurig?«

Sie schüttelte den Kopf. Als sie seinerzeit Christian von dem Erlebnis mit Gustav erzählte, hatte er gelacht, wie er meist lachte, und sie in den Arm genommen. Auch, als sie ihm erklärte, er könne nun nicht mehr bei ihr schlafen. Er hatte nur wortlos genickt. Da hatte sie noch gehofft. Seitdem war sie nachts allein, vier ganze Jahre waren vergangen, und noch immer dachte sie mit Herzklopfen an jenen Gewitternachmittag in der Scheune zurück. Davor, schien es ihr manchmal, war sie frei gewesen, wobei es ihr schwerfiel, sich vorzustellen, wie sich das angefühlt hatte. Wohl erinnerte sie sich: Jener Nachmittag war doch wie ein Spiel gewesen, sie erinnerte sich an Übermut, Neugier. Nichts mehr davon gab es noch, unabänderlich war sie gefangen in ihrer Liebe. Und verstand nicht weshalb. Nur, daß die Zeit, die verging, nichts daran änderte.

Und Gustav? Gustav vermied es seit vier Jahren, sich beim Essen neben sie zu setzen, das Wort an sie zu richten oder sie auch nur anzusehen. Natürlich war das bemerkt worden, doch die Mutter und der Onkel waren schweigend darüber hinweggegangen, und den Brüdern hatte Gustav in die Seite gepufft, wenn sie sich anfangs am Eßtisch anheischig machten, darüber zu witzeln. Nun war es längst für alle normal.

»Du liebst ihn immer noch«, sagte Christian.

»Und wenn schon!« entgegnete sie zornig. »Er wird aber mich niemals lieben. Ich bin ein Monster.«

Ihr Bruder lächelte sie traurig an. »Aber natürlich wird er das. Ich liebe dich doch auch.«

»Ach, sei still!«

Sie versuchte ein Lächeln, das ebenso traurig war wie sein Blick. Er musterte sie lange. Wenn er nachts im Freien schlief, kam es ihm immer so vor, als ob die Geräusche der Tiere ihn mit allem um ihn her verbänden. Sehr weit entfernt hörte er dann das dumpfe Knurren und Stöhnen des Bären und ganz nah im Unterholz das Scharren der Mäuse, von der Wiese her ein unterdrücktes Blöken der Schafe, manchmal ein leises Rascheln im dürren Gras, wenn ein Siebenschläfer vorüberschlich. Er hatte keine Angst. Wie die Nacht die Kehrseite des Tages war, gab es eine Innenseite der Insel, die nur die Tiere kannten und er. Seit er als Kind ihre Wege durchs Unterholz gefunden hatte, war er zu Hause in dieser Innenwelt, über der, wie der glänzende Panzer eines Aaskäfers, all das lag, was die Menschen auf der Insel den Garten nannten. Aber der Garten war nur eine Hülle, unter der sich, ganz dicht darunter, doch für die Großen unauffindbar, die innere Welt der Insel befand. Nur für die Tiere war man in Wirklichkeit gleich geboren. Christian hoffte sehr, daß Marie das noch verstehen würde, ihre Sehnsucht nach Gustav war ganz sinnlos, sie beide hatten nur einander.

»In Frankreich«, flüsterte er ihr ins Ohr und zog sie fest an sich, »in Frankreich erzählt man von einem Roi Oberon, dem König der Elfen, ein Zwerg wie wir, der bei uns König Alberich genannt wird.«

Sie wollte das nicht hören. Marie befreite sich aus seinen Armen, dabei versehentlich dem Schaf einen Tritt gebend, das empört blökend einen Satz machte, wobei Christian das rote Seidenband aus der Hand rutschte und sich langsam zu Boden schlängelte, um dann, dem Schaf hinterher, durch den Dreck zu gleiten, dessen Farbe es beinahe augenblicklich annahm.

»Du weißt doch, was in dem Sagenbuch steht, das Mahlke uns gegeben hat: Wir haben uns einst im Boden zu regen begonnen und Leben bekommen wie Maden im Fleisch und auf Geheiß der Götter Menschengestalt. Wir wurden angewiesen, die großen Feuer, die im Leib der Welt brennen, zu bewahren. Und weil wir am Anfang der Zeit aus der Erde entstanden sind, werden wir unendlich alt und pflanzen uns nicht fort.«

»Hör auf!«

»Und beim Tod eines Zwerges, heißt es, trauern die anderen auf eine Weise, die Menschen sich nicht vorzustellen vermögen, denn mit jedem Zwerg, der stirbt, gibt es für immer einen weniger unserer Rasse.«

* * *

Der Hofgärtner erhielt nebst freier Wohnung im Kastellanshaus und Brennholz fünfhundert Taler jährlich, was in etwa dem Gehalt eines Geistlichen entsprach und monatlich ausgezahlt wurde. Die Gartengehülfen und Lehrlinge, für deren Verköstigung und Unterkunft er nach Handwerkerbrauch aufzukommen hatte, wurden wöchentlich und die Tagelöhner am Abend mit fünf Groschen bezahlt, drei Groschen bekamen die Frauen. Nichts von all dem, was auf der Insel erzeugt wurde, durfte eigenmächtig verkauft werden, jeden Samstag mußte der Hofgärtner Rechnung schreiben und dem Garteninspektor zustellen und einmal jährlich, im Dezember, den Etat für das nächste Jahr festlegen.

Im Winter wurden die Ufer frei geschnitten, das Röhricht wurde gebündelt und verkauft, Bäume wurden gefällt, Gehölze gestutzt. Ansonsten war wenig zu tun, bis die Frühlingssonne den Schnee wegtaute und den Frost aus dem

Boden vertrieb. Dann mußten die Felder bestellt und die Beete vorbereitet werden, die Blumen kamen aus den Gewächshäusern und die Tiere auf die Weide. Sommer hieß auf der sandigen Insel, zumal bei den Rosen, daß die Gärtner Tag für Tag wässern mußten, damit die Blumenpracht nicht verdorrte. Im Herbst wurde Heu gemacht, das Obst kam in die Keller, die Hecken wurden geschnitten, die Wege gejätet und ihre Kanten abgestochen, die Felder abgeerntet und Gehölze und große Bäume, wenn nötig, gepflanzt. Und immer wieder mußte das Laub entfernt werden, vor allem auf der Schloßwiese und den Wegen. Es wurde gesät, dann kam der Winter, das war das Jahr. Und alle auf der Insel wurden älter dabei. Bald begann Gustav mitzuarbeiten. Der Onkel ließ ihn zunächst mit den Tagelöhnern graben, lehrte ihn selbst dieses und jenes, gab ihm erste eigene Verantwortlichkeiten. Seine Fragen begannen die Gespräche am Mittagstisch zu bestimmen. Marie, die er keines Blickes würdigte, saß stumm dabei und sah zu, wie er erwachsen wurde.

Oft blieb sie dann allein im Eßzimmer zurück, wo Gustavs Mutter aus einem Feingefühl heraus, das wohl nicht einmal wußte, was es alarmiert hatte, sie ihren Büchern überließ, in denen sie sich immer mehr vergrub. Noch immer erzählte sie niemandem von dem, was sie las, nicht einmal Mahlke, obwohl vieles, was er ihr gab, sie sehr beschäftigte. Novalis' *Hymnen an die Nacht* las sie immer wieder und hätte das Buch gern behalten, Tiecks *Gestiefelter Kater* verwirrte sie zuerst sehr, doch auch davon sagte sie dem Lehrer kein Wort, las es statt dessen ein zweites Mal, und da mußte sie lachen bei beinahe jedem Satz. Im Kastellanshaus fand sie den *Rinaldo Rinaldini* und Arndts *Vier Bücher vom wahren Christentum*, die sie sich eine Weile lang erfolglos zu lesen zwang. Viel mehr an Büchern war da nicht, ein Band noch mit den Oden Klopstocks und der Voßsche Homer, in dem sie sich allerdings verlor. Dann entdeckte sie im Schlafcabinett des Königs ein Regal mit teuer aufgebundenen Bänden, die wohl schon lange niemand mehr in der Hand gehabt hatte, eine alte, zerlesene Ausgabe von Gellerts *Leben der Schwedischen Gräfin von G**** gefiel ihr sehr, noch niemals hatte sie so empfindsame Worte über die Natur gelesen. Und Rousseaus *Neue Héloïse*, die sie als nächstes aus dem Regal zog, würde, da war sie sich beim Lesen vom ersten Moment an sicher, ihr Leben verändern. Doch dann verlor sie sich in Merciers *Tableau de Paris*, und neue Eindrücke traten an die Stelle der alten.

Niemand interessierte sich für das, was in ihrem Kopf vorging, ja es schien ihr, als wäre es allen sehr recht, sie so still dasitzen zu sehen, während ihre Augen den Zeilen folgten, das Lesen eine unsichtbare, aber willkommene Grenze, die sich fuglos in die Nichtbeachtung durch Gustav einfügte. Um so mehr überraschte es sie, als gerade er eines Nachmittags am abgeräumten Eßtisch stehenblieb und sie fragte, ob sie sich etwas ansehen wolle. Wortlos legte sie ihr Buch weg und folgte ihm hinaus.

Ein schmaler Pfad führte zwischen Kastellanshaus und Schloß zu einem kleinen Gemüsegarten am Ufer hinab, dorthin ging er mit ihr, und sie bemerkte, daß er sich offenbar bemühen mußte, seine Aufregung zu verbergen. Dicht und hoch stand das Schilf. Ein alter Staketenzaun bückte und bog sich unter dem Andrang der Büsche, die ihn hart bedrängten, das Törchen mit rostigen Krampen an alten Pfosten befestigt. In einer Ecke, halb schon im Erlenschatten, ein Dutzend Tontöpfe, die Marie erst bemerkte, als Gustav zielstrebig auf sie zulief. Schon kniete er davor.

»Blau«, stieß er erregt hervor. »Siehst du!«

Die Hortensien in den Töpfen hatten blaue Blüten.

»Ja.«

Sie stand dicht bei ihm und hätte ihm gern über den Kopf gestrichen, weil er sich so freute. Doch als sie ihre Hand tatsächlich nach ihm ausstreckte, sprang er schon wieder auf.

»Weißt du, wie ich es gemacht habe?«

»Sag es mir«, sagte sie.

Es gibt keine blauen Hortensien. Die Blüten dieser eigentlich in Südostasien heimischen Pflanze, die man nach Hortense Lepaute benannt hat, einer Astronomin und Mathematikerin, die 1759 die Ankunft des Halleyschen Kometen ebenso berechnet hatte wie die seinerzeitige Venuspassage, sind entweder rot oder weiß.

»Schilferde! Hier am Zaun, dieser Haufen mit kompostiertem Schilf. Als ich sie damit eintopfte, wurden sie blau.« Aufgeregt machte Gustav ein paar unentschiedene Schritte, dann fiel er vor den Töpfen wieder auf die Knie und hielt ihr eine der Pflanzen hin. Marie berührte die kleinen blauen Blüten mit der flachen Hand.

»Der Onkel kommt auch gleich.«

Sie nickte. Dann nahm sie all ihren Mut zusammen: »Gustav?«

»Das ist schön, findest du nicht?«

»Ja, sehr schön. Gustav?«

»Sieh nur, wie schön sie sind!«

»Ja, wunderschön. Da hast du etwas Wunderschönes gemacht. Aber du mußt auch mich verstehen. Du hast gesagt, du liebst mich.«

Er nahm den Blick nicht von den Blüten. »Ich kann dich nicht lieben«, kam es leise zu ihr herauf.

»Aber warum? Gustav!«

»Weil du ein Tier bist. Und ich bin eine Pflanze.«

Tränen in den Augen, lächelte er ein verzerrtes Lächeln zu ihr hoch und blinzelte gegen die Sonne. Sie verstand zunächst gar nicht, was er da sagte, weil es sie so entsetzte, wie haßerfüllt er die Wörter ausspuckte. Repetierte, als müßte sie sich in eine fremde Sprache hineindenken, immer wieder, was er gesagt hatte. Kämpfte gegen den Wunsch an, wegzulaufen. Nein. Solange es eben dauerte, solange würde sie bleiben, dachte sie, und bewegte sich nicht von der Stelle, bis der Onkel, von der Schloßküche her, den Gemüsegarten betrat, sorgsam das Tor hinter sich schließend, damit die Kaninchen und Pfauen nicht hereinkamen.

»Aber du hast gesagt, daß du mich liebst!« sagte sie schnell noch einmal.

Doch Gustav wischte sich die Tränen ab und sah dem Onkel entgegen, der mit Schürze, Holzschuhen und Strohhut wie ein Gärtner gekleidet war, in der einen Hand den langen Gärtnerstab, in der anderen Armbeuge einen Spankorb mit ein paar Wurzeltrieben. Besonders im Frühjahr genoß er es, den Gehülfen zur Hand zu gehen und selbst im Garten mit anzupacken. Noch bevor Gustav etwas sagen konnte, war sein Blick schon auf die Hortensien gefallen. Gustav strahlte über das ganze Gesicht.

»Onkel!«

»Das hast nicht du entdeckt«, begrüßte Fintelmann seinen Neffen, der ihn verständnislos anstarrte. Er stellte sein Körbchen ab, machte die paar Schritte zu den Töpfen hinüber und betrachtete die Pflanzen. Die Möglichkeit, erklärte er, Hortensien durch verschiedene Zugaben blau zu färben, sei schon seit der Einführung der Pflanze in Frankreich 1789 bekannt. Es gebe einen Zusammenhang zwischen dem Säuregehalt des Bodens und der Blütenfarbe: Alkalische Erde bringe rote Blüten hervor und saure Erde blaue Blüten.

»Es war im Jahr der Revolution. Als sie den Garten von Versailles stürmten und der berühmte Le Notre ...«

»Aber ...«, sagte Gustav.

»Was: Aber?«

Gustav räusperte sich. »Warum haben Sie es dann nie selbst getan, wenn Sie davon wußten, Onkel?«

Ferdinand Fintelmann nahm seinen Hut ab und strich sich mit der Hand über den Kopf. Sehr leise sagte er: »Ich mag es nicht.«

»Was denn? Blau?« In Gustavs Stimme schwang Trotz mit, als trüge der Onkel durch sein Versäumnis eine Mitschuld an des Neffen Enttäuschung.

Fintelmann schüttelte den Kopf. »Ich finde, es gehört sich nicht.« Er stützte sich auf den Stab und beugte sich zu seinem Neffen hinab. »Man soll nicht zaubern mit der Natur. Die Sphären nicht vermischen.«

Gustav schüttelte fassungslos den Kopf. Marie aber verstand, was er im Sinn gehabt hatte. So blau wie diese Blumen waren ihre Haare schwarz. Wie alles, was das Feuer verzehrt dort in der Erde, woher sie kam. Man mußte sich nicht entscheiden zwischen Pflanze und Tier, es gab ein Drittes. Etwas jenseits von Tod oder Schönheit. Etwas, das dauerte. Etwas das nicht fraß und sich nicht verschwendete. Das mineralische Reich. Sie war ein Ding. So, wie Kunckel das Glas rot machte, machte die Erde, aus der sie kam, die Blumen blau.

»Womit hast du es gemacht?« wollte der Onkel wissen.

»Mit der Schilferde hier.«

»Interessant. Für gewöhnlich nutzt man Alaun dazu.«

Alaun, echote es in Marie.

Der Onkel bückte sich ächzend nach dem Spankörbchen und wandte sich zum Gehen. Für ihn war die Sache erledigt. Doch nicht für Gustav.

»Ich werde sie dem König zeigen!«

Der Onkel sah sich überrascht nach seinem Neffen um. Skeptisch wiegte er den Kopf. Die Idee gefiel ihm nicht. Es war nicht ehrlich, zumal es die Lieblingsblumen der Königin betraf. Aber wer wußte schon, was daraus entstehen konnte? Er nickte Gustav zu, zögerlich zwar, doch jetzt durchaus wohlwollend. Und bat Marie, schon im Gehen, ihn doch zu begleiten. Froh um diese Bitte, nahm sie ihm den Spankorb aus der Hand, und die beiden verließen den Garten in Richtung Kastellanshaus.

* * *

Statt direkt ins Schlafcabinett zu laufen, aus dem sie das Buch genommen hatte, das sie noch schnell zurückbringen wollte, bevor die Königlichen Hoheiten mit den Gondeln aus Potsdam eintreffen würden, schlenderte Marie zunächst noch im Erdgeschoß zu jenem Raum, den sie schon allein wegen seines Namens besonders mochte: das Otaheitische Cabinett. Unter Otaheiti, wie man im 18. Jahrhundert die Gesellschaftsinseln genannt hatte, stellte sie sich eine Weltgegend vor, in der es nur Inseln wie die ihrige hier gab. Und nur Sommer. Und Fische und nackte Menschen. Wie erschrak sie, als sie die Tür aufstieß und der Kronprinz vor ihr stand. Zwei Jahre älter als sie, doch noch immer ein etwas pummeliger Junge, verträumt und weich, hatten sie früher im Park gern miteinander gespielt. Hier aber, das wußte sie, zählte das nicht. Sie getraute sich nicht einmal, das Buch aufzuheben, das sie vor Schreck fallen gelassen hatte.

Aber auch er rührte sich nicht in seiner Uniform, über deren hohem, fest geschlossenem Kragen sich die weichen Wangen wölbten, eine Hand, als sollte er gemalt werden, abgestützt auf dem kleinen runden Tisch in der Mitte des ebenso runden Raums. Die Läden waren geschlossen, um die Wärme auszusperren, und im kühlen Halbdunkel ihrer beiderseitigen Überraschung hörte man nichts als das Kratzen der Metallrechen draußen im Kies der Wege.

»Das ist unsere Insel«, sagte er schließlich und deutete vage auf die Wände um sich.

Es dauerte einen Moment, bis Marie begriff. Doch dann sah sie es, und zwar zum allerersten Mal. Es ist das Otaheitische Cabinett ringsum so mit bemalter Leinwand bespannt, daß man den Eindruck gewinnen kann, man befinde sich in einer Hütte in der Südsee, die immer wieder Ausblicke in eine Landschaft durch gemalte Fenster freigibt, in denen man jedoch, wie sie jetzt entdeckte, dasselbe sah wie in den realen: die gleißende Wasserfläche der Havel. Das war ihr noch nie aufgefallen. Dieser Raum wünschte den Betrachter nicht etwa hinweg in eine andere Hemisphäre, sondern ganz im Gegenteil die Südsee mit Bambus und Palmen hierher ins Preußische, indem er die Pfaueninsel verwandelte.

»Glauben Ihre Königliche Hoheit, es stimmt, was man liest?«

Natürlich hatte Marie ihn bei ihren Spielen im Park niemals so angesprochen, doch in diesem Moment schien es ihr unmöglich, ihn beim Vornamen zu nennen, wie sie es gewohnt war. Er schien es nicht einmal zu bemerken.

»Daß die Wilden auf den Sandwich-Inseln Cook gekocht und aufgegessen haben?«

Seine ruhige, etwas teigige Stimme war ihr immer angenehm gewesen. Auch jetzt klang sie ein bißchen so, als spräche er im Traum. Schnell hob sie das Buch auf, bei dem es sich, wie er bemerkt haben mochte, um Forsters Bericht über seine Weltreise mit Cook handelte. Und als ließe sich so vergessen machen, daß sie es unerlaubterweise an sich genommen hatte, erzählte sie von Forsters Eindruck, die Bewohner Tahitis glichen den alten Griechen. Sie könne sich nicht vorstellen, sagte sie, daß diese so grausam gewesen seien.

»Ich weiß nicht«, sagte er gedehnt und blinzelte durch sie hindurch. Wechselte Spiel- und Standbein und schwieg dann wieder.

»Glauben Ihre Königliche Hoheit, es gibt menschenfressende Pflanzen?«

»Ich weiß nicht«, sagte er noch einmal.

Sie habe, erzählte Marie, über die entsprechenden Berichte immer wieder nachdenken müssen, scheine es ihr doch, als fände sich darin eine Verbindung der beiden Reiche des Vegetabilen und des Tierischen. Die Sage von dem Halbgott Māui aus Polynesien etwa, der eine menschenfressende Pflanze bekämpfte, den Hiapo, zu deutsch Papiermaulbeerbaum, ihn schließlich besiegt und den Menschen so seine Frucht gebracht habe, ebendie Maulbeeren.

»Wie seltsam«, merkte er nachdenklich an, »daß auch im deutschen Wort beides, Tier und Pflanze, vereint scheint.«

Marie nickte. Der deutsche Forschungsreisende Carl Liche berichte aus Südamerika von einer fleischfressenden Pflanze mit dem Namen Ya-te-veo, was auf spanisch bedeute: *Ich sehe dich*. Diese Pflanze tauche hauptsächlich in Legenden der

Mkodo auf, einem Volk aus dem Dschungel, und Liche schildere detailliert, wie die Mkodo eine Frau Ya-te-veo opferten, bei dem es sich um einen etwa drei Meter hohen Baum handele, der unzählige große Blätter sowie mehrere lange Fühler besitze. Wie genau der Baum die Frau gefressen habe, gehe aber aus dem Bericht nicht hervor.

Der Prinz schüttelte den Kopf über diese seltsame Geschichte und sah sich noch einmal nach den Malereien an den Wänden um, als zweifelte er nun an dem, was sie zeigten. Und dann sah er Marie an, als zweifelte er an sich selbst. Er wußte, sie hatte hier im Schloß nichts verloren. Und doch war sie ihm vertraut wie eine kleine Schwester. Ihr Gesicht war hübsch. Das hatte er immer schon gedacht. Und er mußte dem Impuls widerstehen, sie wie früher hochzuheben, als sie Kinder gewesen waren. Gänzlich zusammenhanglos sagte er, er sei bereits am Morgen aus Berlin angekommen, aber er habe niemanden stören wollen.

* * *

Seit man vor zwei Tagen den Besuch der Königlichen Familie am Sonntag bestätigt hatte, waren alle mit den Vorbereitungen beschäftigt. Gleich am Freitag war die Schloßwiese gemäht worden, und das Geräusch der Sensen hatte man am Abend noch lange im Kastellanshaus gehört. Gestern wurde dann morgens und abends überall gewässert, um das Grün, das jetzt, in der heißesten Zeit des Sommers, überall schon zu verdorren drohte, möglichst frischzuhalten. Gerade in Blüte stehende Pflanzen im Anzuchtgarten wurden eingetopft und die Kübel von zusätzlichen Tagelöhnern, die aus Klein Glienicke gekommen waren, mit hölzernen Tragen unter Ächzen und Schwanken an den Wegen verteilt. Fintelmann hatte Gundmann angewiesen, in der Meierei alle nötigen Vorbereitungen für einen Besuch der hohen Herrschaften am Nachmittag zu treffen, und in der Schloßküche wurde von der Köchin und ihren Mägden bereits seit gestern gekocht.

Als der Tagelöhner, den der Onkel am Morgen als Posten ans Ufer vor dem Schloß abkommandiert hatte, endlich die Ankunft der Gondeln vom Neuen Garten meldete, war niemand mehr im Haus außer Marie, die gerade dabei war, ihr feinstes Sonntagskleid aus hellblauem Musselin überzustreifen. Sie beeilte sich, ihr Haar zu ordnen, und sprang dann so schnell sie konnte die Treppen aus ihrer Kammer hinab. Atemlos blieb sie auf den Stufen vor dem Kastellanshaus stehen. Hier war sie immerhin ein wenig größer als die anderen. Noch nie hatte sie alle Inselbewohner beisammen gesehen. Jetzt, während die Boote heranglitten, war Zeit, sie zu mustern.

Da waren zunächst die Arbeiter aus Stolpe und Klein Glienicke, die etwas abseits standen und die Marie zwar fast alle dem Gesicht nach, kaum aber ihre Namen kannte. In der Mitte des eigentlichen Empfangskomitees der Onkel, sie sah gleich seinen Hut und den Rock mit dem altertümlichen Kragen, den er nur zu besonderen Anlässen trug. Daneben die Schwägerin, wie immer etwas blaß und in einem betont schmucklosen Kleid, wobei ihre blonden Haare in der Mittagssonne den strahlenden Mittelpunkt der Gruppe bildeten. Von den Neffen, die ihre Köpfe zusammensteckten, sah Marie nur die ebenfalls blonden Haare, dahinter, mit einem deutlichen Abstand, der die Familie des Hofgärtners vom Gesinde und den Angestellten trennte, Elsbeth, die Magd, und den derzeitigen Gartengehülfen, einen hoch aufgeschossenen Jungen mit einem auffällig grünen Halstuch, der keinen Moment stillstehen zu können schien. Neben ihm die beiden Gesellen Macke und Riedbusch, die Ruhe selbst, und der Gartenknecht Kluge, ein stiernackiger, gedrungener Mann, mit seiner Frau Charlotte, von allen nur die Klugin genannt, die im Umgang mit Pflanzen ihrem Mann weit überlegen war und sich um wenig scherte, wenn sie nur, in groben Stiefeln und Hosen, in den Beeten stehen konnte. Die beiden hatten fünf Kinder und waren auf eine stumme Weise gut miteinander.

Ein wenig abseits von dieser Gruppe hielten sich jene, die weniger mit dem Schloß und dem Kastellanshaus als mit der Meierei und dem Wald zu tun hatten, Gundmann vor allem sah sie dort, bei ihm den Fasanenjäger Köhler und den Tierwärter Daniel Parnemann, der erst seit diesem Jahr auf der Insel wohnte, ein dicker Glatzkopf, der älter aussah, als er es war. Daneben der Jäger Kriepe mit Frau und Kind, der Schäfer Elsholz, ein junger Pommer, der immerzu grinste, und Meese, der Fischer, mit seinem einfältigen Sohn. Und ganz am Rand entdeckte Marie schließlich auch den alten, mittlerweile sehr gebeugten Gespanndiener Stoof mit seiner Frau, einander gegenseitig stützend. Brandes, den Königlichen Büchsenspanner, sah Marie nicht, er machte sich wohl beim Anlegen der Gondeln nützlich. Und auch Mahlke fehlte, der, wie stets im August, nach Hause gefahren war.

Die Gondeln hatten endlich festgemacht. Wo war Christian? Der Gedanke, er könne einfach nicht erscheinen, erschreckte Marie, und sie suchte noch einmal alle Rücken und Hinterköpfe ab, spähte zwischen ihnen hindurch, ohne ihren Bruder entdecken zu können. Statt dessen sah sie den Kronprinzen, der jetzt ruhig vom Schloß her an den Rosen vorüber zum Steg ging und für den sich die Menge zuvorkommend teilte. Er war es, der den König, seinen Vater, als erstes begrüßte und seinen Schwestern beim Aussteigen half. Marie beobachtete, wie sich dann auch der Onkel, den Hut in der Hand, vor dem König verneigte und wie er tatsächlich Gustav nach vorn schob, der Blumen überreichte. Maries Herz klopfte: Es waren die blauen Hortensien! Sie konnte nicht hören, was gesprochen wurde, aber sie sah, wie der König wohlwollend nickte und die Blumen annahm und wie sich die Gruppe der Inselbewohner und diejenige der Ausflugsgesellschaft auf dem begrenzten Raum am Steg näherkamen, als das beiden lieb war, und so eine gewisse Unruhe entstand, während Gustav nicht aufhörte, auf den König einzureden.

»Ist dein Platz nicht dort unten, Schloßfräulein?«

Marie fuhr überrascht herum. Christian lehnte neben ihr an der Treppe, an einer dünnen Leine diesmal ein junges Ziegenböckchen, und grinste sie an. Es blieb ihr keine Zeit zur Antwort, denn im selben Moment rückte die Menge auseinander, um Spalier für den König zu stehen, der sich mit seinen Kindern auf den Weg zum Schloß machte. Die Geschwister betrachteten schweigend den höfischen Zug. Christian fütterte die Ziege mit einer Möhre.

Und wie sie so dastanden, spürte Marie, wie sich alle Freude über diesen Festtag verlor, je länger sie in all die vertrauten Gesichter der Menschen blickte, die, wie ihr erst jetzt bewußt wurde, tatsächlich ihre Familie waren. Sie verstand nicht, woher ihre plötzliche Unruhe kam, spürte aber, wie sehr sie sich sorgte. Als ob es ein Abschied wäre, den sie hier feierlich begingen. Aber ein Abschied wovon? Ihr Blick suchte den Onkel, und als sie ihn am Kopf des Zuges entdeckte, dicht beim König, bemerkte sie zum ersten Mal an dem Hofgärtner, der doch wie ein Vater für sie alle hier war, eine Servilität, die sie bisher nicht wahrgenommen hatte, und verstand, daß der Hofgärtner Ferdinand Fintelmann bei dem, was kam, sie nicht würde beschützen können. Hilflos sah sie sich nach ihrem Bruder um und beruhigte sich am Anblick seiner trotzig-grotesken Gestalt, maskiert in Fellhose und mit der Ziege am seidenden Band, doch dann entdeckte sie auch in seinem Gesicht etwas, das sie noch nie bei ihm bemerkt hatte, und wußte sogleich, daß es dieselbe Unruhe war, ja Angst, die auch sie selbst empfand.

Und Gustav? Als der Zug einen Moment stockte, sah sie ihn mitten darin. Nichts als Stolz, dem König seine Blumen präsentiert zu haben, las sie in seinem Blick. Und mußte daran denken, wie schön er als Kind gewesen war. Wie sie ihn, wenn keiner hinsah, betrachtet hatte, den Knaben mit den feinen Gliedern und dem dünnen Haar. Und als der Festzug sich wieder in Bewegung setzte, fiel ihr ein Vers der Sappho ein, den sie sehr mochte, und mit einem plötzlichen, ganz ungewohnten Stolz sagte sie ihn sich leise vor: *Reiterheere mögen die einen, andre halten Fußvolk oder ein Heer von Schiffen für der Erde Schönstes, ich aber das, was man liebhat.*

Am Nachmittage begleitete Marie den Onkel zur Schloßwiese hinauf. Die Sommerhitze begann gerade nachzulassen, und von der Havel her wehte ein leichter Wind. Das Lachen und Reden der Hofgesellschaft, das von überall her zu kommen schien, verwirrte sie ebenso wie das Farbgewitter der Kleider, die Gesten und Blicke der Damen, die über ihr zusammenzuschlagen schienen. Doch sie bemühte sich, Contenance zu wahren, und blieb immer dicht in der Nähe Fintelmanns, den der König, nachdem die Gäste ihre Partie über die Insel beendet hatten, noch einmal zu sich bestellt hatte.

Sie verstand nicht, weshalb der König ausdrücklich auch sie, das Schloßfräulein, und nicht Gustav zu sehen wünschte. Am Rand der Wiese unter den Bäumen die Königskinder, auf der Schaukel Albert, der jüngste der Prinzen, seine älteren Geschwister an der Kegelbahn unter dem schützenden Dach alter Eichen, nicht weit von der Stelle, an der die Königin damals dem entsprungenen Ball ins Unterholz gefolgt war. Alexandrine, die jetzt Dreizehnjährige, erinnerte sich sicherlich nicht mehr daran, ihn damals weggeschlagen zu haben, Marie aber wußte noch genau, wie Christian außer Atem von dem Zusammentreffen mit der Königin zu ihr gekommen war, jenes Wort im Mund, das ihre Kindheit zerstört hatte. Zwei Gouvernanten standen bei der Schaukel, und ein Page assistierte bei den Kegeln. Die Prinzessinnen trugen weite Strohhüte mit Bändern. Die Prinzen helle Sommerjacken, so sie nicht in Uniform waren.

Der König stand in der Mitte der Wiese und war im Gespräch mit einem seiner Gäste, dem Wirklichen Geheimen Rat Wilhelm Anton von Klewiz, einem Beamten des Finanzdepartements, der gerade von einer Reise in die neue rheinische Provinz zurückgekommen war. Ganz in der Nähe, doch in diskretem Abstand, sein Adjutant. An ihn wandte Ferdinand Fintelmann sich. Man hieß sie einen Moment warten. Marie fiel, abseits von den anderen, ein junges Paar auf, das sehr auffällig gekleidet war und bei dem sich ein ebenfalls noch ganz junger Mann aufhielt. Das Mädchen, das ebenso alt wie sie selbst sein mochte, trug ein grünes, fast schulterfreies Kleid mit weißen Puffärmeln. Nußbraune Stocklocken wippten über ihre Schläfen, wenn sie, was sie ständig tat, ihren Kopf von links nach rechts und wieder zurück warf, während sie mit ihren beiden Begleitern sprach, dabei das Seidentuch, das ihr lose über den Schultern lag, mit den Händen mal eng an ihre Gestalt ziehend, mal wie ein Segel im Gespräch von sich weghaltend. Marie konnte sich gar nicht satt sehen an diesem Mädchen, dessen Lachen den beiden Männern so nah war.

Der Onkel fuhr ihr mit der Hand über den Scheitel. Da sah der König plötzlich erwartungsvoll zu ihnen her, als ob sein Blick eine Gasse auf der Wiese aufgetan hätte. Ferdinand Fintelmann ging hinüber, nahm den Hut ab und verbeugte sich, Marie fiel in einen Hofknicks. Der König begann den Hofgärtner zu befragen, doch Marie merkte schnell, daß dessen Bericht nicht der Grund der Audience war. Während der Onkel sprach, wirkte der König ebenso wohlwollend wie desinteressiert, und Marie sah, wie dieses Desinteresse an seinen Tätigkeiten ihn erneut verunsicherte. Vergessen der tatkräftige Schritt, mit dem er durch seinen Garten auf den König zugeschritten war. Als gäbe es all dies gar nicht, den Rasen und die Baumgruppen, die Hügelbeete und die Pfauen, begann der König, kaum daß Fintelmann geendet hatte, von einer Reise nach Paris zu erzählen, die er jüngst unternommen, und wie sehr ihm dort vor allem die Anlage des Jardin des Plantes gefallen habe. Fintelmann nickte unsicher.

»Denke, so was auch hier«, sagte der König in seiner typisch verkürzten Redeweise. »Für die Tiere.«

Der Onkel verstand nicht. Er fragte nach. Marie aber begriff sofort: Ihre Ahnung bewahrheitete sich, alles würde anders werden! Der König erklärte, er denke sich auf der Insel eine Menagerie ähnlich der in Paris. Es gebe ja schon einige seltene Tiere hier, dazu würden in Zukunft andere mehr kommen.

Deren Unterbringung wünsche er sich verändert. Auch, daß die Felder wieder zu einem Park würden, der mit dem Neuen Garten korrespondiere. Der Onkel nickte schweigend. Marie wußte, wie sehr es ihm um die Landwirtschaft, die er so sorgsam aufgebaut hatte, leidtun mußte.

»Ein neuer Kopf ihm zur Seite, Fintelmann!«

Der Onkel bat um Erläuterung.

»Lenné. Begabter Mann.«

Fintelmann nickte wieder. Er wußte natürlich von dem jungen Gartengesellen, der erst in diesem Jahr aus Koblenz nach Potsdam gekommen war und vom König auf erstaunliche Weise protegiert wurde.

»Mademoiselle Strakon! Allerliebst. Guter Geist der Insel.«

Der König beugte sich jetzt zu ihr herab und lächelte. Marie bedankte sich. Der König lobte noch einmal die blauen Hortensien, dann war die Audienz beendet, und man zog sich unter Verbeugungen zurück. Ferdinand Fintelmann schickte sich sofort an, die Gesellschaft zu verlassen, Marie aber bat, noch bleiben zu dürfen, sie wolle gern zur Kegelbahn und den Schaukeln hinüber, kannte ja die Prinzessinnen und Prinzen alle, und der Onkel erlaubte es. Doch kaum hatte sie sich von ihm verabschiedet und wollte die Schloßwiese überqueren, sprach sie jemand an, dessen Näherkommen ihr völlig entgangen war.

»Sie müssen das Schloßfräulein sein, von dem man allenthalben spricht.«

Marie nickte überrascht zu dem jungen Mann hinauf, der ihr vorhin bei jenem Paar aufgefallen war, das nun auch schon heranschlenderte.

»Gestatten: Peter Schlemihl«, stellte er sich vor.

Marie schien der junge Mann gleich wie lang vertraut, als

er sich jetzt zu ihr herabbeugte und ihr dann seine Begleitung vorstellte. Es handele sich, erklärte er mit angenehmster Stimme, und forderte die beiden mit einer kleinen Geste auf, näher zu kommen, um Abel Parthey, der in Heidelberg Altertumswissenschaften studiere und nur für einen kurzen Besuch zurück in seiner Vaterstadt sei, und um Lili, seine Schwester. Unsicher, was das alles bedeuten mochte, nickte Marie den dreien zu, doch da machte der junge Mann auch schon Anstalten, sich auf die Wiese vor ihr hinzusetzen, und lachend taten die Geschwister es ihm nach, so daß Marie sich zum ersten Mal, seit sie vom Kastellanshaus heraufgekommen war, mit jemandem auf Augenhöhe befand.

Das Geschwisterpaar Parthey gehörte einer der besten Berliner Familien an, ihr Vater war Hofrat, ihre frühverstorbene Mutter eine Tochter Friedrich Nicolais gewesen. Kaum hatte auch Marie sich gesetzt, begann eine Plauderei, deren unbestimmte Leichtigkeit ganz das Metier dieser jungen Leute zu sein schien, und Marie erfuhr, daß es sich bei Schlemihl um einen Naturforscher auf Humboldts Spuren handelte, der, wenn er nicht in Berlin war, in atemlosem Tempo die Welt bereiste, wovon er einiges erzählte, was vor allem bei dem jungen Parthey sein Echo fand, der, obzwar noch in Heidelberg, im Geist längst in Rom war, von dem er schon jeden Stein zu kennen behauptete, was er auch sogleich mit schwärmerischen Schilderungen unter Beweis zu stellen suchte. Wobei Lili, seine Schwester, der lachende Mittelpunkt war, um den die Geschichten, je bunter und je fremder um so besser, wirbelnd sich drehten. Und aus dem stillen Herz dieses Wirbels zwinkerte sie Marie immer wieder zu, als wären sie alte Freundinnen, und begann ihr auch selbst bald alles mögliche zu erzählen, über ihren Bruder und seinen Freund, was sie in Berlin erlebten, von der Reise nach Potsdam, der Gondelfahrt hierher und schließlich auch ihre Impressionen von der Insel.

»Das kleine Schloß ist ja ganz allerliebst, aber so enge, daß die drei Prinzessinnen in sehr kleinen Stuben schlafen müssen. In der Meierei haben wir köstliche Milch getrunken, und wir haben Pfauen und Störche, Adler und Hirsche, Auerochsen, Schafe und Kühe gesehen.«

Ihr Bruder machte den Schrei eines Pfauen nach, und Lili hieb ihm, weil man sich sofort nach ihnen umsah, lachend auf den Mund. Dann forderte sie Marie auf, von ihrem Leben hier zu erzählen, was diese, ganz verwirrt von dem Geplauder, stockend begann. Sie war froh, als Peter Schlemihl sie bald schon unterbrach.

»Ich beneide Sie darum, Mademoiselle, an einem solchen Ort leben zu können.«

»Ja, es ist wunderschön hier«, pflichtete Lili ihm bei.

»Das meine ich nicht.«

»Sondern?« fragte ihr Bruder, doch Schlemihl erklärte sich nicht.

»Den Vater unsres Königs haben Sie wohl nicht mehr gekannt?« fragte er statt dessen. »Oder gar die Gräfin?«

Marie verneinte.

Schlemihl nickte ernst, als hätte er sich das schon gedacht, doch gleich schien ihm etwas anderes einzufallen. »Aber Sie wissen um die seltsame Geschichte des Namens Ihrer Insel?«

Was denn daran seltsam sei, wollte Marie wissen.

»Seltsam ist, daß die Insel auf der ältesten Karte, die es gibt, jener von Suchodoletz aus dem Jahr 1683, zwar Pfauwerder heißt, der Große Kurfürst, nachdem er sie wirtschaftlich zu nutzen begann, sie aber nach den Tieren benannte, die er hier ansiedelte. Als Kaninchenwerder erscheint sie in den Akten.«

»Und dann?« wollte Abel Parthey wissen.

»Nach Johann Kunckels, des Glasmachers, Zwischenspiel ließ das Gut Bornstedt hier Schafe, Kühe und Ochsen grasen, dann wurde die Insel dem Potsdamer Waisenhaus geschenkt, von dem sie schießlich der Vater selig unseres Königs erwarb und kurz vor seinem Tod auf Gut Sacrow Pfauen kaufen und hier aussetzen ließ. Keine dreißig Jahre ist das her, und erst seitdem heißt sie Pfaueninsel. Die Wirklichkeit äfft so den Namen nach und glaubt der Lüge, die Namen immer in sich tragen.«

Marie schüttelte den Kopf. »Ich verstehe nicht.«

»Glauben Sie denn wirklich, daß früher einmal Pfauen hier gelebt haben?«

Marie sah ihn überrascht an. Lebten diese Vögel nicht überall? Lili lachte und hielt sich die Hand vor den Mund.

»Dürfte ich vielleicht ein Portrait von Ihnen schneiden, Mademoiselle?« wechselte Schlemihl das Thema.

»Oh ja, bitte!« freute sich Lili.

Und schon hatte er ein Stück schwarzen Karton und ein winziges goldenes Scherchen aus seinem Rock gezogen und setzte sich vor Marie in Positur, wobei er sie so skeptisch musterte, daß sie es zunächst mit der Angst bekam. Versetzte sie doch alles, was sich auf ihr Aussehen richtete, in Panik. So, wie sie war.

»Keine Sorge!« beruhigte sie Lili, die Maries Aufregung gleich bemerkte. »Peter ist ein großartiger Silhouetteur. In Berlin sind seine Schattenrisse gerade sehr in Mode! Aber du mußt stillhalten.«

Während sein Blick unentwegt zwischen Marie und dem

schwarzen Papier pendelte und die Schere in winzigen, doch völlig sicheren und ungemein hurtigen Bewegungen herumfuhr, nahm Schlemihl den Faden des Gespräches mit aller Seelenruhe wieder auf. »Es täte mir wirklich leid, wenn ich Sie verwirrt haben sollte, Mademoiselle. Was ich eigentlich sagen wollte: Man spürt hier noch viel von der alten Zeit. Nur an wenigen Orten in Preußen ist sie noch so gegenwärtig.«

»Was die alte Zeit angeht, mein Lieber«, entgegnete Abel dem Freund, »sind Gott sei Dank die Zustände vorüber, in denen die von dir erwähnte Gräfin Lichtenau mit Hilfe des angeblichen Geistes ihres toten Sohnes regieren konnte.«

»Das meine ich nicht.«

»Was denn?« wollte Marie wissen, während sie zugleich gebannt den Bewegungen der Schere folgte.

»Fertig!« rief Schlemihl fröhlich aus, statt ihr zu antworten. Und im selben Moment fiel ein Großteil der Pappe zu Boden, der abgetrennte Schatten ihres schwarzen Konterfeis, das allein in seiner Hand zurückblieb.

»Darf ich Ihnen das schenken, Mademoiselle? Als Andenken an diesen schönen Tag bei Ihnen?«

Lächelnd reichte er ihr den Scherenschnitt. Sie bedankte sich artig und legte ihn vor sich auf den Rasen. Nie sieht man sich im Profil, wie die anderen es tun, und insofern ist ein Scherenschnitt immer fremd und vertraut zugleich. Natürlich, das war sie, sie erkannte all das, was sie an sich haßte, nichts war übertrieben, ihre Nase war so, ihre Stirn, ihre Lippen, sie wußte es. Und doch war die Linie, die all das aus dem Schwarz geschnitten hatte, so fein und sorgsam geführt, als spielte es überhaupt keine Rolle, welche Empfindungen man mit dem, was diese Linie erfaßt hatte, verbinden mochte. Schön war das Bild, nicht sie, und das war gut. Ihre Beklemmung löste sich, wenn sie sich auch noch längst nicht davon lösen konnte, das Bild immer weiter zu betrachten, und sie erinnerte sich plötzlich daran, im Schloß auf einem Teeservice ebensolche Silhouetten gesehen zu haben, und das freute sie noch mehr.

»Gefällt es Ihnen?«

»Ja, sehr!« hauchte sie und konnte dabei noch immer nicht hochschauen.

Ohne ein Wort darüber zu verlieren, wandte Schlemihl sich wieder seinem Freund zu. »Siehst du den Brunnen dort drüben? Man nennt ihn Jakobsbrunnen, aber er hieß sicherlich einmal anders. Denn in Rom, lieber Abel, wohin du so gerne möchtest, kannst du sein Vorbild sehen, die Cella des Serapistempels, verfallen zwar, aber noch kenntlich.«

»Und?« fragte Abel.

»Serapis nannten die Griechen den Osiris. Es fällt auf, wie viel Ägyptisches sich hier findet. Im Neuen Garten drüben gibt es noch zwei ägyptische Gottheiten, dazu eine Sphinx und eine Pyramide.«

»Und? Nichts als eine alte Mode.«

»Bist du dir da sicher? Die Rosenkreuzer haben ein sehr starkes Interesse an alten orientalischen Kulten.«

»Die Rosenkreuzer?« fragte Lili abschätzig. »Großvater Nicolai hat immer über sie gewettert. Dunkelmänner, sagte er. Gibt es die denn noch?«

»Ob es sie noch gibt, liebe Lili, weiß ich nicht zu sagen. Aber der Brunnen dort wurde auf Anordnung und Planung des Ministers Wöllner gebaut, und von dem wissen wir ja, daß er der führende Rosenkreuzer am Hofe war. Und seht euch doch um: Dieses Schloß, der Brunnen, die Pfauen und, verzeihen Sie meine Offenheit, Mademoiselle Strakon, nicht zuletzt auch die Anwesenheit der Zwerge, das alles atmet einen anderen als unseren modernen Geist.«

Nur einen Moment lang verletzten sie Schlemihls Worte. Vielleicht gab es tatsächlich einen Grund dafür, daß sie hier war. »Ich glaube, Herr Schlemihl hat recht.«

Marie bemerkte nicht, daß die drei jungen Leute sie überrascht und verwundert ansahen. Es wurde Abend. Wie zerwühlt der Kies der Wege war. Sie erinnerte sich an das Geräusch der eisernen Rechen. Der Sommer ist zu Ende, dachte sie und spürte, daß noch etwas ganz anderes vorüber war, etwas, für das sie keine Worte hatte. Was wohl der König vorhatte mit ihrer Insel? Die Havel glitzerte im letzten Licht. Suchend sah Marie sich um. Christian, in seiner Zottelhose und mit nacktem Oberkörper, huschte unter den nahen Bäumen in die tiefen Schatten.

* * *

Seit Anfang Dezember hatte es fast die ganze Zeit geschneit, der Schnee lag hoch, das Jahr 1819 ging zu Ende. Im Haus roch es nach Gebäck und herrschte jene besondere Ruhe, die Gärtnerhäuser im Winter erfüllt. Marie wollte hinaus, die Pfauen füttern, und da es bald dunkel werden würde, mußte sie sich beeilen und hatte den Mantel schon übergeworfen, als sie sich entschloß, noch einmal beim Onkel hineinzusehen, der die meiste Zeit des Tages in seinem Arbeitszimmer über den Abrechnungen an das Hofmarschallamt saß. Oft freuten ihn ihre Besuche, doch als sie diesmal die nur angelehnte Tür zum Arbeitszimmer aufdrückte, kauerte überraschenderweise auch Gustav mit einem kleinen Büchlein und einem Stift auf einem Hocker neben dem Schreibtisch des

Onkels. Marie spürte sofort, daß sie störte, doch Ferdinand Fintelmann winkte sie gleichwohl herein.

»Schließ doch bitte die Tür«, sagte er zu ihr. Und zu Gustav: »Also fangen wir an. Inwiefern ist die Gärtnerei als ein Gewerbe, als eine Kunst oder als eine Wissenschaft zu betrachten?«

Was man von einem Hofgärtner verlangte, hatte sich im Laufe der Jahrhunderte wenig geändert. Er mußte verstehen umzugraben, anzubauen, zu jäten, zu gießen, zu verpflanzen, herauszunehmen und einzusetzen, alles Ungeziefer mußte er zu vertreiben und zu töten wissen, einen Garten in geschickliche Abmessungen einzuteilen und alle Pflanzenarten an ihre gehörigen Orte zu setzen und zu pflegen. Die Grundlagen des Zeichnens und der Geometrie mußte er beherrschen, um Pläne verfertigen zu können, zudem natürlich lesen, schreiben und rechnen können, Latein nutzte ihm für die Namen der Kräuter und Bäume, Französisch für die Blumensorten und die Gartenelemente, Italienisch für die Orangen- und Zitronenbäume.

»Wodurch unterscheidet sich das Mineral- vom Pflanzen- und letzteres vom Tierreich?«

Maries Herz klopfte, als sie diese Frage hörte, wenn sie auch nicht verstand, was hier vor sich ging. Gustav schrieb eifrig mit.

»Welches sind die äußeren Bedingungen, ohne welche das Leben der Pflanzen weder beginnen noch fortdauern kann? Durch welche Organe nimmt die Pflanze ihre Nahrung auf, und worinnen besteht diese wesentlich? Was ist eine Bastardpflanze? Welche äußeren Einwirkungen oder Umstände haben hauptsächlich Einfluß auf die Ausartung der Pflanzen? Welchen Ursachen schreibt man die Entstehung des Honigtaus, des Mehltaus und des Brandes bei

Gehölzen zu? Welche Mittel hat man, diesen Krankheiten entgegenzuwirken?«

Der Onkel hörte gar nicht mehr auf zu fragen, und Marie schien es, als legten sich all diese Fragen über die Insel und bedeckten mit Wörtern jeden Baum und jeden Busch.

»Welches sind und wie viele reine ungemischte Erdarten gibt es? In welchem Verhältnis müssen diese zusammengesetzt werden, um einen guten brauchbaren Boden zu bereiten? Wie kann Sandboden verbessert werden?« Fintelmann wartete, bis der Neffe mit Schreiben innehielt. »Hast du das?«

Gustav nickte.

»Also: Was ist zu tun, um gute und echte Samen von allerhand verwandten Küchengewächsen zu erziehen? In wie vielerlei Abteilungen lassen sich die teils einheimischen, teils naturalisierten Küchengewächse bringen?«

Immer mehr von der Insel deckte der Onkel mit seinen Fragen zu.

»Welche Zweige heißen Leit- und welche Wuchertriebe, Wasserreiser und Ausläufer? Welche Fruchttriebe nennen sich Fruchtruten, Fruchtspieße und Ringelspieße? Welcher Unterschied findet zwischen der Bildung der Fruchtaugen beim Kernobst und beim Steinobst statt? Welches sind die zweckmäßigsten verschiedenen Veredlungsarten, und welcher Zeitpunkt ist bei der Anwendung derselben zum glücklichen Fortgang zu wählen? Worauf gründet sich die Theorie des Baumschnitts?«

»Gustav!« sagte Marie in eine kleine Pause hinein. Doch Gustav reagierte nicht, und der Onkel sah sie mißmutig an. Und sie wußte eigentlich auch gar nicht, was sie sagen wollte.

»Die letzten Fragen, Gustav.«

Er sieht so traurig aus, dachte Marie. Nichts mehr wußte sie von dem, was in ihm vorging. Es kam ihr so vor, als wäre er dabei, einen Vertrag zu unterzeichnen, der ihn für immer von ihr lossagte. Einen Teufelsbund. Und es tut ihm leid, dachte Marie. Und sie mußte ihre Tränen zurückhalten.

»Gustav, hör mir zu! In wieviel Klassen werden die Pflanzen nach dem Linnéschen System eingeteilt und wie heißen sie? Welches sind die wesentlichen Teile einer männlichen und einer weiblichen Blüte? Welchen Dienst leisten die Blätter der Pflanzen? Hast du's?«

Gustav schrieb, eifrig nickend, immer weiter.

»Wie wird ein irreguläres Neuneck in vier gleiche Teile eingeteilt? Wenn eine Quadratrute mit einem Viertel Schachtrute guter Erde belegt werden soll, wieviel Schachtruten sind erforderlich zu einem Oval, dessen lange Achse sechzig Ruten beträgt und welches aus zwei Zirkeln construiert wird?«

Der Onkel betrachtete seinen Neffen, während dieser schrieb, und es schien Marie, die noch immer mit dem Rükken an der Tür lehnte, als verstünde auch er, daß es bei diesen Fragen für Gustav um eine Entscheidung ging. Sie meinte in seinem Blick etwas von dem Bedauern zu sehen, das sie selbst verspürte, und einen langen Moment hoffte sie, der Hofgärtner würde gleich das erlösende Wort sprechen, um all das wieder ungeschehen zu machen, was hier gerade geschah.

Doch dann hatte Gustav alles notiert und legte den Stift weg. Ob Pflanzen schliefen? Gustav glaubte es nicht. In der Nacht sehnten sie sich nach dem Licht. Die Nacht war ihr Tod. Nur die Tiere lagen in der Nacht auf der Lauer, ihre gelben Augen blitzend im Dunkel. Er mußte daran denken, wie der Bär sich einmal losgemacht hatte und blindwütend wie ein Eber durchs Unterholz gebrochen war. Plötzlich war er heran gewesen und hatte Gustav mit seinen kleinen Augen angesehen, und er war unfähig gewesen, auch nur einen Schritt zu tun, und der Bär hatte wütend mit seiner riesigen Pranke einen morschen Ast vom Stamm geschlagen, er hatte Geschrei gehört und Köhler und Parnemann mit langen Spießen herankommen sehen, aber der Bär war jetzt ganz dicht vor ihm gewesen, während er schreiend rückwärts stolperte, die Hände abwehrend dem Tier entgegengestreckt, und dann hatte er sich in einer Wurzel verfangen und war der Länge nach hingestürzt, mitten in ein dichtes Gestrüpp von Lattich hinein, und der Bär hatte begonnen, sich über ihm aufzurichten, als ihm Parnemann endlich seinen Spieß ins Hinterteil hieb, das Tier wieder auf alle viere fiel und brüllend Reißaus nahm.

Weshalb nur ekelte er sich vor Marie? Manche der Tagelöhner auf der Insel nannten sie und ihren Bruder Mißgeburten und Krüppel, mieden die beiden aus Aberglauben, und wenn sie ihnen begegneten, schlugen sie, obzwar gut lutherisch, heimlich das Kreuz. Er glaubte nicht an das, was sie erzählten. Jeden Zug ihres Gesichts kannte er, jedes Lachen seit seiner Kindheit, jede Bewegung, die sie machte. Wie sollte er sie da häßlich finden? Und dennoch: Immer, wenn sie wie jetzt in seine Nähe kam, schien es ihm, als müßte er etwas loswerden, einen üblen Geruch, ein klebriges Gefühl an der Hand. Weshalb nur hatte der Onkel ihn damals nicht gelobt, als es ihm gelungen war, die Hortensien zu färben? Was hatte er gesagt? *Ich finde, es gehört sich nicht.* Man solle die Sphären nicht vermischen. Aber andere taten es, er hatte davon gelesen. Er würde ein besserer Gärtner werden als der Onkel. Er verstand nicht, weshalb er gerade jetzt an seinen Vater denken mußte. Alle hatten immer gesagt: Was für ein schönes Paar. Carl Christian Fintelmann und Luise Philippine Rabe. Pflanzen verließen einander nicht. Bäume und Flüsse, dachte er, um sich zu beruhigen, wachsen in verschiedene Richtungen, Bäume verzweigen sich immer feiner, Flüsse wachsen aus den filigranen Ästen ihrer Quellen zu einem Strom. Das dachte Gustav in diesem Moment. Und beide Bewegungen, ineinandergesehen, dachte er triumphierend, kehren die Zeit um!

Er sah den Onkel an und sagte mit kalter Stimme: »Ich glaube, die Gärtnerei kann von Einsichtigen nicht als Gewerbe angesehen werden, sie ist eine Kunst wie die Landschaftsmalerei und erfordert auch Wissenschaft.«

Marie erschrak so sehr über diese kalte fremde Stimme, daß sie mit einem Stöhnen hinausstürzte. Den ganzen Weg zu den Pfauen hinauf rannte sie weinend und schluchzend, und erst, als sie auf der Schloßwiese stand, nahm sie überhaupt wahr, wo sie sich befand.

Fahl leuchtete der Schnee weit über das hin, was vor ein paar Wochen noch Wiese und Feld gewesen war. Die bizarren Äste der Eichen waren weiß geädert, die Tannen beugten sich unter ihrer Last. Die Pfauen hockten dicht an dicht auf dem weitausladenden Baum in der Nähe des Stalles, auf dem sie immer saßen. Sie machten kein Geräusch, die Köpfe, so gut es eben ging, vor dem kalten Wind geborgen. Marie ging in den Stall, warf ein paar Schaufeln voll Körner in den Trog und zerhackte mit dem Absatz ihres Schuhes die Eisschicht in den Näpfen. Nie mehr in den nächsten zwanzig Jahren sollte es auf der Insel so still sein wie in diesem Moment, als Marie vor dem Stall stehenblieb und zu den Pfauen hinaufschaute. Das Blau ihrer Federn schien aus Eis.

Viertes Kapitel

Lenné

Kein Mensch zu sehen. Als schliefe noch alles. Ein heißer Sommertag um die Mittagszeit, die Insel wie verwunschen. Eine unheimliche Stille umfinge einen, wenn man von der Anlegestelle hinaufstiege und das Schwappen der Wellen leiser würde und schließlich verschwände, der Wind auf dem Wasser vergessen, die Luft unter dem Blätterdach heiß und stickig. Traubeneichen und Stieleichen, Ulmen und Erlen. Zitterpappeln, deren Propellerblätter an ihren langen Stielen sachte aufhörten zu kreiseln, immer langsamer würden, erschlafften, einschliefen unter dem Blick zurück zum Steg an der Havel.

Dort unten, im Röhricht um die Insel, Bläßhühner und Zwergdommeln und Haubentaucher. Linkerhand, verlassen, das Kastellanshaus. Der Duft der Rosen. Im Schöpfbrunnen am Weg, eingefaßt in den hohlen Stamm einer alten Eiche, gluckste es dunkel und kühl und sehr weit weg. Im Dickicht am Schloß der Zaunkönig. Die Schloßwiese aber öffnete sich hell, das Schloß selbst in der Sonne so weiß, als wollte es jeden Moment lossegeln. Aber es bewegte sich nicht. Nichts bewegte sich. Alles wartete. Nur ein paar Pfauen schritten geräuschlos vorüber, ziellos mal dahin, mal dorthin, so langsam, als verdickte der Mittag die Luft und machte die Zeit zäh wie Gelee.

Das Korn hoch und gelb, aber es raschelte nicht, weil kein Wind die Halme bewegte. Nur das Licht sirrte über der hellen Fläche der Felder und stäche in die Augen. Rechterhand der geschwungene Weg im kühlen Schatten der Bäume. Rotkehlchen, Singdrosseln, die Mönchsgrasmücke. Den Abhang hinab sähe man den Anzuchtgarten, dann führte der Weg in den Wald und hinauf zum höchsten Punkt der Insel. Immer wieder ginge der Blick durch die hellen Blätter zum Wasser. Das Dickicht unter den alten Eichen undurchdringlich, auf einem Baumwipfel ein Pirol.

Der Weg führte um die Hügelkuppe herum und wieder hinab, vom hohen Ufer weg zur Mitte der Insel, und bald öffnete der Wald sich zum Feld. Wieder gleißende Helle. Wie die Hitze sich vor einem aufbaute, zwischen den Feldern hinüber zum Gutshaus. Plötzlich stiege ein Fasan mit schrillem Geflatter aus dem gelben knisternden Korn auf und flöge mit wippenden Schwanzfedern davon. Ein paar Dohlen kämen schnarrend ins Bild, hoch oben, mühsam auf- und abflatternd in der Windstille. Die Bretter der Scheune tickten in der Sonne, das Scheunentor stünde offen, von drinnen summte es. Aus dem Stall das dumpfe Pochen von Hufen, kein Wiehern. Man meinte, dort drüben im tiefen Schlagschatten des verrammelten Gutshauses laure etwas. Rauchschwalben zirpten ihre gezirkelten Schwünge um die Hausecken. Eine Wagenremise. Daneben führte der ausgefahrene sandige Weg wieder in die Felder hinein. Hinter den Feldern mooriger Grund. Die ruinenhafte Meierei erschiene jenseits der Wiese. Ein Kuckuck. Dahinter nun wieder die

Havel. Ein Habicht schrie, unsichtbar, und sein Schrei hallte immer wieder über den weiten Prospekt. Völlig lautlos zöge, ganz im Zenit des unendlich blauen Himmels, ein Fischadler seine Kreise, der vermag, was kein Mensch damals konnte: fliegen.

Unvorstellbar heute die Unvorstellbarkeit der Vogelperspektive. Unvorstellbar die Irrealität aller Karten, auf das herabzublicken, was sie zeigen. Dachfirste, Türme, Bergspitzen: Jeder Aussichtspunkt wurzelte schwer in dem, von dem er sich nur um ein weniges abhob. Niemals schwebte ein Auge unverbunden über die Welt hin wie ein Vogel, jede Karte ein unmöglicher Rausch der Ermächtigung.

Es existiert ein Plan der Pfaueninsel von der Hand Ferdinand Fintelmanns, der bis ins Detail ihren Zustand zeigt, bevor Peter Joseph Lenné zum ersten Mal auf die Insel kam. Die Felder, die Fintelmann angelegt hatte, das Schloß und die Wege, die Bäume und die Wiesen. Feldmeßkunst. Triangulation. Ein Meßtisch aus Messing auf einem Stativ, den man vor sich in der Landschaft placierte. Ein Liniennetz aus Dreiecken, das man über die Landschaft legte und deren Seiten und Winkel man maß, um so Entfernungen und Flächen zu bestimmen. Jeder Teich zerfiel, als überzögen ihn im Winter die Krakelüren des Eises, in dreieckige Splitter. In unübersichtlichem Gelände wurden die Vieleckzüge mit dem Kompaß gemessen. Ein Baumhöhenmesser im Etui, den Fintelmann sich am Gürtel befestigen konnte. Selbstgefertige Maßstäbe und Transporteure aus Messing. Punktir-Nadeln, die der Hofgärtner aus feinen englischen Nähnadeln selbst machte, indem er ihre Köpfe mit Siegellack versah. Der in der Natur gezeichnete Vermessungsplan wurde mit ihnen durchstochen und so auf ein neues, darunterliegendes Blatt übertragen, das Fintelmann anschließend auf ausgespannten Kattun leimte. Erst dann trug er alles ein, jeden Baum, jeden Weg, jedes Gebäude. Schlagschatten markierten die Vogelperspektive, die es in der Wirklichkeit nicht gab, die Länge der Schatten, die Größe der Gehölze, Schummerung in der Kolorierung, die Bodenbewegungen. Schwarze Tusche, Gummi de Goa, Karmin, Indigoblau, Grünspanlösung. Das Auge kreist über dem Plan wie der Fischadler. Der Schrei des Habichts durchdringt die Schraffierungen.

Ferdinand Fintelmann war ein guter Planzeichner. Doch im Gegensatz zu Lenné, bei dem die Gehölze, nach Typen unterschieden, ebenso einem Schema folgten wie die Länge ihrer Schatten und die verschiedenen Kolorierungen, schnell und ohne Wissen um die realen Verhältnisse reproduzierbar durch angestellte Zeichner, entsprang Fintelmanns Schauplan für seinen königlichen Gutsherrn inniger Kenntnis. Die wichtigsten der uralten Eichen auf der Insel portraitierte er wie kleine Vignetten. Aus Anlaß von Lennés Besuch hatte er den Plan, der für gewöhnlich unter Glas im Schloß hing, heute in sein Arbeitszimmer bringen lassen. Er zeigte etwas, das wußte Fintelmann, was es schon bald nicht mehr geben würde.

Neben dem Schreibtisch auf dem Boden mehrere der großen Glasglocken, die im Sommer über die empfindlichen Melonen gestülpt wurden, um sie vor Schlagregen zu schützen. Auf dem Schreibtisch die Botanisiertrommel aus grün lackiertem Eisenblech und das Okuliermesser mit dem Elfenbeingriff. Lenné, der das alles betrachtete und sich dann neugierig über den Plan beugte, während Fintelmann hinter ihm stand und abwartete, war zu diesem Zeitpunkt gerade erst achtundzwanzig Jahre alt. Bei aller Höflichkeit gegenüber dem Älteren war der mit einem Rock nach neuester Mode gekleidete Lenné erkennbar selbstbewußt. Zwar lobte er Fintelmanns Plan über alle Maßen, wie er auch beim Gang über die Insel alles aufs freundlichste gelobt und sich gefällig nach allerlei Details erkundigt hatte, doch entstanden mitunter spürbare Pausen im Gespräch, die Fintelmann darauf zurückführen mußte, daß den jungen Gärtner die Erfahrungen und Einsichten, die er in all den Jahren auf der Insel gewonnen hatte, kaum interessierten.

Nach der Ankündigung des Königs war er nicht überrascht gewesen, als Peter Joseph Lenné sich anmeldete. Er besuchte auch alle anderen königlichen Gartenreviere. Als Sohn des Hofgärtners von Brühl entstammte der im Jahr der Revolution geborene Lenné einer alteingesessenen Gärtnerdynastie und war, nachdem das Kurfürstentum Köln mit dem Sieg über Napoleon an Preußen gefallen war, neue Möglichkeiten suchend, nach Potsdam gekommen. In Hofmarschall von Massow hatte er schnell einen einflußreichen Unterstützer gefunden, der ihn, nachdem er zunächst in untergeordneter Position bei der Umgestaltung des Neuen Gartens beschäftigt war, auch in Sanssouci und Klein Glienicke, in diesem Jahr überraschend zum Nachfolger des verstorbenen Gartenkontrolleurs Lange gemacht hatte.

Damit war Lenné Mitglied der Preußischen Gartendirektion, ohne jemals Hofgärtner mit eigenem Revier gewesen zu sein, was unter den Kollegen für einige Mißstimmung sorgte. Pückler, der ihn in Klein Glienicke kennengelernt hatte, das dem Staatskanzler von Hardenberg, seinem Schwiegervater, gehörte, nannte ihn in seinen Briefen immer nur spöttisch *Le Naine*, den Kleinen, auf den ursprünglichen Familiennamen anspielend und darauf, daß Lenné zwar nicht zwergenhaft, aber doch von äußerster Zierlichkeit war.

»Dürfte ich Sie etwas fragen, lieber Fintelmann?«

Lenné hatte sich von dem Plan aufgerichtet und dem Hofgärtner zugewandt. Er lächelte und schien beim Sprechen, mit großer Leichtigkeit, fast ein wenig zu tänzeln. »Haben Sie eigentlich Königin Luise gekannt?«

Die Erinnerung an jenen Frühlingstag war schmerzlich, als Fintelmann die junge Königin zuletzt gesehen hatte, wenige Wochen vor ihrem Tod, und er hatte das Bild sofort wieder vor Augen, wie sie lachend mit dem König und den Kindern draußen auf der Schloßwiese im Sonnenschein stand. Das Geheimtreffen mit Hardenberg am nächsten Tag war der Beginn des erneuten Aufschwungs Preußens gewesen, davon war der Hofgärtner, der sich seither zu den Reformern rechnete, tief überzeugt. Acht Jahre waren seitdem vergangen. Die Schlacht an der Beresina. Lützows wilde Jagd. Unwillkürlich mußte Fintelmann an Marie denken, sein Zwergenkind, das in diesen zehn Jahren eine erwachsene Frau geworden war, und tatsächlich machte er sich Sorgen um sie, während er Lenné musterte. Als hätte Marie Anlaß, sich vor ihm in acht zu nehmen. Statt etwas zu sagen, nickte Fintelmann nur und nahm die Teetasse weg, die Lenné in schwer erträglicher Achtlosigkeit auf seinem Plan der Pfaueninsel abgestellt hatte.

* * *

Da waren seltsame Geräusche in ihren Träumen, ein Aufruhr an der Landestelle, Tiere, das verstand sie, wurden gebracht, doch dieses Blöken kannte sie nicht, dieses Wiehern klang so fremd und seltsam, dieses Geschnatter, was für Wesen mochten das sein?

Das Fieber schüttelte Marie, sie schlief ein und wachte wieder auf, ihr war so heiß, das Bettzeug längst durchgeschwitzt, seit wie vielen Tagen lag sie jetzt schon hier in ihrer Kammer? Manchmal sah die Herrnhuterin nach ihr, brachte einen Krug mit kühlem Wasser und Suppe, die sie langsam schlürfte, doch wieviel Zeit zwischen diesen kurzen Besuchen verging, wußte sie nicht. Wenn sie wach war, betrachtete sie matt die weißgetünchten Latten im Giebel über sich und hörte den Geräuschen des Haushalts zu, die von unten heraufdrangen, dem Rücken von Stühlen, den Schritten und den Gesprächen im Eßzimmer und in der Diele, die sie nicht verstand. Von draußen flirrte es grün und sonnenhell aus dem Baum vor ihrem Fenster herein. Dann schlief sie wieder ein, unruhig, und träumte und erwachte zitternd und frierend, dann wieder glühend vor Fieber, und es war dunkel um sie her. Mühsam und mit pochendem Kopfschmerz entzündete sie die Kerze. Hustete, daß es den kleinen Körper im Bett schüttelte. Hoffte, daß jemand käme, um den Nachttopf zu leeren, stand schließlich unter Mühen auf und trug ihn selbst zitternd hinab, sank danach wieder kraftlos ins Bett. Lag im grauen Licht vor Tag und wartete, daß die Geräusche begönnen und sie sich nicht mehr so allein fühlte. Wartete sie auf Gustav? Er kam nicht.

Gustav machte jetzt, wie er es sich gewünscht hatte, seine Gärtnerlehre und war meist auf der Insel unterwegs. Und es war ja auch wirklich viel zu tun. Lenné hatte, bald nachdem er hier gewesen war, dem König *Vorschläge zur ferneren Verschönerung der Pfaueninsel* unterbreitet, die dieser sogleich umsetzen ließ. Die Felder beim Schloß waren schon planiert und eingesät, Pfauenstall, Adlerkäfig und auch das zierliche Drahtgitterhäuschen für die Waschbären abgerissen. Ein Gewächshaus wurde nahe an der Anlegestelle gebaut. Und ständig kamen neue Tiere auf die Insel, immer neue Tiere aus der ganzen Welt, wie sie hierzulande noch nie jemand gesehen hatte, und ihre fremdartigen Rufe hallten in Maries Fieberträume hinein. Manchmal meinte sie, Gustavs Schritte unten im Haus zu hören, wartete vergeblich darauf, daß er heraufkomme, und schlief darüber wieder ein. Einmal träumte sie von Peter Schlemihl, der sie besuchte und ihr von einer russischen Expedition nach der Südsee erzählte, an der er teilgenommen habe.

Känguruhs, sagte ihr Bruder und legte ihr ein kühles Tuch auf die fiebernasse Stirn, der Herzog von York habe dem König fünf Känguruhs geschenkt. Und der Legationsrat von Olfers aus Rio de Janeiro afrikanische und brasilianische Affen geschickt, außerdem fünf Nasentiere, von denen allerdings einige auf der Fahrt eingingen, so daß der Naturaliensammler Beske aus Hamburg, bei dem die Tiere zuerst angekommen seien, zusätzlich ein brasilianisches Schwein gestiftet habe. Der Kaufmann Pieper aus Solingen drei oberägyptische Schafe. Und der Ministerresident am Badenschen Hof, Legationsrat Varnhagen von Ense, habe in Karlsruhe drei Mongokatzen ersteigert, für einhundertsiebenundneunzig Florin, wie es hieß, dazu noch zwei Känguruhs für unglaubliche vierhundertvierzig Florin, einen Waschbären für einundachtzig, zwei weißstirnichte Gänse für dreißig und eine Löffelgans für zwanzig Florin. Und jetzt grasten die Känguruhs auf der Schloßwiese. Näherte man sich ihnen, sprängen sie mit gestrecktem Schwanz in weiten Sätzen davon.

Känguruhs, flüsterte Marie und schlief wieder ein, als sie die Hand ihres Bruders nicht mehr spürte, und träumte davon, wie diese seltsamen Tiere über sie hinwegsprangen. Unruhig strampelte sie die Decke von sich und zog das Nachthemd hoch bis zum Hals. Der Lufthauch kühlte ihren naßgeschwitzten Bauch. Mühsam öffnete sie die verklebten Augen. Wie spät mochte es sein? War es noch Morgen, oder wurde es schon wieder dunkel? Sie strich mit der Hand über ihren Bauch. Bin kein Tier, dachte sie, sondern etwas noch viel Geduldigeres. Als Christian das nächste Mal zu ihr kam, hatte sie kein Fieber mehr.

»Geht es dir wieder besser?«

Sie nickte und sah überrascht, daß er seine Fellhose nicht mehr trug und auch nicht barfuß, sondern ordentlich in Hemd und Hose gekleidet war und sogar Schuhe an den Füßen hatte. Er blieb an der Tür stehen. Auch die Haare hatte man ihm geschnitten.

»Der alte Gundmann bringt mich gleich nach Klein Glienicke.«

»Siehst du deshalb so aus?«

Er grinste.

»Und was willst du dort?«

»Der Onkel hat mich bei dem Schneider Meyerbeer in die Lehre gegeben.«

»Du? Ein Schneider?«

»Alles ändert sich jetzt hier. Das meint auch der alte Gundmann. Und ich tauge nicht als Hirte für die Känguruhs.«

»Die Känguruhs?«

Aber ja. Er habe ihr doch immerzu von den Känguruhs erzählen müssen, davon habe sie nicht genug hören können in ihrem Fieber. Aber für diese Tiere sei jetzt der Tierwärter

Becker zuständig, der zusammen mit seiner Tochter gestern auf die Insel gekommen sei.

Marie wollte nicht, daß Christian wegging, aber sagen konnte sie es ihm nicht.

»Zeig mir deinen Bauch.«

Wie sie sich freute, daß er das sagte! Lächelnd schob sie die Decke weg und das Nachthemd nach oben. Genoß es, wie er sie betrachtete, und spürte, wie sein Blick sie erregte. Marie hoffte, er werde sie berühren, doch Christian blieb an der Tür stehen, nur seine Augen wischten über sie hin. Sie spreizte die Schenkel. Ich bin kein Monster, dachte sie, und dann kam er doch noch zu ihr herüber. Langsam und sehr zärtlich deckte er sie wieder zu.

»Hat man es dir schon gesagt?«

»Was denn?«

»Wir bekommen Besuch. Man wird uns begaffen. Zwei Tage die Woche, wenn die Hoheiten nicht hier sind, wird die Insel für Fremde geöffnet.«

»Und du? Wann kommst du wieder?«

»Bald«, sagte er traurig.

* * *

War das Labyrinth des Rosengartens für normale Menschen nur ein Spiel, war es das für Marie eben nicht. Sie stand inmitten der Rosen, und der Weg verschwand hinter den leuchtenden Blütenkugeln. Die Pracht war außerordentlich, ein Auf und Ab der berühmtesten Sorten, dazu Centifolien, Noisetten, indische Rosen und Rankgewächse, die sich um die Stämme schmiegten, wo vor wenigen Jahren noch der Weinberg gewesen war, dessen Stöcke Lenné hatte ausreißen lassen. In vier Kähnen war die kostbare Fracht aus Berlin auf die Insel gekommen, die Rosensammlung des Dr. Böhm aus der Behrenstraße unweit des Opernhauses, über tausend Hochstämme, die dort im Garten in freier Erde gestanden hatten, und ebenso viele in Töpfen und fast zehntausend Strauchrosen, für die der König die unvorstellbare Summe von fünftausend Talern bezahlt hatte.

Wie ein Schmuckstück lag der Rosengarten in seiner sanften Mulde am Rand der Schloßwiese und über der Anlegestelle. Nur einen schmalen Zugang gab es, hatte man ihn passiert, führten einen die Wege in vielfältigen Bewegungen hindurch, die Marie nicht übersah, über der sich das Meer aus roten und weißen, rotweißen und gelben und rosa Blüten mit ihrem süßen Duft schloß, der schwer und betäubend unter der Mittagssonne lag.

Es war so still hier. Marie hörte Schritte auf dem Kies, die näher kamen, und Stimmen, die lachend vorübergingen. Sie konnte sich nur schwer an die Fremden gewöhnen, die jetzt alles hier besichtigten. Daß die Insel etwas zum Bestaunen sein sollte, verstand sie nicht, denn schließlich lebten sie hier. Der Rosengarten aber war für Fremde verboten, ein kleines Schild an seinem Eingang wies darauf hin. Hierher folgte man ihr nicht. Marie ging ein paar Schritte in die eine Richtung, kehrte dann unentschlossen wieder um. Der pudrige Geruch der Rosen schwebte in der Hitze. Sie schloß die Augen.

»Ah, mein Fräulein! Welche Freude, Sie endlich kennenzulernen.«

Als habe man sie bei etwas Verbotenem ertappt, schreckte Marie auf. Lenné stand dicht vor ihr, und er war tatsächlich ein sehr kleiner Mann, nicht zwergenhaft, aber doch so klein, daß sie einander fast schon ins Gesicht sehen konnten. Mit einem maskenhaften Lächeln musterte er sie wie ein fremdartiges Gewächs. Und da er zweifellos annahm, sie wisse, wer er sei, unterließ er es gegen alle Höflichkeit, sich vorzustellen. Marie verstand das. Auch sie kannte immer schon jeder, dem sie begegnete.

»Euer Hochwohlgeboren.«

Marie deutete einen Knicks an und entdeckte im selben Moment Gustav hinter ihm, zusammengerollte Pläne unter dem Arm. Das Herz schlug ihr bis zum Hals, so überrascht war sie, ihn zu sehen. Die Sonne lag warm auf seinem Gesicht. Wie stets, wenn sie sich begegneten, schien er sie nicht zu beachten, doch die Freude, ihn zumindest ansehen zu können, wurde durch den Schmerz darüber kaum gemindert, so sehr hatte sie sich daran gewöhnt. Wie schön er ist, dachte sie, und ihre Augen glitten über seine weiche, helle Gestalt, die als Gehilfe Lennés, der er nun war, etwas noch Weiblicheres bekommen hatte.

Lenné registrierte, sichtlich überrascht, daß sie sich nicht von Gustavs Anblick losmachen konnte, und wandte sich mit allen Zeichen des Stolzes diesem zu, um ihm wie einem *boy* die Wange zu tätscheln und lange durchs Haar zu streichen. Ließ dann vergnügt von den beiden ab und tat so, als betrachtete er die Rosen auf der Suche nach etwas ganz Bestimmtem, um schließlich aus seinem enganliegenden nachtblauen Rock ein kleines, vielfach verziertes Gerät hervorzuziehen, ein silbernes Rosenpräsentierscherchen, mit dem sich die Blume in ein und derselben Bewegung abschneiden und überreichen ließ, ohne daß man befürchten mußte, sich dabei zu stechen. Und schon im nächsten Moment entnahm er mit einem geübten Schnitt einem üppig blühenden Stamm eine besonders schöne Blüte, voll und weiß, an den Rändern von blutigem Rot, und reichte sie ihr.

Die Blume hatte einen kühlen, dunklen, sehr frischen Geruch, den Marie, die sich mit einem Nicken bedankte, tief einsog. Die weichen Blütenblätter streichelten ihre Nase und ihre Wangen.

»Setzen wir uns doch.«

Die geschwungenen Pfade des Rosengartens trafen und weiteten sich im Osten zu einem kleinen ovalen Platz, wo, von dichtem Gehölz und zwei alten Eichen beschirmt, die jetzt am Mittag lichten Schatten spendeten, eine Laube den Garten begrenzte, ein luftiges, mit Kletterrosen bewachsenes Halbrund aus Holz, das Lenné von dem Architekten Schinkel hatte entwerfen lassen. Dort hinein setzte er sich und bat Marie an seine Seite. Gustav nahm neben ihm Platz, ohne die Pläne aus der Hand zu legen.

»Sie ist schön, nicht?«

Lenné nickte zu der Rose hin, die Marie noch immer in ihren Händen drehte. Wie schön es doch sei, daß auf der Pfaueninsel nun vom Mai an und bis zum ersten Schnee die Rosen blühten. »Gewiß, man muß wässern. Sehr viel wässern sogar! Den ganzen Tag muß man wässern, um diese Pracht zu erhalten. Aber was wollen Sie? Die Natur ist nicht perfekt. Es ist Arbeit, ihr das Schönste zu entlocken!«

Er beugte sich vertraulich nah zu ihr und setzte mit maliziösem Lächeln hinzu: »Denn nur die *Schönheit ist überall ein gar willkommener Gast.*«

Marie spürte wohl die Beleidigung in seinen Worten, ohne jedoch wirklich zu verstehen, was in ihm vorging. Lenné, der natürlich von dem Zwergengeschwisterpaar gewußt hatte, das auf der Insel lebte, war einer Begegnung stets ausgewichen, doch erst, als Marie eben vor ihm inmitten der Rosen aufgetaucht war und er ihr ins Gesicht sehen mußte, hatte er verstanden, weshalb. Hätte er nicht das Scherchen in seiner Rocktasche gespürt und wäre ihm daher nicht die Ablenkung mit der Rose eingefallen, er hätte wohl die Contenance verloren! Kam es ihm doch so vor, als schaute er in einen trüben Spiegel, in dem er zwar nicht sich selbst sah, aber doch den Abglanz seines Namens wie einen Witz, den man über ihn machte. Und er mochte es nicht, wenn man über ihn witzelte. Dieses Gesicht! Diese Nase! Und diese Hände. Er bewunderte die englische Gartenkunst dafür, wie ihr die Verbergung der Grenzen gelang, der leider notwendigen Grenzen, die der Betrachter erst im allerletzten Moment gewahr wurde. In wirklich gelungenen Gärten konnte man den Eindruck haben, es gebe in der Welt keine Grenzen. Nie aber, dachte Lenné, und die Zeile Goethes, die ihm glücklicherweise eingefallen war, hing da noch antwortlos in der Luft, würde es dieser Zwergin gelingen, die Grenze zu verbergen, jenseits derer sie sich befand. Und doch durfte dieses Krüppelgeschöpf hier mit ihm in der schönen Laube sitzen. Lenné haßte die Zwergin dafür, weil sie so die Schönheit seines Gartens zerstörte.

Wobei er Frauen überhaupt nicht sonderlich anziehend fand. Einmal ganz abgesehen von der ausnehmend häßlichen Form ihres Geschlechts, glichen sie für ihn in gewisser Weise immer ein wenig der sogenannten *Neugierde*, jenem Aussichtspunkt in Gärten, der einem alles zu zeigen versprach, wenn man nur erst hinkäme, und dessen auftrumpfende architektonische Präsenz einen immerzu ablenkte von dem Ort, an dem man gerade war. Auch Frauen ließen einen sich immer an einen anderen Ort wünschen. In Gärten hatten sie daher, wie Lenné fand, eigentlich nichts zu suchen. Warum erwiderte diese Zwergin denn nichts auf seinen Vers von der Schönheit?

Doch Marie schwieg penetrant und so mußte Lenné, von einem unwiderstehlichen Impuls gepackt, plötzlich aufstehen und sich verabschieden. Jemand ohne Argwohn hätte dies vielleicht der Rastlosigkeit des Gärtners zugeschrieben, Marie aber spürte die Abneigung nur zu genau.

»Herr Director ...«, bat Gustav leise und obwohl er den Satz nicht beendete, verstand Lenné sofort, was sein Gehülfe meinte, und nickte ihm gönnerhaft zu.

»Aber komme er gleich nach!«

Während Lennés eilige Schritte auf dem Kies leiser wurden, war Marie unfähig zu einem anderen Gefühl als dem Glück, Gustav so überraschend einen Moment lang für sich zu haben, und dachte an die Feier vor ein paar Wochen, zum Abschluß seiner Lehre. Der Onkel hatte, wie es Sitte war, den Lehrbrief eigenhändig ausgefertigt, mit seiner aufwendigsten Schrift auf gutem Pergament. Damit wurde Gustav zum Gartengehülfen, wie es in Preußen hieß, und es stand zu erwarten, daß er bald auf Reisen gehen würde, um andere Gärten kennenzulernen. In die für ihre Treibereien berühmten Niederlande vielleicht, oder nach Frankreich, oder gar nach England, dem Wegbereiter der neuen, natürlichen Gartenmode. Marie erinnerte sich daran, wie sie an jenem Abend alle um den Eßtisch saßen und der Onkel den Wein eingoß, die Tante mit ihren beiden anderen Söhnen Julius und Otto, auch Christian war aus Klein Glienicke gekommen, und noch einmal war es beinah wie in ihrer Kindheit gewesen.

»Marie?«

Obgleich er sie verschlossen und kalt ansah, wie sie wohl bemerkte, konnte sie nicht anders, als ihn anzulächeln. »Ja?«

»Ich gehe weg. Gleich nachher. Ich hab' schon gepackt und mich von allen verabschiedet. Der Director nimmt mich mit nach Berlin.«

Marie schüttelte den Kopf.

»Ich mache das Einjährige. Und studiere. Und dann reise ich. Lenné hat dafür gesorgt, daß ich ein Stipendium erhalte vom König.«

Lenné. Bei diesem Namen bemächtigte sich ihrer wieder das Gefühl von Peinlichkeit, und sie fühlte sich wieder so schmutzig und häßlich wie eben unter seinem Blick. Sie hätte gern darüber geklagt, verbot es sich aber, wußte sie doch, was Gustav ihm verdankte.

»Und wie lange wirst du fort sein?«

Dasselbe hatte sie ihren Bruder gefragt. Alle gingen fort, nur sie blieb hier. Dabei war es doch ihre Insel, Christians und Gustavs und ihre Insel.

»Auf Wiedersehen«, sagte Gustav im Aufstehen, als hätte er ihre Frage nicht gehört.

Wie schön er ist, dachte sie wieder und konnte nicht anders, als die Arme auszustrecken, damit er sie umhalse. Doch er wich zurück, lächelnd zwar, doch Schritt für Schritt, und der Kies des Rosengartens knirschte laut unter seinen Schuhen.

* * *

Die Blüte des Seltsamen oder auch Wunderlauchs, *Allium paradoxum*, den Ferdinand Fintelmann an der Anlegestelle hatte pflanzen lassen und die mit einem penetranten Zwiebelgeruch einherging, der unangenehm in die Nase stach, war eben vorüber, als Marie an einem frühen Morgen, an dem dichter Nebel über die Havel kroch, am Steg stehenblieb. Sie hatte zufällig die Glocke gehört, ganz leise nur, die eine Überfahrt vom Festland ankündigte, und war neugierig, wer so früh zu ihnen komme.

Zunächst hörte sie nur das Schwappen des Wassers gegen die Bordwand der Fähre, dann tauchte sie aus dem Weiß auf. Brandes stakte schemenhaft und hoch aufgerichtet am Heck des Kahns, vor sich eine sitzende Gestalt, so ungewöhnlich groß, daß sie dem Fährmann fast bis zur Schulter reichte. Marie wunderte sich noch, wer das wohl sein mochte, da wummerte der Kahn auch schon dumpf gegen den Landungssteg, schrappte mit einem Ächzen die Bohlen entlang, Brandes warf das Tau mit einer Schlaufe um einen der Poller, sprang herüber, machte auch den Bug des Kahns fest, und jene Gestalt stand auf. Marie verschlug es den Atem. Noch nie hatte sie einen so großen Menschen gesehen. Mit einem einzigen ruhigen Schritt war der Mann, der eine alte Uniform trug, auf dem Steg, und obwohl er noch immer gebückt ging, reichte ihm Brandes, der nicht besonders klein war, mit seiner Hutspitze doch nur bis zur Mitte der Brust.

Das muß ein Riese sein, dachte Marie, da waren die beiden auch schon heran, Brandes grüßte artig, der Riese aber verzog keine Miene und sagte kein Wort. Schweigsam und noch ohne Namen, den sie jedoch bald schon erfuhr, stapfte er an ihr vorüber. Carl Ehrenreich Licht, geboren in Utzedel bei Demmin, Sohn eines Ziegelbrenners und Kriegsveteranen, hatte beim 1. Garderegiment gedient und maß sechs Fuß und dreiundzwanzig Zoll, weshalb der König ihm die Pfaueninsel als Wohnort zugewiesen hatte, wo er als Schloßdiener zu beschäftigen war.

Marie sah ihm nach, wie er hinaufschritt zum Kastellanshaus. Sie sah, wie Brandes klopfte und die Tür sich öffnete, sah, wie ein kurzes Gespräch sich entspann, wie dann Brandes im Haus verschwand und wie tief der Riese sich bücken mußte, um hinter ihm durch die Tür zu kommen. Marie schüttelte den Kopf, zog den dünnen Gaze-Shawl enger um die Schultern, raffte den Rock und ging langsam und unsicher hinterher.

* * *

Die Känguruhs, an deren Anblick sich Marie nicht gewöhnen konnte, grasten auf der Schloßwiese. Vom frischen Grün stieg ein betörender Duft auf. Marie sah sich nach dem Riesen um, der hinter ihr herging, als wäre er ihr übergroßer Schatten. Sie lächelte ihm zu, und auch das Lächeln, das ihr antwortete, war riesig. Bedächtig ließen die Känguruhs sich auf ihre dünnen Vorderbeine nieder und zogen, auf den langen Schwanz gestützt, die Hinterläufe nach, eine zögerliche, sanftmütige Fortbewegungsweise, bei der sie genüßlich das Gras ausrupften und zwischen ihren mahlenden Kiefern zerrieben wie Ziegen.

»Wie Ziegen!« sagte Marie, und Carl, der Riese, lachte laut und dröhnend. In der Nähe der kleinen Herde stand Hermann Becker, der Tierwärter, mit seiner einzigen Tochter, die Maries zweiten Namen trug, Dorothea, von allen auf der Insel aber stets nur Doro genannt wurde und gerade acht Jahre alt geworden war.

»Und? Gefallen sie dir, die neuholländischen Springhasen?« fragte sie das Kind. »Känguruhs sagt man da, woher sie kommen.«

Doro schüttelte den Kopf. Der Riese setzte sich ins Gras und blinzelte in die Sonne. Seine helle Haut glänzte im Mittagslicht. Er konnte nur schwer stehen, äußerst beschwerlich gehen, die Gelenke. Seine verstorbene Frau, hieß es, habe ihn nur genommen, weil er täglich eine Flasche Wein vom König bekam. Doch er war von großer Sanftmut. Jetzt kniff er die Augen zusammen und sah sich um, und dann erspähte er durch seine transparenten Wimpern etwas. Marie folgte seinem ausgestreckten Arm mit ihrem Blick. Aus dem Schatten des Waldes löste sich eine Gruppe von Menschen, deren kostbare Gewänder zu ihnen herüberglitzerten.

»Das ist der englische Gärtner«, sagte sie, und der Tierwärter sah sich um, als überlegte er, ob es sich wohl lohne anzulegen, doch er ließ die Flinte über der Schulter.

John Adey Repton, der dort vorüberging, war der Sohn des berühmten englischen Landschaftsgärtners Humphry Repton und besuchte in diesem Frühsommer 1822 auf Einladung des Fürsten Pückler den preußischen Hof. Lenné war angewiesen, ihm Sanssouci, Charlottenburg, den Neuen Garten und auch die Pfaueninsel zu zeigen, was ihm bitter war, behauptete Pückler doch bei jeder Gelegenheit, er sei *un pauvre génie auprès* Repton und habe höchst einseitige, in England längst veraltete Ideen.

Und tatsächlich haftete Lennés ganzer Karriere etwas an, das mit seiner Zierlichkeit zu tun haben mochte, eine gewisse Leichtgewichtigkeit, die in eklatantem Widerspruch zu den Dimensionen seiner Arbeit stand, zum Zuschnitt seiner Planungen und zu dem Heer von Gehülfen, Zeichnern und

Gärtnern, das er dirigierte. Wobei seine Ruhmsucht nur der blinde Spiegel der Tatsache war, daß seine Triumphe zu spät kamen, was er auch an diesem Tag, als er hinter dem Sohn Reptons über die Pfaueninsel ging, gespürt haben mochte. Die englische Gartenkunst hatte ihren Höhepunkt bereits überschritten, und daran änderte auch Lennés gigantisches Umbauprojekt einer ganzen Landschaft zu jenem Raum der Schönheit nichts, von dem die Pfaueninsel nur ein kleiner Teil war.

Repton, der einen einfachen schwarzen Rock trug und in einer Hand einen langen Gärtnerstab, blieb stehen und deutete mit seinem Stab auf irgend etwas. Ein Diener hielt einen roten chinesischen Sonnenschirm über seinen kugeligen Kopf. Lenné, der einen Schritt hinter dem Engländer geblieben war, beeilte sich, an seine Seite zu kommen. Sein silberdurchwirkter Rock glitzerte dabei unruhig. Im selben Moment trat eine kleine Gestalt hinter ihm hervor, und Marie erkannte ihren Bruder.

»Christian!« rief sie überrascht und winkte ihm zu, während er sich schon beeilte, über die Wiese zu ihnen zu kommen.

Die kleine Doro zupfte Marie an ihrem Kleid, als wollte sie wissen, was da geschah, und sie beugte sich zu der Kleinen hinab, strich ihr lächelnd übers Haar und sagte: »Mein Bruder besucht mich!«

»Ja, und da ist er auch schon«, begrüßte er sie lachend und schloß seine Schwester in die Arme.

Marie legte ihren Kopf in seine Achsel und ließ sich von ihm lange halten. Dann aber drückte sie ihn entschlossen von sich weg und betrachtete ihn genau. Seit er bei dem Schneider von Klein Glienicke war, nähte er auch für sich selbst, und sie war sehr stolz darauf, wie gut er seitdem aussah. Heute trug er eine gelbe flachsene Jacke und ebensolche Hosen, auf dem Rücken ein großes Felleisen, das er jetzt auf den Rasen warf.

»Wie kommt es, daß du mit dem Garten-Director reist?«

»Ich hab' den Kutscher gebeten, kurz zu halten, damit ich aufspringen konnte. Da heute wenig zu tun war, dachte ich, ich nutze die Gelegenheit.«

»Das ist Carl«, sagte Marie. »Carl Ehrenreich Licht vom 1. Garderegiment. Ein Kriegsveteran, wie es unser Vater war.«

Der Riese grinste breit. Christian sah seine Schwester fragend an.

»Siehst du nicht, was er anhat? Carl braucht Hosen und Hemden.«

»Und?«

»Der Onkel zahlt es. Carl hilft im Schloß.«

Christian nickte. »Na, dann leg dich mal hin.«

Und er schnallte das Felleisen auf und holte Maßband und Nadelkissen hervor und ein kleines Büchlein. Nestelte einen Bleistiftstummel aus seiner Jacke. Der Riese lag währenddessen wie ein gefällter Baum auf der Wiese, die pfannengroßen Hände vor dem Bauch gefaltet, und blinzelte stoisch in den Himmel. Doro stand neben ihm und drehte ihr schwarzes Haar in den Fingern, doch als Christian über den liegenden Riesen hinwegzuklettern begann, in einer Hand sein Buch, in der anderen das Maßband, die Nadeln zwischen den Lippen, nahm der Tierwärter seine staunende Tochter mürrisch bei der Hand und zog sie grußlos weg.

»Hast du gesehen«, flüsterte Christian am Abend Marie ins Ohr, »wie grimmig der geguckt hat?«

Marie nickte und schmiegte sich fester in seinen Arm. »Ja, aber hast du auch gesehen, wie die Kleine geguckt hat? Ich mag sie.«

Lange schon hatte Christian nicht mehr mit den andern am Eßtisch beim Abendessen gesessen, und lange war er nicht mehr hier oben unter dem Dach im Zimmer seiner Schwester gewesen.

»Was hast du eigentlich dabei?« Marie nickte zu dem prall gefüllten Felleisen hinunter, das neben dem Bett lag.

»Zieh dich aus!« flüsterte er.

Darauf hatte sie gewartet. Gleich sprang sie auf. »Was ist es?«

»Zieh dich aus!«

»Ein Kleid?«

»Zieh dich aus!«

Eilig schlüpfte Marie aus ihren Sachen. Erwartungsvoll stand sie im Unterkleid vor ihm, während Christian die Lederriemen der Tasche aufknüpfte.

* * *

Der Regen fiel seit Tagen ununterbrochen, und pulsierende Wasseradern schlängelten sich die großen Fenster hinab. Seit Monaten war niemand im Schloß gewesen, überall und ganz besonders hier im Saal roch es feucht und etwas modrig. Und kalt war es. Marie versuchte, noch ruhiger zu atmen, während sie wartete und in den verregneten Wintertag hinaussah.

Endlich hörte sie Stimmen, Schritte, Lachen, dann stieß ein Adjutant die Flügeltüren so heftig auf, daß sie gegen die Wandpaneele knallten, und der König kam herein. Mit einem solchen Aplomb war er sonst nie erschienen, aber bei jenen Gelegenheiten war er ja auch stets allein gewesen. Mit schnellen Schritten war der König in der Fensternische, in der er dann für gewöhnlich gesessen hatte, doch diesmal hatte er nur einen schnellen Blick für Marie und ein Nicken, schon kam zunächst Lenné herein, und Marie war sogleich enttäuscht, Gustav diesmal nicht bei seinem Herrn zu sehen, wenngleich, und dieser Gedanke blitzte im selben Moment auf, es ihr unangenehm wäre, wenn er sie hier mit dem König sähe. Aber er war ja nicht hier. Statt dessen folgte, nebst der üblichen königlichen Entourage, sein Onkel mit einem älteren Mann, den Marie nicht kannte.

Lenné, in der Hand einen großen Plan, begann sofort zu sprechen und verwies immer wieder auf seine Denkschrift. Doch mit etwas, das er ihnen gerade im Park gezeigt haben mußte, war der König offenbar unzufrieden, denn er forderte ihn unbeirrt auf, sich in eigenen Worten zu erklären. Lenné nickte. Gewiß Majestät. Nochmals erläuterte er, wo er den Adlerkäfig vorsah, das Affenhaus, den Känguruh- und den Ziegenstall, den Wolfskäfig, den Schweinestall, den Käfig für die fremdländischen Vögel und das Wasservogelhaus. Anders als im Jardin des Plantes sollten die Gebäude entlang einer Sichtachse gruppiert werden. Der König schien wenig begeistert.

»Ihre Majestät begreifen immer noch nicht das Geistreiche meiner Idee!« zischte Lenné, bereute im selben Moment seinen Fehler und hielt inne.

Unerträgliches Schweigen, niemand rührte sich. Alle warteten darauf, was der König erwidern würde. Doch nichts geschah. Der König wechselte Spiel- und Standbein und rückte seinen Säbel zurück, dessen Spitze dabei polternd das Parkett touchierte, aber er sagte nichts. Da begann Lenné langsam, den Plan aufzurollen. Der Moment war vorüber. Als wollte er am liebsten hinaus, machte der König einen Schritt auf Marie zu und spähte in den Regen über der Havel.

»Lichtenstein«, befahl er leise, und sofort trat der ältere Herr zu ihm, der mit Fintelmann hereingekommen war.

Martin Hinrich Carl Lichtenstein hatte als Leibarzt des Gouverneurs vom Kap der Guten Hoffnung in Afrika seine Vorliebe für Tiere entdeckt und war seit fast zwanzig Jahren Professor für Zoologie an der Universität. Marie betrachtete ihn genau, denn sie kannte den Namen aus der *Königlich privilegirten Berlinischen Zeitung von Staats- und gelehrten Sachen* im Verlag Vossischer Erben, kurz: der Vossischen Zeitung, in der sie oft schon kleine Mitteilungen von seiner Hand gelesen hatte, die sich etwa mit einem erstaunlichen Fund sibirischer Mammutknochen, mit isländischen *Elentieren* oder einer im Plötzensee gefundenen seltenen Fischgattung beschäftigten. Marie hatte gehört, daß der Professor, den man in der Stadt den Vertrauten der Skorpione und Krokodile nannte, den Obersten der Tiere, sogar in der Universität selbst wohne, ganz in der Nähe seiner ausgestopften Löwen und Tiger.

»Und, Hinrich? Was meint Er dazu?«

Marie konnte sich nicht darauf konzentrieren, was Lichtenstein sagte, denn mit Unbehagen spürte sie, daß er sie dabei musterte, als würde sie klassifiziert. Sie senkte ihren Blick und rief sich zur Ordnung, ruhiger zu atmen. Ich bin ein Ding, dachte sie, dann wurde es plötzlich still. Das Parkett knarrte erwartungsvoll unter den Schritten der Männer. Vorsichtig sah Marie hoch und stellte erschrocken fest, daß nun beide sie ansahen, der Professor und der König. Kalt der Blick des Zoologen, der König aber lächelte ihr fast unmerklich zu, sein Blick tastete zärtlich über ihre Gestalt hin. Schließlich gab er sich einen Ruck und drehte sich auf den Absätzen seiner Stiefel um.

»Meine Herren!«

Sofort kam Bewegung in den Raum, alle Blicke ruhten wieder auf dem Regenten, er sagte nur wenige Sätze, zustimmendes Gemurmel war zu hören. Marie sah, wie Lenné die Hände hinter dem Rücken verschränkte und sich triumphierend aufrichtete. Dann strebte alles hinaus, und die Schritte der Männer polterten die Treppe hinab. Und so federnd trat der König aus dem Schloß, daß seine Begleiter, die einen gewissen Abstand zu ihm hielten, später darauf gewettet hätten, er sei die beiden Stufen vor dem Portal hinabgehüpft. Er blieb im Kies stehen und setzte die Uniformmütze auf, denn es regnete noch immer, sah sich um und holte tief Atem.

Es ging ihm keineswegs um einen Plan zur Verschönerung der Pfaueninsel. Alle, die meinten, er liebe diese Insel, täuschten sich. Es war die Abneigung gegen seinen Vater und all das, was er hier von ihm vorgefunden hatte, die ihn antrieb. Das war auch der Grund seiner Begeisterung für den zwergenhaften Lenné. Letztlich war Schönheit ihm ganz gleichgültig und nur ein probates Mittel, die Fortpflanzungskraft des Vaters, der er seine verhaßten Geschwister verdankte, auch hier zum Versiegen zu bringen, indem er Lenné aus dem zwar spielerischen, doch produktiven landwirtschaftlichen Betrieb der Insel einen sterilen Garten machen ließ, der nichts hervorbrachte als eben Schönheit. Und in den er Tiere aus aller Welt setzen würde, die hier so wenig zu Hause waren wie er selbst. *Ihre Majestät begreifen immer noch nicht das Geistreiche meiner Idee!* Was dem Kerl einfiel! Der König mußte lächeln und stieß den nassen Kies zu seinen Füßen mit der Stiefelspitze weg. Er begriff sehr wohl Lennés Ideen, er begriff sie sogar besser als dieser selbst.

* * *

»Wissen Sie, mein lieber Fintelmann: Das Körpergefühl der eigenen Bewegung ist der Hauptsinn für das Verständnis eines jeden Gartens.«

Lenné stand am Rand der Schloßwiese, in der Hand einen langen Zeigestock, und sah sich zu Fintelmann um. Seine Gehülfen waren seit dem Frühling damit beschäftigt, die Menageriegebäude abzustecken, gerodet war bereits, nun galt es, die neue Wegführung festzulegen. Er würde die Pfaueninsel zu einem Landschaftspark machen, der zwischen den beiden unveränderten Polen Schloß und Meierei die Menagerie im klassizistischen Gewand aufnahm. Zwei große Sichtachsen würden alles miteinander verbinden, eine Durchsicht hier von der Schloßwiese bis zur Meierei und eine zweite, die vom Rosengarten zur Menagerie und weiter zum östlichen Havelufer führte. Überall würde es schmale Durchblicke und weite Fernsichten auf die Bauten und die schönsten Prospekte geben, und Blicke in die jetzt außer am Schloß noch ganz verborgene Flußlandschaft des Haveltals, in der die Insel mit ihrem dichten Schilfgürtel bisher selbstvergessen trieb, um bald schon darin optisch festgezurrt zu werden.

Der zentrale Raum, Focus seiner ganzen Idee der Insel, war dabei die Schloßwiese, von der aus im Westen die weite Wasserfläche gen Potsdam im Blick lag mit dem schräg gestellten sentimentalischen Schloß davor, im Süden das Rosenlabyrinth, im Norden und im Osten die Unendlichkeit des Naturschönen in den beiden Achsen, an deren Enden einerseits die ruinenhafte Meierei an Vergänglichkeit, andererseits die glitzernde Fontäne inmitten der Tiere an die Virilität des Lebens gemahnen würden. Lenné war zufrieden.

In diesem Jahr würden zunächst die Sichtachsen gerodet und die Menageriegebäude begonnen, im nächsten Jahr dann die Wege befestigt und die Pflanzungen vorgenommen werden. Er plante Nadelbäume am Ufer, um den rauhen Wind wegzunehmen, ansonsten, neben einheimischen Bäumen wie Rotbuchen, Linden, Ulmen, Zitterpappeln, Ahorn auch viel fremdländisches Gehölz. Zunächst Platanen, die Lieblingsbäume des Königs, doch auch Sumpfzypressen, den geheimnisvollen Ginkgo und die biblische Libanonzeder. Dann Flügelnuß, Edelkastanie, Gleditschie und Maulbeerbäume. Götterbäume, damals eine große Seltenheit, ließ Lenné auf der Insel selbst aus amerikanischen Samen ziehen. Die Plätze für zwei Tulpenbäume hatte er bereits bestimmt.

Lenné nickte Fintelmann zu, und sie gingen los. Lenné zog den Zeigestock mit beiden Händen nach, so daß er eine Linie in die Erde ritzte. »Man geht«, erläuterte er dabei, »den bereits durch den Plan bestimmten Hauptpunkten zu, dabei mit starken Schritten der schönen Wellenlinie nach, die einem die geübte Einbildungskraft vorbildet und gleichsam vorschweben läßt.«

* * *

Lenné war von Anfang an klar gewesen, daß das, was er auf der Insel ins Werk setzen würde, nichts mehr mit der natürlichen Landschaft zu tun hatte und nicht mehr aus ihren

Ressourcen würde gespeist werden können. Daher hatte er in seiner Denkschrift die Errichtung eines durch Dampf betriebenen Wasserdruckwerks an der Havel gefordert, um all die künftigen Pflanzen und Tiere versorgen zu können, und der König hatte sofort zugestimmt. Es war die erste Dampfmaschine, die man in Preußen zu diesem Zweck installierte, und zwar in einem Maschinenhaus dicht am Ufer, von dem aus sie mittels eines Rohrs Seewasser ansaugen und durch eine andere Röhre auf den höchsten Punkt der Insel pumpen würde, wo Lenné ein Reservoir in Form eines Brunnens bauen ließ. Im September 1824 wurde die Maschine der englischen Firma *James & John Cockerill*, die in der Neuen Friedrichstraße in Berlin ihren Sitz hatte, für sechstausend Taler geliefert.

James Cockerill, im Londoner Eastend geboren und seit fünf Jahren in Berlin, sommersprossig, rothaarig und in einen stutzerhaft engen Manchesteranzug gekleidet, trat breitbeinig vom Landungssteg der Insel herunter, beugte sich vor und ließ einen Spuckebatzen in den Sand fallen, wobei er sich neugierig umsah. Von der Schönheit dieser Insel des Königs hatte man sogar in der Enge des dritten Hinterhofs gehört, in dem sich seine Firma befand. Fuck the hell, dachte er.

* * *

Die *Henriette* kam langsam heran, dabei eine schmale weiße Fahne aus dem Schornstein in den tiefblauen Sommerhimmel hinaufspinnend, an Bord der Präsident der Preußischen Seehandlung, Rother, der in Hamburg einen Löwen für die Pfaueninsel in Empfang genommen hatte. Der König erwartungsvoll mit Gefolge am Kastellanshaus im Kreis der Inselbewohner. Heiseres Tuten zur Ankunft, beantwortet von einem Brüllen, das alle erschreckte. Haltetaue wurden verzurrt, zwei Bohlen polterten auf den Steg, der Präsident sprang an Land, machte dem König, der herankam, eilig die Honneurs. Er ist, sagte Rother, und um seine Mundwinkel zuckte ein nervöser Tic, aus St. Thomas, ganz jung im Senegal gefangen und zusammen mit zwei Affen und einem Ameisenbären und einem Waran nach Hamburg verschifft.

Vier Bootsleute balancierten schwankend eine mannshohe Kiste an zwei Eisenstangen über die Bretter auf den Steg und weiter an Land und schafften es unter größter Anstrengung, sie am Kastellanshaus vorbei- und den steilen Hohlweg hinaufzutragen, unter Stöhnen und mit einknickenden Beinen, barfuß, wie Seeleute nun einmal sind, und mit knielangen Hosen, unter denen Marie die braungebrannten, nun vor Anstrengung zitternden Waden sah. Denn dicht folgte sie den vieren, dichter als der König mit seiner Begleitung, und hörte schon, wie gleichmäßig es aus der Kiste hervorknurrte. Rother immer vorweg. Dann endlich, auf der Schloßwiese, erlaubte er, daß die Kiste abgesetzt wurde.

Und jetzt hörten es alle. Ein rasselndes Knurren im Takt eines fremden Atems, der einem den eigenen nahm. Aus den Bäumen schrien die Pfauen, die, was sie niemals am hellichten Tage taten, dort hinaufgeflattert waren. Vorsichtig legte Marie eine Hand an die Kiste, die aus groben Latten gezimmert war, zwischen denen genügend Platz blieb hineinzuspähen. Sie hatte alles um sich her vergessen. Eine Weile geschah nichts, doch dann sah Marie: Etwas kam näher. Das Schreien der Pfauen, das ganz wie das Schreien kleiner Kinder war, wurde lauter, als die Augen des Löwen langsam aus dem Dunkel auftauchten. Sie zog die Hand nicht weg. Der Atem des Löwen ging heiß und naß darüber hin. Er war viel größer als sie, sein Knurren jetzt nur mehr ein monotones Atmen. Seine Augen waren zwei golden blitzende Blättchen im Dunkel hinter den Brettern. Und in der Mitte ihrer kalten goldenen Feuer kleine Schlitze in der Form von Mandeln.

Marie beugte sich vor zu den gelben Blättchen im Dunkel, und für einen Moment schien sie zu schwanken, als zöge das Glimmen sie unwiderstehlich an. Da packte plötzlich ein Arm sie um die Taille und riß sie weg: der König!

* * *

»Wie sehr sich alles verändert hat.«

»Ja. Und es tut mir im Herzen weh!«

Ein heißer Augusttag des Jahres 1825. Ein Ausflug des Berliner Künstlervereins unter Johann Gottfried Schadow auf die Pfaueninsel. Nach einem Empfang beim Hofgärtner und einem Rundgang über die Insel waren zwei der Besucher bei Frau Friedrich am Maschinenhaus gelandet und hatten sich Kaffee und Kuchen erbeten. Franz Joseph Friedrich, ein Elsässer, der einst in der *Grande Armée* gedient hatte und auf dem Rückmarsch aus Rußland in Berlin hängengeblieben war, lebte hier mit seiner Frau und den beiden Töchtern als Maschinenmeister. Er hatte sich nicht nur um die Dampfmaschine, sondern um alle anfallenden Reparaturen auf der Insel zu kümmern, während seine Frau, da jeglicher Ausschank verboten war, eine besondere Form der Gastlichkeit entwickelt hatte, die in Berlin allgemein bekannt war.

Nachdem also die notwendige Plauderei zur Zufriedenheit von Frau Friedrich geführt und das erwartete kleine Geschenk überreicht worden war, machten es sich die beiden Ausflügler im Garten bequem, der sich vor dem niedrigen Haus, rückseitig geschützt vom hohen Ufer der Insel, zum Wasser hin erstreckte, und rückten sich Stühle in die Sonne.

»Was tut dir von Herzen weh? Es ist besser hier als wie zuvor!« Der ältere knöpfte den Rock mit einem Seufzer des Behagens auf. Es war drückend heiß. Der Blick ging aufs Wasser. Vom Maschinenhaus drangen leise Geräusche herüber. »Dampf ist die Zukunft unseres Säkulums. Alle Münchhausiaden werden mit Dampf realisiert, durch Dampf und in Dampf. Ich sehe den Embryo eines Jahrhunderts, das in brütendem Dampf zur Geburt heranreift. Die Pferde laufen wild im Gebirg' umher! Kein Mensch braucht sie. Der Pflug bewegt sich von selbst. Die Droschken lenkt ohne Mühe der Jockey mit einem Handgriff.«

Die Maschinenmeisterin erschien mit einem Tablett, auf dem sie in einer voluminösen Porzellankanne den Kaffee brachte und den Kuchen.

»Dennoch stören mich all die Veränderungen hier. Die Vielfalt der Tierwelt der ganzen Erde hat in Lennés Garten nun eine Heimstatt gefunden, alles wohlkomponiert und auf Belehrung und Erheiterung des Publikums angelegt. Wie eine Arche mutet mir die Insel an. Doch eben das mindert mein Behagen.«

»Chamisso hätte seine Freude daran. Seit er aus der Südsee zurück ist, gilt all sein Schwärmen der Schöpfungspracht.«

»Hast du gewußt, daß Peter Schlemihl öfter hier auf der Insel gewesen sein soll?«

»Chamissos Schlemihl? Eine seltsame Figur.« Ein Gähnen und der Blick in die Reben. »Aber was stört dich denn nun?«

»Ich finde, in der Enge dieser nun einmal kleinen Insel hat das Nebeneinander all dieser Klassen von Tieren etwas Groteskes. Mag aber sein, daß daran die Anwesenheit jener Gestalten Schuld trägt, die nun gerade keine ordentlichen Klassen der Schöpfung sind.«

»Du meinst die Zwergin, die wir am Landungssteg gesehen haben?«

»Ja, sie und den hoch aufgeschossenen Kerl, den sie den Riesen nennen, die beiden meine ich. All die klare Modernität der schön aufgeführten Bauten der Menagerie, ja das Nebeneinander der Tiere selbst bekommt durch sie, wie es mir scheinen will, etwas von einem grellen Spaß aus einer anderen Zeit.«

»Ach papperlapapp! Dieses angebliche Schloßfräulein der seligen Königin Luise ist doch nichts als eine höchst bedauernswerte Kreatur! Etwas, das der Natur gewiß nur wider Willen unterläuft, ihre Anwesenheit hier Überbleibsel der Vergnügungen jener Könige der alten Zeit, die derlei in ihren Wunderkammern sammelten. Dieses Geschöpf hat, mit Verlaub, nichts, aber auch gar nichts mit der göttlichen Ordnung zu tun, die wir heute der Natur ablesen und zur Grundlage der Bildung des modernen Menschen machen.«

»Es ist genau so, wie du es sagst. Und dennoch: Aus den Augen jenes Wesens sprach mich etwas an, das mit all unserer Modernität nichts zu tun hat. Und das auch davon nicht berührt wird. Ich mußte plötzlich daran denken, wie sehr wir doch die Knechte unserer Zeit sind, ohne eigentlich zu wissen, was die Dinge, die wir aufgeben oder verlieren, in Wirklichkeit bedeuten.«

»Gerade deshalb ist die Welt ja auch gut eingerichtet! Da es nun einmal der Lauf der Dinge ist, daß alles zugrunde muß, damit Neues entstehen kann, würden wir, wäre es anders, uns zu Tode grämen und wären ganz unfähig zu handeln.«

»Ach! Mein Roman, der Roman, von dem ich träume und den ich einst zu schreiben noch immer hoffe, hätte nichts als jenes Spinnweb zum Inhalt, jenes luftdünne Gespinst der Zeit selbst, die so schnell vergeht, daß wir's kaum zu greifen bekommen in all den dröhnenden Reden von Fortschritt und Aufklärung. Denn mir will scheinen, letztlich bestimmt dieses Spinnweb in unseren Augen, wie wir die Welt sehen. Es ist unsere Wahrheit und macht, ob Schlemihl darin einen Platz hat oder nicht. Und eben auch jene Zwergin, von der wir nicht sagen können, wohin sie gehört.«

Der jüngere der beiden Inselbesucher wischte sich den Schweiß von der Stirn und starrte aufs Wasser. Die Hitze des Nachmittags lag schwer auf dem flachen Ufer der Insel. Die blumengeschmückten Fenster des Hauses hinter den beiden standen weit offen, doch darinnen war keine Seele zu sehen. Die Qual, nicht besser ausdrücken zu können, was doch so genau empfunden war. Das lösende Wort, das immer wieder entglitt. Schließlich die bodenlose Ruhe der Resignation. Gespenstisch wenig war zu hören von der Arbeit der Dampfmaschine. Und über dem Wasser schwirrten die Libellen.

* * *

Soviel Schönes und Seltenes auch die Pfaueninsel vereint, schrieb der Oberlandforstmeister von Burgsdorf bei Königsberg in Ostpreußen im November 1827 an den Hofmarschall, *so vermisse ich dennoch einen sehr merkwürdigen Bewohner der Preußischen Wälder und wünsche es angelegentlich, daß ein Repräsentant derselben dort aufgenommen werde. Ich habe ein Elch-Thier zähmen lassen, dergestalt, daß es sich führen läßt und gegen die Gewohnheit dieser merkwürdigen Thiere Hafer und Kartoffeln annimmt, wodurch die schwierige Haltung erleichtert und weniger kostbar gemacht wird. Außerdem nimmt es Pappeln- und Weidenlaub und wird daher ohne viele Umstände und Kosten durchzufüttern sein. Euer Excelenz bitte ich ganz gehorsamst, die Befehle seiner Majestät einzuholen, ob jenes Elch-Thier mit dem nächsten Pferde-Transport von Trakehnen nach Berlin gebracht werden darf.*

Im Sommer des folgenden Jahres marschierte der Elch mit einem der Pferdetransporte von Trakehnen los und erreichte am 7. Oktober die Insel. Kaum zwei Monate später ging er trotz Aderlaß und Klistieren ein. Nie endete der Strom der Kreaturen. Ein Professor Ehrenberg schenkte einen sibirischen Fuchs und zwei Murmeltiere, Major von Kahlden-Ludwigslust ostindische Hühner, der Kaufmann Werner aus Petersburg einen weißen Hasen, aus der Zarßkosselschen Farm in Rußland kamen drei Lamas nebst ihrem Aufseher, dem Second-Lieutnant Stanislaf Lopatinski. Und für all das brauchte man Platz auf der Insel, die nun nicht nur von Hunderten von Tieren, sondern bald auch von achtzig Bewohnern bevölkert war. An der Anlegestelle wurde ein Fährhaus gebaut, der Stall an der Meierei zum Pferdestall und die Feld- auf Wiesenwirtschaft umgestellt, um die Tiere füttern zu können. Der König ließ in Danzig die Renaissancefassade eines Hauses kaufen und gab Schinkel den Auftrag, sie dem alten Gutshaus vorzublenden, das von da an Cavaliershaus hieß und außer Räumen für die Königssöhne Lakaienzimmer enthielt. Zwischen Schloß und Kastellanshaus entwarf

Schinkel ein Gebäude im Schweizer Stil, in dem das Gärtnerpersonal untergebracht wurde.

In all dem rastlosen Tun blieb fast unbemerkt, daß Gustavs Brüder einer nach dem andern weggingen, was Marie jedesmal beim Abschied weinen ließ, weil sie wieder an Gustav denken mußte und daran, wie sehr sie ihn vermißte. Er war, nachdem er die Insel zum Militärdienst und Studium verlassen hatte, kaum einmal mehr hier gewesen, so daß der Aufbruch zu seiner großen Reise, vor nun beinahe schon drei Jahren, fast keinen Unterschied gemacht hatte. Es gab ihn nicht mehr für sie. Manchmal kamen Briefe, in denen er dem Onkel berichtete, was er erlebte und sah, und in denen er stets am Schluß alle auf der Insel grüßen ließ. Marie mochte sich einbilden, in dieser Floskel mitgemeint zu sein, wenn sie auch wußte, daß es nicht stimmte. Als ihr, um sie damit zu trösten, daß alle Veränderung auch etwas Gutes habe, der Onkel anbot, ihre Dachkammer gegen das komfortablere Zimmer der Jungen zu tauschen, das nun frei war, entschied sie, daß alles so bleiben sollte, wie es war.

Doch es bleibt nichts, wie es ist. Am 18. Oktober 1828 las Marie, als sie wieder einmal allein im Eßzimmer des Kastellanshauses saß, in der Vossischen Zeitung etwas, das ihr sehr zu Herzen ging. Dabei schien ihr die Mitteilung, daß in den Räumlichkeiten der Preußischen Seehandlung in der Jägerstraße am Gendarmenmarkt allerlei ausgestellt werde, was die *Mentor* nach Berlin mitgebracht habe, zunächst ganz belanglos.

Die *Mentor*, eine ältere, zweideckige Fregatte von dreihundertsiebenunddreißig Registertonnen, in Vegesack neu verzimmert und gekupfert, mit sechs Kanonen bestückt und einer Besatzung von einundzwanzig Mann, hatte die Preußische Seehandlung erworben und von Bremen aus mit schlesischem Linnen über Kap Horn nach Chile zur ersten preußischen Weltumsegelung geschickt. Marie las, daß das Schiff zunächst die Sandwich-Inseln erreicht und vor Honolulu vor Anker gegangen sei, was man dort alles an Bord und daß man anschließend Kurs auf Kanton in China genommen habe, wo man Tee kaufte, um schließlich über Batavia und St. Helena nach Swinemünde zurückzukehren. Es wurden all die Kostbarkeiten aufgezählt, die man im Laufe dieser Reise erworben hatte, wobei es sich nicht nur um Handelsgüter, sondern auch um natur- und kunstwissenschaftliche Stücke handelte, die nun in Berlin der geneigten Öffentlichkeit vorgestellt wurden, um vielleicht bald einen anderen, dauerhaften Ort in der Stadt zu finden. *Und damit dem künftigen Museum der Aufseher nicht fehlt*, hieß es in der Vossischen Zeitung schließlich, und dieser Satz elektrisierte Marie, *ist auch ein Freiwilliger von den Sandwich-Inseln mit eingetroffen. Harry, so wird er gerufen.*

Marie klopfte das Herz bis zum Hals bei der Vorstellung, daß nun ein Mensch aus jener Weltgegend, in die sie sich hinträumte, seit sie zum ersten Mal das Otaheitische Cabinett des Schlosses betreten hatte, in der Stadt war. Begierig las sie seine Beschreibung: *Harry mag ungefähr 15–18 Jahre alt seyn, die Menschenrasse, von der er stammt, gehört nicht zu den Negern, steht ihnen jedoch durch die schwärzliche Hautfarbe und etwas platte Nase ziemlich nah, unterscheidet sich jedoch durch wohlgebildete Lippen und ein glattes, langwachsendes weiches Haar, sein Teint scheint etwas broulliert, am Arm und im Gesicht ist er tätowiert. Er scheint sehr gelehrig, freundlich, munter, arbeitsam. Deutsche Worte spricht er geläufig nach, wenn sie nicht zuviel Konsonanten haben, besonders scheint ihm das »R« ganz zu fehlen.*

Eine ganz besondere Freude äußerte der Insulaner über einen Herrn von ziemlich starkem Embonpoint, er lief auf ihn zu und umfaßte ihn mehrmals, so daß man wirklich besorgt war, es möchte sich der jedem Insulaner eigentümliche Appetit, der einst Cook das Leben kostete, bei dem jungen Freiwilligen zu regen anfangen.

Immer wieder suchte und entdeckte Marie in den folgenden Monaten Zeitungsberichte über jenen Harry, die sie alle begierig las. Daß er beim Präsidenten der Preußischen Seehandlung, jenem Christian von Rother, der den Löwen hergebracht hatte, ein Quartier zugewiesen bekommen habe, wo er sich als Lakai bei Tische nützlich mache. Daß Wilhelm von Humboldt ihn besucht habe, um ihn über die Sprache der Sandwich-Inseln zu befragen. Marie sah aus dem Fenster im Arbeitszimmer des Onkels hinaus, ohne etwas zu sehen. Vor ihrem inneren Auge erstand die Palmenwelt der Südsee, und die Vorstellung stellte sich gewiß leichter her, weil die beiden Cacadus, die der Onkel seit kurzem hier auf einer Messingstange hielt, einer rot und einer blau, dazu jubilierten. Auf der Fensterbank, unscheinbar, der Kelch aus Rubinglas, an dem ihr Blick schließlich hängenblieb.

* * *

»Erzählen Sie mir doch bitte von Berlin, lieber Schlemihl. Ich hab' die Insel ja noch nie verlassen!«

Schlemihl berichtete Marie bereitwillig, wie er am Morgen in Berlin losgegangen war. Von dort, wo er wohne, sei es nur ein Katzensprung zum Potsdamer Tor hinaus, und eben dort gehe, am Meilenzeiger an der Esplanade, die Extrapost ab, aber auch die täglich zwischen den Residenzen verkehrenden Journalièren, wie man die Kutschen des Hofverkehrs nannte, weil sie auch die neuesten Zeitungen beförderten. Und Schlemihl erzählte, wie er dort einstieg und die Stadt hinter sich ließ, im Vorüberfahren die Kirchturmglocke von Schöneberg gehört habe, am *Schwarzen Adler* vorbeigekommen sei, dann den Steglitzer Park passiert und schließlich Zehlendorf erreicht habe, wo man im Dorfkrug die Pferde wechselte. Und gleich ging es weiter durch die Pappelallee auf *Stimmings Krug* am Wannsee zu, und dann durch den Wald bis Stolpe, drei Stunden habe die Fahrt gedauert. Und von Stolpe aus, aber das kenne sie ja, sei er dann zu Fuß zur Fähre gelangt.

»Und wie ist es dort, wo Sie in Berlin leben?«

»Es ist nicht weit vom Spittelmarkt«, sagte er und schilderte, wie er manchmal am Sonntag durch das Prenzlauer Tor hinausspaziere und hinauf nach den Windmühlen auf dem Prenzlauer Berg, wo man einen schönen Blick über die Stadt habe, und daß er auch mitunter gern einmal in dem riesigen Gastgarten dort sitze und ein Bier trinke. Und wie wunderbar es auch Unter den Linden sei, schwärmte er. Am Morgen sei die Straße belebt von eilenden Arbeitern und Angestellten, später dann hielten die Wagen der höheren Beamten vor ihren Dienststellen, vor der Universität spazierten die Studenten auf und ab. Pünktlich auf die Sekunde beginne am Mittag die Garde mit dem Aufzug der Wache. Danach werde es für ein, zwei Stunden still, und der Nachmittag gehöre dann den Bummlern, den Offizieren, den Kindermädchen und den drallen Spreewalddamen in ihren auffälligen Trachten.

»Und?« fragte Marie.

»Manchmal läßt sich der König, im grauen Mantel und auf dem Kopf eine schlichte Offiziersmütze, immerzu grüßend, in einem schlichten zweispännigen Wagen in den Tiergarten fahren.«

»Und?«

»Manchmal gehe ich in die Konditorei Kranzler, direkt an der Kreuzung zur Friedrichstraße, um die internationalen Zeitungen zu lesen, die man dort hält. In den Hamburger, Kölner oder auch Breslauer Blättern finden sich oft Nachrichten, die die Berliner nicht zu drucken wagten.«

»Und?«

»Wenn es im Spätherbst noch einen schönen Tag hat, zieht ganz Berlin durch die Linden nach dem Tiergarten hinaus, der Bürger mit der Hausfrau und den lieben Kleinen in Sonntagskleidern, Geistliche, Jüdinnen, Referendare, Freudenmädchen, Professoren, einfach alle, Putzmacherinnen, Tänzer, Offiziere. Und kaum ist man durch's Brandenburger Tor, bedrängen einen schon die Charlottenburger Fuhrleute, doch aufzusteigen für eine Tour. Aber alles strömt zu *Klaus & Weber*, wo schnell die Plätze besetzt sind, der Kaffee dampft und die Elegants ihre Cigarros anzünden. Ach, kennten Sie das alles doch, Mademoiselle! Ich wünschte, ich wäre ein Callot oder ein moderner Chodowiecki, um Ihnen das bunte Treiben vor Augen stellen zu können!«

Schlemihl warf vor Begeisterung die Arme, und seine hellen feinen Augen blitzten, und Marie musterte ihn dabei voller Freude. Wie hatte sie sich über seinen Aufzug gewundert, als er vom Kahn herabgestiegen war. Er trug eine runde Jacke und Beinkleider aus demselben grünen Zeug, dazu hatte er, als plante er eine botanische Expedition statt eines Besuches bei ihr, eine mächtige grüne Kapsel aus Metall an einem ledernen Riemen umgehängt. Marie hatte lachen müssen und er, nach einem Moment der Verwunderung, nicht anders gekonnt, als darin einzustimmen, während sie ihn hierher zu ihrem Lieblingsplatz geführt hatte, zu der kleinen Lichtung um den Candélabre am höchsten Punkt der Insel.

In der Eisenhütte zu Reinerz gegossen, stand die vielfach gebauchte gußeiserne Säule mit den zwei großen Schalen, von denen das Wasser zum ersten Mal am Geburtstag des Königs 1825 in weiten Schleiern herabgefallen war, inmitten des Beckens, in das die Dampfmaschine ihr Wasser pumpte. Schon der Name Candélabre, genommen vom lateinischen Wort für Leuchter, erinnerte an die lichthelle Wirkung des sonnenbrechenden und reflektierenden Wassers, und tatsächlich saß man im Sommer hier vor einem funkelnden kalten Feuer. Umgeben von den hohen alten Eichen war dieser Wasserbaum durch den Wald von weitem sichtbar, ohne daß ein Weg zu ihm erkennbar wäre. Erst, wenn man das Rauschen schon hörte, zog ein kreisender Pfad den Besucher in den runden Raum der Wasserkunst, deren lichte Schleier zwischen den knorrigen Ästen der Eichen verwehten. Schlemihl schien, auf der marmornen Bank am Bassin, von alldem wenig zu bemerken.

»Ich betrachte all die Menschen, rate ihre Herkunft, folge ihrem Weg. Da gibt es die Tabulettkrämer, Tanzmeister, die Töchter höherer Beamter. Da wird, von einem Wagen herab, aus einem Faß Pflaumenmus verkauft, mit langem hölzernem Löffel je ein Viertelpfund für einen Dreier als Morgenimbiß den Flaneuren in die Papierchen gekleckst. Einmal fiel mir ein junger Mann auf im gelben kurzgeschnittenen Flausch mit schwarzem Kragen und Stahlknöpfen, mit einem roten, silberbestickten Mützchen und einem kleinen schwarzen Stutzbärtchen auf der Oberlippe: ein Student. Oder jene fremdartige Person, die ich einmal sah, ein grell zitronenfarbiges Tuch nach französischer Art turbanähnlich um den Kopf gewunden. Ihr Gesicht, ihr ganzes Wesen zeigte deutlich die Französin, vielleicht eine Restantin aus dem letzten Kriege.«

Schweigend sann Schlemihl noch einen Moment den eigenen Bildern nach, und auch Marie sagte nichts. Dann war es, als erwachte er und sähe erst jetzt, wohin sie ihn geführt hatte, und betrachtete lange den Candélabre und das Spiel des Lichts in den Wasserschleiern. Kramte dazu in seiner Jacke und zog ein flaches, längliches Kästchen hervor, dem er eine Cigarre entnahm.

Mit einem fragenden Blick hielt er Marie das Etui hin, die sich, obwohl sie noch nie etwas Derartiges gesehen und von der neuen Mode, den Tabak zu rauchen, bisher nur gehört hatte, umstandslos eine herauszog. Unter Zuhilfenahme eines kleinen Geräts, dessen Gestalt in seiner Hand sie gar nicht ausmachen konnte, bohrte er dann schweigend je ein Loch in die Köpfe der beiden Cigarren, brannte erst seine eigene an, von der gleich der wohlriechende Rauch aufstieg, und entzündete dann auch ihre. Vorsichtig nahm sie den Rauch in den Mund, mußte nur kurz gegen den Hustenreiz ankämpfen, stieß den Rauch wieder aus und spürte, wie ein wunderbarer Schwindel sie erfaßte. Schlemihl betrachtete sie genau.

»Sie sind von der Insel Kuba«, sagte er ruhig und verstärkte durch einen paffenden Zug die Rauchwolke, die sie beide umgab.

Marie nickte und nahm einen zweiten Zug. Schlemihl lächelte.

»Wie schön es hier ist! Die Wasserkunst war ja immer schon, bereits in Rom, nur ein willkommener Nebeneffekt des immer selben Zwecks. Das Wasser springt uns zur Freude, um danach folgsam dorthin zu fließen, wo es gebraucht wird. Der Mensch aber vergafft sich immer von neuem in die zweckfreie Schönheit. Im *Wilhelm Meister* heißt es: *Das Anschauen jedes harmonischen Gegenstandes rührt uns, denn wir fühlen dabei, daß wir nicht ganz in der Fremde sind, und wähnen uns vielmehr jener Heimat näher, nach der unser Bestes, Innerstes ungeduldig hinstrebt.*« Schlemihl strich die Asche seiner Cigarre am Marmor der Bank ab. »Aber ich muß gehen, Mademoiselle.«

Marie sah ihn überrascht an. Den *Wilhelm Meister* kannte sie. Noch immer sprach sie mit niemandem über das, was sie las, doch mit ihm hätte sie es gern getan. »Aber nein! Sie müssen noch bleiben.«

»Ich kann nicht.«

»Und wohin müssen Sie?«

»Ich werde mir meine Siebenmeilenstiefel unterschnallen und nach Griechenland reisen. Tun Sie mir den Gefallen und rauchen in meiner Abwesenheit keinen türkischen Tabak?«

»Am liebsten«, sagte sie, »käme ich mit.«

»Aber Mademoiselle!« protestierte Schlemihl lächelnd, »Ihr Platz ist doch hier.«

»Und weshalb?« entgegnete sie. »Weil ich ein Monster bin? Eingesperrt auf dieser Insel für mein ganzes Leben?«

»Ein Monster?« Schlemihl sah sie entsetzt an. »Wer sagt das?«

Marie schüttelte den Kopf. Es war ihr peinlich, das Wort ausgesprochen zu haben. Daß Schlemihl sie nun schon wieder verließ, in die Welt hinauszog, die sie niemals sehen würde, hatte sie aufgewühlt.

Schlemihl, der wohl spürte, was in ihr vorging, sah sie voller Mitleid an. »Nein, meine Liebe, man hat Sie hier nicht eingesperrt. Sie sind das Schloßfräulein der Pfaueninsel, und Sie verkörpern das Beste dieses Ortes! Hat Lenné Sie belästigt mit seinem Schönheitskult?«

Wieder schüttelte Marie den Kopf. Was er damit meine, fragte sie leise, ohne ihn anzusehen.

»Ach wissen Sie, ich verachte, was man heutzutage über die Schönheit denkt. Schöne Menschen, heißt es, hätten bei den Alten schöne Statuen hervorgebracht, und in unserer Zeit nun könne das Betrachten der schönen Statuen helfen, wiederum schöne Menschen hervorzubringen. Die Welt ist aber größer und vielgestaltiger, als Winckelmann und seinesgleichen meinen. Davor müssen Sie sich nicht fürchten, Mademoiselle Strakon. Gerade hier nicht, an diesem Ort, der doch noch im alten Zauber steht.« Er drückte Maries Hand an den Mund. »Wissen Sie was? Am liebsten nähme ich Sie tatsächlich einmal mit zu einem meiner Lieblingsplätze auf dieser Welt.«

»Und welcher ist das?«

»Es gibt in Italien einen Park, der *Parco dei Mostri* heißt, die Grille eines verrückten Prinzen. Es würde Ihnen dort gefallen, ein Ort voller Groteske und Witz. So, wie die Welt selbst. Dort steht, gleichsam als Motto, auf einem Stein: *Solo per toccar il cuore!* Nur um das Herz zu berühren. Und das ist doch unsere Aufgabe auf der Welt, nicht wahr? Das Herz der anderen, aber auch unser eigenes. Ganz gleich, wo wir sind.«

Sie nickte stumm und zog an ihrer Cigarre, deren Rauch auf der windstillen Lichtung fast kerzengerade nach oben stieg.

Fünftes Kapitel

Die Menagerie

Als Marie an der Gärtnerei mit den neuen Gewächshäusern vorbei war, im Wald über die Kuppe hinweg, an der Vogelvoliere und am Jagdschirm vorüber, den noch der Vater des Königs aus seinem Beelitzer Jagdrevier hatte hierherbringen lassen, ein seltsames Haus, rundum mit Rinde verkleidet, die man zu Mustern, Säulen und Pilastern geformt hatte, begann es sie zu gruseln, denn diesen Weg war sie nicht mehr gegangen, seit hier geschah, was hier eben geschah. Und als ihr dann der erwartete und befürchtete Brandgeruch in die Nase stieg, direkt aus der Senke, zu der an dieser Stelle das Hochufer der Insel abfiel, mußte sie stehenbleiben, weil ihr übel wurde.

Um den Besuchern aus dem Weg zu gehen, die in immer größerer Zahl auf die Insel kamen, hätte dies hier ein wunderbarer Ort sein können, denn eine breite Kette, die man kurz hinter der Voliere über den Weg gespannt hatte, verbot den Zutritt. Doch keiner der Bewohner der Insel kam gerne mehr hierher, was mit der Ursache eben jenes Verbotes zu tun hatte, von dem die Ausflügler fälschlicherweise meinten, es solle sie von den Resten des Kunckelschen Laboratoriums fernhalten. Marie wußte es besser. Langsam ging sie weiter.

Heute war es besonders schwül und heiß, seit Wochen hielt der Sommer den Atem an, so daß es auch hier, im Schatten des Waldes, unerträglich stickig war. Unter Maries vorsichtigen Schritten knirschten die papiertrockenen Nadeln. Sie wußte, sie mußte die Böschung hinab, genau dorthin, woher der Brandgeruch kam, denn eben dort waren die Ruinen des Laboratoriums, die geborstenen Mauern und die Reste der Öfen, in denen sie als Kinder so oft gespielt und fast immer ein Stück jenes roten Glases gefunden hatten, das Marie auch heute hierherführte. Nur, daß sie längst kein Kind mehr war. Es kam ihr so vor, als wäre sie auf der Suche nach der Vergangenheit, in die sie selbst gehörte. Langsam, während sie sich daran erinnerte, wie sie drei damals hier hinabgestürmt waren, tastete sie sich Schritt für Schritt den Hang hinunter. Es graute ihr vor dem leeren, leeren Weltraum mit seinem unendlichen Schwarz. Oft hatte sie sich vorzustellen versucht, wie, noch gar nicht so lange vorüber, ein jedes Ding auf der Welt seinen festen Platz gehabt und alles mit allem zusammengehangen hatte und daß sie in jener Zeit ein wirkliches Schloßfräulein gewesen wäre, so, wie Kunckel ein wirklicher Alchemist war. Aber jene Zeit war vorbei und lange abgelegt auch das Schloßfräulein, das man ihr als Kind übergeworfen hatte. Und wie hatte sie sich gefreut! Ein Karnevalskostüm, nichts sonst.

Im letzten Winter hatte den alten Gundmann der Schlag getroffen, danach war er lange bettlägerig gewesen, das Gesicht, als hätte tatsächlich ein Blitz ihn durchfahren, zur Grimasse erstarrt. Der Onkel hatte den Doktor kommen lassen, der nur wortlos den Kopf schüttelte, und so hatte man den

Alten versorgt, so gut es eben ging, und eigentlich darauf gewartet, daß er sterbe.

Marie, die lange nicht mehr in der Meierei gewesen war, hatte ihn oft besucht, zuletzt kurz bevor er dann tatsächlich eines Morgens tot in seinem schmalen Bett lag, dessen hohe Wangen nun plötzlich an den Sarg gemahnten. Sprechen hatte er in den Monaten, die er darinnen lag, nicht mehr gekonnt, nur unartikulierte Laute, die jedoch mehr oder weniger zufrieden klangen, kamen aus seinem Mund, wenn man den Schemel neben das Bett schob und sich zu ihm setzte. Er mußte gefüttert werden, da seine Hände, als hätten sie sich in dem Moment, als der Schlag ihn traf, irgendwo festhalten wollen, klauenhaft verkrampft waren und es auch blieben, obwohl man sie, wie der Doktor, wohl einzig aus Mitleid mit dem Kranken, empfohlen hatte, immer wieder mit Schafsfett einrieb und massierte. Und bei aller Sorgfalt der alten Magd, die ihn versorgte, lief dem Alten doch die Suppe immer aus dem verzerrten Mundwinkel und über die weißen Altmännerstoppeln seines unrasierten Kinns auf das Nachthemd hinab, das vor Schmutz starrte.

Er hatte es offensichtlich gern, daß Marie ihn besuchte, vielleicht auch nur, weil sie näher an seinem Gesicht war als andere, wenn sie bei ihm saß. Zwar wußte sie nicht, was sie zu ihm sagen sollte, aber sie hielt den starren Blick des alten Mannes gut aus, kannte sie doch von ihren Besuchen im Schloß ein derartiges Arrangement. Sie lächelte ihm also zu und ließ einfach die Zeit vergehen, und oft kam es ihr so vor, als sähe sie dann in seinen Augen ein Lächeln, und sein Grunzen und Stöhnen, das so gar nicht zum neuen Kleid der Insel passen wollte, schien für Momente besänftigt.

Er und sie, sie beide, gehörten zu einer Welt, die es mit seinem Tod auch hier auf der Insel nicht mehr geben würde, wo sie vielleicht etwas länger als anderswo überlebt hatte. Nicht anders als Kunckel, der hier einst den magischen Kreis seines Laboratoriums um sich geschlagen hatte, um der Natur nahe zu sein, waren sie und Gundmann Gäste auf der Insel, wie es vielleicht auch der alte König und die Lichtenau gewesen waren, deren Schloß dem, der es wollte, so beredt davon erzählte, daß man die Maske einer Gräfin ebenso annehmen konnte, wie sich aus Holz und Leim ein Schloß errichten ließ. Schön, aber vergänglich. Gundmann war seine Landwirtschaft ein ebensolches Spiel gewesen, weil auch er wußte, daß jener Kreis, den man um sich schlägt, immer nur für kurze Zeit gegenüber der Natur Bestand hat, aus der wir selbst bestehen. Doch eine neue Natur, die den Tod vergessen zu haben schien, war unter Lennés Händen und aus der Sehnsucht des Königs entstanden. Immer wieder war Marie durch den veränderten Garten gegangen, den Wegen folgend, die Lenné hatte anlegen lassen, und hatte befremdet registriert, daß es ihm tatsächlich gelungen war, alles Fremde zum Verschwinden zu bringen. Seine Blickachsen durchzogen die Natur wie eine Melodie, in die alles sich eingefügt hatte, und die Käfige prunkten darin wie die Fassungen teuren Geschmeides und hielten die Tiere funkelnd, aber unverrückbar fest, sosehr sie auch gegen die Gitterstäbe anrannten.

Wenn Marie vor ihnen stand, mitten in der Horde der Schaulustigen, die den Löwen, die Affen, die Känguruhs umringten, peinigte sie bei jedem Fauchen und jedem zitternden Blick das Gefühl, genau zu wissen, was das Tier empfand. War sie doch selbst eines von ihnen. Exotisch war alles, was die Menschen hier sehen wollten, exotisch war auch sie selbst unter ihren Blicken, und damit bedeutungslos. Verloren die otaheitische Sehnsucht. Im selben Moment, in dem all diesen Exemplaren des Besonderen besondere Orte zugewiesen worden waren, verloren sie ihre Zauberkraft. Maries Abscheu vor dem Spektakel war so groß, daß sie an den Besuchstagen meist in ihrem Zimmer blieb.

Jetzt, am Fuß der Senke, wurde ihr so übel, daß sie bei jedem Schritt befürchtete, sich erbrechen zu müssen. Die Tiere! Sie hatte es ja gewußt, daß viele von ihnen starben, aber erst, während sie jetzt langsam wie über einen Friedhof durch diese Landschaft des Todes ging, begriff sie, wie viele von ihnen tatsächlich in ihren Käfigen umkamen. Hergeschickt aus der ganzen Welt, endeten sie hier, in diesen Ruinen. Dort, so aufgebläht vom Feuer, daß der riesige Schwanz starr abstand, der verkohlte Balg eines Känguruhs. Marie hatte nicht gemerkt, daß eines fehlte. Und dort, der Haufen schwarzer, vom Feuer angefressener Knochen, das konnte nur ein Büffel gewesen sein und richtig: da war der Schädel mit den Hörnern. Eilig ausgehobene Gruben, schlampig mit Kalk beworfene Körper darin, verschiedenste Gliedmaßen, Bäuche, ein Maul, das aus dem Weiß herausragte wie ertrinkend. Weiße Asche, die in einer langen Schleppe auf die Havel hinaustrieb. Blutige Häute, die man über ein provisorisches Gestell geworfen hatte, im Blut nur eine einzige saubere Stelle, an der sich die Maserung des Fells erhalten hatte. Ein Haufen Hörner und Klauen. Das aufgeblähte Känguruh, dessen verkohlter Leib jeden Augenblick zu platzen drohte, stank erbärmlich. Fliegen, die sie noch nie auf der Insel gesehen hatte, riesige grüne Fliegen, als wären sie aus der Hölle selbst gekrochen, in dichten Schwärmen überall.

Hatte sie auf dem ganzen Herweg Angst vor dem gehabt, was sie hier sehen würde, war ihr Herz jetzt ganz ruhig. Vergessen jedoch die Idee, hier nach Rubinglas zu suchen, als hätte die Vergangenheit endgültig ihre Kraft verloren. Ruhig und aufmerksam schritt Marie durch die verkohlten Leiber, die weißgekochten Augen ohne Blick, das Blut auf der Erde, und mußte dabei an Schlemihl denken und das Motto jenes Gartens, von dem er erzählt hatte: *Solo per toccar il cuore.* Nur um das Herz zu berühren. Das hier berührte ihr Herz.

Marie wußte, daß Kriepe, der Jäger, mit seinen Gehilfen dafür verantwortlich war, sie sah sein gleichgültiges Gesicht vor sich. Dabei war es ihr unangenehm, an ihn zu denken, denn er, groß und mager und mit wachen Augen, war jener eine, dem sie nicht widerstanden hatte. Immer wieder einmal hatte einer der Tagelöhner oder auch Gehülfen es bei ihr versucht, seit sie kein Kind mehr war, nie hatte Marie sich darauf eingelassen. Nur einmal, bei Kriepe, wäre es beinahe geschehen.

Däumlingin, Zwergin, gewiß. Märchenwörter – wir erinnern uns an den Anfang. Aber wie wäre es, hielte man tatsächlich einmal eine so kleine Hand? Striche über einen so schmalen Rücken? Ein Kindskörper, was sonst. Ein Kindskörper, nichts sonst. Läge er neben einem, sänke er in die Matratze nicht ein, seine Bewegungen wären vogelhaft leicht. Doch so einfach ist es nicht. Weder ihr Blick noch ihre Stimme die eines Kindes. Sich über sie beugen. Sie festhalten. Da verschwindet dann die Unberührbarkeit all der Märchenwörter, und ihr Mund, größer als alles an ihr, wird im Kuß plötzlich zum Eingang der Frau, die sie ist. Und Kriepe erstarrte. Und Marie entwand sich seiner Umarmung und lief davon.

Nur um das Herz zu berühren. Aber ist das, was uns berührt, nicht immer das Schöne? Marie mußte an die Treibhäuser denken, in denen der Onkel Schönheit zu jeder Zeit produzierte und ein Blühen und Befruchten ganz nach Wunsch. Wie unheimlich das war! *Forma bonum fragile est*, fiel der Ovid ihr ein, den Mahlke ihnen beigebracht hatte: Schönheit ist zerbrechlich.

Und sie mußte daran denken, wie der Riese einmal im Scherz Gustav hochgehoben hatte, wie er es mit jedem tat, jeden Erwachsenen so für einen Moment wieder zum Kind oder eben zum Zwerg machend. Marie lachte immer sehr darüber. Doch hatte Gustav den Griff des Riesen wohl nicht erwartet, denn als dieser ihn anhob, schrie er. Schrie und strampelte, ersichtlich voller Ekel und Panik, bis man ihn wieder hinabließ. Was berührt unser Herz? Gustav hatte ihr Herz berührt, und er war schön für sie gewesen, obwohl er immer ein wenig weiblich, ja weibisch wirkte mit seinen breiten Hüften und seiner zu saftigen Unterlippe. Der vollendet schöne Leib ist zugleich der schwache, hieß es bei den Alten, Adonis kein Herakles und dieser nicht schön. Pflanzen kennen keine Liebe und kein Begehren, hatte Gustav einmal zu ihr gesagt. Dabei könnte man meinen, Blüten seien nichts anderes als hilflos schöne Zeichen allergrößter Sehnsucht nach Berührung. Aber nicht einmal das ließ er gelten. Lieber als Blüten, das wußte Marie nur allzu genau, waren Gustav die Blätter der Pflanzen. Das hatte Lenné ihn gelehrt. Ob sich daran etwas änderte auf seiner Reise? Ob sich etwas geändert haben würde bei seiner Rückkehr?

Wie sie es sich vorgenommen hatte, setzte Marie sich, die toten Tiere und den Gestank im Rücken, auf einen Baumstumpf, von dem aus sie auf die sommerliche Havel hinaussah und hinüber ans andere Ufer, und schlug auf ihren Knien das Tuch mit den getrockneten Maulbeeren auseinander, die sie mitgenommen hatte, um sie eben hier zu essen. Ihr war nicht danach, und mit spitzen Fingern rollte sie die winzigkleinen Gehirne lange umeinander, manche heller, manche dunkler, bis sie sich überwinden konnte, diese weichen und ein wenig klebrigen Beeren eine nach der anderen in den Mund zu stecken.

* * *

4 Pavianaffen, 3 Mongabäiaffen, 2 Tjäckoaffen, 3 Mandrillaffen, 3 Kapuzineraffen, 1 Affe von Ceylon, 4 Känguruhs, 6 Repaul-Ziegen, 27 tibetanische Ziegen, 8 Lamas, 12 schottische Schafe, 5 ägyptische Schafe, 4 Fettschwanzschafe, 16 ungarische Schafe, 14 Merinoschafe, 9 Edelhirsche, 25 Damhirsche, 1 bengalischer Hirsch, 1 Reh, 3 Gazellen, 1 Hirschpferd, 1 Zebu, 5 Büffel, 7 Arahs, 2 Kakadus, 4 Perequetos, 4 Quistitiaffen, 1 Jackoaffe, 1 Schweinsschwanzaffe, 1 Klammeraffe, 1 Moustacaffe, 1 Löwe, 3 Bären, 1 Wolf, 1 Wolfshund, 4 Bernhardinerhunde, 2 Füchse, 6 wilde Schweine, 1 chinesisches Schwein, 1 Bisamschwein, 1 Stachelschwein, 2 Pfaueninselschwäne, 3 Coatis, 1 brasilianischer Fuchs, 1 Aguti, 1 Murmeltier, 2 Eichhörnchen, 5 Hasen, 6 Reiher, 4 Störche, 3 Kraniche, 1 Pelikan, 1 Papagei, 1 Alpenkrähe, 6 Schildkröten, 4 Seeadler, 2 Steinadler, 1 Goldadler, 5 Milane, 4 Sperber, 1 Uhu, 2 Schleiereulen, 6 Baumeulen, 1 Ohreneule, 1 Marabou-Storch, 85 verschiedene Enten, 1 Elster, 16 Schwarzamseln, 5 Stare, 8 Dompfaffen, 4 Kanarienvögel, 3 Wachtelkönige, 3 Finken, 15 Goldfasane, 2 Rohrdommeln, 4 Wasserhühner, 2 Fischmöwen, 119 verschiedene Tauben, 3 Rebhühner, 63 Pfauen, 31 Perlhühner, 90 verschiedene Hühner, 2 schwarze Schwäne, 3 Singeschwäne, 7 Schwangänse, 34 verschiedene Gänse, 13 Fasane, 13 Puten, 8 Crammetsvögel, 8 Wachteln, 1 Kernbeißer, 5 Lerchen, 1 Wiedewahle, 2 Hämpferlinge, 2 Zeisige, 29 Silberfasane, notierte Ferdinand Fintelmann akribisch den Tierbestand der Insel.

So vergingen die drei Jahre von Gustavs Reise. Einmal, im Herbst des Jahres, an dem seine Rückkehr erwartet wurde, an den Büschen rot die Hagebutten und blaubehaucht die herben Schlehen, versammelten sich alle am Abend um ein Kartoffelfeuer am Feldrand. Alle, dachte Marie, das hieß: die Krüppel der Pfaueninsel. Es war keiner der Besuchstage, an denen sie es vermieden, sich gemeinsam zu zeigen, um nicht mehr Aufmerksamkeit zu erregen als nötig. Carl, der Riese, stand da und neben ihm Theobald Itissa aus Ragoda in Afrika, ein Mohr, wie der Onkel sagte, sehnig und mit pechschwarzer Haut, der in den wenigen deutschen Worten, die er sprach, immer von der Schönheit des Sees erzählte, an dem er geboren worden war. Wenn der König auf die Insel kam, ließ er ihn rufen, wobei ihm ausdrücklich aufgetragen war, mit nacktem Oberkörper und barfuß zu erscheinen. Und auch Doro war dabei, die Tochter des Tierwärters Becker, die seit Kindertagen an dem Riesen einen Narren gefressen hatte. Marie verstand das Mädchen, auch sie mochte es, wenn der große Mann lachte. Und mit der ganzen Hand umklammerte sie manchmal seinen Daumen und dann hob er sie hoch.

Selbst Christian war an diesem Tag wieder einmal zu Besuch auf der Insel. Sie sahen sich nur noch selten, und Marie bewunderte den braunen weichen Mantel, den er an diesem Tag trug und in den der Herbstwind fuhr, der auch das Feuer anfachte. Energisch prasselten die dürren Stauden und verglühten eilig zu weißer Asche, auf die die Gartengehülfen immer neue häufelten, dabei im Rauch verschwindend und wieder erscheinend und dazwischen mit flinken Hacken hurtig den kalten Boden auskämmend. Schwer streifte der Sack, den die Kartoffeln beulten, über die Furchen. Es wehte die Glut aus dem prasselnden Feuer in die kahlen Äste der

Bäume hinein und dann weiter, in den Himmel hinauf. Marie sah zu lange den Funken nach, die schnell verloschen in der kalten Luft.

Und plötzlich hörten sie alle, wie der Löwe markerschütternd brüllte, verstummten erschrocken und sahen sich an. Auch der Löwe, dachte Marie in diesem Moment, war einer von ihnen, Einzelexemplar einer Gattung wie sie selbst, und anders als all die anderen Tiere wurden sie nicht paarweise zur Paarung gehalten, zu gefährlich war ihre Häßlichkeit, keine Blutlinie sollte durch ihr Leben führen, sie mußte enden wie jene des gefährlichen Leuen, dessen einsames Brüllen ihnen durch Mark und Bein ging.

* * *

In jenem Herbst bestellte der König Marie zum allerletzten Mal zu sich. Er hatte das in den letzten Jahren nur mehr selten getan, und überhaupt nicht mehr, seit die Mesalliance mit Auguste von Harrach bestand. So wunderte sich Marie einigermaßen, als man sie holen ließ, und mehr noch, als sie ins Schloß kam, denn kein Personal war in den Räumen, völlig still war es, offenbar nur der Kammerdiener da, der vor ihr die Treppe hinaufstieg, die Tür zum Saal für sie öffnete und hinter ihr wieder zuzog.

Auch hier war niemand, nur auf einem Stuhl am Fenster lag achtlos hingeworfen ein Shawl. Marie trat hinzu und strich darüber hin. Der Shawl war himmelblau. Vor den Fenstern schwarze Nacht. Wenige Kerzen brannten flackernd in den Leuchtern. Marie kannte den Shawl. Es war einer von dreien aus den Haaren der Nepalziegen hier auf der Insel. Über Jahre hatte man die feinen Härchen gesammelt und sie schließlich, als eine ansehnliche Menge beisammen war, im Potsdamer Waisenhaus gereinigt. Mit der Schnellpost sodann ins preußische Aachen geschickt und von dort mit einem Kurier an den preußischen Gesandten nach Paris, der sie der Firma *Albert Simon & Cie., Successeurs de Fernaux & Fils. Pour les Schalls, Mérino, Cachemires & Nouveautés* in der Rue de Fossés Nr. 2 in Montmartre übergab. Dort wurden aus den Haaren drei Shawls gewoben und auf demselben Weg nach Berlin zurückexpediert. Zwei davon hatte der König seinen Töchtern geschenkt, der Kaiserin von Rußland und der Prinzessin der Niederlande. Und den dritten der Fürstin Liegnitz, wie die kaum fünfundzwanzigjährige, katholische, nicht standesgemäße Auguste von Harrach hieß, seit der König sich mit ihr in morganatischer Ehe verbunden hatte.

»Majestät?«

Niemand antwortete. Stets hatte er hier am Fenster gesessen, wenn er sie ins Schloß hatte rufen lassen, aber er hatte sie auch noch nie in der Nacht zu sich bestellt. Marie wußte nicht, was sie jetzt tun sollte. Ratlos nahm sie den Shawl, der wunderbar leicht und weich war und nach Maiglöckchen duftete, und preßte ihn an ihr Gesicht.

Da öffnete sich eine der hohen Flügeltüren und ein blauer, flackernder Lichtschein fiel auf das kunstvoll verschlungene Parkettmuster. Es war der König, der dort in der Tür stand, gewiß, und doch war Marie von seinem Anblick so überrascht, daß sie einen Moment lang daran zweifelte, ob er es tatsächlich sei. Trug er doch einen Nachtrock, der zudem, wie sie selbst gegen das Licht erkennen konnte, offen stand. Marie sah weiße Leibwäsche und Strümpfe an Strumpfhaltern in Lederpantoffeln. Der König winkte sie heran. Sie legte den Shawl auf den Stuhl zurück, ging wortlos an ihm vorüber, und er schloß hinter ihr die Tür zu dem Raum, der, wie sie wußte, das königliche Schlafcabinett war.

Natürlich sah Marie sofort zum Bett hinüber. Als sie aber erkannte, was dort vor sich ging, schlug sie nicht nur die Augen nieder, sondern hielt sich beide Hände vor das Gesicht. Doch gleich faßte der König sie an der Schulter, und flehentlich sah sie zu ihm hinauf. Sie wollte das nicht sehen! Doch mit einem Nicken forderte er sie eben dazu auf. Die Fürstin Liegnitz lag auf dem schmalen Feldbett, Marie erkannte sie gleich. Bei ihrem ersten Besuch auf der Insel hatte der König seine neue Frau den Bewohnern vorgestellt, ein Moment, über dem die eisige Erinnerung an Königin Luise so deutlich gelegen hatte wie nie seit ihrem Tod.

Die Fürstin war eine hochgewachsene und bis zur Sehnigkeit dünne Person mit einem großen, scharfgeschnittenen Mund und schwarzen kurzen Locken. Bleich und herrisch hatte sie dagestanden, offensichtlich sehr zufrieden mit ihren Reitstiefeln aus bestem englischen Leder, die sie auch später stets trug, wenn sie auf die Insel kam. Ihr Lieblingswallach stampfte so unruhig auf, daß der Pferdeknecht seine liebe Mühe mit ihm hatte. Die Fürstin ritt mit großer Leidenschaft, und zwang sie die Etikette in Berlin zu Damensattel und langem Kleid, trug sie hier auf der Insel ebenjene Stiefel zu Hosen, und kaum war das Pferd an Land, schwang sie sich in den Sattel und setzte über die Wiesen hinweg. Der Kontrast zur verstorbenen Königin, die sich in der Sänfte über die Insel hatte tragen lassen, wenn sie einmal nicht mit den Kindern spazierte, konnte nicht größer sein. Der König beruhigte Fintelmann, er werde für die Schäden, die das Tier verursache, eine zusätzliche Summe anweisen lassen.

Und jene Stiefel waren es auch jetzt, die Marie als erstes neben dem Bett bemerkte. Ordentlich standen sie da am Fußende, Schaft an Schaft, die Absätze nebeneinander, während die Fürstin selbst alles andere als ordentlich dalag. Die spitzenverzierte Decke offenbar in einem Anfall übergroßer Hitze so heftig zur Seite geschlagen, daß sie meistenteils zu Boden hing, krümmte und bog sich der sehnige Körper der Fürstin nackt auf der Matratze. Marie wandte sich erneut ab und wollte hinaus, der König hielt sie fest und drehte sie wortlos wieder herum. Für einen Moment roch sie seinen etwas seifigen, schlaffen Geruch. Er zwang sie hinzusehen, wobei das blaue zitternde Licht, das den Raum als einziges erhellte, es Marie schwermachte zu verstehen, was genau auf dem Bett vor sich ging.

Zunächst sah sie nur den bleichen Leib und wie die Fürstin, aufstöhnend wie vor Schmerz, den Kopf umherwarf, die Linke am Eisengestell festgeklammert, während die Rechte zwischen ihren Beinen hin- und herfuhr mit einem Gerät, das Marie zunächst nicht genau ausmachen konnte. Neben dem Bett, bemerkte sie erst jetzt, kniete eine der Kammerkatzen der Fürstin, ein ganz junges Ding mit ebenso krausen Haaren wie ihre Herrin, vor sich auf dem Boden eine Kugel, von der ebenjenes blaue zitternde Licht ausging, wobei es Marie so erschien, als wäre es das Mädchen selbst, das es auf eine seltsame Weise erzeugte. Denn vor sich, angebracht auf einer marmornen Platte, war nebst der blitzewerfenden Kugel eine Kurbel befestigt, von der Zofe eifrig betätigt, die dabei ebenso in Schweiß geriet wie ihre Herrin.

Marie sah: Ließ das Mädchen in ihrer Anstrengung nach, wurden die blauen Blitze um die wohl kupferne, jedenfalls spiegelglatt polierte Kugel schwächer, strengte die Zofe sich aber an, zuckte und blitzte es, illuminierte den ganzen Raum, und die Fürstin warf sich in diesem Lichtgewitter stöhnend von einer Seite des Bettes auf die andere. Was die beiden Frauen dabei verband, war eine Art Seil, das von der Kugel hinauf zum Bett und zur Fürstin sich schlängelte, hin zu ihrer Rechten und zwischen ihre Schenkel, zu jenem Gerät, das sie dort wie eine Art Pinsel bewegte, als bemalte und betupfte sie in äußerster Erregung ihr Geschlecht.

Gerade kam die Kammerkatze aus dem Takt, die Kurbel rutschte ihr aus der Hand, und das Licht erlosch beinahe. Die Fürstin atmete geräuschvoll aus und blieb einen Moment still liegen, als wartete sie nur darauf, daß es weiterginge. Langsam zog sie jenen Pinsel hervor, den aber, wie Marie jetzt sah, keineswegs Borsten krönten, sondern eine bleiche glänzende Spitze, die aus Walbein sein mochte. Aber schon drehte die Zofe die Kurbel wieder, heftiger als zuvor, das blaue Licht explodierte beinahe, und Marie sah, wie jene beinerne Spitze zu zucken begann und die Fürstin sich beeilte, sie zwischen ihren Beinen zu bergen.

Die Entwicklungsgeschichte der Gartenkunst verläuft ganz parallel zu derjenigen unserer sexuellen Phantasien, und beide teilen sich selbst die Länder, in denen sie ihre jeweils prägende Form fanden. Dem italienischen Renaissancegarten entsprechen Boccaccios amouröse Novellen, den absolutistischen Ordnungen französisch-barocker Rabatten die Ordnungsdelirien eines de Sade. Und so ist der englische Garten Ausdruck unserer Moderne und findet sein Pendant in den Perversionen unserer einsamen Seelen, denn er ist nichts als die abgewandte Seite der Großstadt, und durch London irrt denn auch der arme Walter, dessen Tagebücher so lüstern wie mechanisch den Traum von der Liebe beenden. Von alldem aber wußte Marie nichts, die sich hilflos nach dem König umsah, der noch immer hinter ihr stand. Wie sie starrte er reglos an, was vor ihnen geschah. Und er tat ihr leid. Endlich aber bemerkte er ihren Blick, schob sie sanft voran, und sie durchquerten, ohne daß die beiden Frauen sie beachteten, den Raum. Leise schloß er die Tür des Arbeitscabinetts hinter ihnen.

Der König setzte sich auf den Stuhl an dem kleinen Schreibtisch, den er sich hier hatte aufstellen lassen, direkt unter einem der Fenster, durch das die schwarze Nacht hineinblakte. Saß eine ganz Weile lang einfach da und sah unendlich ernst auf das blaue Licht, das in dünnem Schein durch die Türritzen drang. Marie wußte nicht, was tun, wagte es aber auch nicht, ihn nach seinen Wünschen zu fragen. Sein Blick war so starr und ernst. Schließlich aber trat sie an ihn heran und schlug den Nachtrock zur Seite. Als bemerkte er nicht, was sie tat, ließ er den Blick auch dann noch nicht von der Tür, als sie begann, sein Glied zu reiben. In den Mund, wie Christians, nahm sie es nicht. Doch als er kam, fing sie alles in der hohlen Hand auf, machte einen Knicks und huschte hinaus.

Sechstes Kapitel

Pelze und Stacheln

An jenem Wintermorgen 1828, an dem Gustav endlich zurückerwartet wurde, erwachte Marie weniger, als daß sie aus dem Schlaf aufschreckte, von unten aus dem Eßzimmer drang seine Stimme, und das Herz schlug ihr bis zum Hals. Schnell glitt sie aus dem Bett, streifte das Nachthemd über den Kopf und wusch sich in der Schüssel, die auf der Kinderkommode hinter der Tür stand. Es war sehr kalt in ihrer Dachstube, doch sie spürte kaum, wie ihre Finger die dünne Eisschicht auf dem Wasser durchstießen. Schlotternd benetzte sie sich das Gesicht und fuhr mit den nassen Händen auch unter ihre Achseln, schlüpfte schnell in ihre Unterwäsche und dann in ihr bestes Kleid, ein schwerer Damast aus ganz dunklem, fast schwarzem Violett, stöhnend zog sie die Bänder des Mieders zu, nahm das Haar hoch, schnürte ihre Stiefelchen, suchte und fand ihr Gesicht für einen Moment in dem kleinen Spiegel und puderte sich. Dann endlich ging sie hinab.

»Der Winter in Wien war wunderbar«, sagte Gustav gerade.

Weder er noch der Onkel, noch Gustavs Mutter beachteten sie, als sie ins Eßzimmer kam. Gustav sprach einfach weiter, und so legte Marie, den Blick auf ihn gerichtet, beide Hände auf die Tischkante, das seidene *passepoil* ihrer Ärmel fiel weit über ihre Handrücken. Mit ihren Blicken tastete sie das altvertraute Gesicht ab.

»Im nächsten Jahr ging es dann weiter nach Innsbruck und nach Venedig, nach München und vor allem nach Holland. Im Winter kam ich in Haarlem an, in der Handelsgärtnerei Schneevoogt, wo ich durch den Garten-Director schon angemeldet war.«

»Die Bibliothek, die sie dort haben, muß großartig sein!« Die Augen des Onkels glänzten.

Gustav nickte und erzählte weiter, wobei es Marie nicht gelingen wollte aufzunehmen, was er sagte, sosehr sie sich auch bemühte. Statt dessen musterte sie ihn immerzu von Kopf bis Fuß. Er hatte ihr nicht ein einziges Mal geschrieben. Wie oft hatte sie sich vorgestellt, auf welche Weise diese Zeit Gustav verändert haben würde, wenn er wiederkäme. Alles, hatte sie sich gewünscht, sollte anders sein. Und? fragte sie sich jetzt. Älter zwar, müde wohl auch von der Reise, sanken seine Lider tiefer als früher über die einst so staunend aufgerissenen Augen, ansonsten aber schien er noch immer der, der er gewesen war, als er wegging. Und in Marie stieg die Angst auf, alles werde wieder so sein wie damals.

»Setz dich doch, Marie.«

Nur für einen Moment faßte er sie ins Auge, und obwohl die Freundlichkeit seines Blicks sie überraschte, schüttelte sie stumm den Kopf und blieb an der Tischkante stehen. Zu erniedrigend wäre es ihr erschienen, jetzt in den Kinderstuhl zu klettern.

»Ich studierte vor allem die Zucht von Blumenzwiebeln sowie die Treibereien von Obst und Gemüse. Im August bin ich dann weiter nach Paris, wo ich mich als Hilfsarbeiter bei einem Pfirsichgärtner verdingte, um dessen Zucht kennenzulernen. Anschließend war ich bei Soulange-Bodin im Fromontschen Park in Ris-Orangis, wo ich mich hauptsächlich um die Obstzucht kümmerte, was ich ab dem Spätsommer dann in Bollweiler im Elsaß fortsetzte. Dann Karlsruhe, dann Düsseldorf, und dann ging es endlich nach England: London, Dublin, Glasgow, Edinburgh, Liverpool. Glückliche Umstände ließen mich die Bekanntschaft von Loudon machen, der das *Gardener's Magazine* herausgibt.«

»Ja, ja«, nickte Fintelmann, der an den Lippen seines Neffen hing. Wie alt der Onkel geworden war! Marie kam der Gedanke, daß er auf Gustavs Rückkehr gewartet haben mochte, um sich endlich erlauben zu können, es zu sein.

»Schließlich fuhr ich wieder zurück über den herbstlich-stürmischen Kanal nach Haarlem und noch einmal zu Schneevoogt, wo man mich herzlich aufnahm. Als aber der Dezember kam und es auf Weihnachten ging, hielt es mich nicht länger, und ich beeilte mich, über Hannover, Kassel und Weimar zurückzukommen auf unsere Pfaueninsel.«

»Ja, das ist fein, daß du an Weihnachten wieder hier bei uns bist!« Die Tante tätschelte die Hand ihres Sohnes. Gustav ließ es lächelnd geschehen.

»Wohnst du denn jetzt auch wieder bei uns?«

Marie mußte sich räuspern, bevor sie diese Frage zu stellen vermochte. Im selben Moment, als sie sie aussprach, wurde ihr klar, wie unsinnig sie war. Doch Gustav war wie jemand von drüben, wie sie hier auf der Insel sagten, wenn sie über den See hinübernickten zum Land. Er ist wie wir, hatte ihr Bruder früher einmal gesagt, als sie ihn zusammen beobachtet hatten, auch ein Krüppel. Doch das stimmte nicht mehr, er war herausgewachsen aus dem, was sie ebensowenig wie Christian jemals hinter sich lassen würde.

»Aber ja«, sagte er und sah sie dabei lachend zum zweiten Mal an.

»Natürlich wohnt er hier«, bekräftigte der Onkel, und dann war es plötzlich still am Tisch.

Die einst so schöne Tante, die so strenge Herrnhuterin, die ebenfalls alt geworden war und fahl, legte stumm ihr Stickzeug zusammen. Fintelmann sorgte sich ein wenig um sie. Seit sich das Haus geleert hatte, die Neffen alle drei von der Insel, der Lehrer lange gekündigt und die Gehülfen nun im Cavaliershaus untergebracht waren, und also nur mehr Marie bei ihnen am Eßtisch saß, wurde ihm Luises Schweigen manchmal schwer. Daran dachte er jetzt und dann, wie er neulich morgens auf die Schloßwiese gekommen und der Schnee blutig gewesen war, ein knappes Dutzend Pfauen mit durchgebissenen Kehlen im Weiß. Füchse hatten es über die zugefrorene Havel auf die Insel geschafft und sie in der Nacht gerissen. Er begriff noch immer nicht, mit welcher List sie es hatten verhindern können, daß die Vögel vor ihnen auf ihre Schlafbäume flohen. Es schüttelte ihn, wenn er an das rote Blut im Schnee dachte und die blauen Federn der zerrissenen Hälse. Und an Lenné mußte er jetzt denken, dem sein Neffe so viel verdankte, und wie froh er war, den Umbau der Insel in diesem Jahr nun endlich abgeschlossen zu haben. Die Wege waren angelegt, die Bäume gepflanzt und die Menagerie, von der der König lobend gesagt habe, sie gefalle ihm tatsächlich noch besser als jene des Jardin des Plantes, mit den unterschiedlichsten Tieren besetzt.

Lenné war in diesem Jahr, an Schulzes Stelle, zum Garten-Director ernannt worden, um die zweitausend Taler verdiente er nun, das war etwa viermal so viel wie er selbst. Keine Karriere ohne Neider, dachte Fintelmann, zu denen er aber nicht gehörte, wenn er auch Verständnis für Schulzes Tochter Karoline hatte, die sich bei jedem, der es hören wollte, über den Katholiken Lenné ausließ, den sie einen Ausländer ohne Pietät für unser hocherhabenes Hohenzollernhaus nannte, einen maßlos ehrgeizigen, ruhmsüchtigen und geldgierigen Burschen, einen undankbaren Filou, einen Nichtlateiner, wie sie voller Abscheu immer sagte, der alles nur durch List und Intrige erreicht habe. Was maßlos übertrieben war, Fintelmann erkannte das Genie Lennés durchaus an. Aber er erinnerte sich doch auch gern daran, wie die Insel gewesen, als er selbst hierhergekommen war, mit den Wiesen zur Schafsweide, der Molkenwirtschaft, der Baumschule mit dem Jakobsbrunnen in der Mitte und dem Karpfenteich.

Damals hatte man noch ein wenig vom Charme des Liebesnestes gespürt, das dieser Ort unter dem letzten König gewesen war, isoliert von der Welt und doch viel mehr Teil von ihr als jetzt, da jeder Baum und jeder Weg so künstlich schien. Manchmal kam es ihm vor, als ob nun so offensichtlich der Tod in allem stecke, daß nur stärkste Schönheit, wie ein opulentes Parfüm, ihn zu überdecken vermochte. Daß dies gelang, war der Zaubertrick der neuen Zeit, aber es war eben ein Zaubertrick. Anders als Lenné hielt er den Gärtner gerade nicht für einen Maler oder Dichter, seine Kunst trat immer an die Stelle von etwas anderem. Mit allem, was er tat, machte er etwas anderes zunichte. Das mußte bedacht sein. Die Erde war nicht endlos.

Derlei ging Fintelmann durch den Kopf, während er gar nicht bemerkte, daß es immer noch furchtbar still am Tisch im Eßzimmer des Kastellanshauses war, auf dessen weißem Tischtuch die Kaffeetassen standen, die keiner anrührte. Der Alte bemerkte weder den Blick seiner Schwägerin, die, im Schoß das Stickzeug, ins Leere der weißen Fläche starrte, als wäre die Freude über Gustavs Rückkehr schon aufgebraucht, noch, wie ebenjener unverwandt Marie ansah, die diesem Blick ruhig standhielt. Und sie, die Zwergin, den Kopf noch immer in Höhe der Tischplatte, war es denn auch, die die Situation löste.

»Ich zeig dir, wie alles geworden ist«, sagte sie ruhig.

Als brächte ihre Stimme die Zeit, die sich für einen langen Moment gestaut zu haben schien, wieder in Fluß, begann die Tante mit einem tiefen Seufzen erneut zu sticken, und der Onkel nickte, als käme es auf seine Zustimmung an, und griff dabei nach seiner Tasse. Und wie als Kinder gingen Gustav und Marie wenig später nebeneinander zur Schloßwiese hinauf, und die Sonne blendete ihre entwöhnten Augen, nachdem der Vormittag grau und verhangen gewesen war. Und erst, als sie den Rosengarten hinter sich hatten, zögerte Gustav weiterzugehen, wohl, weil die Geräusche der Tiere, die er noch nicht kannte, jetzt deutlich zu ihnen herüberdrangen.

Marie war all das Grunzen und Krächzen, Brüllen und Wiehern, all das Prusten und Keckern, Krakeelen und Schnaufen längst vertraut, gab es doch kaum mehr einen Punkt auf der Insel, an dem man ihm entging, und so sah sie sich lächelnd nach Gustav um, der am Rand der Schloßwiese stehengeblieben war. Sie wußte, daß sie nicht wußte, was er dachte oder fühlte, aber sie wußte, das änderte nichts daran, wie sehr sie ihn liebte. Nur seine Angst müßte sie ihm nehmen. Ihn nur für einen Moment vergessen machen, was sie für ihn gewesen war. Sie wußte nicht, was ihr den Mut gab, an diese Möglichkeit zu glauben.

»Komm schon«, sagte sie, »du mußt die Tiere sehen!«

Während die eine der beiden Sichtachsen, die Lenné von der Schloßwiese aus in den Wald hatte hineinschneiden lassen, den Blick auf die Meierei am Ende der Insel freigab, eine weiße Fata Morgana vor dem Blau der Havel, schien die andere auf geheimnisvolle Weise direkt in den Wald hineinzuführen. Zumindest war es so, wenn die Bäume belaubt waren, doch auch jetzt im Winter sah man von da, wo sie jetzt standen, kaum mehr als eine rotziegelige Giebelecke und eine gußeiserne Zaunspitze von der Menagerie hinter dem kahlen Geäst von Büschen und Bäumen. Das Brüllen der Tiere kam von dort, und dorthin ging Marie jetzt, und Gustav folgte ihr zögernd, immer im Abstand eines Schrittes.

Das Lamahaus markierte den Eingang zur Menagerie. Der flache Bau im italienischen Stil nebst Turm und eingezäuntem Hof, mit einer Fontäne darin, hob sich so deutlich von den knorrigen Eichen und den nordischen Birken ab, daß jeder die Sorgfalt begriff, mit der hier in der fremden Fauna ein mildes Klima erkünstelt worden war. Außer den Lamas gab es neuholländische Strauße, die mit bedächtigem Schritt das Gehege durchmaßen, braune Guanakos und westindische Hirsche. Auf dem Balkon des Turms trieben Papageien ihr vorlautes Spiel, weithin rufende rote und blaue Aras.

»Professor Hegel«, sagte Gustav mit einem Blick auf die Vögel, »schilderte einmal in seiner Vorlesung die Papageien am Amazonas. Da meldete sich einer meiner Kommilitonen, der in jenem Erdteil gewesen war, und meinte, die Papageien dort seien in Wirklichkeit aber ganz anders. Weißt du, was Hegel antwortete?«

Marie schüttelte den Kopf.

»Um so schlimmer für die Wirklichkeit!« Gustav lachte laut und triumphierend.

Marie hatte Körner für die Lamas dabei, die sie nun auf ihre kleine Hand schüttete und den Tieren durch den Zaun hinstreckte. Sofort kamen sie heran. Eines von ihnen, das größte, schaffte sich Platz vor den anderen, und Marie ließ zu, daß es mit seinen weichen, mit einem dünnen Bart umgebenen Lippen die Körner ganz vorsichtig in sich hineinleckte. Gustav sah ihr dabei zu und musterte schweigend das fremdartige Tier.

»Ich lese gerade wieder einmal Rousseau«, erzählte Marie, nur um etwas zu sagen.

»Ja?« fragte Gustav so überrascht, daß Marie erklären zu müssen glaubte, wie sie zu solcher Lektüre kam. Dabei hatte sie noch nie über ihre Bücher gesprochen.

»Solange Mahlke noch hier war, habe ich mir die Bücher von ihm ausgeliehen, jetzt ist der Onkel so freundlich, sie mir aus Potsdam, aus der Kösterschen Leihanstalt, holen zu lassen. Und dann gibt es im Schloß ein Büchergestell mit alten Bänden, wohl noch von der Gräfin Lichtenau, die habe ich alle gelesen. Kennst du Bougainvilles *Description d'un voyage autour du monde*? Das hat mir sehr gefallen. Erinnerst du dich noch an das Otaheitische Cabinett?«

»Gewiß.«

»Weißt du: Immer, wenn ich über die Südsee lese und die Menschen dort, muß ich an unsere Insel hier denken. Und wenn ich dann lese, wie warm es dort ist und daß die Menschen nichts anhaben als Ketten aus Blumen und Muscheln und wie das Meer dort glitzert, kommt es mir so vor, als könnte es hier ebenso sein.«

»Hegel sprach einmal vom Aufstand der Sklaven dort unten.«

»Rousseau sagt, wir sind verloren, wenn wir vergessen, daß die Früchte allen und die Erde keinem gehört.«

Marie ließ die restlichen Körner von ihrer Hand ins Gehege rieseln und drehte sich zu Gustav um. Sein Blick überraschte sie. So ernst und neugierig hatte er sie noch niemals angesehen. Und sie hatten noch niemals so miteinander gesprochen.

»Für Hegel traten schon die ersten beiden Menschen, als sie sich begegneten, in einen Kampf auf Leben und Tod ein. Aber nicht um Besitz oder etwas anderes kämpften sie, sondern um reine Anerkennung.«

Anerkennung, dachte sie, und noch einmal: Anerkennung. Sie nickte. Zuallererst kämpfen wir mit Blicken, dachte sie.

»Komm mit«, sagte sie leise.

Lenné hatte die verschiedenen Käfige kunstvoll so an den Waldrain setzen lassen, als stünden sie schon immer da. Vom Lamahaus kam man zunächst an den Adlern vorüber und dann zu den Affen, deren Zwinger Kletterstangen enthielt, auf denen die Tiere zu ihrer Unterhaltung Carrousel drehten. Als Marie und Gustav sich näherten, steigerte sich ihr Geschrei zu einem ohrenbetäubenden Tohuwabohu, wobei den Hauptteil des Lärms die drei Paviane veranstalteten, von denen Gustav sich angewidert abwandte, als er die blumenkohlhaften, feuerroten Hinterteile der Weibchen gewahr wurde. Marie übersah Gustavs Unwillen geflissentlich und begrüßte die beiden weißbärtigen Meerkatzen, die, kaum stand sie vor dem Käfig, sich schon mit ihren langen Fingern in den Draht krallten und sie mit ihren traurigen Augen musterten. Wie die Tiere in der Kälte zitterten.

Gustav konnte nicht glauben, was er sah: Marie küßte die kleinen Affen und empfing Küsse von ihnen. Und auch die Ouistiti oder Seidenäffchen kamen jetzt heran, und am Deckendraht des Käfigs pendelten, mit aufgeregt gespitzen Lippen, die beiden Klammeraffen.

»Widerlich«, stieß Gustav hervor.

Was er nicht wußte, war, daß Marie ein Geheimnis vor aller Welt hatte, seit die Affen auf der Insel waren. Sie mochte die Tiere sehr und war oft bei ihnen, da sie sah, wie sehr sie sich langweilten, und doch erbat sie, kaum hatte sie ihre Bekanntschaft gemacht, von einem der jungen Gartengehülfen, damit man im Kastellanshaus von ihrem Tun nichts merke, ein Rasiermesser und begann, ihren kleinen Körper mit allergründlichster Sorgfalt regelmäßig zu enthaaren. Sie rasierte und zupfte, und war es auch noch so schmerzhaft, ihre Achseln und die Haare auf ihren Beinen und selbst ihr Geschlecht. Als sie jetzt beim Anblick der Tiere daran denken mußte, an diese Prozedur, die sie jedesmal gleichermaßen als peinvoll und befreiend empfand, fragte sie sich, was Gustav, wenn er es wüßte, wohl davon hielte. Und mußte plötzlich lachen, und lachend schüttelte sie den Kopf und rief ihm etwas zu, was er jedoch in dem Tohuwabohu der Affen nicht verstand, nur das Wort *Anerkennung* hörte er heraus, und bevor er nachfragen konnte, war sie schon weiter und erwartete ihn lachend am letzten Zwinger der Menagerie.

Während er zu ihr hinschlenderte, mußte er sich eingestehen, daß er sich tatsächlich freute, sie wiederzusehen. So glücklich er gewesen war, die Insel und vor allem auch Marie hinter sich zu lassen, hatte die Erinnerung an ihr peinigendes Verhältnis im Laufe der Zeit doch an Dringlichkeit verloren. Und es schien ihm, als wäre es dazu notwendig gewesen, dem Dunstkreis Lennés zu entkommen, seinem Förderer, für den er doch nur ein Knabe gewesen war, mit dem er sich geschmückt hatte. Seine Hand in seinem Haar. Es hatte Frauen gegeben auf seiner Reise, aber nicht nur Frauen. Doch er war sich sicher, jene Schwäche für immer überwunden zu haben. Der Löwe, sah er, lag dicht bei Marie, den Bauch, der mit jedem tiefen Atemzug sich senkte und hob, gegen die Stäbe des Käfigs gepreßt, die Augen geschlossen. Reglos ließ er es zu, daß Marie ihn streichelte. Wie streng er roch.

»Komm weiter«, sagte er mit einem Lächeln, das seine Angst vor dem Tier verbergen sollte, und half ihr auf.

In dem runden Gehege, zu dem sie nun der Weg führte, befanden sich die Känguruhs, denen man Kaninchen und Hasen beigesellt hatte. Sie bereiteten dem Tierwärter die meisten Sorgen. Ihr Haus enthielt sogar eine Heizung, damit die empfindlichen Tiere sich im Winter nicht verkühlten.

»Leider halten sie sich nur kurze Zeit am Leben.«

Marie setzte sich auf eine grüne Bank, die man hier um eine der Eichen herumgelegt hatte. Immer, wenn sie an den Käfigen vorüberging, mußte sie an die Stelle bei Kunckels Ruine denken, an der die toten Tiere verbrannt wurden, und dann wollte es ihr nicht mehr gelingen, in alldem ein Paradies zu sehen, in dem der Löwe neben dem Lamm lag, weil ja alle, die man immerzu hierher auf die Insel brachte, starben, immerzu starben und unablässig durch neue ersetzt wurden.

Von diesen Gedanken ahnte Gustav nichts. Froh, dem Geschrei der Affen und dem Löwen entkommen zu sein, setzte er sich zu ihr und sah zum ehemaligen Gutshaus hinüber, dessen neue Fassade hinter den Bäumen aufgetaucht war. Wild krampften die Äste der Eichen in den Himmel. Wie sie als Kinder hier sich im Unterholz versteckt hatten. Gustav häufelte mit seinem Schuh den Kies. Von hier führte der Weg zum Cavaliershaus und dann weiter zur Meierei, wo die Büffelochsen grasten, dann wieder zurück, zwischen Lärchen und Tannen hindurch, zur Grube mit dem Bären und zur Voliere. Marie sah zu dem großen Vogelbauer hinüber, in dem die Raubvögel gehalten wurden, Adler, Falken, Uhus und Eulen.

»Die Voliere mußt du noch sehen«, sagte sie und rutschte von der Bank hinunter. Gustav folgte ihr schweigend einen Sandweg in den Wald hinein.

Das runde Vogelhaus, ringsum mit einem Drahtnetz umgeben, das es wie ein Zeltdach auch überspannte, war radial in Käfige eingeteilt, die Kuchenstücken glichen und in denen türkische und spanische Hühner, amerikanische Rebhühner, Löffelreiher und weiße Pfauen gehalten wurden. Langsam schlenderten sie um diesen Circus herum, und Marie merkte, wie Gustav sich in der Gegenwart der Vögel beruhigte. Vor allem die weißen Pfauen hatten es ihm angetan. Erfolglos versuchte er, sie ans Gitter zu locken.

»Von hier aus gibt es zwei Wege«, erläuterte sie, nachdem sie ihm eine Weile zugesehen hatte. »Der eine führt zu den Wasservögeln, der andere zuerst nach dem Zebou, dem indischen Stier und zu den Moufflons.«

Gustav zuckte nur mit den Achseln, sie schlugen den Weg nach links ein, und er schlenderte wieder schweigend neben ihr her. Marie verstand nicht, was jetzt anders war als früher, aber alle Beklemmung war verschwunden, ihre Wahrnehmung öffnete sich, und sie roch den Waldboden, dunkel und feucht, und hörte hoch über sich den Winterwind in den Wipfeln der Bäume. Und sie spürte ganz deutlich, daß es ihm ebenso erging, blieb stehen und lächelte ihn an, besänftigend oder freundlich oder vielleicht sogar liebevoll, jedenfalls mit all der Zuneinung, die sie für ihn hatte, und sah, wie er blinzelte, und dann lächelte er zurück. Der Duft der alten Eibenhecke, die hier nah am Weg stand, wehte zu ihnen herüber, und sie spürte, daß sie glücklich war.

»Du warst lange weg.«

Er nickte und grinste. Wie er dastand. All die Jahre. Eben noch hatte das etwas bedeutet. War ihre Liebe doch dabei zu so etwas wie einem Klumpen Ambra geworden, ausgespien von der süßen Wärme des Lebens und ausgehärtet im kalten Salz der Ozeane. Jetzt aber schmolz etwas in ihr.

* * *

Es kam Marie so vor, als mästete man die Insel selbst. Und Gustav tat nach Kräften dabei mit. Ja, mehr als das: Indem er sich sofort nach seiner Rückkehr in die Arbeit stürzte und dabei mehr und mehr die Lücke ausfüllte, die Lennés Abwesenheit gelassen hatte, spürten alle, daß das, was auf der Insel geschah, ganz nach seinem Sinn war. Wobei es eine ganze Weile dauerte, bis Marie begriff, worauf dies alles hinauslief. Wie die Tiere in ihren Käfigen hatte man begonnen, auch die Pflanzen zu versorgen, als wären sie ebenso fremdartig. Manchmal stellte Marie sich vor, wie es sich wohl anhören würde, wenn sie wie die Tiere zu brüllen vermöchten. Doch so, wie man diese Schreie, sollte es sie denn geben, nicht hörte, blieben auch all die Neuerungen den Blicken verborgen. So war der Candélabre auf der Kuppe im Wald eben nicht vor allem schön, sondern das Herz der Versorgung der ganzen Insel mit Wasser. Leitungen aus zusammengesteckten

Tonrohren, die Jahrzehnte später durch eiserne Leitungen ersetzt werden würden, übernahmen die Bewässerung und führten zum Rosengarten und zum Affenhaus, zum Weinberg und zum Lamahaus und von da zum Obstgarten, zum Cavaliershaus, zum Schloß und als offener Bach zum Wasservogelteich, denn vor allem die Rosen gierten im märkischen Sand nach Wasser und soffen es, als stünden sie in einer Wüste und nicht auf einer Insel. So wenig wie die Tiere überlebten die Neuankömmlinge unter den Pflanzen ohne diese künstliche Versorgung.

Und dieses ausgeklügelte Bewässerungssystem, das erst die Dampfmaschine mit dem unbarmherzigen Auf und Ab ihres eisernen Kolbens ermöglichte, führte zum Anbau einer Vielzahl von neuen Pflanzen, für die man wiederum eine Gewächshausanlage errichtete mit Abteilungen für unterschiedliche Temperaturbedürfnisse, auch ein kombiniertes Kirsch- und Blumenhaus, dazu eine Gärtnerei mit Anzuchttreibhäusern, in denen aus den verschiedensten Samen jene Pflanzen gezogen wurden, die dann in das normale Treibhaus und von dort in die unbeheizten Frühbeetkästen im Garten umgesetzt wurden. Treibhaus, Gewächshaus, Conservirhaus: All diese Glashüllen waren Prothesen, derer die südliche Utopie unter dem märkischen Himmel bedurfte. Die Guanakos starben, weil ihre empfindlichen Füße die Kälte des preußischen Matsches nicht ertrugen. Aber hinter dem Glas der Gewächshäuser, das die Sonne einschloß und die Wärme der Öfen, wuchsen Pflanzen, die keinen Ort und keine Zeit mehr kannten, sondern von den Gärtnern in Kübeln heraus- und hereingekarrt wurden, und die so blühten und Frucht brachten, wie Ferdinand Fintelmann und sein Neffe es wollten, Birnen im März, Trauben zu Weihnachten, indem man die Winterruhe durch Wärme verhinderte, in verschiedenen Treibhäusern verschiedene Stadien der Reife hervorbringend, und sogar, wie in den Tropen, Blüte und Frucht an derselben Pflanze zur selben Zeit.

Marie bewunderte zwar, wie die Gärtner dies machten, doch es gelang ihr nicht, im Austreiben mit seinem künstlichen Beschleunigen und Verzögern etwas anderes als einen frevelhaften Eingriff in den natürlichen Zyklus der Jahreszeiten zu sehen, und stets bedrückte sie all diese künstliche Schönheit, wenn sie hier mit Gustav im Treibhaus war, um ihm beim Eintopfen der Sämlinge zur Hand zu gehen. Schien es ihr doch, als ob ihre eigene Mißbildung sich in diesem Rahmen ins Groteske vergrößerte. Und so zuckte sie, als jetzt die Treibhaustür mit einem Scheppern zugezogen wurde, vor Schreck zusammen, als hätte man sie bei etwas Verbotenem ertappt.

Der Kronprinz nahm die Uniformmütze vom Kopf und schlug mit einem Stöhnen sofort das schwere Wollcape auseinander. Die feuchte Hitze trieb ihm im selben Moment den Schweiß am ganzen Leib hervor, und die Uniform, durch die eben noch der kalte Januarwind gefahren war, als wäre sie dünn wie Seide, lastete nun schwer auf ihm und machte das Atmen zusätzlich über alle Gebühr mühsam. Schnell warf er das Cape ab und knöpfte den Uniformrock auf, während er zu den Fenstern hinaufsah, auf denen der Schnee, kaum war er darauf gefallen, schon wieder schmolz und als Wasser herabrann.

Weißgestrichene gußeiserne Säulen, um die sich Efeu rankte, trugen den Raum. Sie standen in der nackten Erde, über die Steinplatten schmale Pfade legten, begleitet von den Gräben der Heizung, durch die unablässig das Wasser floß, von dem die warme Feuchte aufstieg. Gußplatten bedeckten diese gluckernden Gräben partienweise. Unter dem Fenster breite Tische mit Schütten voll Blumenerde, in denen kleine Gärtnerschaufeln und Rechen steckten, Stapel von Blumentöpfen daneben, an der hohen Rückwand des schmalen, langen Gebäudes, das im Anzuchtgarten gen Süden und zum Festland herübersah, ein tiefes Becken, in das aus einem kupfernen, grünspanbesetzten Hahn das Wasser in schmalem Strahl floß. Das ganze Becken von Wasserlinsen grün. Marie wußte, daß Goldfische darunter lebten, manchmal konnte man ihre leuchtenden Rücken sehen. Tauchte der Gärtner die Blumentöpfe ins Wasser, wichen sie ins Dunkel hinab. Mitten in dem hohen Raum, in riesigen Kübeln, standen drei Pfirsichbäume. Zwei in Blüte. Einer trug Früchte.

Gustav ging hinüber, pflückte einen Pfirsich, hielt ihn kurz unter das fließende Wasser und reichte ihn dann dem Kronprinzen, der hineinbiß, daß der Saft ihm vom Kinn tropfte und er sich schnell vorbeugen mußte, um seine Uniform nicht zu beschmutzen.

»*Who has not heard of the Vale of Cashmere*«, rezitierte er dabei, »*with its roses the brightest that earth ever gave, its temples, and grottos, and fountaines as clear as the love-lighted eyes that hang over their wave.*« Er spuckte den Kern aus, ging zu dem Wasserhahn und wusch sich Mund und Hände. »Weiß du noch, Gustav?«

Gustav nickte. Er erinnerte sich genau, weil er gerade erst seinen Militärdienst in Berlin angetreten hatte, als ihn der Kronprinz damals überraschend ins Schloß lud, wo man zu Ehren des in der Stadt weilenden russischen Großfürsten und seiner Frau, der Schwester des Kronprinzen, die Romanze *Lalla Rookh* aufführte, zu der Hofkapellmeister Gasparo Spontini die Musik komponiert und Schinkel die Prospekte gemalt hatte. Indische Paläste vor der Folie kraftstrotzender Urwälder voller Palmen und exotischer Blumen.

»In der Lüneburger Zeitung hat man letzthin ein komplettes indisches Tempelchen zum Verkauf angeboten, verpackt in zweiundzwanzig Kisten von indischem Teakholz. Der Makler, bei dem es sich in Hamburg befindet, berichtet, ein Engländer habe es in Bengalen abbrechen und verschiffen, doch die hohen Entrée-Gebühren für Kunstsachen hätten ihn seinen Plan wieder aufgeben lassen. Ich habe die Pagode nach Zustimmung meines Vaters incognito um anderthalbtausend Taler Hamburger Courant für die Pfaueninsel ersteigert.«

Als der Kronprinz hereingekommen war, hatte Marie darauf gewartet, daß er sie begrüße. Zwar war er in den letzten Jahren kaum mehr auf der Insel gewesen, aber Marie war sich sicher, daß er sich an ihre Kinderzeit erinnerte, in der sie im Sommer oft zusammen gespielt hatten, und vor allem, wie sie einander einmal, da waren sie schon keine Kinder mehr gewesen, im Otaheitischen Cabinett gegenseitig überrascht hatten. Nun, mit Mitte dreißig, hatte er nur noch wenig von dem jungen Mann, der er damals gewesen war. Doch er beachtete sie nicht. Die beiden Männer schwitzten in der Treibhauswärme. Ihr machte die Hitze nichts aus. Sie kam sich vor, als wäre sie selbst eine exotische Frucht. Doch trotz des dünnen Kleides mit dem freizügigen Dekolleté, das sie hier im Treibhaus zu tragen pflegte, lag ein Schweißfilm auch auf ihrer Haut.

»Gustav?«

»Ja, Marie?«

* * *

Über die großen, feucht glänzenden und gänzlich schwarzen Augäpfel des Kapuzineräffchens zogen tiefe, den kommenden Winter schon ankündigende Herbstwolken hinweg. Es war eines der Äffchen, die der Legationsrat von Olfers dem König aus Rio de Janeiro geschickt hatte, gefangen in den Regenwäldern Niederländisch-Guayanas, eingeschifft in Paramaribo. Mit seinen langen Fingern klammerte es sich ans Drahtgitter, ohne einen Blick für die anderen Affen im Käfig, und sein nacktes Gesicht, von dem hellen feinen Fell wie von der Kapuze eines sehr ordentlich gekämmten Pelzmantels umgeben, schnitt eine unruhige Grimasse nach der andern, die allesamt etwas Kummervolles hatten, und dabei zwitscherte es manchmal wehklagend sanft wie eine Zikade, dann wieder bellte es wie ein erzürntes Hündchen und schlang sich dazu den buschigen Schwanz um den Hals.

Das Äffchen konnte die Gesellschaft nicht sehen, die in diesem Moment von der Anlegestelle in Richtung Meierei schlenderte, aber das Reden, auch die Schritte auf dem Kies, das Klappern der Kutsche für die Damen hörte es sehr wohl, und sein Jammern wurde leiser, als lauschte es darauf, ob nicht doch noch einer zu ihm komme. Aber bald war wieder alles still, und es griff nach den Nüssen, die verstreut auf dem Boden lagen, und einmal nach einer Spinne, die vorüberhuschen wollte und die es mit einer schnellen Bewegung seiner langen Finger fing und verschlang.

Der seinerzeit von Schinkel gezeichnete Porticus des Mausoleums für Königin Luise, den man nach einem lange gehegten Plan nun endlich aus dem Park des Charlottenburger Schlosses auf die Insel geschafft hatte, war ja nicht neu, und für seine Einweihung an diesem Herbsttag 1829 daher nur eine informelle kleine Zeremonie vorgesehen. Man wartete unter den vier Säulen aus rotem Sandstein, die an die hessische Heimat Luises erinnerten, während der König den kleinen Raum zuerst allein mit der Fürstin Liegnitz abschritt. Wenig mehr gab es dort zu sehen als, hoch oben, eine Büste der Königin von der Hand Rauchs. Davor, am Boden, hatte Fintelmann in dem kahlen Raum aufgeboten, was die Insel so spät im Jahr noch an Blumen zu bieten hatte.

Es war Marie äußerst unangenehm, die Fürstin wiederzusehen. Am Arm des Königs lächelte sie gerade auf ein Wort hin, das er zu ihr sagte. Marie wendete sich ab, schaute sich um, wo Gustav war, und entdeckte ihn an der Seite des Onkels bei einem alten weißhaarigen Mann, der ihm auffallend glich. Sie lächelte ihm zu, und er nickte zurück, doch im selben Moment trat der Kronprinz zu ihm, und sie mußte wieder daran denken, wie er sie neulich im Gewächshaus nicht gegrüßt hatte, und das versetzte ihr einen Stich.

Seine Frau, Prinzessin Ludovika von Bayern, sah Marie heute zum ersten Mal. Nach allem, was man hörte, war die Ehe ausnehmend glücklich, Anlaß vieler Gerüchte jedoch, daß das Paar kinderlos blieb. Es hieß, Hufeland habe bei dem Kronprinzen Impotenz diagnostiziert. Auch seine beiden Brüder, Wilhelm und Carl, waren da. Carl, noch in seinen Zwanzigern und schon Generalmajor, hatte es von Glienicke herüber, das er gerade umbauen ließ, nicht weit. Seine Schwester Charlotte dagegen war nun schon seit zwölf Jahren Zarin in Moskau. Auch Alexandrine, Erbgroßherzogin von Mecklenburg, war nicht in der Stadt und auch das Nesthäkchen Luise nicht, seit vier Jahren Prinzessin der Niederlande. Der schmächtige junge Mann in der Uniform des 1. Garde-Regiments, das war Prinz Albert, kaum zwanzig.

Als der König sich jetzt nach seinen Kindern umsah und sie heranwinkte, blieb die Fürstin Liegnitz zurück und schloß sich statt dessen sofort zwei Künstlern an, die am Rande der kleinen Gesellschaft standen und die Marie kannte, weil sie beide schon auf der Insel gemalt hatten. Leopold Bürde war Lehrer an der Tierarzneischule in Berlin, von ihm gab es ein Bild des Elchs, der so bald gestorben war, Christian Leopold Müller interessierte sich vor allem für die Lamas und Känguruhs, von denen er unzählige Skizzen angefertigt hatte. Daß man Könige portraitierte, verstand Marie, aber Elche und Känguruhs? Früher hätte man wohl sie gemalt und den Riesen, überlegte sie, und hörte überrascht zu, worüber Müller, ganz im Gestus des Professors der Akademie, der er war, dozierte.

»Es gibt Vögel«, sagte er gerade, »die einen Penis besitzen oder ein aufrichtbares und zurückziehbares Zäpfchen, das seine Funktionen übernimmt. Der Strauß, der Kasuar, die Ente, der Schwan, die Gans, die Trappe, der Uandu.«

»Ach ja?« fragte die Fürstin.

Marie sah, daß es ihr nicht gelingen wollte, ein triumphierendes Lächeln darüber zurückzuhalten, gerade jetzt ein solches Gespräch zu führen. Müller indes war gänzlich unempfindlich für die Unschicklichkeit des Themas.

»Wobei der Penis des Straußenmännchens eine wirkliche Rute mit einer Länge von fünf bis sechs Zoll ist, versehen mit einer ausgehöhlten Furche, durch die der Samensaft fließt. Er hat die Gestalt einer Zunge und vergrößert sich während der Erektion ganz kolossal.«

Die Fürstin zog nickend Luft zwischen die Zähne. Und entdeckte in diesem Moment Marie. Ihre Augen glitzerten erregt, als sie sie ansah.

»Das erklärt auch die Mythe der Leda«, ergänzte Leopold Bürde die Ausführungen des Kollegen.

Marie spürte, wie sie errötete. Die Fürstin, die den Blick nicht von ihr ließ, schien zu überlegen, ob sie die Zwergin kannte, die ihr tatsächlich schon mehrmals begegnet war, um dann zu entscheiden, daß keine Gefahr von ihr ausgehe. Weshalb auch immer ihre Mißbildung dieses Vertrauen bewirkte, Marie kannte diese Reaktion durchaus. Sie durfte nur, wie sie wußte, keine Miene verziehen, um als unsichtbar durchzugehen. Ob sie beide, fragte die Fürstin die Maler mit verschwörerischem Blick, denn auch vertraut seien mit dem wundervoll komplizierten Sexualapparat der hermaphroditischen Mollusken. Bürde schüttelte den Kopf.

»Heuschrecken«, erzählte Müller statt dessen, »bedienen sich eines Spermatophors. Ich habe einmal beobachtet, wie das Weibchen das Männchen niederzwang und spielerisch in den Bauch biß. Das Männchen riß sich los und floh, ein neuer Angriff bändigte es, und diesmal hielt es das Weibchen, auf seine langen Stelzenbeine aufgepflanzt, Bauch an Bauch fest, die Enden der beiden Hinterleiber drehten sich einander zu, und plötzlich quoll aus den zuckenden Flanken des Männchens ein ungeheures Ding hervor, als stieße das Tier seine ganzen Eingeweide aus. Diesen Schlauch, diesen Samenträger, trug das Weibchen, am Bauch festgeklebt, mit sich fort, während das Männchen sich nur langsam von dem Blitzstrahl erholte, der es zu Boden schlug.«

»Erholt es sich denn wirklich«, wollte die Fürstin wissen, »oder stirbt es nicht vielmehr daran?«

»Ja, Ihre Majestät haben wohl recht. Das Männchen stirbt.«

»Und der Löwe? Wie ist die Liebe beim König der Tiere?«

Sie fragte das nun so laut, daß man von der anderen Gruppe der Wartenden, die vom Hofmarschall und dem Leibarzt gebildet wurde, bei denen Gustav und Ferdinand Fintelmann standen, überrascht herübersah. Der Freiherr von Maltzahn, Herr auf Duchow, Herzberg und Lenchow, preußischer Geheimer Rat und Intendant der königlichen Schlösser und Gärten, beobachtete skeptisch jede Regung der Fürstin, während der alte, nun schon fast siebzigjährige Wilhelm Hufeland, trotz seines Alters noch immer an der Charité tätig, ins Gespräch mit dem Hofgärtner versunken war, den seit Wochen ein hartnäckiger Katarrh plagte, über den er mit Hufeland schnell ins Plaudern und dann von einem aufs andere gekommen war.

»Aus der Uckermark«, erzählte der alte Hofgärtner gerade, »kam letzthin ein Ziegenbock, der Zitzen gleich gewöhnlichen Ziegen hat, und aus denen auch mit Leichtigkeit Milch gemolken werden kann.«

Dabei sah er, ohne Hufeland wirklich zu beachten, zum König und seinen Kindern hinüber, und dieser Anblick, zumal vor der Büste Luises, rief Erinnerungen wach an den Krieg. Wie Hardenberg damals auf die junge Königin eingeredet hatte. Wie schließlich, als es schon beinahe zu spät war, alles gewagt wurde. Und alles gewonnen. Und dann war sie tot, und im Schwung der Entwicklung übersah man, daß der Motor, der diesen Schwung gegeben hatte, schon nicht mehr da war. Der Kongreß in Wien war es zweifellos gewesen, der die Weichen falsch gestellt hatte. Das Unglück, das darin bestand, daß Hardenberg und Stein sich damals in den preußischen und russischen Delegationen gegenüberstanden. Da, dachte Fintelmann, wurde alles gepfropft.

Und heute? Der Friede, den man damals gewann, wurde brüchig. Die Griechen kämpften um ihre Unabhängigkeit von der Hohen Pforte. Unter den Polen, hörte man allenthalben, rumorte es ebenso wie in Frankreich, wo der Graf de Polignac das Volk gegen sich aufbrachte. Und auch in Berlin sangen die Studenten die falschen Lieder, dachte Ferdinand Fintelmann resigniert, während auch der alte Hufeland eigenen Gedanken nachhing, die von der Büste Luises ihren Ausgang nahmen. Vor allem an die Flucht des Hofes vor den napoleonischen Truppen 1806 mußte er in diesem Moment denken, hatte er damals doch Luise als Leibarzt begleitet und oft bei ihr in der Kutsche gesessen. Wie ihr Blick über das flache Land ging, als suchte sie etwas darin, was ihre Fahrt aufzuhalten vermochte. Doch nur immer weiter zog der Troß die preußischen Alleen entlang, bis ganz nach Königsberg.

»Fintelmann?«

Der Onkel schreckte aus seinen Gedanken auf. »Ja, Euer Majestät?«

Der König stand vor den beiden Alten, die Arme hinter dem Rücken verschränkt, und sah zur Fürstin Liegnitz hinüber, die sich noch immer, mit einem fröhlichen Lachen im Gesicht, mit Leopold Müller unterhielt, einem jungen Gecken im unpassenden Samtanzug und mit langem, dünnem Haar.

»Paris. Ein gewisser Fulchiron zu Passy bei Paris hat Staatsminister Altenstein seine Sammlung von zweiundvierzig Palmen für den hiesigen Botanischen Garten zum Kauf angeboten.«

»Ja?«

»Ja. Monsieur Fulchiron fehlen wohl Mittel zur notwendigen Vergrößerung seiner Gewächshäuser. Verlangt dreißigtausend Francs.«

»Das ist viel.«

»In der Tat. Doch drückt sich im alleinigen Grund des Verkaufs ja schon aus, daß es sich bei Individuen ganz außergewöhnlicher Größe handelt. Haben uns beschlossen, sie zu erwerben. Aber nicht für den Botanischen Garten.«

»Nein? Wo sonst sollen sie denn Aufstellung finden?«

»Hier. Hier auf der Pfaueninsel.«

»Oh, was für eine wunderbare Idee.«

»Werden sich hier auf der Insel mit all ihren Naturmerkwürdigkeiten gut ausnehmen. Haben dem Inspektor des Botanischen Gartens Ordre gegeben, die Sammlung zu kaufen, und den Hofbauinspektor Schadow angewiesen, Pläne zu schaffen für ein im nächsten Frühjahr zu errichtendes Palmenhaus.«

Der König musterte Gustav, der die ganze Zeit schweigend neben seinem Onkel gestanden hatte. Nach einem Moment des Überlegens huschte ein Lächeln über das Gesicht des Monarchen. »Wollen Sie den Garten-Director nicht nach Paris begleiten, junger Mann? Hörte, Sie kennen die Stadt ja mittlerweile.«

Gustav stotterte, heftig nickend, seine Zustimmung. Und auch den Kronprinzen, der in diesem Augenblick mit seinen Geschwistern herantrat, freute dieser Vorschlag. Eigentlich hatte er vorgehabt, dem Vater heute das indische Tempelchen zu zeigen, das längst schon per Schiff aus Hamburg angekommen war und das man zunächst provisorisch am Rand der Schloßwiese aufgebaut hatte. So war es auch mit dem Hofmarschall abgesprochen. Doch nun entschied er sich, für diesmal darauf zu verzichten, könnte es doch reizvoll sein, die orientalischen Tempelsteine in jenes Palmenhaus einzubauen, von dem der Vater gesprochen hatte. Wozu aber noch konkrete Planungen vonnöten sein würden.

Es war bereits Gras zwischen den Ritzen der Marmorplatten gewachsen, und die Blätter der Eichen fielen auf die Steine, in den gemeißelten Kuhlen der Ornamente sammelte sich das Regenwasser, Vögel nutzten es zum Baden, und Schnecken krochen darüber hin, Igel häufelten in den Spalten ihr Winterquartier auf, und niemand störte an diesem Tag ihre Ruhe. Die Gesellschaft kehrte, ohne all dies zu beachten, direkt zur Anlegestelle zurück, das heißt, die Damen stiegen in die Kutsche, und alle anderen gingen zu Fuß, wobei man sich beeilte, denn es wurde Abend, und man war zu dünn für den Herbst angezogen, der jetzt mit aller Macht das Laub von den Bäumen fegte. Selbstverständlich hatte Marie keinen Platz in der Kutsche. Niemandem fiel auf, daß sie sich auf dem Rückweg irgendwann von der Gesellschaft absetzte, während umgekehrt das Äffchen Marie erst bemerkte, als sie plötzlich neben dem kleinen Wesen stand, dem die Wolken noch immer über die Augäpfel zogen.

Nicht lange nach Schlemihls letztem Besuch hatte mit einer Lieferung der Kunst- und Handelsgärtnerei des Peter Bouché, bei dem der Onkel vor allem Blumenzwiebeln bestellte, eine Kiste die Insel erreicht, die an Marie adressiert war und mehrere Dutzend kubanischer Cigarren jener Sorte enthielt, die er ihr damals gegeben hatte. Dazu, nebst einem Briefchen Schlemihls, einen winzigen Cigarrenbohrer aus Sterlingsilber, ein Döschen mit Schwefelsäure und Hölzchen, die an einer Seite mit einer Masse aus Kaliumchlorat, Schwefel, Zucker und Gummi Arabicum bestrichen waren. Wenn man den Deckel des kleinen Porzellanzylinders abnahm und ein Hölzchen hineintunkte, wurde es wie von

Geisterhand mit einem irrlichternden Feuer entzündet. Hielt man das Holz zu lange in die Säure, konnte es passieren, daß die ätzende Flüssigkeit einem ins Gesicht spritzte, wovon Marie eine Narbe, ein kleines Mal auf der Wange, davongetragen hatte. Vorsichtig zündete sie eine der Cigarren an.

Eine Weile rauchte sie dann und betrachtete das Äffchen dabei, das sich neugierig vor ihr ans Drahtgitter des Käfigs klammerte, als wartete es auf etwas. Irgendwann pustete Marie mit gespitzten Lippen eine Wolke Cigarrenrauch zu ihm hin. Das Äffchen, davon offenbar weder überrascht noch belästigt, schloß mit wollüstigem Grunzen die Augen. Der Speichel lief ihm aus dem Maul. Und noch einmal hüllte Marie das Tier in den Rauch, als wollte sie ihm eine Seele einhauchen, und das Äffchen hielt schnuppernd und hechelnd still, bis ihm Marie mit einem lockenden Schnalzen der Zunge schließlich die beinahe aufgerauchte Cigarre an den Draht hielt, es sich den Stummel griff und gierig nun seinerseits den Rauch inhalierte, während Marie schon davonging.

* * *

»Warum ist die Natur notwendig unvollkommen in ihrer Schönheit?«

»Was?«

»Hegel fragt das. Für ihn gibt es in der Natur keine perfekte Schönheit.«

Gustav ließ sich ins hohe Gras fallen und blinzelte zu ihr herauf. Der Himmel hinter ihr war hypnotische, saugende Bläue. »Das Tier etwa ...«

»Ich bin kein Tier«, unterbrach sie ihn und blieb lächelnd vor ihm stehen.

»Das Tier etwa erhält für Hegel sein Fürsichsein nur gegen eine ihm unorganische Natur, welche es verzehrt, verdaut, sich assimiliert, das Äußere in Inneres verwandelt und dadurch erst sein Insichsein wirklich macht.«

»Insichsein.«

»Ja, aber dieses Insichsein des Tiers, sein Sichempfinden, seine Beseeltheit ist nicht das des Menschen. Das Tier besteht nur in einem Leben der Begierde, all seine Glieder dienen nur als Mittel für den einen Zweck der Selbsterhaltung, sie sind an das Leben, das Leben ist an sie gebunden. Wir sehen, wenn wir Tiere anschauen, kein Subjekt, sondern nur die äußeren Umrisse einer Gestalt, durchweg mit Federn, Schuppen, Haaren, Pelz, Stacheln, Schalen überzogen. Und dergleichen Bedeckung, heißt es bei Hegel, gehört zwar dem Animalischen an, doch sie hat die Form des Vegetabilischen.«

»Dein Philosoph meint, Pelz und Stacheln glichen den Blättern?«

»Ja.«

»Was für ein schöner Gedanke!«

»Aber für Hegel liegt darin ein Hauptmanko der tierischen Schönheit. Denn was wir vom Tier sehen, ist niemals seine Seele. Was sich nach außen kehrt und allenthalben erscheint, ist niemals das innere Leben. Es sind Formationen einer niedrigeren Stufe, die nicht von der Seele durchdrungen werden.«

»Und der Mensch?« fragte Marie und legte sich endlich zu ihm. Müde bettete sie ihren Kopf in das kühle, zirpende Gras.

Sofort rollte er herum und wandte sich ihr zu. Ihr Köpfe lagen jetzt ganz dicht beieinander, intim geborgen im hohen Grün, das sie ganz umgab. Kein Geräusch von außen drang hier herab, sie ruhten gestrandet auf der Oberfläche der Insektenwelt, und um sie her krabbelte und knackte es und schabte und raschelte. Gustav lächelte sie an. Und plötzlich streichelte er ihr über die Schläfe. Ihr Herz schlug bis zum Hals, und sie schloß vor Aufregung die Augen. Was war nur geschehen, daß er so zu ihr war? Sie wußte es nicht und wollte nicht daran rühren.

»Und der Mensch?« flüsterte sie wieder.

»Der Mensch?«

»Ja.«

»Der Mensch steht auf einer höheren Stufe. Seine Haut ist nicht mit pflanzenhaft unlebendigen Hüllen verdeckt, das Pulsieren des Blutes scheint an der ganzen Oberfläche, das klopfende Herz der Lebendigkeit ist gleichsam allgegenwärtig. Aber wie sehr nun auch der menschliche Körper im Unterschied zum tierischen seine Lebendigkeit nach außen hin erscheinen läßt, so drückt sich an dieser Oberfläche doch ebensosehr die Bedürftigkeit der Natur aus, in den Einschnitten, Runzeln, Poren, Härchen, Äderchen des menschlichen Körpers.«

»Siehst du denn, wie mein Herz pocht?«

Marie hatte die Augen noch immer geschlossen. Sie spürte, daß Gustavs Hand einen Moment aufhörte, sie zu streicheln.

»Der ungeheure Vorzug, welcher der Erscheinung des menschlichen Körpers nach Hegel zukommt, besteht in der Empfindlichkeit.«

Marie nickte mit geschlossenen Augen. Und dann küßte Gustav sie. Erst küßte er sie sanft auf die Lippen, dann fordernder, leidenschaftlicher. Schüchtern faßte ihre kleine

Hand in seinen Nacken. Ihr Kuß wollte nicht enden. Sie atmeten ineinander. Irgendwann sank sein Kopf neben ihr ins Gras. Noch immer öffnete sie die Augen nicht. Sie spürte tatsächlich, wie sein Puls gegen ihre Schläfe pochte.

»Verzeihst du mir?« fragte er leise.

Marie nickte wieder. Sie nickte so ernst wie ein ernstes Kind und barg stumm sein Gesicht in ihrer Achsel. Für all die Jahre, für all die sinnlosen Jahre, für all die Jahre verzeih' ich dir.

Lange lagen sie so da im hohen Gras und Marie atmete den Geruch der Erde ihrer Insel. Und lange mußte sie der Empfindung in sich nachspüren, bis sie begriff, was sich anders anfühlte als sonst, doch dann verstand sie: Sie schämte sich nicht. Sie spürte, daß sie sich zum ersten Mal in ihrem Leben nicht für sich schämte. Die Insel war tatsächlich das Paradies. Marie war glücklich, glücklicher selbst, als sie es jemals in ihrer Kindheit gewesen war, und im selben Moment traurig darüber, daß es so viele Jahre gebraucht hatte, bis sie das empfinden durfte. Das Paradies ist hier, dachte sie und verstand, was die Menschen auf der Insel immer suchten. Sie öffnete die Augen und sah zu, wie über ihnen, völlig lautlos und ganz im Zenit des unendlich blauen Himmels, ein Fischadler seine Kreise zog.

»Und die Pflanzen? Was sagt dein Philosoph über die Pflanzen?«

Gustav setzte sich mit einem Ruck auf und musterte sie, plötzlich ernst. »Pflanzen? Nichts bedeuten sie ihm. Der Pflanze, meint Hegel, gehe Selbstgefühl und die Seelenhaftigkeit völlig ab, indem sie nur immer neue Individuen an sich selbst produziere. Die Pflanze nimmt nichts auf und empfindet nicht.«

»Und?«

Irgend etwas, spürte Marie, stimmte nicht. Eigentlich wußte sie gar nicht, weshalb sie ihn das gefragt hatte. Wegen der alten Zeiten vielleicht und weil sie an die blaugefärbten Hortensien hatte denken müssen. Wünschte, sie hätte es nicht getan. Doch nun war es zu spät. Jetzt lächelte er. Aber ein Lächeln war das, so somnambul, als hätte es ihren Kuß gerade eben nicht gegeben. Als gäbe es sie überhaupt nicht. Ihr war unheimlich, wie er sie ansah.

»Pflanzen«, sagte er und sah mit diesem kalten Lächeln geradewegs durch sie hindurch, »Pflanzen begehren nicht. Und sie fügen keinem ein Leid zu.«

* * *

Am 3. Juli 1830 hatte man, nachdem der Kauf der Fulchironschen Sammlung in Paris abgewickelt war, alles verpackt und brach mit einem eigens dafür gemieteten Dampfboot nach Le Havre auf, eine Fahrt, die sechs Tage in Anspruch nahm. In Le Havre wartete die *Mentor* der Preußischen Seehandlung unter Kapitän Schulz, es wurde umgeladen, und am 23. Juli stach man in See, wobei Gustav die Palmen an Bord des Schiffes begleitete, während der Inspektor des Berliner Botanischen Gartens, Friedrich Otto, zusammen mit den Herren Gropius und Beckmann zu Lande nach Berlin zurückreiste. Am 6. August kam die *Mentor* in Stettin an, wo die Fracht auf zwei Oderkähne verteilt wurde, was mehrere Tage in Anspruch nahm. Am 20. August schließlich waren die beiden Kähne an der Schleuse Spandau, ankerten dann über Nacht in Potsdam, und erreichten nach einer Reise von siebenunddreißig Tagen die Pfaueninsel.

Es war ganz früh am Morgen, ein noch kühler Sommertag, dessen Dunst sich gerade erst hob. Die Havel floß sehr still und ruhig. Marie saß wie jeden Tag, seit man die Rückkunft Gustavs erwartete, am Ufer in der Nähe des Schlosses und las. Zuerst waren es nur Schemen, deren Zahl nicht zu bestimmen war, die sich aus der fernen Uferlinie lösten wie dunkle Tropfen, ihre Konturen noch ganz umzittert von der feuchten Morgenluft.

Marie ließ das Buch sinken und schloß die Augen. Als sie wieder hochschaute, waren die dunklen Umrisse größer geworden, und sie sah, daß es zwei waren und daß sie näherkamen. Zwei Kähne, langsam und schwer und tief im Wasser, und dann sah Marie die großen wippenden Palmen darauf. Schon glaubte sie Gustav zu erkennen, winkend am Bug des einen Schiffes. Und wenn jemand sie jemals später danach gefragt hätte, immer hätte sie geantwortet, daß in diesem Moment das Unglück ihres Lebens auf die Insel kam. Ihr Unglück war auf jenen beiden Kähnen, deren Ankunft sie doch entgegengefiebert hatte, weil sie sich ganz sicher gewesen war, es sei ihr Glück darauf. Und so, voller Vorfreude, Gustav wiederzusehen, lief sie schnell zur Baustelle, um dem Onkel seine Ankunft zu melden.

Ferdinand Fintelmann stand hoch oben auf der Balustrade, von der man den Rohbau des Palmenhauses bequem übersehen konnte, mit dessen Verglasung morgen begonnen werden sollte. Seit Jahresbeginn wurde gebaut, und alles würde fertig sein, bevor der Winter den Pflanzen schaden konnte. Dem alten Hofgärtner hatte es den Atem verschlagen, als er erfuhr, mit welcher Summe der König seinen Neffen ausgestattet hatte. Er sah hinab auf die gitterförmig durchbrochenen Marmorplatten des Tempelchens, die, ein

Halbrund bildend, um einige Stufen erhöht, den Hintergrund des später einmal ganz im indischen Stil gehaltenen Gebäudes einnehmen würden. Hier war der richtige Ort für sie, inmitten all der exotischen und seltsamen Pflanzen, die sein Neffe heranschaffte, jahrhundertealt, selten blühend und empfindlich, aus trockenen Samen gezogen, mühsam und unter Gefahren aus Asien oder Afrika mitgebracht, als Keimlinge in kleinen Bottichen übers Meer gekommen, weitergereicht von einem zum anderen, ohne Erinnerung an die feuchte Schwüle, in der sie eigentlich heimisch waren und ohne die sie sterben mußten.

Welche Hybris, diese riesigen Palmen hier am Leben erhalten zu wollen wie stumme fremde Tiere: Die *Latania borbonica*, die, wie er wußte, das Hauptstück der Sammlung sein würde, aber auch die *Strelitzia augusta* und die seltene *Astrapaea alba*. Heizungen und Glasdächer waren dafür nötig, Torffeuer und Decken. Das hatte nichts mehr mit den Orangerien und Treibhäusern zu tun, die er kannte, in denen man zwar auch fremdartige Zitronen gewann und Granatäpfel, aber doch nur für den Genuß der Könige. Die Gier Lennés und seines Neffen war eine andere und ihm ganz fremd.

»Onkel!« rief Marie in diesem Moment von unten herauf und riß ihn aus seinen Gedanken.

»Was ist denn?«

»Sie kommen!«

Und dann begann schon der Trubel der Ankunft und das Entladen der unzähligen Blumenkübel mitsamt dem ganz irrealen Anblick der haushohen Palmen, die zitternd vom Steg auf die Insel schwebten unter dem Keuchen und Stöhnen der Matrosen und Gärtner. Und dann, nachdem man gegessen und getrunken und alles wieder und wieder gefragt und berichtet hatte und der Stolz, der den Onkel seit der Ankunft Gustavs nicht hatte zur Ruhe kommen lassen, letztlich doch erlahmt und die beiden Alten schließlich zu Bett gegangen waren, blieben Gustav und Marie allein am Eßtisch zurück.

Heute war der Tag. Gustav verteilte den letzten Schluck aus der Karaffe, sie tranken die Neige, dann stand er wortlos auf. Marie löschte die Lampen und folgte ihm. In der Diele wartete er und ließ ihr den Vortritt auf der Treppe. Vor seinem Zimmer war wiederum sie es, die stehenblieb und sich nach ihm umsah.

Er öffnete die Tür und sagte: »Bitte.«

Bis auf die flackernde Kerze am Bett, die er entzündete, war es dunkel im Raum. Vor dem offenen Fenster die Geräusche der Nacht. Die Rufe der Nachtvögel in der Voliere, vom dumpfen Brüllen des Löwen immer wieder zum Schweigen gebracht. Marie meinte zu hören, wie der Wind in die Palmwedel griff. Ihre Hände schienen ihm weich und klein wie nichts sonst. Als er etwas sagte, lachte sie leise mit nach hinten geworfenem Kopf, er sah im Halbdunkel ihre Lippen und erinnerte sich nun, daß sie schon immer so rissig gewesen waren, rissig und verlockend wie eine Frucht. Lachend leckte sie sich mit der Zunge weit in die Mundwinkel hinein.

Der Mensch, sagt man, ist ein geschlechtliches Wesen, weil er ein Geschlecht besitzt. Und wenn es umgekehrt wäre? Wenn wir ein Geschlecht nur besäßen, weil wir Wesen sind, die einzig in Verbindung mit anderen existieren können? Die Begierde wäre eine der Formen dieser Verbindung. Berührungen schneiden den anderen von seinen Möglichkeiten ab, Berührungen sind Aneignungen, sie lassen unter den Fingern das Fleisch des andern erst entstehen. Das ist es, was die Begierde ausmacht. Marie wußte das, seit der König sie angesehen, seit ihr Bruder sie berührt hatte. Und seit dem Moment, als sie Gustav an diesem Morgen am Bug des Kahns unter den wippenden Palmwedeln gesehen hatte, die ihn wie in einer starren Prozession heranführten als stumme, gesichtslose Begleiter, höher als das Segel und hoch wie der Himmel und von der Fremdheit einer Fata Morgana, wußte sie auch, daß er sie nun würde lieben können, wie sie war. Die Insel und sie, das wußte sie, waren eins. Ganz so, wie er auf die Insel zurückkehrte, kehrte er auch zurück zu ihr.

Und tatsächlich hatte Gustav sich auf seiner Reise immer wieder ausgemalt, wie sie jetzt endlich zueinanderfinden würden. Hatte sich plötzlich stark genug gefühlt für das Fremde, das Marie immer gewesen war, und sich so sehr nach ihrer beider Kindheit gesehnt, daß, wenn jene Nähe wieder zu spüren bedeutete, sie zu lieben, er sie lieben wollte. Es war eine Hoffung und eine Wette zugleich, und er spürte jetzt, während er sie küßte und umarmte, daß sie zwar noch immer ein Kretin, eine Mißgeburt, ein unkorrigierbarer Fehlgriff der Natur war, diese Begriffe aber, wie ersehnt, allen Sinn verloren hatten. Es hatte Frauen gegeben, in Berlin eine schüchterne Liebe, und dann, während der drei Jahre seiner Reise durch Europa, Gelegenheiten beiderlei Geschlechts, doch nie hatte er dabei etwas Besonderes empfunden. Niemals das, was er jetzt empfand, das Glück, jene Barriere endlich niederzureißen, die ihn seit jenem Regennachmittag in der Scheune ferngehalten hatte von Marie, und, wie er sicher zu wissen glaubte, von allen Frauen.

Alles so klein! flüsterte Gustav und bedeckte ihren Körper mit Küssen, triumphierend, daß er ihn, wenn er sie nicht ansah, begehrte. Doch immer wieder wich sie zurück und bot zugleich sich ihm dar, wie sie es gewohnt war vom König und ihrem Bruder. Er weiß, was ich bin. Das war es, was sie dachte. Legte sich lächelnd immer wieder unter seinen Blick, nackt und ohne ein Haar an ihrem Körper, und war sich sicher, daß ihm gefalle, wie glatt und weich sie war, wenn sie sich nur ganz ihm überließ. Alles, alles, nur kein Tier war sie. Kein Monster, dachte sie und lächelte ihn an. Was ihn, da es ihm so vorkam, als stoße sie ihn weg, dazu brachte, sich mit gierigen Küssen immer verzweifelter in ihren Mund zu stürzen. Doch immer, wenn er sie an sich zog und ihre Hände auf seinen Körper legte, wich sie sogleich zurück, immer verzweifelter bemühte er sich um sie, und sie lächelte, mißverstehend, selig darüber, und das ging lange hin und her, bis er sich schließlich auf sie legte und mit verbissenem Bemühen nahm.

Es ist notwendig, die Geschlechter nicht als Instrumente zu benutzen. Niemals könnten sie wendige, greiffähige Organe sein für das, was uns die Liebe ist. So, wie sie sich erregen und aufrichten, autonom, sind sie vegetatives Leben. Indem wir in unserer Begierde Fleisch werden, werden wir blind und stumm wie Pflanzen, und all unsere Berührungen haben nur den Zweck, den Körper des anderen mit Freiheit zu tränken. Und das ist das Glück. Alles andere ist der Tod der Begierde. Marie spürte das ungeheure Gewicht von Gustavs Körper, der sich über sie wölbte, und der Zauber erlosch. Bald schon sank er stöhnend und traurig neben ihr in die Kissen und rettete sich schnell in den Schlaf.

Einen Moment lang hatte sie geglaubt, jetzt sei alles richtig. Seine Zärtlichkeit hatte etwas Zitterndes gehabt, als befürchtete er, seine eigenen Empfindungen rissen ihn mit sich fort. Dann aber hatte sein Blick sich verändert, und sie hatte gespürt, daß er wollte, sie solle etwas tun, von dem sie aber nicht wußte, was es war. Und mit jeder Bewegung hatte sie sich unwohler gefühlt und schließlich, als es vorüber war, ihre eigene Traurigkeit in seinem Blick gesehen, ohne daß sie beide den Mut gehabt hätten, sich zu bekennen. Im Gegenteil. Ganz leise und ohne sie anzusehen hatte Gustav, bevor er eingeschlafen war, noch wissen wollen, ob es mit ihm anders sei als mit Christian. Eine Frage, die ihr die Tränen in die Augen trieb. Sie hatte heftig den Kopf geschüttelt, und das war alles gewesen.

Marie lag die ganze Nacht neben ihm wach und hörte den Tieren zu. Als aber das Morgenlicht hereinkroch und sie dabei zusah, wie er schlief, begriff sie es endlich: Gustav liebte sie, doch das war kein Glück. Nicht für sie beide. Niemals.

Siebtes Kapitel

Halkyonische Tage

Mit wachem Blick stand der junge Mann während der kurzen Überfahrt am Bug des Kahns, als überquerte er ein weites Meer. Die Kutsche des Präsidenten Rother, die ihn vom Gendarmenmarkt hierher zur Fähre gebracht hatte, war da bereits wieder im Wald verschwunden.

Selbst für die Pfaueninsel, der es an Kuriositäten der Natur und Kunst nicht mangelte, war der junge Mann ein ungewöhnlicher Anblick: Groß und schlank und mit langem pechschwarzem Haar, das er in einem lockeren Knoten auf dem Rücken trug, die Haut dunkel und das halbe Gesicht mit einer großflächigen Tatauierung aus weit geschwungenen Linien versehen, deren Muster sich von der Stirn herab um das eine Auge legte, weiter wie eine Welle über die Wange verlief und den Hals hinab, im Ausschnitt des Hemdes verschwand, um auf dem rechten Handrücken wieder aufzutauchen. Wie gebannt schritt der junge Mann über den Steg an Land und ließ dabei nicht aus den Augen, was er vom Wasser aus erspäht hatte. Und stand dann staunend vor der Fächerpalme mit dem fast vier Meter hohen Stamm, die man hier an der Anlegestelle einfach hatte stehenlassen.

Noch war das Palmenhaus nicht fertiggestellt und im Sommer keine Unterbringung in einem der Gewächshäuser nötig, in die dieses beeindruckende Exemplar auch nicht gepaßt hätte, und so grüßte der mächtige Stamm mit seiner Krone weitausladender Palmblätter, die wiederum von einer Reihe kleiner Wedel gekrönt wurde, jeden Neuankömmling auf der Pfaueninsel. Wobei er, der gerade beide Hände an den Stamm legte und dabei mit einem Lächeln die Augen schloß, einer der ganzen wenigen Menschen war, die zu diesem Zeitpunkt in Europa behaupten konnten, unter ebensolchen Palmwedeln aufgewachsen zu sein. Wie betrunken folgte er, ohne einen Blick für das Kastellanshaus, den Rosengarten und alles andere, der Spur der Palmen, die sich entlang des Weges verteilten, ging von einer zur anderen, immer wieder ein Blatt zwischen die Finger nehmend, bis er schließlich auf die Schloßwiese kam, bei deren Anblick ihm das Herz bis zum Hals schlug.

Es war ihm, als wäre nun nicht nur er, sondern gleich seine ganze Heimat auf dieser seltsamen Insel angelandet, denn zufällig wie Schwemmgut verteilte sich fast die ganze berühmte Palmensammlung dort, und die Blätter von vielfältigster Form und Beschaffenheit wippten allesamt im leichten Wind, der über die Insel ging. Und Heinrich Wilhelm Maitey von den Sandwich-Inseln, den alle Harry nannten, war, während er auf diesen Hain zuging und sich in seinem Schatten niederließ, in Gedanken wieder in seiner Heimat und noch einmal auf seiner Reise hierher.

Vor etwa fünfundzwanzig Jahren geboren, war er als kleiner Junge Augenzeuge, wie eines Tages ein Segelschiff in der Bucht seines Heimatortes ankerte, das sich als die *Mentor* der Preußischen Seehandlung herausstellte, von der man dort, anders etwa als von den entsprechenden Institutionen des Vereinten Königreichs, noch nie etwas gehört hatte. Trotzdem bat der junge Maitey, einmal an Bord, mitgenommen zu werden und kam so 1824 nach Preußen. Zunächst noch bestaunt und versorgt im Haus des Präsidenten der Seehandlung, erschöpfte sich doch dessen Geduld schließlich. Und so war er nun hier, gerade erst christlich getauft, königlicher Pflegling und künftiger Maschinengehülfe des Maschinenmeisters Friedrich auf der Pfaueninsel.

Harry lauschte dem Rauschen der Palmwedel. Fast meinte er, eine sanfte Brandung zu hören. Er begann leise zu singen. Es roch gut hier. Er hörte Vogelgezwitscher, dann auch Stimmen und das Pochen von Hämmern, das er zunächst gar nicht bemerkt hatte, und entdeckte ein ganzes Stück entfernt, dort, wo die Schloßwiese in einen Wald aus hohen Eichen überging, Bauleute bei der Arbeit. Ein großes, ja ein riesiges Haus wurde dort errichtet, Holzsparren ragten weit in den Himmel, die ihn in ihrer gleichmäßigen Abfolge an die Männerhäuser seiner Heimat erinnerten, doch sah er verwundert, daß jenes Haus beinahe nur aus Fenstern zu bestehen schien.

* * *

Die Eichen hatten längst ihre Blätter verloren, als man die Pflanzbottiche endlich von der Schloßwiese zum Palmenhaus bringen konnte. Kreisrunde Abdrücke, gelb vom verdorrten Gras, blieben auf der Wiese zurück, wo sie ein halbes Jahr gewartet hatten. Schinkel stand bei einem dieser trostlosen Male und stieß mißmutig mit der Stiefelspitze in der trockenen Erde herum, als suchte er einen Vorwand, nicht hinübersehen zu müssen.

»Nun gehen Sie doch, Fräulein! Ihr Freund wartet sicher schon auf Sie.«

Marie lachte. Wann immer er auf der Insel gewesen war, um den Fortgang der Arbeiten zu überwachen, hatte sie seine Gesellschaft gesucht. Affenkopf nannte sie ihn bei sich. Sie mochte ihn gern.

»Aber schauen Sie doch!« sagte sie. »Wie schön es geworden ist!«

Schinkel nickte, ohne den Kopf zu heben. Nach dem Wunsch des Königs sollte das Palmenhaus ganz zu öffnen sein, weshalb er die Fassade komplett aus Fenstern konstruiert hatte, die mittels Kettenzügen einzeln ausgestellt werden konnten. Die Front präsentierte sich so ganz feingliedrig als Glasbau, durch dünne Holzstreben mit einem klaren Raster überzogen, gegliedert mit schlanken Halbsäulen, zwischen denen die Fenster eingespannt waren, unter dem Gesims zwei verglaste Friese, alles farbig in Gelb, Blau, Grün und Rot. Und als er jetzt doch aufsah und tatsächlich versuchte, sein Gebäude wie ein Fremder zum ersten Mal anzusehen, lagerte es wie auf einer Vase der Königlichen Porzellanmanufaktur unter diesem makellosen preußischen Himmel, in den die alten Eichen ihre verknoteten Finger streckten.

Es schien ihm wie das Versprechen einer neuen Zeit. Ein paar Pfauen zogen vorüber. Was kümmerten sie ihn! Neu war: Er hatte diese vielen Fenster einfach als Serie behandelt, als identische Einheiten. Soweit er wußte, hatte so etwas noch niemand getan. Es war modern. Er mußte lächeln. Jetzt getraute er sich wirklich hinzusehen. Wie schön es aussah! Er spürte die milde Herbstsonne auf der Haut. Da es völlig windstill war, wärmte sie sogar.

»Halkyonische Tage«, sagte er in die weiche Luft hinein.

Marie nickte, auch wenn sie nicht wußte, was er damit meinte. Schinkel sah ihr nach, wie sie dann mit kleinen Schritten über die Schloßwiese davoneilte. Noch immer wurden Pflanzenkübel herangeschafft. Die Front hatte in der Mitte eine halbrunde Exedra, durch die man das Palmenhaus betrat. Dort erschien jetzt der junge Hofgärtner und nahm Marie in Empfang. Was für ein Paar! Eines, wie es nur hier denkbar war, dachte Schinkel und zog mit seinem Stiefel wieder Kreise durch die trockene Erde. Eisen wäre für die Konstruktion des Baus aber zweifellos besser gewesen als Holz, viel besser, dachte er und ärgerte sich über sich selbst.

* * *

Gustav nahm Marie bei der Hand und führte sie ins Palmenhaus hinein, lief dann voller Ungeduld voran und erklärte ohne Unterlaß dies und jenes, und seine Begeisterung machte sie glücklich, da sie es war, über der er sie ausschüttete. Die letzte Sonne spielte durch die hohen Glasflächen auf dem unterschiedlichen Grün der Blätter. Die Arbeiter waren gerade gegangen, und es war still bis auf ein fernes Rumpeln aus dem Heizungsraum im Keller, wo nun Sieber und seine Gesellen schon den ganzen Tag dabei waren einzuheizen.

Was Marie zunächst sah, war die riesige Fächerpalme, unbestreitbar Mittelpunkt des großen Raumes. Sie stellte sich unter ihre von langen Blattstielen in zierlichen Bögen ausgehenden, ringsherum tief herabhängenden steifen Fächer. Es war die Pflanze, die Marie zuerst gesehen hatte, als Gustav sich an jenem Morgen auf dem Kahn der Insel genähert hatte. Um ihre Größe noch hervorzuheben und ihren

Rang zu markieren, hatte man ihren Terrakottakübel auf eine niedrige achteckige Postament-Säule gesetzt, mitten auf den zentralen Querweg, an dessen Endpunkten Marie jetzt Brunnenbecken entdeckte, in die vergoldete Löwenmasken Wasser spien. Auf jeder Seite des Weges Beete, in denen die Pflanzen so dicht an dicht standen, daß Marie den hohen Raum kaum übersehen konnte, den vier schlanke und bemalte Säulen abstützten.

Gustav folgte ihrem Blick und erklärte, was sie sah. Das da, nah am Fenster, mit den graugrünen, halbzusammengeklappten Fächern, zwischen deren Falten zähe lange Fäden herabhingen, sei eine ostindische Schattenpalme. In Indien reiche eines der dreihundert Quadratfuß großen Blätter, das Dach einer Hütte für ein Jahr zu decken. Eine seltsame Pflanze sei das, die einzige bekannte Palme, welche nur einmal blühe. Irgendwann treibe sie eine unglaubliche Menge übelriechender Blüten und sterbe dann, notdürftig einige Früchte reifend, ab. Wie traurig, sagte Marie und deutete fragend auf ein anderes, besonders imposantes Exemplar mit einer reichen Krone kleiner Wedel. Das sei ebenfalls eine Fächerpalme. Ihr Stamm, er habe ihn vermessen, komme auf fast vier Meter. Von ihr heiße es in den Unterlagen, sie sei schon seit zweihundertfünfzig Jahren in verschiedenen erzbischöflichen und anderen Gärten am Rhein gepflegt worden und als Merkwürdigkeit aus einer Hand in die andere gegangen. Und das? Eine neuholländische Fächerpalme, eine sehr seltene Pflanze. Daneben Dattelpalmen, unübersehbar viele, japanische Fächerpalmen, dort eine Sagopalme mit ihrem unförmigen Stamm, dort Ananas- und Bananenstauden, Drachenblutbäume, Andentannen, ein Zimtbaum. Das dort drüben seien Litschibäume, jenes Kaffee. Marie schüttelte ungläubig den Kopf. Und dies dort drüben sei Bambus, sie werde es im nächsten Jahr erleben, wie die Stangen aus der Erde brächen, kolossalen Spargelköpfen glichen ihre Triebe, die in drei Monaten, da sei er sicher, die Decke des Hauses erreicht haben würden, der Stundenzeiger kleiner Uhren gehe kaum rascher.

Der Eindruck war so fremdartig, daß Marie sich tatsächlich in den Tropen wähnte. »Wird es denn schon warm?« fragte sie und öffnete ihren Mantel.

Gustav zeigte ihr die gußeisernen Gitter am Boden. Schinkel hatte den Glasbau des Palmenhauses vor eine zehn Meter hohe Wand gestellt, an der sich die Schornsteine befanden, die Eingänge und Wirtschaftsräume, im Keller die Feuerungen für die Kanalheizung, deren liegender Kamin den Fußboden durchzog, abgedeckt durch ebenjene Gußeisengitter. Und tatsächlich spürte man schon, wie die Wärme emporstieg. Gustav kniete sich neben sie und hielt die Hand in den warmen Luftstrom. Sie betrachtete sein glückliches Gesicht und küßte ihn auf die Wange.

Seit jener Nacht nach seiner Ankunft waren sie zusammen. Bei Tag vermieden sie Liebesbekundungen, nachts aber schlich Marie sich meist in Gustavs Zimmer. In ihren Berührungen fanden sie niemals zueinander, aber schnell eine Routine, die sie beide beruhigte und über deren Schalheit sie sich selbst keine Rechenschaft abzulegen bemühten. Über die Zukunft zu sprechen, vermieden sie ebenso wie über die Vergangenheit. Wir haben Zeit, dachte Marie. Doch sie sah die Blicke des Onkels, und einmal sprach Gustavs Mutter mit ihr, als gerade niemand im Haus war. Niemals könne sie Gustav heiraten. Eine solche Undankbarkeit. Als Kind aufgenommen und all die Jahre. Vielleicht sei es das beste, wenn sie sich, wie ihr Bruder Christian, eine eigene Existenz suche. Vor allem dieser Satz tat Marie weh, die ganze Zeit, während die Tante auf sie einsprach, betrachtete sie das Rubinglas auf dem Fensterbrett, gab ihm sogar einen kleinen Stoß mit dem Finger, und das Glas zirkelte glitzernd um sich selbst.

Daran mußte sie denken, während sie jetzt im Palmenhaus umherging. Soweit entfernt schien ihr das alles. Alles, die Säulen und Pfeiler und jedes Ornament waren nach indischer Art ausgeführt, die Loggia mit dem Balkon darauf, über Wendeltreppen auf beiden Seiten zu erreichen, wurde von nachgemachten indischen Säulen getragen, die aus Blumenkelchen zu erwachsen und, in Spitzbögen zusammenrankend, die Decke zu halten schienen. In der Mitte der Rückwand befand sich eine Apsis, deren Wände man blau, die Nische rot mit goldenen Leisten und weißer Umrahmung ausgemalt hatte. Hier war in den letzten Tagen der indische Tempel aufgestellt worden, ein paar Schritte führten hinauf, dann betrat man den in schneeiger Weiße glänzenden Kiosk, dessen netzartig durchbrochene Marmorplatten durch feine Goldleisten zusammengehalten wurden.

Mit alldem kam die Veränderung auf der Pfaueninsel zu ihrem Ende, die mit Lennés Rosengarten vor über einem Jahrzehnt begonnen hatte, denn dieser korrespondierte nun für jeden sichtbar mit dem Palmenhaus hier auf der anderen Seite der Wiese. Nicht nur, weil es die beiden kostbarsten Anlagen auf der Insel waren, die da in Sichtweite zueinander standen, und nicht nur, weil Rosen und Palmen sich darin glichen, daß sie Unmengen Wasser benötigten, weshalb die Insel nun unbedingt auf künstliche Bewässerung angewiesen war, es gehörten beide vor allem insofern zusammen, als die Heimat der Rosen Indien war. Nichts anderes bedeutete dies, als daß man eine völlige Umorientierung jener Sehnsucht erreicht hatte, deren Ausdruck die Insel immer gewesen war. Nicht mehr das Otaheitische Cabinett und Rousseau, sondern der Orient mit seiner schwellenden Natur und verfeinerten Genüssen war nun ihr neuer Bezugspunkt. Lange blieb Marie vor dem kleinen Marmorbassin in der Mitte stehen, das man mit seinem Springbrunnen und den Goldfischen mitten hinein in die alten Tempelschranken gesetzt hatte.

Und als sie wieder zurück in den riesigen Raum kam, hockte Gustav noch immer am Boden und überprüfte, ganz versunken in seine Tätigkeit, den warmen Luftstrom der Heizung. Ihm, das wußte sie, war die Architektur dieses Baus ganz gleichgültig. Er fühlte sich unter diesen Wipfeln nicht versetzt in einen orientalischen Palast, für ihn waren diese fremdländischen Pflanzen nicht vor allem stimulierende Dekorationen, er war stolz darauf, die größte Palmensammlung Europas zu besitzen, ein lebendiges Lehrbuch und Studienobjekt. Langsam schlenderte sie zu ihm zurück, so langsam, daß ihre Angst vor der Zukunft sich auf dem Weg wieder besänftigen konnte. Dann stand sie bei ihm und strich ihm lächelnd durchs Haar.

»Was sind halkyonische Tage?«

Das wisse er nicht, sagte Gustav und sah zu ihr auf. Schwärmerisch betrachtete er die Palmen, über die sich langsam der Nachthimmel schob.

Halkyonische Tage: So nannten die Alten jene Woche im Dezember, in der das Meer meist völlig ruhig war. Der Eisvogel, von dem man annahm, er komme niemals an Land, baue, so hieß es, in dieser Zeit sein Nest auf den schlafenden Wellen. Eine kurze Zeit nur, in der es Marie schien, als könnte sie doch wie alle sein.

* * *

Monster. All die Jahre hatte das Wort der toten Königin nur geschlafen. Marie war einen Meter fünfundzwanzig groß, etwas über vier Fuß in den Maßen ihrer Zeit. Ihr kleiner Mund glich stets einem Kußmündchen. Noch jedesmal überraschte es sie, wenn sie zufällig ihr eigenes Bild im Spiegel sah. Und immer von neuem vergaß sie dann wieder, daß sie nicht wie alle anderen Frauen war. Und tröstete sich damit, daß sie mit der Fußsohle ihre Stirn erreichen konnte. Auch in den Spagat kam sie mühelos. Doch das war kein Trost. Allein, daß Gustav sie liebte, war ein Trost. Sie hatte oft Schmerzen im Rücken und in den Waden, wenn sie lange stehen mußte. Sie bekam schwer Luft.

Jede Mißbildung fühlt sich an wie eine Schuld, denn es klebt an ihr die Verunsicherung der natürlichen und moralischen Ordnung der Welt. Wundersame und erschreckende, von den Göttern gesandte und zu deutende Vorzeichen waren der Antike die Monstren. Und zugleich Randphänomene im Wortsinn, sie hausten am Ende der Welt und markierten ihre Grenzen. Noch die Sagenwesen, die später die mittelalterlichen Karten bevölkerten, die kopflosen Acephalen, die ohrlosen Amabren, die mundlosen Astonomen, die Skiapoden, die sich selbst mit einer riesigen Fußsohle Schatten spenden, die hasenohrigen Panotier, verdanken sich Plinius. Immer, wußte Augustinus, ist Häßlichkeit Ausdruck der Gottesferne.

Die Aufklärung, heißt es, habe all dem ein Ende bereitet. Und tatsächlich blieb von dieser fremden Welt nur die Neugier auf sie. Monstrositäten wurden zu wunderbaren Einzigartigkeiten der Natur, die man in Wunderkammern sammelte. Man mühte sich, sie in das bekannte Naturgefüge einzubauen, suchte nach naturhistorischen Klassifikationen und anatomischen Regularitäten als Nachweis einer vernünftigen Ordnung. Doch es gelang nicht. Nicht mit dem Wissen der Zeit, die bis dahin davon ausgegangen war, alle Lebewesen seien beim göttlichen Schöpfungsakt in unendlich kleiner Gestalt vorgebildet worden und schlummerten seitdem, bis der Zeitpunkt für jedes einzelne gekommen war, sich aus dem Homunculus zu einem Lebewesen zu evolvieren. Wie aber waren die Mißbildungen mit der göttlichen Allmacht zu vereinen? Wie kam das Schlechte in die Welt? Leibniz meinte, auch die Monstren entsprächen den göttlichen Regeln, wir seien nur nicht in der Lage, diese zu erkennen. Erst in der Epigenesis, die zuerst die Idee einer stufenweisen Entwicklung der einzelnen Teile eines Organismus dachte, fand die Biologie diese Regeln. Damit, schien es, waren die Monstren aus der Welt, hatten sich aufgelöst in nichts als Fehler und Anomalien.

Chondrodystrophie, wie wir Maries Minderwuchs heute nennen, ist das Ergebnis einer seltenen genetischen Veränderung, einer Spontanmutation. Ein chondrodystrophes Kind kann durchaus normalgewachsene Eltern haben. Die Wahrscheinlichkeit, daß seine eigenen Kinder wiederum kleinwüchsig sein werden, beträgt fünfzig Prozent. Das Wissen, das die Monstren aus der Welt vertreibt, gebiert sie in uns. Als Krankheit bedrohen sie nun unsere Zukunft, sind weniger Zeichen von jenseits der Grenzen des Bekannten, als Wesen jenseits aller Grenzen. Heute sind sie direkte Ausflüsse unserer Ängste, deren Phantastik nicht tröstet, da die Besorgnis immer größer wird, es könnte uns gelingen, zu erzeugen, was wir fürchten.

Gustav saß neben Marie im Gras und hörte Maitey zu, wie er sang. Zunächst zierte der Südsee-Insulaner sich stets, wenn man ihn darum bat, doch hatte er einmal begonnen, wollte er nicht wieder aufhören. Er setzte sich dann sehr aufrecht hin, und sein Blick ging ins Leere. Seinen Gesang unterstützte er durch lebhafte Bewegungen mit den Händen, wobei alle Töne seines schier unendlichen Liedes nach *a*, *i*, *ä* klangen. Wenn Besucher der Insel ihn zufällig hörten, glaubten sie, einen Irren vor sich zu haben, Marie aber gefiel gerade, daß seine Gesänge nicht endeten. Gustav kam sich dabei fehl am Platz vor.

Zumeist bestand das Auditorium aus Marie und ihm, der Tochter des Tierwärters Becker, dem Riesen und Itissa, dem Mohren. Gustav wußte vom Maschinenmeister Friedrich, wie gut sich Maitey machte, und deshalb betrachtete er den Wilden mit Wohlwollen, schien er ihm doch der Beweis, daß die Zivilisierungskräfte des aufgeklärten Denkens in der Lage waren, den Menschen zu bessern. Aber die anderen machten ihm angst. Stets hatte er das Gefühl, als ob sie ihn auf eine unheimlich vertraute Weise anblickten. So, als wollten sie ihm zu verstehen geben: Wir kennen dich. So, als wäre er selbst auf eine gewisse Weise monströs.

Als der König dann schließlich zur Besichtigung des Palmenhauses auf die Pfaueninsel kam, verbrachte er, obwohl er sich sehr lobend äußerte und außer Schinkel und Schadow ausdrücklich auch dem Onkel und Gustav seinen Dank aussprach, wie immer in den letzten Jahren die meiste Zeit im

Maschinenhaus an der Havel, wohin er auch Besucher für gewöhnlich als erstes führte, um, wie er sich ausdrückte, der Arbeit der Maschine zuzusehen. Ansonsten geschah wenig. Ein größeres Ereignis, zumindest für Maitey, war die Ankunft des Kapitäns Wendt der Preußischen Seehandlung, der im nächsten Frühjahr einige Südsee-Gänse für die Menagerie brachte, wobei sich herausstellte, daß Maitey den Kapitän noch von seiner eigenen Überfahrt kannte. Das war ein freudiges Wiedersehen, und die beiden sprachen einen Nachmittag lang über die gemeinsamen Erlebnisse. Auch die Gänse waren Maitey von Kindheit an vertraut, und so saß er nun oft am Vogelteich. Und verliebte sich dort in Doro, die Tochter des Tierwärters, die in diesem Jahr 1831 gerade siebzehn geworden und deren Aufgabe es war, die Vögel zu füttern. Im August schon wurde über Heirat gesprochen.

Da wollte auch Marie wissen, wie es um sie beide stand. Es war eine schwüle Sommernacht, und die Kerzenflamme brannte in der Windstille wie erstarrt. Doch Gustav antwortete ausweichend. Die Gattin sei das edle Reis, das dem stumpfen Trieb, der Unmoral und der Gewalttätigkeit des Mannes aufgepfropft gehöre. Daß die Frau den Mann zur Sittlichkeit bringe, das sei das Ziel der Ehe.

»Und?« fragte Marie tonlos.

Sie sah seinen distanzierten Blick. Er schüttelte nur den Kopf. Dann aber lächelte er plötzlich und küßte sie, und alles war für einen Moment wieder gut. Er schien einen besonders amüsanten Einfall gehabt zu haben und lachte los.

»Aus der Verbindung von Schaf und Ziege entsteht die Schiege«, sagte er. Er konnte gar nicht aufhören zu lachen. Japsend fuhr er fort: »So, wie das Maultier eine Kreuzung von Pferdestute und Eselhengst ist.«

»Hör auf«, sagte Marie.

»Die Paarung einer Eselstute mit einem Pferdehengst ergibt einen Maulesel.«

»Sei still!«

»Sogar eine Kreuzung aus Löwe und Tiger soll es geben.«

»Du bist ekelhaft.«

Das Wort, das Gustav noch nicht kennen konnte, für etwas, das aus Verschiedenartigem zusammengesetzt und von zweierlei Herkunft ist, lautete Hybrid. Das lateinische *hybrida* wird mit Mischling oder Bastard übersetzt. Es geht auf die griechische Hybris zurück, die schuldhafte Tat wider die Ordnung.

»Ich bekomme ein Kind«, sagte Marie.

* * *

Sehnsucht ist ansteckend. Die Wege der Bilder sind reale, auch wenn wir meinen, unsere Phantasie träume sie herbei. Jenes phantastische Indien, das der junge Schinkel auf der Pfaueninsel hatte bauen lassen, kam auf ebenso wirklichem Wege nach Preußen wie die Krankheit, die den Sehnsuchtsbildern auf dem Fuß folgte, ja man könnte sich fragen, ob die Menschen nicht von jener verschont geblieben wären, hätten sie diese nicht geträumt.

1830 war die Cholera mit russischen Soldaten, die man von der indischen Grenze abzog, um sie gegen einen polnischen Aufstand zu werfen, erstmals nach Europa gelangt, und da sie sich aus Rußland und Polen wie eine Armee näherte, reagierte man in Preußen militärisch und errichtete einen *cordon sanitaire* an der Oder, der jedoch, abgesehen davon, daß es sich bei einem der ersten prominenten Opfer um den Generalfeldmarschall Gneisenau handelte, gänzlich wirkungslos blieb. Unaufhaltsam kam die Krankheit näher, und wer konnte, floh oder verbarrikadierte sich. In einem Torfkahn, der eines Morgens in Charlottenburg anlegte, brachte ein kranker Schiffer, der wenig später starb, sie schließlich im August 1831 nach Berlin.

Es hieß, die königliche Familie werde auf die Pfaueninsel fliehen, was dann jedoch unterblieb, ohne daß man den Grund wüßte. Vielleicht, daß dem König in den Sinn gekommen war, es könnte das indische Heiligtum, dort, in der warmen, blütenduftgesättigten Luft des Palmenhauses, das Ziel der indischen Seuche sein. Auch auf der Insel gab es derlei Befürchtungen, unter den Tagelöhnern zumal, denen die exotischen Pflanzen nie ganz geheuer waren, aber Ferdinand Fintelmann sorgte für Ruhe und Ordnung, indem er, wie ein Vierteljahrhundert zuvor unter der Napoleonischen Besatzung, die Insel von der Welt losmachte, als wäre sie ein Schiff, das den Hafen verläßt. Alle entbehrlichen Arbeiter wurden nach Hause geschickt, der Publikumsverkehr mit dem Festland wurde eingestellt, Fährmann und Kahn blieben jenseits der Havel. Einzig die Post wurde alle paar Tage zugestellt, wobei Fintelmann so weit ging, die Papiere ausräuchern zu lassen, bevor sie geöffnet werden durften.

Marie war niemals glücklicher als in diesen Monaten ihrer Isolation. Keinen Gedanken verschwendete sie an die Cholera. Seit sie wußte, daß sie ein Kind haben würde, fühlte sie sich zum ersten Mal als Frau und Gustav unauflöslich verbunden. Das gab ihr eine Gelassenheit, die sie nicht gekannt hatte und die sie sogar über den sorgenvollen Blick ihres Bruders lachen ließ, der meinte, das werde kein gutes Ende nehmen.

Christian war bei Beginn der Seuche aus Stolpe auf die Insel zurückgekehrt, und auch das trug zu Maries Glück bei. Fast war es wieder wie früher, als sie drei noch Kinder gewesen waren. Die Insel, ohne Besucher, war wieder so leer wie damals, und, da die meisten Arbeiten ruhten, fast ebenso still. Zudem lockerte der Ausnahmezustand in gewisser Weise die Sitten, so daß etwa die zunehmend sichtbare Schwangerschaft Maries von niemandem beachtet zu werden schien, und auch Christians Gehabe nicht, der wieder mit nacktem Oberkörper umherging und seine alte Hose aus Schafsfell trug, deren Zotteln bei jedem Schritt wippten. Und Gustav tat bei allem mit, als wäre dies so selbstverständlich, wie Marie es sich dachte. Dabei übersah sie jedoch die Angst in seinem Blick. Und machte sich auch keine Gedanken darüber, daß er sie, seit er von ihrer Schwangerschaft wußte, nicht mehr anrührte. Bemerkte auch nicht, wie er Christian musterte. Nur einmal beobachtete sie etwas, was sie verunsicherte.

»Wenn dieser Löwe sprechen könnte, wir könnten ihn nicht verstehen.«

Marie sah überrascht hoch und hörte auf, das Tier zu streicheln. Christian hatte das gesagt. Wieder war es Herbst geworden, und sie hatten an einem der ersten sonnigen Tage seit langem einen Spaziergang zu den Käfigen gemacht. Ihr Bruder lagerte mit dem Rücken an den Gitterstäben und ließ Kies zwischen seinen Fingern hindurchrieseln. Gustav kauerte auf den Fersen vor ihnen. Sie begriff nicht. Weshalb könnten wir den Löwen nicht verstehen, wenn er doch sprechen könnte?

»Ja, das stimmt wohl«, sagte Gustav, bevor Marie, die sich gerade zu den beiden umdrehte, hatte fragen können, wie Christian das meine.

Und dann geschah etwas Seltsames. Gustav legte, wie zur Bestätigung, daß er ihn verstehe, seine Hand auf den Arm ihres Bruders und sah ihn eindringlich an. Der weiße Kies rieselte zu Boden. Und Gustavs Hand streichelte, ganz kurz nur, wie im Schwung, mit dem er zugleich aufstand, über den nackten Oberarm Christians und über seine nackte Schulter. Und Marie sah überrascht das stumme Begehren in seinem Blick. Doch dann war es auch schon vorüber, Gustav klopfte sich den Staub von den Händen, und ihr Bruder, den Kopf mit einem stillen Lächeln schief gelegt, nahm wieder eine Handvoll Kies und ließ ihn, ohne sie beide anzusehen und als wäre nichts geschehen, durch die Finger rinnen.

Marie verstand nicht, was in diesem Moment geschehen war, und vergaß es auch bald wieder, gab es doch in jener Zeit nichts Wichtigeres für sie als die Erwartung, daß Gustav sich endlich erkläre, ihr und der Familie, damit über ihrer beider Zukunft entschieden würde, die für sie nur Heirat bedeuten konnte. Darauf wartete sie, und im Hinblick darauf war alles andere unwichtig. Doch dazu kam es nicht. Erst müsse die Seuche vorüber sein. Sei die Seuche erst vorüber, werde er handeln, sagte Gustav immer und immer wieder, wenn sie ihn fragte, schließlich unterbrochen von zwei Nachrichten, die alles veränderten.

Die erste Nachricht war jene vom Tode Hegels, der am 14. November als einer der letzten in Berlin der Seuche, die schon im Abklingen war, zum Opfer fiel. Gustav erfuhr davon durch den Brief eines Studienkollegen, den er Marie unter Tränen vorlas.

An wen, geliebtester Freund! soll ich es schreiben, daß Hegel tot ist, als an Dich. Das Papier zitterte in Gustavs Hand und sein Blick suchte Marie. *Am Freitag hatte er die beiden Vorlesungen noch ge-*

halten; Samstag und Sonntag fielen sie ohnehin weg; am Montag war angeschlagen, daß Hegel wegen plötzlicher Krankheit seine Vorlesungen aussetzen müsse, aber am Donnerstag ihre Fortsetzung anzeigen zu können hoffe, aber noch an ebenjenem Montag war ihm das Ziel gesetzt. Die Bestürzung ist ungemein auf der Universität; Henning, Marheineke, selbst Ritter lesen gar nicht, Michelet kam fast weinend auf den Katheder. Mein Stundenplan ist nun ganz zerrissen. Den 17. gestern haben wir ihn begraben. Um 3 Uhr hielt Marheineke als Rektor im Universitäts-Saale eine Rede, einfach und innig, mich ganz befriedigend. Hierauf ging der ziemlich tumultarische Zug vor's Trauerhaus und von da zum Gottesakker. Dieser war mit Schnee bedeckt, rechts stand die Abendröthe, links der aufgehende Mond.

Gustav konnte nicht weiterlesen, und Marie musterte ihn, während er seine Augen vor ihr verbarg. Sie malte sich die Szene aus mit dem Mond über jenem Friedhof in der Stadt, den sie nicht kannte, und der Versammlung am offenen Grab. Früher hatte ihr Gustav gelegentlich geschildert, wie es an der Universität zuging, von seinen Vorlesungen erzählt, den Professoren und seinen Kommilitonen. Wie lange das her war! Sie sah, wie sehr Gustav sich beherrschen mußte, um den letzten Satz des Briefes lesen zu können, immer wieder ging er im Schluchzen unter, doch schließlich gelang es. *Neben Fichte, wie er es gewünscht hatte, wurde Hegel beigesetzt.* Dann sah er sie an, und sein Blick war so traurig, daß sie es nicht wagte, ihn tröstend in die Arme zu nehmen.

* * *

Die zweite Nachricht, die seltsamerweise die Insel mit demselben Packen Post erreichte, war eine Ankündigung des Hofmarschalls, die Fürstin Liegnitz werde Anfang Dezember mit einer kleinen Gesellschaft von Potsdam herüberkommen, um im Palmenhaus zu dinieren. Wozu man das Schloßfräulein Maria Dorothea Strakon bitte, auch ihren Bruder Christian Friedrich Strakon, zudem die königlichen Pfleglinge Licht, Maitey und Itissa. Und auch Gustav Fintelmann, der Kenner der Sammlung exotischer Pflanzen im Palmenhaus, solle sich einfinden.

Ihr Bruder mußte lachen, als Marie ihm von der Einladung erzählte. »Diese Fürstin ist eine spaßige Person, Schwesterchen! Nicht nur feiert sie Feste, während ihre Untertanen wie die Fliegen sterben, sie hat auch noch Freude daran, alle Monstren, über die sie gebietet, dazu einzuladen.«

Marie lächelte schmal. Sie hatte ihrem Bruder, der damals schon nicht mehr auf der Insel gewesen war, ihr Erlebnis mit der Fürstin im Schloß verschwiegen. Und auch jetzt sagte sie nichts. Viel zu sehr hatte sie gleich das Wort Schloßfräulein in den Bann gezogen. Jahrzehnte war es her, daß man sie so genannt hatte.

»Ich wüßte zu gern, weshalb sie das tut«, sagte Christian nachdenklich.

»Also nehmen wir die Einladung an?«

»Haben wir denn eine Wahl?«

Marie schüttelte den Kopf.

Und so gingen sie alle am festgelegten Tag und zur genannten Stunde zum Palmenhaus hinüber. Schon am Morgen war das Personal angekommen, um in der Küche anzuheizen und Vorbereitungen für den Abend zu treffen, am Spätnachmittag trafen dann auch die Kähne der Herrschaften ein. Man hielt sich zunächst im Schloß auf. Eine Gesellschaft von einem Dutzend Personen, berichtete die Dienerschaft, alle in orientalischen Kostümen. Zuletzt erreichte auch noch eine Gruppe von Musikern mit einer Mietdroschke aus Potsdam die Insel.

Dem Hofgärtner mißfiel in Anbetracht der Tatsache, daß die Seuche keineswegs schon völlig überstanden war, die große Zahl fremder Personen auf der Insel, wie er die ganze Einladung für geschmacklos hielt und es nur zu verständlich fand, daß der König ihr fernblieb. Das ganze Jahr hatten er und Gustav darauf verwendet, die Umgebung des Palmenhauses so zu gestalten, daß sie den Besucher auf die Exotik des Raumes vorbereitete, hatten neben den Götterbäumen in kleinen Gruppen Riesenbärenklau gepflanzt und rotstieligen Alkermes, den glänzenden Wunderbaum, Tabak und brasilianischen Mangold mit seinen reichgefärbten breiten Blattrippen, dicht vor dem Haus indisches Blumenrohr, die akanthusförmigen Cardi und Onopordon, von kalifornischem Schotenmohn umgeben, dazu Zuckerrohr und Papyrusstauden. Von alldem war jetzt selbstverständlich nichts mehr zu sehen, die verdorrten Blätter waren entfernt, man hatte zurückgeschnitten, die Beete abgedeckt.

An den Schmalseiten des Baus, jeweils unter einer Pergola, befanden sich die Eingänge des Palmenhauses, Oberlichter darüber in Form stilisierter Pfauenräder. Als sie unter diesen Pfauen hindurchgingen, fiel Marie ein, daß sie auf dem Weg hierher kein Wort miteinander gesprochen hatten. So beginnt kein Fest, dachte sie, während die Wärme, die sofort auf sie einströmte, ihr schon den Atem nahm.

Sie wurden bereits erwartet. Zwei livrierte Diener standen beidseits der Tür, über den Armen Bündel von Kleidern. Sie nahm Gustavs Hand. Christian, der seinen schönsten Anzug anhatte, aus blauem Samt, zerrte mit einem aufmunternden Blick am Revers des Riesen, das nicht korrekt saß, Maitey sah auf seine frischgewichsten Stiefelspitzen, und Gustav sich nach den Palmen um. Man hatte buntglasige Ampeln zwischen ihnen aufgestellt, deren Licht sich in dem großen Raum verlor. Sie hörten das Krächzen von Papageien, sahen das bunte Flattern eines blauen Aras, dann einen rotköpfigen Parakit, der zwischen den Stämmen hindurchflog. In dem bunten Geisterlicht huschten, wie es ihnen schien, einige der kleinen Kapuzineraffen vorüber, die Marie so mochte, und dann sahen sie doch tatsächlich zwischen den Stämmen, ängstlich witternd, den kleinen bengalischen Hirsch. Weiße Turteltauben stiegen auf, kreisten unter dem hohen Dach und landeten dann heftig gurrend auf der Balustrade des Balkons über ihnen. Im Mittelgang lag die große indische Landschildkröte, deren Alter nach Jahrhunderten zählte, und grub ihre Schaufelbeine unendlich langsam in die Erde.

Ob sie denn nun, fragte mit metallener Stimme die Oberhofmeisterin der Fürstin, eine karge, altjüngferliche Gräfin von Kalnein, die keiner hatte herankommen sehen, ob sie denn nun vielleicht die Kostüme anlegen und zwischen den Palmen lustwandeln könnten? Das Diner auf dem Balkon habe bereits begonnen, die Musik warte nur noch auf die Zwerge und Riesen. Als der kleine Trupp sie überrascht ansah, erschien auf ihrem Gesicht ein dünnes Lächeln. Keiner von ihnen sagte ein Wort oder rührte sich auch nur. Das Lächeln der Oberhofmeisterin stand starr über ihnen allen und wartete.

Da fing Christian plötzlich an loszulachen. Er lachte so laut, daß die Tauben aufgeregt hoch unter die Decke flatterten, der kleine Hirsch ängstlich zwischen den Palmstämmen verschwand und ein Schimpfkonzert der exotischen Vögel losbrach. Und als wäre dies ein Zeichen, setzte im selben

Moment die Musik ein, eine orientalische Lautenmusik, was Christian mit noch lauterem Lachen kommentierte, während er schon dabei war, sich den Anzug vom Körper zu reißen, dabei die anderen auffordernd, es ihm gleichzutun, und zugleich dem wartenden Dienerpaar den orientalischen Plunder abzunehmen und achtlos auf dem Boden zu verteilen.

Es war alles da. Pumphosen und Schleier, Turbane und Seidenpantoletten, Westen und Fächer, bestickte Gewänder und Spielzeugsäbel. Und alles in verschiedenen Zuschnitten, jeweils winzig und riesig, damit auch jeder etwas für sich fände. Schon war Christian nackt und stieg in eine mit glitzernden blauen Pailletten besticken Pumphose, während die anderen noch immer unschlüssig abwarteten. Nur der Riese, als er Christian in der Pumphose sah, fing nun gleichfalls an, lauthals zu lachen und sich auszuziehen. Christian schlüpfte in eine goldene Weste und stülpte sich einen ebensolchen Turban auf den Kopf, an dem eine Reiherfeder prangte. Jetzt begann auch der Mohr, sich seiner Kleider zu entledigen.

Marie wurde es bange, und sie flüchtete sich in Gustavs Arm. Für einen Moment hatte es den Anschein, als wollte Christian sich tatsächlich, wie gewünscht, nebst den aus ihren Käfigen herbeigeschafften Tieren unter den illuminierten Palmen ergehen. Doch dann begann er plötzlich zu tanzen, tanzte zur Wendeltreppe hinüber, die auf den Balkon hinaufführte, und Protestrufe der Gräfin von Kalnein wurden laut, als er die Treppe tanzend hinaufstapfte, noch immer mit diesem lauten Lachen, bei dem die Venen an seinem Hals so dick hervortraten, daß man nicht zu sagen wußte, ob er nicht eigentlich schrie. Er war offenbar von Sinnen. Alle sahen das jetzt. Doch nur Marie eilte ihm hinterher, und sie zog dabei Gustav mit sich.

Vom Balkon hatte man einen herrlichen Überblick über das ganze Palmenhaus. Christian sah nur einen Moment lang hinunter, dann wandte er sich der Tischgesellschaft zu. Große silberne Kerzenleuchter warfen ein blakendes Licht. Hier oben war es noch heißer als unten, und man trug leichte, ja aufreizend luftige Sommerkleidung. Ein fetter Greis mit rotgetönter Brille hockte da wie eine Kröte, neben sich zwei unendlich weißhäutige junge Männer mit langen Hälsen. Christian sah eine Dame in dunkelroter Seide und einen hageren Geistlichen, doch er hatte keine Zeit, die ganze Festgesellschaft zu mustern, schon entdeckte er die Fürstin am Kopfende des Tisches, ihr zur Seite ein Mädchen mit feuerroten Locken, und sogleich tanzte er auf sie zu. Die Fürstin klatschte vor Vergnügen in die Hände und winkte einen Lakaien herbei, ihren Stuhl vom Tisch abzurücken, denn sie erwartete offenbar eine Vorführung.

Und tatsächlich: Hüftschwingend näherte Christian sich ihr, die ihn nicht aus den Augen ließ, und warf, als Marie heraufkam und laut seinen Namen rief, damit er aufhöre, seiner Schwester noch einen schnellen Blick zu über die Schulter, hob dann das Kleid der Fürstin empor und verschwand darunter.

Die Tischgesellschaft erstarrte, und die Musiker verstummten mit einigen falschen Tönen. Marie spürte, wie ihr ein Frösteln über die Haut lief. Er darf das nicht tun, dachte sie immer wieder, und dann überfielen sie ihre Erinnerungen. Wie er sie berührt hatte, damals, als sie fast noch ein Kind gewesen war. Der Geruch seines Körpers nach dem kühlen, feuchten Wald, wenn er in ihr Bett schlüpfte. Die Sommer am Ufer mit Gustav. Ihre Begegnung im Heu und wie verloren sie sich dabei gefühlt hatte. Wie absurd es war, ihn zu lieben. Und wie der König sie immer angesehen hatte, während sie reglos dastand. Und die weiße Haut der Fürstin in jenem unheimlichen blauen Licht. Und wieder der König mit seinem traurigen Blick. Die Kälte lief ihr über die Haut wie flackerndes Feuer. Er darf das nicht tun, dachte sie noch einmal, doch dann verstand sie, weshalb er es tat. Es war genug. Und gierig sah sie dabei zu, wie sich die Fürstin mit vor Überraschung weit offenen Augen ganz langsam in ihrem Sessel aufrichtete. Sie schien, wie alle anderen, die Luft anzuhalten. Nach einem Moment aber, der Marie unendlich vorkam, seufzte die Fürstin laut und vernehmlich auf und sank, die Beine weit öffnend, tief in ihren Sessel zurück.

Noch einen ungläubigen Augenblick hielt die Erstarrung an, dann löste sie sich. Man lachte und einige der Gäste standen auf, um zu applaudieren, andere fielen ein, ein Takt fand sich, und es wurde, während die Fürstin die Augen geschlossen hielt und ein Lächeln starr auf ihren Zügen zitterte, so lange geklatscht, bis Christian wieder unter ihrem Kleid hervor auftauchte. Man johlte noch lauter. Und als man dann gewahr wurde, daß der Zwerg seine Hose geöffnet hatte und sein Glied rot aus der Seide emporragte, stieß man spitze Schreie aus.

»Christian!« rief Marie.

Gustav, der die ganze Zeit beschämt bei ihr gestanden hatte, war es jetzt genug. Er nahm ihre Hand und wollte sie wegziehen. Von unten, sah er, schauten Maitey und die anderen zu ihnen herauf.

»Komm, weg hier!«

Doch Marie machte sich unwillig los. Weshalb verstand er denn nicht, daß Christian gerade dabei war, sie alle zu rächen? Aber sie sah es! Die Rache ihrer Scham konnte Gustav nicht begreifen. So wenig begriff er. Weil er die Liebe nicht begriff, dachte Marie, und währenddessen tanzte Christian noch immer. Der Turban wackelte auf seinem Kopf hin und her wie ein übergroßes Nest. Mit einem Zwinkern zur Fürstin hin, tanzte er ganz dicht an das Mädchen mit den roten Locken heran, so dicht, daß es vor Scham die Hände vor das Gesicht schlug.

»Komm jetzt!« zischte Gustav wieder.

Marie schüttelte, ohne ihn anzusehen, nur den Kopf. Sie sah, wie Christian sich nach der Fürstin umdrehte und etwas sagte, mit seinem breiten Grinsen, während sein Glied vor dem verborgenen Gesicht des Mädchens auf und ab wippte. Und tatsächlich: Die Fürstin rief dem Mädchen etwas zu, was den ganzen Tisch in ein erneutes Lachen ausbrechen ließ, und es nahm die Hände herunter. Christian tanzte noch näher an es heran, und jetzt beugte es sich tatsächlich vor, zögernd, widerwillig, und fast im selben Moment faßte Christian den rotlockigen Kopf mit beiden Händen und drückte ihn fest auf sein Geschlecht. Die Fürstin klatschte in die Hände und sprang auf. Gustav wandte sich ab.

»Marie!« bat er flehentlich.

Aber Marie schüttelte nur lächelnd den Kopf, während Christian von der Rothaarigen abließ, zu ihr herübertanzte, ihre Hand griff und sie zu sich herumdrehte. Gustav sah, daß am Tisch alles aufsprang und johlte. Nur das Mädchen würgte und verbarg den Kopf in ihrem Schoß. Man machte Kopulationszeichen mit den Fingern, dann fiel das Klatschen in einen Rhythmus, der den Takt aufnahm, mit dem Christian sich jetzt vor seiner Schwester in den Hüften wiegte. Und ihr dabei immer näher kam. Immer noch näher. Bis Gustav es nicht mehr ertrug. Mit einem Schrei stürzte er sich auf Maries Bruder, griff ihn unter den Achseln und schleuderte ihn schreiend in einem weiten Bogen über die Brüstung.

Einen Moment lang verstand Marie nicht, was geschehen war. Dann stürzte sie an die Brüstung, die sie kaum überblicken konnte, lief wieder zurück zu Gustav, wieder an die Brüstung und endlich zur Wendeltreppe und hinab. Und dort unten lag Christian, regungslos, Blut überall an seinem Kopf, den der Riese, den noch niemand jemals hatte weinen sehen, weinend und schluchzend in seinem Schoß barg. Marie stand davor und spürte, daß sie sich nicht mehr bewegen konnte, und dann war plötzlich Maitey bei ihr, bis auf einen seidenen Schleier, wie sie noch registrierte, völlig nackt, und nahm sie in die Arme.

Achtes Kapitel

Maries Kind

Maitey sang. Er saß, sehr aufrecht und den Blick ins Leere gerichtet, auf dem dreibeinigen Schemel in der eiskalten Werkstatt und sang, die Arme weit ausgebreitet und die Hände in gestenreichem Gespräch mit einem unsichtbaren Gegenüber.

Es existiert eine Zeichnung, die ihn *en face* zeigt wie auf einer Polizeiskizze, man sieht darauf einen etwas gedrungenen, phlegmatisch wirkenden jungen Mann mit breitem Gesicht und wulstigen Lippen, ein Eindruck, den die Ponyfrisur und die enge Joppe noch verstärken. Und so deutlich seine Tatauierungen zu sehen sind, es fehlt der weiche, immerzu umherirrende Blick seiner dunklen Augen, der Marie sofort für ihn eingenommen hatte, und es fehlt vor allem seine melodiöse Stimme, der das Deutsche immer zu einem Singsang geriet. In diesem Moment sang er ein Lied seiner Heimat, in dem sich wie in all seinen Liedern viele vokalreiche Silben wiederholten, ein Lied, das seine Großmutter ihm beigebracht hatte und das, wenn man so will, von einem Fisch erzählte und einem Vulkan und das, wenn Maitey nicht wollte, kein Ende hatte.

An die Tiere der Insel dachte er dabei, die in ebensolchen Käfigen saßen wie sein eigenes Herz in der Trauer, womit aber nur unzureichend gesagt ist, daß er selbst stets auf eine gewisse Weise ein Baum war oder ein Fisch, und das eben hatte mit seinen Liedern zu tun, die weniger von etwas erzählten, als daß sie es dem Sänger erlaubten zu sein, wovon er sang. Was für die Zuhörer im Salon des Präsidenten, der ihn einmal, als er bei einer Soiree die Gäste bediente, etwas aus seiner Heimat zum besten zu geben bat, keinen anderen Eindruck zugelassen hatte als den, er sei verrückt. Auch ein Begriff, den Maitey nicht verstand. Damals hatte er sich, nachdem er unterbrochen und hinauskomplementiert worden war, aus den Resten in den abgeräumten Gläsern der Gäste betrunken und, weil er keinen Alkohol vertrug, weiter zu singen versucht. Man hatte ihn weggeschafft. Er habe randaliert, hatte ihm Rother am nächsten Tag tadelnd vorgehalten und sich nach einem Ort umzusehen begonnen, an dem sein Patenkind besser aufgehoben sein würde, was Maitey bald darauf hierher auf die Pfaueninsel gebracht hatte.

Und nun saß er in der Werkstatt des Maschinenmeisters Friederich und sang, weil er das Bild des kleinen Christian, der zu seinen Füßen im Blut lag, nicht vergessen konnte. Er hatte nicht gesehen, was auf dem Balkon im Palmenhaus sich ereignete, nachdem Christian hinaufgetanzt war, nur das laute Gelächter gehört. Das Blut, das dunkle Blut. Seine Stimme wurde kehlig und laut, fremdartige Triller mischten sich in die weichen Worte, als beschwerte sich ein Urwald voller Vögel über etwas. Maitey wußte worüber, über die Schuld jenes Blutes, und er begann sich beim Singen vor und zurück zu wiegen, schloß die Augen, spürte sein Herz in einem der Käfige und sehnte sich zurück auf die Insel seiner Kindheit.

Und wußte tatsächlich selbst nicht mehr, weshalb er damals ins Wasser gesprungen und zu dem riesigen Schiff hinübergeschwommen war und den Kapitän, schwer atmend, die braune Haut mit glitzernden Wassertropfen bedeckt, auf englisch radebrechend gebeten hatte, ihn mitzunehmen. Als wären die Gründe auf der langen Reise verschwunden. Das durchsichtige Meer und die Gesichter seiner Geschwister, die Stimme seiner Mutter, der Geruch in der Hütte, all das gab es in seiner Erinnerung so, als wäre er jetzt dort.

Die Werkstatt, hohe Ziegelwände mit breiten Fabrikfenstern, vollgestellt mit allerlei Werkzeugen und Material, war ein Anbau an das Maschinenhaus der Pfaueninsel, dessen Herz die Dampfmaschine bildete, die, den ganzen Sommer in gespenstischer Lautlosigkeit arbeitend, nun stillstand.

Dem Maschinenmeister, einem kleinen drahtigen Mann, der einen wilden Backenbart trug und dem die Magenschmerzen, die er vergeblich mit Schnaps zu lindern suchte, tiefe Falten um den Mund gezogen hatten, war bald aufgefallen, wie geschickt der Sandwich-Insulaner, der aus seiner Heimat Übung im Schnitzen haben mußte, mit seinen Händen war. Und wie glücklich es ihn machte, als er vor dem Kastellanshaus die Walfischknochen entdeckte, die ein Kapitän Kolle aus Hamburg dem König einst verkauft hatte. Denkbar, daß sie aus Maiteys Heimat stammten, die damals ein Zentrum der Waljagd war. Aufgeregt hatte er Friedrich in seinem Singsang erklärt, daraus etwas Schönes machen zu wollen, und so hatte der Maschinenmeister ihm ein paar Stücke überlassen, und Maitey fertigte daraus in kürzester Zeit ein Modell des Pfaueninselschlosses, von dem Ferdinand Fintelmann so angetan war, daß er es an den Hof schaffen ließ.

Da es Friedrich kurzerhand als eigene Arbeit ausgegeben hatte, belohnte man den Maschinenmeister reichlich und forderte mehr, und er stattete seine Werkstatt mit einem zierlichen Schraubstock aus, winzigen Bohrern, Meißeln, Feilen und Sägen, besorgte auch Stiche der Gebäude, die er Maitey zu fertigen auftrug, und es entstanden, am Hofe hochbegehrt und teuer bezahlt, nach und nach Modelle der schönsten Bauten Preußens, so detailgenau, weil Maiteys Geist nichts mehr wollte, als sich in dieser Arbeit zu verlieren und alles zu vergessen.

Vor allem den Geruch des Todes. Maitey verstand nicht, daß die Menschen den Tod der Tiere nicht rochen, die in ihren Käfigen saßen und nicht vor ihm fliehen konnten. Immerzu wurden sie geleert und neu gefüllt. Wozu? Und selbst die Palmen rochen anders als in seiner Heimat, weil sie es hinter dem Glas des großen Hauses, das alle so bestaunten, kaum ertrugen. Und sie alle, Marie und Christian, der Riese und der Neger, auch sie waren gefangen in unsichtbaren Käfigen, sinnlos wartend auf ihren Tod unter den Blicken der Besucher. Maitey kannte diese Blicke aus dem Haus seines Paten. Es lauerte darin etwas, gierig, als warteten alle, daß er sie mitnähme dorthin, wo er herkam. Und zugleich ließ man ihn nicht weg. Er verstand das nicht. Warum reisten diese Menschen mit großen Schiffen über die Ozeane und holten sich all diese Lebewesen aus der ganzen Welt, um sie sich dann immerzu nur anzusehen? Etwas an uns, dachte Maitey, mögen sie mehr als sich selbst. Aber warum sperren sie uns dann ein? Warum essen sie die Tiere nicht und decken mit den Palmenblättern nicht ihre Häuser?

»Was du da siehst in unseren Blicken, mein lieber Maitey«, hatte der Präsident lachend gesagt, als er ihm einmal zu erklären versucht hatte, was ihn beschäftigte, »ist unsere Romantik.«

Maitey hatte nicht verstanden, was das bedeutete. Er sah Christian in seinem Blut und konnte nicht aufhören zu singen. Und dieses Blut war eine Schuld, von der hier, wie er verzweifelt dachte, niemand wußte, wie sie zu tilgen wäre. Und er hatte Angst davor, was aus ihr hervorgehen würde, und sang immer weiter, bis der Maschinenmeister Friedrich erst rief und dann mit schweren Schlägen seiner Faust gegen die Tür hämmerte, die Werkstatt und Wohnhaus verband, und hörte erst auf, als Friedrich seinen Kopf hereinsteckte und ihn anbrüllte, er solle endlich mit seinem Gejaule aufhören. Schließlich habe es einen Todesfall auf der Insel gegeben, da zieme es sich nicht, unchristliche Lieder zu singen, die zudem keinem zivilisierten Menschen gefielen.

* * *

Das Weihnachtsfest 1831 stand bevor. Marie saß starr in ihrem Hochstuhl am Eßtisch. Keinen Bissen des Mittagessens hatte sie angerührt, die Tante ihren Teller wortlos weggenommen, und als alle aufgestanden waren, war sie einfach sitzen geblieben.

Es war ein dämmriger Tag, an dem es nicht richtig hell werden wollte, und Ferdinand Fintelmann, der den Nachmittag in seinem Arbeitszimmer über dem Jahresbericht für die Garten-Intendantur zubrachte, hatte bald den Eindruck, jetzt komme schon wieder die Nacht, zündete eine Lampe an und ging ins Eßzimmer zurück, wo Marie noch immer reglos saß. Die Lampe legte einen warmen Lichtkreis auf das Tischtuch und er allerlei Papiere da hinein, auch Tinte und

Feder, dann setzte er sich und fuhr mit seiner Korrespondenz fort. Immer wieder sah er dabei über seine Brille hinweg zu ihr auf, denn er sorgte sich sehr um sie. Fühlte sich zu alt für all das, was geschehen war, und es kam ihm so vor, als entwände ihm die Zeit selbst mit sanftem Griff diesen Ort, der doch einmal sein eigener gewesen war.

Es hatte ihn große Mühe gekostet, bei Hofe dafür zu sorgen, daß das furchtbare Geschehen als ein tragisches Unglück angesehen und nichts gegen seinen Neffen unternommen wurde, und er hatte dabei deutlich gespürt, daß er ein alter Mann war, den man schon nicht mehr ganz ernst nahm. Vor allem die Fürstin Liegnitz, hatte man ihm zugetragen, habe zunächst auf einer Bestrafung bestanden, und Fintelmann mußte selbst nach Berlin reisen und beim König vorstellig werden, um darzulegen, was dies für seine Familie bedeuten würde. Seltsam, aus welchen Gründen der Monarch gezögert hatte, seiner Bitte zu entsprechen. Immer wieder hatte er von der Rücksicht auf Marie, der Schwester des Toten, gesprochen. Sich schließlich aber doch bereit erklärt, das Ganze als Unfall zu den Akten nehmen zu lassen, und in diesem Sinne hielt der Hofgärtner das Geschehene jetzt in seinen Papieren fest. Die Feder kratzte laut in der lastenden Stille, und er fühlte sich schuldig bei dem, was er da schrieb. Aber er mußte Gustav doch schützen!

Er wünschte, Marie würde mit ihm sprechen und er könnte sich ihr erklären. Wie eine Tochter war sie stets für ihn gewesen, niemals ein Mensch von geringerem Wert. Aber selbstverständlich: Wären die beiden keine Mißgeburten, wäre es ihm unmöglich gewesen, Gustav vor Strafe zu bewahren. Maries Gesicht war eine Maske, und ihre Augen starrten ins Leere.

Nur einmal in der letzten Woche war das Leben in sie zurückgekehrt. Das war nach der Beerdigung in Stolpe gewesen, als sie zu dem Schneider gegangen waren, bei dem Christian gewohnt hatte, und seine Sachen holten, unter denen ein Paket sich befand und darin ein äußerst kostbares Kleid, bei dem zweifelsfrei war, daß ihr Bruder es für ihre Maße angefertigt hatte. Die Überraschung darüber zerbrach für einen Moment die Starre, in die sie noch in der Nacht seines Todes gefallen war. Sie hatte das Kleid ausgebreitet und glücklich gelächelt und gar nicht mehr aufhören können, es zu betrachten, hielt es sich schließlich vor die Brust, und ihr Lächeln bekam etwas Triumphales, und dann begann sie fürchterlich zu weinen. Alle standen betreten dabei in dem kleinen Zimmer, und weil sie nicht aufhörte zu weinen, ging man hinaus. Als sie auf den Wagen stieg, war ihr Blick wieder starr. Christians andere Sachen kümmerten sie nicht, nur das Paket hielt sie fest umklammert.

Ferdinand Fintelmann wurde das Herz schwer, wenn er daran dachte, doch die Arbeit duldete keinen Aufschub. Mit einem Seufzer nahm er eines der Papiere auf, die vor ihm lagen, Professor Lichtenstein hatte ihm geschrieben. Er habe von den Verlusten an Tieren auf der Insel gehört und bitte um Aufklärung über den Tierbestand. Tatsächlich war die Lage nicht gut. Von den achthundertsechsundvierzig Tieren der letzten Zählung waren nur mehr sechshundertdreißig am Leben. In den letzten anderthalb Jahren waren so viele Affen gestorben, daß von seinerzeit elf Affenarten nur mehr fünf übrig waren, darunter Gott sei Dank die drei Mandrills, die mit ihren bunten Hinterteilen zu den auffallendsten Tieren der Menagerie gehörten. Von den Grauen Riesenkänguruhs, die noch vor Jahresfrist eine kleine Herde gebildet hatten, lebten nur noch vier.

Lichtenstein mahnte an, *daß man bei etwaigen Todesfällen nichts wegwärfe, sondern die Cadaver in einem Faß mit schlechtem Brandwein oder Rum zusammen aufbewahrte, da sie dann noch immer eine gute Studie für die Anatomie abgäben*, und Fintelmann überlegte, wie es zu bewerkstelligen sein könnte, zumindest die größeren Exemplare nach Berlin zu schicken, damit sie seziert und gegebenenfalls als Präparate für das Museum aufgearbeitet werden konnten, und schrieb einen entsprechenden Brief, in dem er dem Professor auch hinsichtlich einer anderen Sache antwortete, um die er ihn gebeten hatte. Er solle Untersuchungen mit den Känguruhs anstellen, da der Wissenschaft noch immer unklar sei, wie die Fortpflanzung und vor allem die Geburt bei diesen Tieren vonstatten gehe. Daher solle er für die Zeit, in welcher man den Übergang der Jungen in den Beutel erwarte, unausgesetzt Tag und Nacht Leute zur Beobachtung abstellen. Fintelmann wußte, bei all den Arbeiten, die auf der Insel anfielen, nicht, wer das übernehmen konnte, und quälte sich mit seiner Antwort. Er legte die Brille auf das Tischtuch und sah Marie an.

»Gustav«, sagte er, »ist in Paretz. Er wird den Winter über dortbleiben.«

Er befürchtete schon, sie werde ihm nicht antworten, so lange stand der Satz im Raum. Doch schließlich, ohne daß ihr Ausdruck sich änderte, sah sie ihn an.

»Da ist nichts zu tun im Winter.«

Der Onkel nickte. »Im nächsten Frühjahr übernimmt er bei Sello in Sanssouci die Melonerie.«

Sie sah ihn weiter mit diesem toten Blick an, der so kalt durch ihn hindurchging, daß es ihn ängstigte. Erwartete sie wirklich, er werde sich für Gustav bei ihr entschuldigen? Und was hülfe das?

Marie hatte zunächst nur weggewollt, von Gustav, von der Insel. Doch wohin? Und wovon leben, zumal mit dem Kind, das sie bald haben würde? Es ist meine Insel, hatte sie dann trotzig gedacht. Und es ist mein Kind. Und hatte den Beschluß gefaßt zu bleiben. Wichtig war nur, daß sie Gustav nicht mehr begegnen mußte. Denn seltsamerweise fühlte es sich für sie so an, als wäre nicht Christian, sondern Gustav der Tote.

»Ich will hier nicht mehr wohnen«, sagte Marie.

* * *

Immer wieder derselbe Traum. Nur sie drei waren im Palmenhaus, Christian und sie verborgen hinter den Blättern, und Gustav mit seinem Zeichenblock auf einem Falthocker vor den Pflanzen. Zwischen den Palmwedeln hindurch beobachteten sie ihn, und sie waren nackt, und sie sah im Traum ihre beiden Körper weiß zwischen dem Grün hindurchschimmern. Und sie wußte, Gustav bemühte sich sehr, sie nicht zu beachten. Die Schatten im spärlichen Licht und all die nickenden, spitzen, gezackten Wedel. Und draußen, vor dem Glas, die schwarze Nacht.

Und dann lagen sie plötzlich auf einem orientalischen Teppich, immer noch nackt, und sie hatte ein buntes seidenes Tuch um die Haare geschlungen und dünne goldene Ketten um ihre Taille, als wäre sie eine orientalische Prinzessin, und Christian und sie mußten darüber so sehr lachen, wie sie zuletzt als Kinder miteinander gelacht hatten, und dann war Christian verschwunden, und als Marie aufstehen und zu Gustav hinübergehen wollte, konnte sie es nicht, sosehr sie sich in ihrem Traum auch anstrengte.

Irgendwann hörte sie dann das Geräusch von klappernden Hufen auf den Steinplatten, und dann war Christian wieder da, und er trug wieder seine Hose aus Schafsfell, und an einem roten Seidenbändchen, mit einer Schleife um den Hals, führte er das schöne Astrachanschaf heran, das schon so lange tot war. Die Ketten um ihren Bauch, an denen jetzt Münzen befestigt waren, klimperten, als sie sich aufrichtete, was jetzt ganz leicht ging. Christian gab ihr das Band, dessen Rot ihr seltsamerweise unerträglich in den Augen schmerzte, während sie zusah, wie ihr Bruder sich mühte, Gustav die Hose aufzunesteln, der sich jedoch sehr dagegen wehrte. Aber Christian war stärker und drückte ihn schließlich gegen das Schaf.

Es ist das Schaf mit dem weichsten Fell auf der Insel, hörte sie sich selbst sagen. Und das Schaf stand ganz still, und sie hielt das Band fest, und Gustavs Hände krallten sich in das warme, fellige Hinterteil des Tieres. Doch dann ließ sie das Band los und wachte auf.

* * *

Es war Anfang März und regnete ohne Unterlaß, doch Marie fühlte sich wohl in ihrer neuen Stube im zweiten Stock des Cavaliershauses. Vor langer Zeit, noch bevor man das Schloß, die Meierei und das Kastellanshaus und dann alles andere errichtet hatte, war es einmal das Gutshaus der Insel gewesen, dann Unterkunft für die Kinder des Königs, und jetzt wohnte der Gartenknecht Kluge mit seiner Frau hier, dazu die Jäger und Fischer und seit diesem Jahr auch der Tierwärter Daniel Wilhelm Parnemann. Etwas verlassen gelegen im Wald hinter der Menagerie, hatte das Haus noch etwas von der früheren Zeit bewahrt, und wenn man nicht hinausging, konnte man die reichverzierte gotische Fassade ganz vergessen, mit der Schinkel den alten Nutzbau als Attraktion in den Park eingefügt hatte. Immerzu hörte man Schritte auf der breiten Treppe, Stimmen in den Gängen, kochte jemand in der großen Küche.

Selten fand Marie sich dort ein, um mit den anderen zu essen, meist brachte die Klugin ihr etwas herauf. Wenn der Onkel, was ein paarmal vorkam, nach ihr sehen wollte, ließ sie ausrichten, sie schlafe. Einmal kam die Tante, um zu fragen, ob sie etwas brauche, Marie dankte und schüttelte den Kopf. Die Herrnhuterin betrachtete ihren Bauch und bestand darauf, daß der Potsdamer Arzt, der für die Versorgung der Tiere zuständig war, bei seinem nächsten Besuch auch nach Marie sehe. Dr. Pfeil fand alles in der rechten Ordnung. Es war das erste Mal, daß ein Arzt sie berührte, doch er verstand es, ihr Vertrauen dadurch zu gewinnen, daß er sein offenkundiges Interesse an ihrer Anatomie mit jener Gleichgültigkeit maskierte, die er sich im Umgang mit den Tieren angewöhnt hatte.

Und noch jemand interessierte sich für sie. Eines Morgens, als sie im Bett nicht mehr gewußt hatte, wie sie liegen sollte, und hinausgegangen war vor das Haus, hörte sie plötzlich energische Schritte, die sich auf dem Kies näherten, und dann kamen zwei Gestalten aus dem Regen, die sie noch nie auf der Insel gesehen hatte. Zwei großgewachsene Männer schritten schnell vorüber, die breitkrempige Hüte trugen und weite Mäntel, von denen der Regen abtropfte, und grobe Stiefel, an denen Erde klebte. Ihre Gesichter konnte Marie unter den

Hüten nicht erkennen, aber daß einer der Männer eine kleine Peitsche in der Hand hielt, die er bei jedem Schritt spielerisch gegen seinen Oberschenkel schlug, bemerkte sie.

Bei den beiden handelte es sich um die Tierhändler Hermann van Aken und August Sieber. Van Aken aus Rotterdam betrieb eine wandernde Tierschau und war auch als Tierhändler am preußischen Hof in Erscheinung getreten. Er schlug sein Zelt meist auf dem Exerzierplatz vor dem Brandenburger Tor auf, und im letzten Herbst hatte der König dort seine Menagerie besucht. Van Aken war dann zum Berater für die Pfaueninsel ernannt worden, um der hohen Tiersterblichkeit Herr zu werden, und hatte dem Hofgärtner in diesem Winter zum ersten Mal Medizin geliefert, vor allem für die Affen, die zumeist an Husten, Schnupfen und rheumatischem Fieber litten. Im Gegenzug durfte van Aken seine eigenen Vögel auf der Pfaueninsel überwintern lassen.

»Wissen Sie, Sieber«, sagte er mit seinem weichen holländischen Akzent, »das Geschäft mit den Tieren wird nicht mehr lange gehen. Mein Vater Anthonys selig konnte das noch mit Erfolg betreiben. Der Prinz von Oranien, der selbst ordentliche Menagerien in Den Haag und Apeldoorn besaß, hat ihn besucht! Aber heute?«

Die beiden hatten auf dem Weg zur Voliere, wo sie ihre Bestände inspizieren wollten, das Cavaliershaus passiert und waren nun wieder im Wald. Schweigend stapften sie weiter durch den Regen. Doch irgendwann blieb van Aken stehen und sah August Sieber mit blitzenden Augen an.

»Haben Sie die Gestalt da eben bemerkt? Wissen Sie, die Menschen haben ein unstillbares Verlangen nach außergewöhnlichen Erscheinungen. Ob Zwergköniginnen oder Riesenknaben, fette Kolossaldamen oder behaarte Affenmädchen, Hermaphroditen oder siamesische Zwillinge, das ist ganz egal. Ich sage Ihnen, diese Zwergin da, mit dem Balg, das sie bald haben wird, das wäre einmal etwas!«

* * *

Und dann machte die Nachricht die Runde, der Löwe liege im Sterben. Gut fünf Jahre war es her, daß man ihn auf die Insel brachte. Im letzten Winter hatte er bereits eine Lungenentzündung überstanden, sich jedoch nie mehr ganz erholt. Marie machte sich gleich auf, ihn noch einmal zu sehen, und wie immer war es, als hätten die Tiere in ihren Käfigen auf sie gewartet. Auch der Löwe schleppte sich gleich aus der hintersten Ecke, in die er sich verkrochen hatte, zu ihr hin und ließ sich so an den Stäben nieder, daß sie seinen Bauch streicheln konnte, der sich schwer hob und senkte. Sie erinnerte sich, während sie ihm behutsam das Fell kraulte, wie seine Augen damals aus dem Dunkel der Kiste aufgetaucht waren, und wurde furchtbar traurig dabei.

Plötzlich warf er sich herum, als wollte er die Krankheit noch einmal abschütteln, und mit hechelndem Maul sah er sie an. Erschrocken von der unerwarteten Bewegung wich sie einen Schritt zurück. Doch sein Blick, in den die alte Kraft noch einmal zurückgekehrt zu sein schien, bannte sie. Sie meinte zu sehen, wie er ihren Bauch betrachtete, und da sie eine Expertin für Blicke war, fühlte sie sich lebendig unter ihm und schön. Am nächsten Tag war der Löwe tot, und zwei Tage später bekam Marie ihr Kind.

Der Schmerz ließ sie stöhnend aufs Bett sinken, und kaum saß sie, wurde es naß zwischen ihren Beinen. Furchtsam rief sie nach der Klugin.

»Kindchen, Kindchen!« schüttelte diese den Kopf, als Marie ihr erklärte, sie wolle nicht, daß die Hebamme komme. Der Onkel hatte angeordnet, daß Doktor Pfeil geholt werden solle, wenn es soweit wäre, da man nicht wisse, welche Komplikationen es bei ihr geben könne, aber das wollte Marie noch weniger. Also strich sich die Klugin die Hände an ihrer Schürze ab, nahm das Laken vom Bett, wischte das Fruchtwasser auf und brachte frische Wäsche, in die hinein sie Marie legte. Der Schmerz in ihrem Bauch rollte in langsamen Wellen heran, deren Zurückhaltung sie mehr ängstigte, als wäre er wie ein Gewitter über sie hereingebrochen.

»Ich komme und schaue nach dir, wenn ich Zeit habe. Du mußt immer schön drücken. Ruf mich, wenn etwas ist.«

Die Frau des Gartenknechts sah sie besorgt an. Sie glaubt, daß ich sterben muß, dachte Marie und wollte noch etwas Beruhigendes sagen, doch da war sie schon hinaus. Marie fühlte sich im selben Moment sehr einsam. Aber sie beherrschte sich, denn der Schmerz, der in ihr pulsierte, in langen gnädigen Wellen, ließ ihr keine Wahl. Dem, was jetzt geschah, konnte sie sich nur überlassen, und so lag sie still und ließ die Zeit vergehen. Irgendwann dämmerte der Abend, und sie begann unruhig zu werden, weil sich nichts zu verändern schien. Wie groß mochte das Kind sein? Würde es sie zerreißen?

Die Klugin kam und brachte eine Lampe und etwas zu trinken, und plötzlich stand Maitey in der Tür und fragte verlegen, ob er hereinkommen dürfe. Die Klugin schüttelte mißmutig den Kopf und eilte hinaus. Marie probierte ein Lächeln und hieß ihn, sich zu ihr zu setzen. Aber die Schmerzen wurden nun stärker, und sie bat Maitey, ihr doch von seiner Heimat zu erzählen. Sie hörte so gern vom Meer und wie klar es war unter dem hellen Himmel. Vom Sand und den Palmen, die sich über den Strand beugten. Von seinem Vater und den vielen Geschwistern. Von der Insel, von der er kam, die eine Insel unter unzähligen Inseln war im Meer. Von den Fischen, von den glitzernden Fischen.

»Es ist Gustavs Kind.«

Maitey nickte. Irgendwann hatte sie ihm alles von Gustav und sich erzählt, von allem Anfang an. Auch, wenn sie nicht sicher war, was er davon begriff.

»Vielleicht sterbe ich.«

Wieder nickte er.

»Meinst du, ich sterbe?«

Statt ihr zu antworten, begann er zu singen, so leise, daß man es im Haus nicht hörte, und Marie malte sich aus, sein Lied erzähle von jenem Meer und jenen Inseln, und es schien ihr, als hielte sein Gesang den Schmerz in Zaum und besänftigte seine Wellen. Sie dämmerte kurz weg, träumte gar für einen Augenblick von den Pfauen und dem Löwen, dem Äffchen in seinem Käfig und von den Känguruhs. Sie hatte es gesehen, dachte sie stolz im Halbschlaf, hatte gesehen, wie das Kleine hinaufgekrochen war in den Beutel, eines Morgens, als sie am Gatter stand. Niemand sonst hatte es gesehen, nur sie. Dieses winzige Wesen mit den großen geschlossenen Augen, wie es sich durch das Fell der Mutter kämpfte, die es besorgt beschnüffelte dabei, bis es endlich in ihrem Beutel verschwunden war. Dann hörte Maiteys Gesang auf, und der Schmerz kam wieder. Oder war es umgekehrt? Längst konnte sie nicht mehr sagen, wie lange es schon dauerte. Sie tastete nach seiner Hand und hielt sie fest, konzentrierte sich nur mehr auf den Schmerz und hielt seine Hand so fest sie konnte.

»Tu' ich dir weh?« fragte sie noch und sah ihn mit entsetzten Augen an.

Dann schrie sie. Sie hatte es nicht gewollt, und es war ihr peinlich, doch der Schmerz drückte plötzlich wie eine eiserne Faust in ihr nach unten, sie hatte nicht erwartet, daß es noch schlimmer werden würde, und sie schrie und schnappte hechelnd nach Luft und schrie, immer auf den Wellen des Schmerzes, als könnte sie auf ihnen dahingleiten.

Die Klugin riß die Tür auf, stürzte herein und scheuchte Maitey hinaus, der dabei mit Doro zusammenstieß, die, totenbleich, eine Schüssel heißes Wasser hereinbalancierte, Handtücher über dem Arm, während Marie immer weiter schrie vor Schmerz, der ihr nun keine Pause mehr ließ. Sie beugte sich über sie, riß die Decke weg und sah ihr zwischen die Beine, nahm dann Maries Oberkörper und hielt ihn ganz fest, bis sie sich tatsächlich ein wenig entspannte.

»Und nun drücken. Immer feste, Kindchen. Drücken!«

»Ich will, daß es Christian heißt!« preßte Marie hervor. »Es soll Christian heißen!« Auch wenn ich sterbe, dachte sie, und dann war es vorbei.

Woher Doktor Pfeil dann kam, wußte sie nicht. Es wunderte sie, was er da tat zwischen ihren Beinen, denn sie spürte gar nichts mehr, sah das Blut nicht, das das Laken tränkte, hörte nur, als wäre sie unter Wasser, wie ihr Herz bis zum Hals schlug und wie dieses Schlagen langsam leiser wurde, und spürte, wie angenehm es war, so ruhig atmen zu können, und wäre beinahe eingeschlafen. Da wurde sie plötzlich aus dem Bett gehoben und riß überrascht die Augen auf, aber schon lag sie wieder auf einem frischen, trockenen Laken, und man deckte sie mit einem weichen Federbett zu. Das ist nicht meine Decke, dachte sie, und schon fielen ihr die

Augen wieder zu. Und dann dachte sie: Wo ist mein Kind? Und im selben Moment legte man ihr etwas in den Arm, und Marie sah die massige Gestalt der Klugin, die sich lächelnd über sie beugte, und dann das Päckchen mit dem kleinen Gesicht. Vor dem Fenster dämmerte es, und der Schein der Lampe auf dem Nachttisch verlor ganz langsam alle Kraft.

* * *

Im Sommer kam der Maler Carl Blechen auf die Insel. Er hatte den königlichen Auftrag, das Innere des Palmenhauses zu malen, und dafür vorab um einige Modelle gebeten. Fintelmann ließ unter anderen Doro dem Maler zur Hand gehen und Maitey ihm helfen, seine große Kiste vom Landungssteg heranzuschaffen. Der Sandwich-Insulaner war äußerst besorgt, was im Palmenhaus mit seiner Freundin geschehen werde, die Erinnerung an Christians Tod noch frisch, und so stand er den ganzen Tag an den großen Scheiben und spähte, in der Hand eines seiner Schnitzmesser, unablässig hinein.

Und auch August Sieber, der Mann, den Marie im Regen neben van Aken am Cavaliershaus hatte vorübergehen sehen, kam wieder auf die Insel. Mit einem Jahresgehalt von sechstausend Talern war er zum Königlichen Menagerieaufseher bestellt worden und Fintelmann sehr froh, dieser Verantwortung nun ledig zu sein. Sieber wurden der Fasaneriejäger Johann Georg Köhler und Martin Wiesenack unterstellt, Nachfolger des im letzten Jahr gestorbenen Schäfers Elsholz, und dazu die beiden Tierwärter Hermann Johann Becker und Daniel Wilhelm Parnemann. Alle außer Wiesenack, der in Nikolskoje zu Hause war, wohnten im Cavaliershaus, Sieber selbst hatte Zimmer und Kammer im Hintergebäude des Palmenhauses. Doch die Lage der Tiere besserte sich nicht. Bald schon schrieb Sieber an seinen Vorgesetzten Lichtenstein, er *lasse es an nichts fehlen*, aber dennoch müsse er den Herrn Professor bitten, *durch Seine Exzellenz oder Herrn Geheimkämmerer Kynast Seine Majestät den König es wissen zu lassen, daß so viele Affen gestorben sind, und daß ich nicht Schuld daran bin. Ich weiß vor Angst und Sorge nicht mehr, was ich anfangen soll. Meine ärgsten Feinde hier auf der Insel können nichts anderes sagen, als daß ich mit vieler Sorgfalt und Mühe meine mir anvertraute Menagerie beobachte.*

Der Beliebtheit der Pfaueninsel bei den Berlinern tat dies keinen Abbruch. In diesem Sommer 1832 kamen sie nicht mehr nur mit Postkutschen und Kremsern, auf Gondeln und Kähnen, sondern erstmals auch auf dem Seehandelsdampfer *Havel*. Dienstags und donnerstags um acht und um halb elf Uhr am Vormittag, am Nachmittag um halb zwei, vier und sechs Uhr legte er in Potsdam ab, um die Menschen, die nach Tausenden zählten, herzubringen. Um sieben am Abend war die letzte Rückfahrt.

Fintelmann postierte an diesen Tagen sechs Gendarmen am Landungssteg, und Sieber wies jeden an, den er entbehren konnte, bei den Tierkäfigen für die Aufrechterhaltung der Ordnung zu sorgen. Es kamen vor allem die Soldaten der Potsdamer Garnison, zumeist Grenadiere der *Garde du Corps*, und Fintelmann beschwerte sich in diesem Jahr mehrmals beim Hofmarschall, daß sie die gesperrten Wege begingen, betrunken waren und überhaupt die Ordnung störten. Marie verließ dann ihre Stube nicht, so heiß und stickig es darin auch war, schlief viel und wachte immer wieder schweißgebadet aus seltsamen Träumen auf, in denen Christian eine Rolle spielte, aber auch Gustav, und die selbst voller hitziger Berührungen und Küsse waren, für die sie sich ein wenig schämte, während sie ihrem schlafenden Kind Luft zufächelte.

Im Herbst ereignete sich auf der Insel ein weiterer Todesfall. Der Mohr Theobald Itissa wurde bei einer Jagd versehentlich erschossen. Als Köhler, der Jäger, zu der Leiche des Schwarzen kam, die hingestreckt im dürren Buschwerk auf dem alten Laub lag, und sah, wie das Blut unter dem Körper hervordampfte, spürte er unbehaglich, wie sich in seinen Schrecken über das Unglück Jagdfreude mischte, und für einen Moment betrachtete er Itissa wie jedes Wild, das er erlegt hatte.

* * *

Am Martinstag kam es, zum ersten Mal nach der Nacht von Christians Tod, zu einem Wiedersehen von Gustav und Marie. Wie jedes Jahr wurden an diesem Tag auf der Insel Hühner, Gänse und Tauben versteigert, man hatte auf der Schloßwiese diverse Körbe und Käfige aufgestellt, und, da es seit einigen Tagen sehr kalt geworden war, eiserne Feuerkörbe, an denen man sich wärmen konnte. Auch Grog wurde gegen geringes Entgelt ausgeschenkt, was die, die an diesem Tag auf die Insel kamen, durchaus zu schätzen wußten. Zwar betrachtete man ausgiebig die Tiere, doch die meiste Zeit stand man am Feuer und unterhielt sich, man kannte einander, es waren nicht die üblichen Ausflügler hier, sondern vor allem Bauern und Kleinhäusler aus Stolpe und den anderen Gemeinden der Umgegend.

Maitey hatte Marie vorgeschlagen, sie sollten sich den Trubel doch einmal besehen, der sich da auf der Schloßwiese ausbreitete, und Marie hatte nach einigem Zögern zugestimmt, den Kleinen fest in dicke Tücher gepackt, ihm darunter noch Handschuhe angezogen und ein Mützchen, das sie nach Anleitung der Klugin gestrickt hatte, und um sich selbst und das Kind nochmals ein Tuch geschlagen.

Sie hatte ein wenig Angst davor gehabt, unter Menschen zu gehen, so lange hatte sie niemanden gesehen als die Bewohner des Cavaliershauses und eben Maitey, doch ihre Befürchtungen waren ganz grundlos gewesen, das Kind schlief fest und warm in ihrem Arm, und die Bewohner der Insel, die sie so lange nicht gesehen hatte, begrüßten Marie aufs herzlichste und schauten neugierig dem Kind in das kleine Gesichtchen. Immer wieder wurden neue Scheite ins prasselnde Feuer geworfen, und hoch stieben die Funken auf. Auch Fintelmann war da, seine greisenhaft spitze Nase rot vor Kälte, und er freute sich offensichtlich sehr, Marie zu sehen, und herzte den Kleinen über alle Maßen. Und selbst die Herrnhuterin lächelte dem Kind zu. Wann denn nun Taufe sein werde, fragte sie gerade und beugte sich dabei zu Marie hinab, als um sie her das Gespräch mit einem Mal stockte. Verwundert richtete die Tante sich auf und schaute in dieselbe Richtung wie alle anderen in der Runde.

»Was ist denn?« fragte Marie neugierig, da ihr die schweren Mäntel und Joppen im Weg waren, und suchte Maiteys Blick, der jedoch so haßerfüllt, wie sie es noch nie an ihm gesehen hatte, in ebendieselbe Richtung starrte. Und dann teilte sich die Gruppe wortlos, und Marie sah Gustav mit festem Schritt auf sie zukommen. Doch ebenso überrascht wie sie, machte er im selben Moment, in dem er sie entdeckte, auf dem Absatz kehrt und ging wieder in Richtung Kastellanshaus davon. Er hätte ihn getötet, wenn er näher gekommen wäre, das schwöre er, zischte Maitey.

Als aber Gustav am selben Abend an Maries Tür klopfte und ins Zimmer trat, war er nicht da, um ihr beizustehen. Marie saß an der Wiege, schaukelte das Kind und hielt ihm das Rubinglas vor. Von Anfang an war es sein Liebstes gewesen, wenn sie es über seinem Gesicht drehte und der rote Schein darin aufblitzte. Zog das Leuchten sich tief ins Glas zurück, wurde sein Blick aufmerksam und ernst. Daß jetzt jemand im Zimmer stand, bemerkte das Kind nicht. Aber Marie empfand wieder dasselbe wie am Nachmittag, tatsächlich ein Moment der Freude, doch nur kurz, dann Gleichgültigkeit und noch etwas anderes: Angst. Sie brachte kein Wort heraus.

Gustav aber begann gleich zu sprechen. Daß er sie, nachdem er nun wieder da sei, doch gern begrüßen wolle. Wie es ihr denn gehe. Und dem Kind.

»Dem Kind?« fragte sie tonlos, während er mit zwei Schritten bei ihr und an der Wiege war. Stumm beugte er sich darüber und starrte einen langen Moment hinein.

»Christian, ja?« fragte er und lächelte bitter.

Marie nickte. Auf gar keinen Fall wollte sie, daß er es anfasse, und begann, so schwer es ihr fiel, eine Plauderei über dies und das. Und tatsächlich machte er keine Anstalten, es zu berühren. Auch daß der Löwe gestorben sei, erwähnte sie irgendwann. Aber das wisse er ja.

»Ich mochte das Tier nicht«, entgegnete er unerwartet scharf und machte einige energische Schritte durchs Zimmer. »Weißt du noch, wie sich einmal der Bär losgerissen hatte und hinter mir her war?«

»Ja.«

Marie erinnerte sich. Die Grube im Wald hatte man erst gegraben, nachdem damals der russische Braunbär, der als ausgesprochen gefährlich galt, über die Insel gezogen war. Vierzehn Fuß tief aufgemauert, zwanzig Fuß weit, mit einem eisernen Staket versehen, nahm man sie erst wahr, wenn man davorstand. Es sei denn, man hörte zuvor das Brüllen des Bären. Aus der Tiefe drang es so unheimlich verstärkt herauf, daß es jeden unwillkürlich schauderte, der in seine Nähe kam.

»Da bin ich vielleicht durch das Unterholz gestolpert!«

Wie er sich ereiferte.

»Und bin schließlich, bevor das schreckliche Tier Gott sei Dank von mir abließ, noch in ein Lattichgestrüpp gestürzt. Wie das gestunken hat!« Er schüttelte sich vor Abscheu.

»Dir ist nichts geschehen.«

»Aber der Gestank! An den Bären mußte ich immer denken, wenn ich die Reißzähne des Löwen sah. Gut, daß er weg ist! Weg in einem Faß nach Berlin. Da sollen sie ihn ausstopfen, ist mir recht. Hierher hat er nicht gehört.«

»Und wer gehört hierher, Gustav?«

Er hielt verdutzt inne und schüttelte den Kopf. »Du verstehst nicht. Alles hier wird anders werden.«

Marie hätte gern gewußt, was er damit meinte, aber sie wollte nicht, daß er noch wütender wurde. Und konnte ihn, in dieser klarsichtigen Angst, vielleicht zum allerersten Mal anschauen und sehen, wie er tatsächlich war, und erinnerte sich daran, wie er damals die Hortensien gefärbt hatte. Wie er da im Garten vor dem Onkel kniete, war etwas so Trauriges um ihn gewesen. Nichts davon ist mehr da, dachte sie, und verstand nicht mehr, wie sie ihn jemals hatte lieben können.

»Wie alt ist es?«

Seine Frage holte sie aus ihren Gedanken. Sie hatte gar nicht bemerkt, daß er nun wieder ganz nah bei ihnen beiden stand. »Gut acht Monate.«

Jetzt beugte er sich über die Wiege. »Ich sorge für es«, sagte er, ohne Marie anzusehen. »Aber du mußt es mir geben.«

Sie verstand nicht.

»Was meinst du damit?« fragte sie leise.

Sein Gesicht kam hoch und war jetzt ganz dicht vor ihrem. »Du mußt es mir geben«, wiederholte er sanft.

Vor Entsetzen schüttelte sie den Kopf. »Der Onkel wird es nicht zulassen.«

»Der Onkel weiß es.«

»Dann mußt du auch mich töten!«

Er musterte sie mit einem bitteren Lächeln. Und so sanft, als wäre sie ein uneinsichtiges Kind, sagte er: »Wer spricht vom Töten? Du mußt von der Insel, wenn du mir das Kind nicht gibst. Es ist ein Bastard, und man weiß nicht, von wem.«

Marie hätte schreien wollen, doch sie konnte es nicht. Konnte nicht schreien und konnte nicht weglaufen. Der Käfig war um sie. All die Jahre. Nur hatte sie es nicht gespürt.

»Und es ist ungetauft«, setzte er noch hinzu.

Entsetzensstarr konnte Marie nur zusehen bei dem, was Gustav nun tat. Und auch das Kind nahm es regungslos hin, als vertraute es dem, den es doch gar nicht kannte, und blieb ganz still, als Gustav es aus der Wiege nahm. Sorgsam schlug er ein Tuch um es, das Marie über einen Stuhl geworfen hatte, ging wortlos hinaus und schloß leise die Tür.

* * *

Kaum zwei Wochen später übergab Ferdinand Fintelmann seinem Neffen das Pfaueninsel-Revier und zog nach Charlottenburg, wo er noch bis 1863 im Schloßgarten tätig war. Für gewöhnlich arbeiteten Hofgärtner bis zu ihrem Tode ohne Hilfe, um ihr Gehalt nicht mit einem Adjunkten teilen zu müssen, und so wunderten sich alle auf der Insel, weshalb Ferdinand Fintelmann sie gerade zu diesem Zeitpunkt verließ, und mancher hatte bei dieser Nachricht ein ungutes Gefühl, was die Zukunft anging. Gustav kränkte vor allem, daß seine Mutter beschlossen hatte, mitzugehen. Mit keinem Wort hatte die noch immer hochgewachsene und sich gerade haltende Frau, deren einst so schönes Gesicht nun von vielen Falten überzogen war, den Sohn darauf vorbereitet, und da er sich ausgemalt hatte, sie bleibe und führe ihm weiter das Haus, kam es vor dem Abschied zu Auseinandersetzungen, und auch die kleine Abschiedsfeier im Kastellanshaus war nicht heiter.

Gustavs Brüder waren gekommen, einige Gärtnerkollegen mit ihren Frauen, ehemalige Gehülfen. Man rettete sich in eine gewisse Förmlichkeit, was leicht war, da auch Lenné sich eingefunden hatte und die Feier damit etwas Offizielles bekam. Der Gartendirektor schenkte Fintelmann einen durch seinen geschicktesten Zeichner, Gerhard Koeber, gefertigten *Verschönerungs-Plan der Umgebung von Potsdam*, auf dem sich all das fand, was in den letzten Jahren auf der Insel verändert worden war. Es war ein wundervoller Plan, detailgenau und geschmackvoll coloriert, für den Fintelmann sich sehr bedankte, wenn er ihn auch wieder daran erinnerte, wie gerne er jenen anderen mitnähme, den er selbst vor dreißig Jahren von der Insel gezeichnet hatte und der noch immer im Schloß hing.

Bis zum letzten Moment, bis zur Abreise des Onkels, konnte Marie nicht anders als hoffen, er werde das Unrecht wiedergutmachen. Nachdem Gustav mit dem Kind gegangen war, hatte sie sich eine Woche lang nicht rühren können. Jeder Schrei war in ihr erstickt. Ob sie geschlafen hatte? Sie wußte es nicht. Hatte nichts angerührt von dem Essen, das die Klugin ihr ans Bett brachte. Bis diese es nicht mehr ausgehalten und zum Hofgärtner um Hilfe gelaufen war, der auch gleich gekommen war, um nach Marie zu sehen.

Und für einen Moment hatte Marie da tatsächlich gehofft, es werde sich nun noch alles zum Guten wenden. Hatte sich mühsam aufgerichtet, sich geschämt dafür, wie verwahrlost sie aussah, und Fintelmann alles erzählt, obwohl er den Grund ihres Unglücks natürlich längst kannte. Er hatte ihr schweigend zugehört und genickt dazu und schließlich gesagt, wie leid ihm das alles tue. Ihr mit einem traurigen Lächeln über die Stirn gestrichen. Aber so sei es besser. Wirklich, sie müsse ihm glauben, so sei es am besten. Was denn? Daß das Kind nicht mehr hier auf der Insel sei. Da hatte Marie die Tränen nicht mehr zurückhalten können und ihn schluchzend weggeschickt.

Dennoch war sie, wie alle Bewohner der Insel, bei seiner Abreise am Steg. Und als er sie sah, kam er zu ihr, und wieder mußte sie weinen, und er hob sie, obwohl es ihm schwerfiel, wie als Kind noch einmal hoch und streichelte ihr über die Wange. Und noch immer konnte Marie nicht anders, als auf ein Wort von ihm zu hoffen. Währenddessen verabschiedete sich die Herrnhuterin von ihrem Sohn ohne große Herzlichkeit. Dann stiegen sie miteinander in den Kahn. Und als letztes, bevor sie losmachten, instruierte der alte Hofgärtner Gustav noch einmal, was mit den Hunderten von Topfpflanzen zu geschehen habe, die er sorgsam vorbereitet hatte, und die er ihm nachzusenden bat, sobald die Witterung im Frühjahr es zulasse.

* * *

Auf Einladung des Garten-Directors Peter Joseph Lenné hielt Gustav Adolph Fintelmann Anfang des folgenden Jahres seinen ersten Vortrag auf der 125. Versammlung des *Vereins zur Beförderung des Gartenbaues in den königlich preußischen Staaten.* Das enge Gestühl in dem hohen holzgetäfelten Raum war bis auf den letzten Platz besetzt, und der Tabakrauch hing dicht in der verbrauchten Luft, als er durch die niedrige Schranke an den ovalen Tisch trat. Der Titel seines Vortrags lautete: *Über Anwendung und Behandlung von Blattzierpflanzen.*

»Das spielende Kind«, begann er, nachdem er sich für die Einladung bedankt hatte, »das spielende Kind pflückt sich Blumen von der Wiese, der Mann aber betrachtet die schönen Gruppen, bei denen nur Form, ungestört durch bunte Farben, ergötzt.«

Damit war der Ton angeschlagen, der von nun an alles Tun Gustav Fintelmanns bestimmen würde. Er hatte sich entschieden. Für ihn gab es nur mehr das Reich der Blätter. Und tatsächlich würde die Pfaueninsel unter ihm zur Wiege der großen Blattpflanzenmode des 19. Jahrhunderts werden, der Blattform, Blattgröße, Blattstellung so viel wichtiger war als die Blüten und ihre Farben.

»Sprechen Schönheit und Mannigfaltigkeit der Blumen zu uns von dem unerschöpflichen Reichtum der Natur«, fuhr er mit fester Stimme fort, »so erinnert die Üppigkeit und Größe der Blätter an ihre Kraft und Fülle, sie mahnen uns an die fernen Tropen, wohin uns unsere Wünsche so oft tragen, dort, wo die Vegetation in ihrer ganzen Macht herrscht.«

Niemand im Raum wußte, was auf der Insel geschehen war, außer Lenné, dem Gustav sich in einer schwachen Stunde offenbart hatte. Mit aller Vehemenz hatte der Garten-Director sich gegen etwaige Ansprüche der Zwergin ausgesprochen. Ja, daß sie das Kind auf gar keinen Fall behalten, die Saat niemals aufgehen dürfe. Stolz darüber, daß er ihm gefolgt war, musterte Lenné jetzt seinen Eleven, dessen Entwicklung, die er so umsichtig gefördert hatte, ihm recht gab. Gustav machte in dem dunkelroten Frack mit seiner schmalen Taille *à la mode* eine so ausgesprochen gute Figur, daß er überlegte, ob er wohl ein Korsett trug, wie viele es jetzt taten. Jedenfalls saßen seine hellgrauen Pantalons ebenso perfekt wie die in allen leuchtenden Blautönen gestreifte Weste und der Vatermörder mit ebenfalls blauem Jabot, das Lenné an das Blau der Hortensien erinnerte, auf das Gustav so stolz war. Und außerdem, was ihm in diesem Moment gar nicht recht war, an eine bestimmte Begegnung mit jener Zwergin im Labyrinth zwischen den Rosen.

Das Bild, wie dieses Geschöpf damals im Sommerlicht dagestanden hatte mit der ganzen überströmenden Liebe, die es offenkundig absurderweise für seinen Schüler empfand, wollte nicht weichen. Aber schließlich gelang ihm doch, es verschwinden zu lassen, indem er es, wie es seine Art war, mitsamt dem Hintergrund, auf dem es zu leuchten nicht aufhören wollte, abtat. Alles war getan, sagte er sich. Die Pfaueninsel, so, wie sie war, vollendet. Mochte jenes Wesen inmitten der Käfige seinen Platz haben, weder ihn noch Gustav kümmerte dies von nun an, da war sich Lenné, während er ihm zuhörte, ganz sicher.

Und tatsächlich schien der neue Hofgärtner der Pfaueninsel so weit von all dem entfernt, was in den letzten beiden Jahren geschehen war, daß ihm wohl die Frage Maries nach den halkyonischen Tagen nicht mehr eingefallen wäre, wenn er sich denn zu erinnern versucht hätte. Statt dessen sprach er mit Begeisterung von einem Garten, der auf Blumen und Blüten, auf Samenstempel und Duft gänzlich verzichtete und den Blattpflanzen ihren verdienten Raum gäbe.

»Ihre Anwendung würde uns, nach und nach freilich nur, denn die Gewohnheit beherrscht die beinahe allmächtige Mode, von den Linien der Einfassungen, von der beinahe störenden Symmetrie der Blumenbeete neben der schönen Freiheit der Baum- und Strauchgruppen befreien. Wir würden die ununterbrochenen Zirkelstücke verlieren, denn diese Pflanzen breiten sich da- und dorthin, ohne daß wir sie zwingen können, in den vorgeschriebenen Linien zu bleiben.«

Gustav entwarf die Vision eines Gartens, wie er ihn sich vorstellte. Auf eine erste, unterste Ebene gehörten »Begonie, Iris, Kürbis, besonders der schwarzkörnige Angurea-Kürbis, der durch den Hofgärtner Sello auf Charlottenburg zur Bekleidung der Laubengänge benutzt wird, sodann Zwergformen der Sonnenblume und die deutschen Farne, Cypergras für Sumpfgelände, Teichrose und Seerose für Wasserflächen, Flußampfer, Hainampfer für feuchten Boden.«

Er machte eine Pause, um sich zu räuspern. Vor diesem Teil seines Vortrags hatte er am meisten Angst gehabt. Was würde geschehen, wenn er seine Träume hier vor all den Praktikern ausbreitete? Doch ein Blick in die Runde beruhigte ihn. Kein Mißfallen, nur gespannte Neugier war auf den Gesichtern zu sehen, von denen er die meisten schon seit Kindertagen von Besuchen mit dem Onkel in ihren Revieren kannte.

»Auf einer zweiten Stufe sehe ich spanische Artischocke, Taglilie und Rhabarber in der Vielfalt seiner Arten. Ja Rhabarber! Und darüber rotblättrige Melde, Teufels-Krückstock, Zimmer-Calla für's Wasser, Papyrus für den Sumpf, Stechapfel, Bergbärenklau, Eselsdistel, rauhen Beinwell, Adlerfarn, rotstacheligen, geränderten und auch jenen geschlitztblättrigen Nachtschatten, den Forster von seiner Weltreise mitgebracht hat. Und schließlich, auf der höchsten Stufe, Erzengelwurz, Pfahlrohr, Federmohn, krause Malve, Tabak, amerikanische Kermesbeere, die verwachsene Silphie, Becherpflanze, Zuckerhirse, Tithonie.«

Damit war er zu Ende, und im selben Moment begann sein Herz wieder zu klopfen. Während er in dem Schweigen, das seinem Vortrag folgte, auf seinen Platz zurückkehrte, befürchtete er, man werde, vielleicht mit etwas Gemurmel und Geklopfe, einfach zum gemütlichen Teil übergehen, doch als er sich schon darauf einstellte, daß es so kommen werde, begann langanhaltender Applaus, und er wußte: Es war überstanden, die Nachfolge des Onkels angetreten. Was gewesen ist, zählt von heute an nicht mehr, dachte er triumphierend.

Und dennoch wurde ihm mitten im Applaus plötzlich schwer ums Herz, und er mußte, vielleicht, weil die verwachsene Silphie seine Erinnerung angestoßen hatte, an Marie denken. Dann aber gab er sich selbst einen Ruck, sprang auf, trat an die Schranke, bedankte sich für die freundliche Aufnahme und erbat noch einmal für einen Moment die Aufmerksamkeit der hochgeschätzten Kollegen.

»Wir haben so manche schöne Rankpflanze und sehen sie so wenig in unseren Gärten«, sagte er. »Die künstlichen Lauben sind verworfen worden, die Mühe, welche das jährliche Herabreißen der abgestorbenen Ranken machen würde, hat sie von den Bäumen der Haine und den Sträuchern abgehalten, die Arbeit, die das immerwährende Anbinden herbeiführen würde, bewahrte unsere Anlagen vor steifen Spindeln oder Pyramiden. Hier sollten wir nicht säumen, mit einigen Stäben, ein wenig Draht und Schnur, grün gestrichen, zierliche Spaliere, Lauben, Fächer, Mäntel und wie all diese kleinen Baulichkeiten heißen mögen, wieder aufzuführen. Die oft vergessene wohlriechende Wicke, die brennende Kapuzinerkresse, die verachtete Scharlachbohne, die mannigfaltigen Prunkwinden, die alte amerikanische Glyzinie, die schnell verbreitete Maurandie, die seltene dreifarbige Alstroemerie, die windende Bomarie sind wohl die vorzüglichsten Klimm- und Rankpflanzen, um auch hier uns noch an die Lianen der Tropen erinnern zu lassen.«

Neuntes Kapitel

Zeit vergeht

Wie Tiere einen ansehen. Nichts, nicht einmal zu lesen beruhigte Marie so wie ihre Blicke. Deshalb kam sie immer wieder hierher zu den Käfigen, und am liebsten zu den Affen. Sah auch gleich, daß wieder ein Kapuzineräffchen darunter war, und schon kam es zutraulich heran mit seinen großen, gänzlich schwarzen Augen, Marie hielt ihm ein paar Nüsse hin und betrachtete sein nacktes Gesicht. Die Augen der Menschen waren etwas völlig anderes. Immer hatte sie ihre Blicke auf sich gespürt, doch mit dem Tod Christians und als man ihr das Kind weggenommen hatte, war das plötzlich zu Ende gewesen. So, wie sie irgendwann nicht mehr hatte weinen können. Dem spürte sie nach, während sie dem Affen weitere Nüsse auf der flachen Hand hinhielt, wie man einem kleinen Schmerz nachsann, der zum ersten Mal auftritt und nicht mehr weggehen will, wobei sie aber ganz im Gegenteil der seltsamen Empfindung nachspürte, daß dieser Schmerz tatsächlich verschwunden war.

Und mit ihm der böse Zauberklang jenes Wortes, das sie ihr Leben lang geängstigt hatte. Jenes Wort, mit dem diese Geschichte damals begann und dem wir gefolgt sind zu ihr und in dem wir sie begafft haben, ebenso, wie wir in dem Wort Königin jene junge Frau mit den flackernden Wangen begafft haben, die nun schon über ein Vierteljahrhundert tot war. Monster. Nichts bedeutete dieses Wort nun noch für Marie.

Ein Pfiff, wie sie ihn noch nie gehört hatte, schreckte sie aus ihren Gedanken auf. Im selben Moment schwoll das Geschrei der Affen zu einem unerträglichen Tohuwabohu an. Und noch einmal dieser Pfiff. Marie sah sich beunruhigt um, wenn sie auch sogleich wußte, worum es sich handelte: eine Lokomotive! Die *Berlin-Potsdamer-Eisenbahngesellschaft* führte eine erste Probefahrt auf der sechsundzwanzig Kilometer langen Strecke von Potsdam nach Zehlendorf durch, der ersten Bahnstrecke in Preußen überhaupt, seit Monaten Gesprächsthema auf der Insel. Einige Wochen später, im Herbst 1838, las Marie dann in der Vossischen Zeitung von der ersten Fahrt. *Sechzehn Wagen wurden von den beiden Lokomotiven ›Adler‹ und ›Pegasus‹ gezogen. Auf dem vordersten Wagen wehten Fahnen in den preußischen Farben und mit dem preußischen Adler geschmückt. Als um 12 Uhr der Zug sich in Bewegung setzte, befand sich auf dem ersten Wagen ein Musikkorps, und es ging vorwärts unter schmetterndem Hörner- und Trompetenklang und den Freudenschüssen aufgestellter Böller. Einige Reiter versuchten eine Zeitlang, den Wagenzug zu begleiten, doch schon nach wenigen Minuten konnten die erschöpften Pferde nicht mehr in gleicher Schnelligkeit folgen. In nicht voll 22 Minuten war der Anhaltspunkt bei Zehlendorf, eine Strecke von 3850 Ruthen, erreicht. Nach einem etwa halbstündigen Aufenthalt wurde die Rückfahrt nach Potsdam angetreten.*

Die Pferdepost auf den märkischen Chausseen hatte nun mehr und mehr ausgedient, denn innerhalb kürzester Zeit entstand ein weitverzweigtes Eisenbahnnetz, das, mit Berlin als seinem Mittelpunkt, über Jüterbog nach Wittenberg, nach Eberswalde, nach Frankfurt an der Oder, nach Angermünde und Stettin, nach Magdeburg und nach Hamburg reichte. Und auch die Ausflügler kamen nun an den Besuchstagen mit Sonderzügen zur Pfaueninsel, die an der Behelfsstation Machnower Heide hielten. Von dort fuhr oder ging es über Wilhelmsbrück weiter, der Weg führte durch tiefen Sand, in dem die Pferde der schwerbepackten Chaisen sich mühen mußten. Im Sommer war die Hitze erstickend. Aus Mitleid stiegen die Herren aus.

Im selben Jahr wurde die Kirche fertig, hoch oben auf dem jenseitigen Ufer der Havel, direkt neben der russischen Siedlung Nikolskoje, die der König einst anläßlich des Besuchs von Charlotte hatte errichten lassen, seiner Lieblingstochter, die seit nun auch bereits zwanzig Jahren mit Zar Nikolaus I. im fernen Rußland verheiratet war. Auch Gustav hatte geheiratet. Eulalia Trippel war die Schwägerin eines Hofgärtnerkollegen und glich, wie Marie fand, seiner Mutter aufs Haar. Und auch Maitey heiratete in der kleinen Kirche am Stölpchensee, Doro, die Tochter des Tierwärters, in die er sich verliebt hatte, als sie die Vögel aus seiner Heimat fütterte. Es war ein schönes Fest, und Marie hatte einen Ehrenplatz an der Tafel. Doch da er nach dem Tod Christians immer wieder mit Gustav aneinandergeriet, bat Maitey danach um die Erlaubnis, mit seiner Frau nach Klein Glienicke übersiedeln zu dürfen, was ihm gestattet wurde, wenngleich der Maschinenmeister Friedrich, den man wegen all seiner feinen Elfenbeinarbeiten zum akademischen Künstler ernannt hatte, sehr dagegen protestierte. Nach Maiteys Wegzug verließ keines jener filigranen Modelle mehr seine Werkstatt.

Der Abschied fiel Marie schwer, und sie sah den beiden lange nach. Doro saß inmitten all des Hausrats im Karren wie in einem Nest und winkte, bis sie im Wald jenseits der Havel verschwunden waren. Maitey, der Marie noch einmal lange umarmt hatte und neben dem Karren ging, sah sich ganz am Schluß noch einmal nach ihr um.

Gustavs erstes Kind hieß Christine Ida Auguste, das zweite Ludowike Marie Elisabeth, und für eine Weile holte der Schmerz über diese Namenswahl Marie aus ihrer Lethargie. Auch der Tod Carl Friedrich Lichts, des Riesen, schmerzte sie. Zwei neue Conservir-Treibhäuser wurden errichtet, das Palmenhaus wurde außen gestrichen, und man begann, die tönernen Wasserleitungen durch Eisenrohre zu ersetzen. Madame Hardenberg schenkte dem König einen Affen, der Kaufmann und Fabrikbesitzer Jacobs aus Potsdam eine indische Kuh, der Postmeister und Gastwirt Joseph Schweig aus Ried am Inn einen Gemsbock. Als van Aken starb, erwarb Sieber aus dem Nachlaß seines ehemaligen Patrons für die Insel ein Kondorpaar, ein Stachelschwein, fünf Mufflons und einen schwarzen Papagei. Der König von Schweden schenkte drei männliche und drei weibliche Rentiere, zu denen sich nach der Reise noch drei Kälber gesellten, allesamt begleitet von zwei Lappländern nebst Dolmetscher. Und das Schiff der Seehandlung brachte aus Manila vier Zwerghirsche, drei Javaneraffen, einen roten Lori, zwei Paar Tauben aus Kuba und Málaga, eine Tibetkatze, sechs türkische Enten, fünf chinesische Gänse und drei Schildkröten mit dem nötigen Seewasser nach Hamburg, von wo aus sie mit dem Dampfer *Henriette* auf die Insel gelangten. Der Großherzog von Mecklenburg schenkte vier Schafe, der Magistrat von Magdeburg einen Biber, Herr von Jagow-Ehrdorf einen Fischotter, der französische Gesandte in Berlin eine Gazelle. Professor Lichtenstein kaufte von einem Bauern einen jungen Seeadler. Der Opernsänger Heinrich Blume schenkte zwei damals noch sehr seltene Shetlandponys und schrieb stolz in seinem Begleitbrief, man sage, *sie seien die ältesten Tiere Europas; ihre Vorfahren hätten die Eiszeiten überdauert.*

Die drei Murmeltiere, die der Konditor Zappa aus der Schweiz mitbrachte und dem König überreichte, waren die letzten Geschenke an die Menagerie auf der Pfaueninsel. Als Wilhelm Otto zur Welt kam, Maiteys Erstgeborener, stand Marie Pate. Nur ein Vierteljahr wurde das Kind alt, dann starb es. Gustav wurden zwei weitere Töchter geboren, Anna Charlotte Luise und 1840 Friederike Pauline Elisabeth. Im Sommer jenes Jahres starb der König.

* * *

Das Wasser war wie erstarrt, dazu war es völlig windstill und der Himmel so sternenlos schwarz, daß er den Fluß bis auf den Grund zu trüben schien. Und es regnete. Es regnete, als ob es seit Tagen regnete, völlig gleichmäßig und monton, doch so dünn fiel der Regen, daß niemand, der in diesem Moment an jener Stelle der Uferböschung gestanden hätte, den Einschlag der Tropfen auf der Wasseroberfläche hätte sehen können. Aber da war ja niemand, dessen war sich Marie in ihrem Traum ganz gewiß, denn die ganze Insel lag ebenso erstarrt wie die Havel. Längst war die Winterkälte durch alle Räume des leeren Schlosses gezogen, das Kastellanshaus seit Jahren verwaist. Die Fähre, fest vertäut an der Landungsstelle, rührte sich nicht. Kein Tier machte irgendein Geräusch, keines der exotischen Wesen aus den Käfigen der Menagerie war zu hören, keiner der einheimischen Vögel. Die Pfauen schliefen wohl in ihren Bäumen und im Schilf rund um die Insel reglos die Haubentaucher und Möwen. Wie still es war! Wirklich alles schien tot in diesem Moment, so tot, wie ein Augenblick nur sein kann.

Um so überraschender, als es plötzlich, in diese vollkommen leblose Stille hinein, gluckste im stillen Wasser. Nicht so, als wäre etwas hineingefallen, sondern eher, als hätte sich eben etwas von seinem trüben Grund gelöst und komme nun an die Oberfläche, gerade hier, an dieser Stelle des Ufers. Ein dumpfes Schwappen, dann war da, inmitten dieser Bewegung, mit der das schwarze Wasser ganz sanft sich bauschte, ein Ding, ein Klumpen, ein hautweißer Brocken, als wäre etwas in durchnäßtes Linnen geschlagen.

Und dann ging alles ganz schnell. Fast im selben Moment, als jener Klumpen, plötzlich, aus dem Nichts an die Oberfläche kam, spürte Marie sich schon loslaufen, und dann sah sie ihre eigene winzige Gestalt, wie sie die Böschung herabkam durch das glitschige Gras, eilig und nicht achtend, ob sie etwa ausrutschte oder sich in dem dichten Unterholz verfing, das hier seit vielen Jahren ungestutzt aufwucherte, denn sie wußte voller Angst, um alles in der Welt müsse sie jenen Klumpen, jenes weiße Etwas, vorm Versinken bewahren. Und sie sah, von außen, wie es ihrer kleinen, in eine rote Pelerine gehüllten Gestalt, deren Kopf von einer weiten Kapuze verdeckt war, bei aller Eile sogar noch gelang, im Vorübergehen und ohne einen Blick von jenem Klumpen zu nehmen, der schon dabei war, auf den Fluß hinauszutreiben, einen langen Ast aus dem festverbackenen Wintergras zu zerren. Und ohne einen Augenblick zu zögern, begann sie, als sie dann am Ufer stand, mit dieser morschen Rute, entrindet und weiß vor Schimmel, nach dem ebenso weißen Ding dort draußen im Wasser zu fischen.

Das aber, und diese Gewißheit ließ Marie beinahe losschreien in ihrem Traum, war völlig aussichtslos, denn jenes weiße Ding trudelte stets von der dünnen Astspitze weg, die von der Anstrengung zitterte, mit der Marie die Rute so weit, wie es ihr möglich war, aufs Wasser hinausstemmte, wobei die Kapuze ihr immer wieder ins Gesicht rutschte, so, daß Marie nichts sah und sie immer wieder mit dem Ellbogen zurückschieben mußte, während das Ding wieder davontrudelte. Doch schließlich gelang es ihr trotzdem, und obwohl sie nicht mehr darauf zu hoffen gewagt hatte, gerade noch rechtzeitig jenen fahlen weißen Klumpen, bevor er endgültig ins Schwarz hinaustrieb, mit der zarten Spitze des Astes zu berühren und ihm den richtigen Drall zu geben. Mit ganz vorsichtigen kleinen Schlägen stupste und streichelte sie ihn ins Uferschilf.

Und kaum war er in Reichweite, ließ Marie, schweißgebadet, zitternd, atemlos, den Ast fallen und stürzte sich in das eiskalte Wasser, in den Schlick und zwischen die Binsen, und zog den Klumpen heraus und war schon wieder aus dem Wasser und behend die Uferböschung hinauf, im Arm jenes Ding, das ihr so kostbar war, und so schnell sie konnte, passierte sie das Schloß und lief über die Schloßwiese, auf der noch Plaken alten Schnees im Dunkel schimmerten. Wobei sie in ihrem Traum nicht zu sagen vermochte, wohin sie eigentlich wollte. Denn am Rand der Wiese war nichts als der schwarze Wald. Es war, als ob sie zögerte, weiterzuträumen. Aber mag es auch so scheinen, lassen Träume uns doch nicht wirklich eine Wahl. Plötzlich schimmerte da, am Waldsaum des uralten Eichwaldes, etwas in der Nacht. Etwas wie Glas, von hinten beleuchtet, eine Glasfront, und sie, die sich selbst nachschaute im Traum, wunderte sich sehr darüber, und erst recht, als sie so etwas wie eine Tür in dieser schimmernden Front zu finden schien, die sie öffnete und hinter der sie verschwand.

Und in diesem Moment schreckte Marie das erste Mal aus ihrem Traum auf. Mein Kind! hört sie sich selbst schreien, nur, um von ihrem Traum wie betäubt wieder einzuschlafen, beruhigt von jener gläsernen Tür in einer gläsernen Wand, von der sie den unerklärlichen Eindruck eines grünen Scheins, die Empfindung von etwas Warmem, Blühendem behielt, als sie in ihren Traum zurücksank, was sich anfühlte, als ließe man alles los, als atmete man plötzlich so ungeheuer wollüstig tief, daß der ganze Körper flatternd verschwand.

Und dann stand sie plötzlich im Saal des Schlosses und vor ihr, auf dem Boden, lag das Ding aus der Havel. Es war ein Bündel. Sie zweifelte, daß es das vorher auch schon gewesen war, mit Sicherheit aber wußte sie es nicht. Es fühlt sich wie ein körperlicher Schmerz an, wie ein Ziehen irgendwo ganz tief in einem, wenn man versucht, sich in Träumen zu erinnern. Sie war im Nachthemd. Sie hockte sich hin und betrachtete es. Sie wußte, es sollte atmen darin. Etwas sollte sich bewegen. Aber es war ganz starr. Und mit Herzklopfen öffnete sie es. Und erschrak vor dem, was sie da herausschälte aus dem nassen Stoff. Ihr bleichblaues Kind, so klein, wie es gewesen, als es zur Welt gekommen war. Und noch viel kleiner. So klein, wie es nie gewesen war. So klein, daß es auf der Handfläche eines normal gewachsenen Menschen Platz gehabt hätte. Dabei aber gar nicht fein und zart die Arme und Finger und das Köpfchen, Marie sah das im Traum überdeutlich, und sie streichelte dem kalten Wesen das Bäuchlein, küßte es und schmeckte das kalte Wasser an ihm, küßte es und weinte und erwachte endlich.

* * *

Vorsichtig folgte Gustav mit dem Finger der Blattwölbung einer der Pelargonien, die noch immer, wie zu Zeiten seines Onkels, ihren Platz auf dem Fensterbrett des Arbeitszimmers hatten. Er erinnerte sich daran, wie er das auch als Junge getan und geglaubt hatte, in den feinen Blattadern tatsächlich eine Bewegung zu spüren, das Leben darin.

Bevor der Onkel die Insel verließ, hatte er ihm mit einem feierlichen Blick die *Instruktion für den Königlichen Hofgärtner und Schloßkastellan auf der Pfaueninsel bei Potsdam* auf den Schreibtisch gelegt, von dem er sorgsam alle persönlichen Dinge entfernt hatte. Nie war das Verhältnis des Onkels zu ihm so innig gewesen wie zu einem leiblichen Sohn, und weil er mißbilligte, was Gustav hinsichtlich des Kindes unternommen hatte, war der Abschied zwischen ihnen kalt. Und gerade deshalb hatte Gustav sich mit einem Gefühl der Genugtuung an seinem ersten Tag als Hofgärtner an den leeren Schreibtisch gesetzt und die Instruktionen genauestens studiert. Ihm oblag die polizeiliche Beaufsichtigung der Insel, also des Gartens, des Schlosses und die Verwaltung der Meierei. Er hatte dafür Sorge zu tragen, daß die Arbeiter auf den Wegen blieben, kein anderer Landungs- oder Abfuhrplatz auf der Insel genommen wurde als derjenige vor dem Kastellanshaus, daß niemand auf der Insel einen eigenen Kahn hatte, das Vieh nur auf der Meierei frei herumlief, der Dünger aus der Menagerie für den Garten und die Milch aus der Meierei wiederum für die Menagerie bereitgestellt wurden. Er hatte die Weiderechte mit dem Menagerieinspektor abzusprechen und mit diesem gemeinsam jeden Oktober einen Bericht an den Hofmarschall zu verfassen, was die Tiere und den Zustand der Gebäude anging. Schließlich hatte er dafür zu sorgen, daß die Besucher das Tabakrauchen, Mitführen von Hunden, Speisen und Getränken unterließen.

Es war das Jahr 1842. Gustav war jetzt ein Enddreißiger und sein Haar, das er etwas länger trug, lichtete sich bereits. Er hatte feingliedrige, immer etwas unruhige Hände und legte Wert auf gute Kleidung, vor allem auf seinen Gehrock nach englischem Schnitt. Inzwischen war er Vorsitzender der Märkisch-Ökonomischen Gesellschaft und Sekretär des Gartenbauvereins. Nach dem Abschied des Onkels hatte Gustav damit begonnen, regelmäßig die Temperaturen auf der Insel zu messen, und zwar diejenige der Luft, des Wassers in der Havel und im Meiereibrunnen, als handelte es sich bei der Insel um einen Körper und beim Brunnen um eine intime Öffnung in diese hinein, die es ihm gestattete, ihre Vitaldaten zu überwachen. Jeder Liebende ist ein Überlebender. Doch auch die Toten sind weiter unter uns, als wäre nichts geschehen.

Draußen vor dem Fenster legten die noch ganz frischen Blätter der Pappeln hellgrüne Schatten über den sonnigen Sand. Gustavs Zeigefinger wischte über das Fensterbrett und zog eine dünne Spur in den Staub. Hier, zwischen dem rauhen Steinzeug der Blumentöpfe, hatte jenes alte Weinglas ohne Stiel gelegen, das er Marie damals unbedingt hatte zeigen müssen. Damit, davon war er überzeugt, hatte alles begonnen. Dieses rote Leuchten. Manchmal kam es ihm vor, als ob es sie beide nicht nur in jene Scheune geführt hätte, sondern Marie auch in eine andere, in Kunckels Welt. Die lauten Schritte der beiden größeren seiner vier Töchter polterten die Treppe hinab. Das weckte die Kleine, und er hörte, wie sie oben in ihrem Bettchen anfing zu weinen. Er registrierte, wie seine Frau vom Schlafzimmer ins Kinderzimmer hinüberging. Das Schluchzen verebbte, und in der folgenden Stille kroch der Gedanke an jenes Kind, das nicht hier war, aus seinem Herzen hervor, als wäre es sein Schweigen, das er hörte.

Liebte er seine Frau? Das war eine Frage, die er sich gemeinhin nicht stellte, auch niemals gestellt hatte, seit sie einander vorgestellt worden waren und sie beide es bei weiteren Gelegenheiten unternommen hatten, den anderen kennenzulernen. Er war sich ziemlich sicher, daß es ihr ebenso ging. Ihre Ehe entsprach dem, was sie beide gewollt hatten. Ihre Kinder der Beweis. Seine Entscheidung war richtig gewesen. Männer waren von Geburt an unmoralisch, gewalttätig, unersättlich in jeder Hinsicht, es hatte lange gedauert, bis er das begriff. Es brauchte eine Frau, um sich selbst zu erziehen. Einmal hatte er versucht, das alles Marie zu erklären, auch, was Fichte dazu schrieb, aber sie hatte ihn nicht verstanden. Die Stille nagte an ihm. Er hatte einen Sohn, den es nicht gab. Seit er denken konnte, hatte er geglaubt, Marie zu lieben. Pflanzen kennen keine Liebe. Manchmal schoß Christians Blick, mit dem er ihn damals angesehen hatte, grinsend und wissend, nackt hingelagert am Ufer in die Wurzeln der alten Grauweide, als er Marie nachgesprungen war ins Wasser, wie ein Schmerz, der einen anderen überdeckt, durch sein Empfinden von Schuld.

Marie hatte manchmal Stendhal zitiert, sie las ja in jeder freien Minute, doch er hatte nie begriffen, wieso sie gerade diesen Satz so gern mochte: *La beauté n'est que la promesse du bonheur.* Seltsam, daß immer alle betont hatten, wie schön seine

Eltern gewesen seien. Beim Vater wußte er selbst gar nicht, ob das stimmte, zu selten war er dem aus der gescheiterten Ehe vertriebenen Bankerotteur in seiner Kindheit begegnet, aber was die Mutter anging, stimmte das wohl. Aber er hatte die Dringlichkeit nie verstanden, mit der man darauf hinwies. Seltsam: Er hatte sich nie, wirklich niemals, das konnte er beschwören, vor Maries Gestalt geekelt. Und das, obwohl ihn doch nie die Blüte, in die man sich versenkte, interessiert hatte, sondern jene Schönheit, die aus der Architektur der Pflanze erwächst, aus ihrem funktionalen Bau und damit aus ihrem Platz in der Systematik.

Lenné hatte vorgemacht, zu welcher Kraft solche Systematik in der Lage ist, wenn sie an die Stelle des Wildwuchses tritt. Vor kaum mehr als zehn Jahren hatte er die Landesbaumschule zwischen Sanssouci und Charlottenhof gegründet, die inzwischen auf einhundertdreißig Morgen jährlich anderthalb Millionen Gehölze produzierte, die größte Baumschule der Welt, und alle preußischen Alleen mit Straßenbäumen versorgte, private wie staatliche Gärten mit Obstbäumen und Gehölzen, und Jahr für Jahr zweihundertachtzigtausend Forstbäume zog. Darauf galt es aufzubauen. Palmenhaus, Menagerie und Rosengarten wurden auch im Ausland als Sehenswürdigkeiten geschätzt. Mit der Eisenbahn war die Insel nun auf eine ganz neue Weise an die Welt angeschlossen. Das entsprach Gustav, der mit Gärtnern in ganz Europa korrespondierte, seine Aufsätze in Loudons *Gardener's Magazine* veröffentlichte und überall für die Insel bestellte, was ihm wichtig schien. Bedauerlich nur, daß Lenné ihn noch gar nicht besucht hatte seit seiner Anstellung. Aber so war er nun einmal. Das Projekt Pfaueninsel war für ihn abgeschlossen.

Und Marie war Lenné in der Tat immer ekelhaft gewesen, er hatte es Gustav deutlich zu verstehen gegeben. Was hatte sie ihm bei ihrem letzten Treffen entgegengeschrien? Du bist das Monster! Du bist das Monster! Immer wieder. Das war ihr Abschied voneinander gewesen. Seither gingen sie sich aus dem Weg, und wenn sie sich zufällig trafen, sprachen sie nicht miteinander. Gustav unterließ es, obwohl das in seiner Macht gestanden hätte, ihr irgendwelche Aufgaben zuzuweisen. Manchmal fehlte sie ihm wie eine vergangene Lust, deren Wiederholung man sich sehr wünscht.

Seine Gedanken gingen von einem zum andern. Von der Maikäferplage im letzten Jahr, als die Engerlinge gierig die Wurzeln der Rosenstöcke zerfressen hatten, zu dem, was in diesem Jahr zu tun war, und mit einem Mal fühlte er sich sehr allein. Dabei war doch dieser Tag ein Tag des Triumphes. Da sollte er sich nicht einsam fühlen. Denn er hatte gesiegt: Die Tiere kamen weg. Friedrich Wilhelm IV., dem die Insel nicht dasselbe wie seinem Vater bedeutete und der sie kaum mehr besuchte, hatte endlich einem entsprechenden Vorschlag von Lichtenstein zugestimmt und ein Stück der alten Fasanerie am Berliner Tiergarten für einen modernen städtischen Zoo zur Verfügung gestellt. Und als deren Gründungsbestand war die Menagerie der Pfaueninsel vorgesehen. Damit würde die Insel endlich so werden, wie er es sich immer ausgemalt hatte. Endlich würde er ihr die Sehnsucht austreiben und all die Phantastereien, denen es Marie und ihr Bruder und der Riese und Maitey allein zu verdanken gehabt hatten, hierherzukommen, und all das Vieh aus aller Welt. Nichts mehr würde bleiben davon.

Gustav riß den Blick von den Sonnenflecken unter den Pappeln an der Anlegestelle los und öffnete die letzte Inventarliste des Tierbestandes der Königlichen Menagerie auf der Pfaueninsel, die es geben würde, und in die der König höchstselbst die weitere Verwendung der Tiere und ihrer Anlagen eingetragen hatte.

Affenhaus: 1 Mandrillaffe, 4 Kapuzineraffen, 1 grüner Affe, 1 Maci, 3 Javaneraffen, 1 Klammeraffe, 2 Waschbären, 1 Aguti aus Ostindien, 2 Tibetkatzen. Es erhält der zoologische Garten die Gebäude und die Thiere. Känguruhhaus: 3 Känguruh. Es erhält der zoologische Garten Gebäude und Thiere. Schafstall: 17 tibetanische Ziegen, 1 Ziegenbock mit 4 Hörnern, 4 Ziegen, 1 amerikanische Ziege, 20 schottische Schafe, 3 ägyptische Schafe, 4 ungarische Schafe, 4 spanische Schafe, 1 Mufflonschaf, 4 Zebu, 2 kleine Zebukühe, 1 Zebukalb, 2 Hunde. Der Garten die Thiere, welche er braucht, das Gebäude bleibt. Lamahaus: 2 Lama aus Peru. Die Thiere der Garten, nicht die Gebäude. Bärengrube: 1 Bär aus Rußland. Der Garten das Thier. Stall für wilde Schweine: 3 Schweine. Biberbau: 2 Biber. Thiere und Gebäude bleiben auf der Insel. Adlerhaus: 2 Seeadler, 2 Schreiadler, 1 Schneeule, 2 Baumeulen. Gebäude und Thiere an den Garten. Volière: 2 Nachtreiher, 4 Löffelreiher, 1 Kranich, 1 Wasserhuhn, 4 weiße Lachtauben, 5 graue Lachtauben, 2 Turteltauben, 2 wilde Tauben, 8 Hühner, 1 goldgelbes Huhn, 6 podolische Hühner, 6 türkische Hühner, 3 Strupphühner, 2 Condor, 6 Crammetsvögel, 1 Schwarzamsel, 2 Dompfaffen, 8 Lerchen, 2 Kanarienvögel, 9 verschiedene Vögel. Ententeich und Wasservögelvolière: 12 Pfauentauben, 50 Flugtauben, 12 chinesische Gänse, 1 Gans mit drei Füßen, 2 Südsee-Gänse, 15 podolische Enten, 1 Surinamer Ente, 15 türkische Enten, 8 Märzenten, 5 Zwergenten, 6 junge Perlenten, 2 columbische Enten, 6 junge Schellenten, 2 Rohrdommeln. Der Garten die Thiere, die er braucht, die Gebäude bleiben. Im Freien: 6 weiße Störche, 2 schwarze Störche, 5 weiße Pfauen, 48 Pfauen. Thiere und Gebäude auf der Insel. Dachsbau: Ein Dachs. Gebäude und Thier an den Garten.

* * *

Irgendwann in den nächsten Jahren, an einem jener Tage, die noch den späten Sommer spüren lassen, ohne ihn mehr zu haben, und deren frühe Kälte einem schon so in die Glieder kriecht, daß man wie betäubt darauf hofft, sie möge endlich die Klarheit gewinnen, die es ermöglicht, sie zu ertragen, zog es Marie plötzlich wie ein Tier, das sich für den Winter in seinen Bau zurückziehen will, in das hölzerne, kalte Schloß, das seit langem schon die meiste Zeit leer stand. Bald schien sie ganz dort zu wohnen, und die Gärtner begannen sich darüber zu wundern und zu tuscheln, doch da Gustav Fintelmann nichts unternahm, gewöhnten sich die Bewohner der Insel schnell daran, daß das alte Schloßfräulein jetzt im Schloß lebte, das ansonsten niemand betrat und das längst wieder jene Kulisse geworden war, als die es der verliebte Vater des nun toten Königs mit seiner Geliebten einst errichtet hatte.

Der neue König, der sich nur sehr gelegentlich für einige Stunden im Sommer zur Insel rudern ließ, ohne jemals dort zu übernachten, wo er doch viele Tage seiner Kindheit verbracht hatte, entzog der Insel nach und nach die Mittel. Menageriedirector Sieber trat in den Dienst des Zoologischen Gartens von Berlin über, die Tiere wurden entsprechend den königlichen Verfügungen nach Berlin gebracht, ihre Ställe abgebrochen. Das Lamahaus brannte ab, und viele der Tiere gingen dabei zugrunde. Das Rotwild der Insel kam in den Wildpark Pirschheide bei Potsdam, das Damwild ins Forstrevier Grunewald. Das Affenhaus wurde abgetragen, ebenso der Biberbau und der Taubenturm. Man begann, die Freiflächen des mittleren Inselteils wieder mit Buchen und Eichen zu bepflanzen, und mit dem Verschwinden der Menagerie gab man auch die komplizierte Lennésche Wegführung im

Süden der Insel auf und legte eine Chaussee an, auf der man schneller zur Meierei gelangen konnte.

Marie erkannte die Stille aus ihrer Kindheit wieder, auch die Leere auf den Wegen, als die Besucher immer mehr ausblieben, dann die Weise, wie die Natur sich mit großer Selbstverständlichkeit zu dem zurückverwandelte, was sie einst gewesen war. Alles Künstliche verschwand in dem Moment, in dem der Wille verschwand, es zu erhalten, und was eben noch modern gewesen war und Versprechen einer neuen Zeit, sank lautlos und kraftlos als Mode zurück ins Vergessen. Das Vergehen der Zeit, dachte sie, war ja vor allem ein Vergehen von Zukunft und ein Sieg der Vergangenheit. Einer Zeit also, zu der sie gehörte und die nicht verging. Groß war die Aufregung, als Tagelöhner in der Hirschbucht die Scherben eines von Baumwurzeln gesprengten groben Topfes entdeckten und darin vier Ringe, Opfergaben wohl aus alter Zeit, die, wie Marie fand, nicht zufällig gerade jetzt zum Vorschein kamen. Seltsam beruhigt las sie ihre Lieblingsbücher von früher noch einmal: *Die nächtlichen Erscheinungen im Schlosse Manzini*, *Das schöne Mädchen von Perth* und *Armut, Reichtum, Schuld und Buße der Gräfin Dolores.*

Und immer öfter, als rückte sie tatsächlich näher, sprach man auf der Insel von der Stadt, von den unendlich langen Straßen aus nichts als Stein, von schloßhohen Mietshäusern, von Hinterhöfen und von den unzähligen Menschen, die in den Manufakturen und Fabriken arbeiteten, von Kanälen und Kähnen voll Ziegel und Kohle, von einem abgesetzten König aus Hannover, den die Stadt verschluckt hatte, von Biergärten und politischen Versammlungen, von Elend und Hunger. Doch all das blieb so lange in weiter Ferne, bis in einer verhangenen, gänzlich sternlosen, aber windstillen

Märznacht des Jahres 1848 gegen zwei in der Früh ein Kahn am Steg der Pfaueninsel festmachte und zwei Soldaten auf die Holzbohlen kletterten, die bei der großen Kälte, die herrschte, von feinem Rauhreif überzogen waren.

Atemwolken vor dem Gesicht, sahen die beiden sich vorsichtig um, dann halfen sie vier dickvermummten Gestalten aus dem Kahn, zwei Frauen und zwei Männern, und ohne ein Wort stapfte die kleine Gruppe so schnell es ging zum Kastellanshaus hinauf. Man zögerte einen Moment vor der Tür, dann gab jene Gestalt, die als letzte den Kahn verlassen hatte, einem der Soldaten Ordre, die Scheibe einzuschlagen, mit einem lauten Scheppern zerbarst das Glas unter dem Knauf eines Säbels, die Scherben zerklirrten auf den Dielen, schnell war man drinnen und zog die Tür zu. Ein kleines Kind fing irgendwo im Haus an zu schreien, eine Petroleumlampe auf der Anrichte neben der Tür wurde entdeckt und entzündet, Türenschlagen im ersten Stock, Geflüster, dann Rufe, wer da sei. Schritte, die zögernd die Treppe herabkamen. Die Lampe warf einen zitternden Schein um die Gruppe, und einer der beiden Soldaten, ein junger Mann, das Gesicht rot vor Kälte, rief Gustav Fintelmann entgegen: »Ihre Königliche Hoheit, der Prinz von Preußen!«

Gustav stand unschlüssig im Hausmantel vor der Gruppe, um die noch die Kälte dampfte, bis einer der Eindringlinge den Shawl, der ihm das Gesicht verdeckte, löste und beide Hände dem alten Freund aus Kindertagen entgegenstreckte. Das brach den Bann. Jetzt erkannte und begrüßte man einander freudig, während verschlafen der junge Gartengehülfe auftauchte, der sein Bett unter den beengten Verhältnissen des Hauses im Arbeitszimmer Fintelmanns aufzuschlagen pflegte, und Mascha, die Haushälterin, ein junges Ding, das von Nikolskoje herkam. Der Prinz stellte dem Gärtner seine Frau vor, Prinzessin Augusta von Sachsen-Weimar-Eisenach, eine Schönheit mit dunklen Schläfenlocken und großen Augen, die von dem hellen Teint ihrer Haut abstachen, der sie in der dicken winterlichen Vermummung, die sie nun langsam abschälte, sehr jung erscheinen ließ. Was man, wie Gustav bemerkte, von seinem Freund nicht behaupten konnte. Der Junge, an den er sich erinnerte, war nun ein Mann von fünfzig Jahren, die Uniform saß prall um den kompakten Leib, mit einem buschigen Schnurr- und ebensolchem Backenbart und einer beginnenden Halbglatze, dessen Augen tief unter den hängenden Lidern lagen.

Bei den Begleitern des Paares handelte es sich um ein Fräulein von Reindorf, die noch ganz junge Kammerfrau der Prinzessin, und den Kammerdiener Krug, der gleich geschäftig für Ordnung zu sorgen begann, die Überkleider entgegennahm und das Gepäck, das von einem der Soldaten hereingeschafft wurde. Gustav bat alle ins Wohnzimmer, ließ die Lampen entzünden, Schnaps holen und Tee bereiten und an Essen, was in der Küche war, auftischen. Seine Frau werde gleich zu ihnen kommen, sie sehe nur kurz nach den Kindern und kleide sich an.

Das wenige, das Gustav über die augenblickliche Lage in Berlin wußte, hatte er aus Briefen von Kollegen, die Zensur ließ den Zeitungen dieser Tage wenig Raum. Aber man flüsterte doch dies und jenes, zumal die Situation spätestens seit der Hungerrevolte vom letzten Jahr unverändert prekär schien und nach Auflösung drängte. Die Hoffnungen der Liberalen auf den neuen König hatten sich nicht erfüllt, ganz im Gegenteil war überall eine große Unruhe spürbar, und selbst hier auf der Insel führte man, wie Gustav wußte, Reden gegen ihn. Mit alldem brachte er das nächtliche Auftauchen des Prinzen unwillkürlich in Zusammenhang, und tatsächlich begann dieser, kaum, daß sie Platz genommen hatten, und während noch Stühle gerückt und Gläser gebracht wurden, zu erzählen.

»Es hat eine Zusammenrottung gegeben, Handwerksgesellen, Studenten, Arbeitergesindel. Tausende. Eine Proklamation wurde verlesen. Als der Mob nicht weichen wollte, habe ich die Garde schießen lassen. Es gab Tote.«

Der Prinz räusperte sich und blinzelte Gustav unsicher an, griff nach einem Schnapsglas und stürzte den Korn hinunter. Gustav nickte Mascha zu nachzufüllen.

»Sie haben sich bewaffnet. Sie bauen Barrikaden, aus Marktständen und Transportkarren und derlei, es gibt Kämpfe in den Straßen.«

»Und es gibt Lieder. Über den Schlächtermeister von Preußen«, bemerkte die Prinzessin leise und blies über den heißen Tee in ihrem Glas hin.

Es hieß, ihre Ehe sei nicht glücklich. Sie sei ihrem Mann zu intelligent und vor allem zu liberal. Der Ton in Weimar wird ein anderer gewesen sein, dachte Gustav, und überlegte, während er sie betrachtete, was von den Gerüchten zu halten sei, sie langweile den Prinzen vor allem als Frau. Er fand sie hübsch. Etwas porzellanen, aber hübsch.

»Ich war dafür, alle zusammenzuschießen. Aber Fritz hält es für angebracht, zu verhandeln. Und da mußte ich zunächst einmal aus der Stadt. Ich soll nach England.«

In diesem Moment kam Eulalia herein, sehr aufgeregt, doch der Prinz nahm sie gleich lachend bei den Händen und bedankte sich bei der Frau des Freundes für die Gastfreundschaft in der Not.

»Wir wohnen so einsam, man muß sich keine Sorgen machen«, sagte Gustav. »Und die Fintelmänner waren immer ergebene Diener des Königshauses, es ehrt uns, daß Sie zu uns kommen, Königliche Hoheit. Ich werde den Kahn gleich mit Steinen beschweren und versenken lassen, damit morgen niemand Verdacht schöpft.«

Als die entsprechenden Anweisungen gegeben und auch entschieden war, die Gäste nicht im Schloß unterzubringen, um nur kein Aufsehen zu erregen, spürten alle, nachdem die Aufregung nun überstanden schien und auch der Schnaps seine Wirkung tat, ihre Müdigkeit, und man ging schlafen.

Eine improvisierte Feier aus Anlaß des Geburtstages des Prinzen, der nun gerade in diese Tage der Flucht fiel, bildete dann den Rahmen des Mittagessens am nächsten Tag, zu dem ihre Hoheit sich auch das Erscheinen des Schloßfräuleins wünschte, an das er sich aus Kindertagen erinnerte. Gustav, dem diese Bitte fast ebenso wie die Notwendigkeit, den Anlaß angemessen auszurichten, Unwohlsein bereitete, ließ gleichwohl am Morgen Mascha zu Marie ins Schloß schicken und sie instruieren.

Dennoch betrat Marie das Eßzimmer erst, als man schon zu Tisch saß. Das gehörte sich nicht, aber sie hatte den ganzen Vormittag mit sich gerungen, und es hatte sie große Überwindung gekostet, ins Kastellanshaus zu kommen. Und nun stand sie in dem altvertrauten Raum, und die Töchter Gustavs sahen von ihren Stühlen mit neugierigen Augen auf sie herab, den ungewohnten Gast, während sie einen entsetzlich langen Moment nicht wußte, wie sie zum Kopf des Tisches gelangen sollte, an dem der Prinz von seinem Ehrenplatz aufgestanden war und sie lachend zu sich winkte. Doch schließlich gelang es, und auch die Fragen, die er ihr stellte, überstand Marie ohne Stocken und Irritationen, und selbst auf ihren alten Kinderstuhl zu klettern, den man ihr neben die Plätze der Kinder gestellt hatte, meisterte sie trotz der Peinlichkeit, die es ihr verursachte, so beiläufig wie möglich. Froh, als dann die Aufmerksamkeit sich wieder anderen zuwandte.

»Überall um das Schloß herum waren all diese Menschen. Wir hatten große Angst, wie wir da in unserer Verkleidung standen in der Nacht«, erzählte die Prinzessin noch einmal und wischte sich mit dem kleinen Finger einen Krümel aus der Mundecke.

»Die Gräfin Oriola begleitete uns. Aber zu unserem Glück kam, gerade als wir uns in dem Gedränge nach einem Wagen umsahen, die leere Equipage des Grafen Nostitz vorüber, und der brave Kutscher erkannte die Gefährlichkeit der Lage. Schnell lenkte er uns aus dem Menschengewühl hinaus und die Linden hinunter nach dem Brandenburger Tor, das wir Gott sei Dank ohne irgendeine Störung passierten, obwohl die Wachen, wie wir wußten, Befehl hatten, uns aufzuhalten. Doch wir gelangten sicher zu dem recht abgelegenen Anwesen des Geheimrats Schleinitz im Tiergarten. Der liebe Alexander von Schleinitz, kennen Sie ihn?«

Marie sah, wie Gustav und Eulalia den Kopf schüttelten. Es hatte gedauert, bis sie sich traute, von ihrem Teller aufzusehen. Gustav tranchierte den Braten, schenkte Wein nach.

»Wie geht es übrigens deinem Vater?« fragte der Prinz.

»Er wird alt. Hat den Tod des Königs sehr bedauert.«

Der Prinz nickte und zerbröselte eine Scheibe Brot.

»Noch vor Tagesanbruch«, fuhr die Prinzessin fort, »sind wir weiter nach Spandau, wo wir in der Zitadelle den gestrigen Tag zubrachten.«

»Während der Pöbel in Berlin sich anschickte, mein Palais zu plündern und anzuzünden!«

»Was aber«, wandte die Prinzessin mit ruhiger Stimme ein, »ein Mann aus dem Volk verhinderte, und zwar einzig dadurch, daß er das Wort *Nationaleigentum* an die Mauer schrieb.«

»Wie dem auch sei. Jedenfalls wartete in Spandau ein Boot. Und nun sind wir hier, Gustav!«

Marie sah, daß Gustavs Frau vor Stolz glühte. Und wie er, als sie einmal etwas sagte, das große Heiterkeit hervorrief, seine Hand stolz auf ihren Unterarm legte. Wie sein Mund sich öffnete und wieder schloß beim Essen. Sie selbst bekam keinen Bissen herunter. Siebzehn, unser Sohn ist jetzt siebzehn, dachte Marie und konnte nicht aufhören, Gustav zu mustern. Wie er sich hielt und wie er schaute, welchen Anzug er trug und wie er lachte. Kein Mensch, den wir einmal geliebt haben, wird uns wieder gänzlich fremd. Gerade, als Marie sich ermahnte, ihn nicht anzustarren, traf sie der Blick der Prinzessin, und sie sah darin die Überraschung über das, was die junge Frau entdeckt zu haben glaubte. Marie spürte, wie sie errötete, und schlug die Augen nieder.

Und als der Prinz sich bei Einbruch der Nacht mit zwei Ackerpferden und einem Wagen, den der Gespanndiener Stoof lenkte, auf den Weg nach Nauen machte, wo Extrapostpferde vorgespannt wurden und Stoof mit den eigenen Tieren umkehrte, dann weiterreiste bis Hagenow, wo der Wagen in den Zug nach Hamburg verladen wurde, wo er wiederum am 24. ankam, sich umgehend unter dem Pseudonym Lehmann an Bord der *John Bull* begab und nach London in See stach, hielt die Stille, nun schwer und lastend, wieder Einzug auf der Insel. Kaum war der hohe Besuch ins Dunkel verschwunden, verabschiedete auch Marie sich, wobei Gustav und sie es vermieden, einander die Hand zu geben, und wanderte dann lange in dieser Nacht durch die Räume des kalten Schlosses und dachte an ihr Kind, das jetzt siebzehn Jahre alt sein mußte, und daran, wie Gustavs Mund sich geöffnet und geschlossen hatte und wie seine Hand auf dem Arm seiner Frau lag. Ziellos kratzten ihre Gedanken über die Erinnerungen hinweg, ohne daß diese undeutlicher geworden wären.

Wie erzählt man, wenn Zeit erzählt werden soll? Was ist wichtig, was vernachlässigbar? 1846 wurde Gustav ein Sohn geboren, Gustav Adolf, im Januar des darauffolgenden Jahres starb seine Tochter Anna Charlotte Luise, dann brachte seine Frau Luise Clara Emma zur Welt. 1847 wurde im Opernhaus in Berlin das Ballett *La Esmeralda* nach dem *Glöckner von Notre Dame* aufgeführt, einem Roman, den Marie so sehr mochte, daß sie ihn schon dreimal gelesen hatte. Esmeralda erschien darin in Begleitung einer Ziege, die man eines Tages von der Pfaueninsel holte, was Marie den plötzlichen Wunsch eingab, einmal nur in Berlin ins Theater zu gehen, und sie hätte sich fast überwunden, Gustav darum zu bitten, es ihr zu ermöglichen. Sie tat es nicht. Kein Wort davon. Und kein Wort von Gustavs Reise 1850 in den Madlitzer Park der Finkensteins, und keines über die französische Schauspielerin Rachel, obwohl noch heute eine Statuette am Schloß ihren Auftritt auf der Insel in einer Julinacht 1852 bezeugt. Anlaß war der Besuch von Zar Nikolaus und Zarin Alexandra, jener Lieblingstochter Friedrich Wilhelms III., der er einst Nikolskoje errichtet hatte und deren Geburtstag mit einem Gondelcorso von tausend Booten auf der Havel und dem Auftritt der berühmten Tragödin gefeiert wurde, die auf der Schloßwiese im Fackelschein Racine deklamierte. Vorstellbar, daß Marie im Dunkel dabeistand und lauschte.

Es ließe sich auch erzählen von dem, was sie las in all den Jahren, die sie noch hatte, längst nicht mehr die Bücher aus dem Schloß, dafür Balzacs *Glanz und Elend der Kurtisanen*, gleich nachdem es auf deutsch erschien, dann den *Graf von Monte Christo* und Hawthornes *Der scharlachrote Buchstabe*, nichts davon ist noch notwendig für diese Geschichte. Die Jahre vergingen.

Und was ist mit dem, was zuvor geschah und hier auch keine Erwähnung gefunden hat? Den Dingen und Geschichten also, die fehlen? Was änderte sich, fügte man sie nachträglich noch in das Bild ein? Etwa die sogenannte *Montagne russe*, die unerwähnt blieb, obwohl die Zeitgenossen diese Vergnügung sehr schätzten, und die aus einem hölzernen Turm bestand und vier Rollwagen, zwei gelb und zwei blau gestrichen, Sitze und Lehnen gepolstert und mit eisernen Rollen versehen, mit denen man, die Dame saß, der Herr stand auf den Kufen hinter ihr, eine Holzbahn vom Dach des Turmes hinabrollte. Und unerwähnt blieb, daß man im Winter auf der Insel jährlich zwischen zwanzig und siebzig Schock Rohr schnitt und verkaufte, ein Schock aus sechzig Bund, jeder Bund einen Fuß stark. Nicht erwähnt wurde Friedrich Siegel, jener Invalide aus den Befreiungskriegen, der fünfzig Jahre lang Ameiseneier für die Fasanerie auf der Pfaueninsel sammelte. Nicht der kleine Wagen für die Shetlandponys, den es auf der Insel gab, und nicht Gustav Fintelmanns Brief vom 12. Januar 1867 an den Gartenintendanten Graf Iwan von Keller: *Habe eine Todesanzeige schon mehreremale vergessen: Am 4. ist der alte Ponyhengst krepiert.* Nichts über seine Ernennung zum Oberhofgärtner und kein Wort vom Leben seiner Kinder und daß der Tierwärter Hermann Johann Becker, Schwiegervater Maiteys, nach der Auflösung der Menagerie als Nachtwächter mit Hellebarde, Laterne, Säbel und Doppelflinte die Insel bewachte. Er ist dort auch gestorben, im Jahr 1866, fast genau dreißig Jahre nach seinem Vorgänger, dem Tierwärter Daniel Wilhelm Parnemann.

Und nicht wurde erzählt, daß in der Nähe des Jagdschirms eine Quelle ihr Wasser in eine steinerne Muschel ergoß und daß Gustavs Bruder Priester in Nikolskoje war, nicht jene Begegnung auf einer Bank an der Schloßwiese, bei der Friedrich Wilhelm III. seinem Sohn die Hochzeit mit der Gräfin Radziwill ausredete. Die angeblich tausendjährige Königseiche wurde nicht erwähnt, um die herum, wie auf dem Plan von 1828 zu erkennen ist, Lenné einen Weg hatte anlegen lassen. Man mag sie einsetzen ins Bild, aber ist es nötig? Fehlt all das? Ist es von Belang, daß es in Wirklichkeit nicht nur den einen Steg am Kastellanshaus gab, der übrigens dem König vorbehalten war, sondern einen weiteren am sogenannten Überfahrerhaus, noch einen an der Küche und einen vierten an der westlichen Spitze des Parschenkessels? Und daß in jenem Überfahrerhaus am Landungssteg Matrosen wohnten, genannt *Mariniers*, die man als Besatzung der *Royal Louise* hier stationiert hatte?

Die *Royal Louise*? Nach dem Sieg über Napoleon machten die Könige von Rußland, Preußen und England einander Geschenke, und so erhielt der preußische König 1814 aus London ein kleines, dreimastiges Boot für Fahrten auf der Havel, welches aber, da es auch im Winter an der Pfaueninsel vor Anker lag, nach fünfzehn Jahren so verrottet war, daß der englische König William IV. 1831 dem *Royal Dockyard* in Woolwich den Auftrag zum Bau eines Nachfolgers erteilte.

In Takelage und Rumpfform, Kanonengang, Heckgalerie und Galionsfigur entsprach es, im Maßstab 1:3, ganz den modernen Fregatten der Royal Navy jener Zeit. Wer mag, stelle sich vor, wie Marie es jenseits des dichten Schilfgürtels auftauchen sah mit geschwellten Segeln, gleich einer optischen Täuschung auf der kleinen Havel groß wie eine echte Fregatte auf einem echten Meer. Vielleicht, nein sehr wahrscheinlich ist sie darauf mitgefahren, nirgendwo hätte sie sich maßstabsgerechter einpassen können, und das wird dem Hof nicht entgangen sein. Fügen wir es also nachträglich ein, dieses Schiff und Marie darauf. Wir können es aber auch wieder wegdenken und herausnehmen aus dem Bild, um vielleicht besser zu begreifen, welche Leere Marie umgab, und um das Vergehen der Zeit selbst zu verstehen. Die Stille der Insel, von der die Tiere verschwunden waren und alle Menschen, die ihr einmal etwas bedeutet hatten. Die Leere des Schlosses, die Leere der Tage.

Das einzige, was Marie in all den Jahren auf der Insel noch lebendig schien, war das Palmenhaus. Doch nicht nur, weil Christian darin gestorben war, ging sie nie mehr hinein, sondern weil es ihr vorkam, als flösse alle Wärme der Insel, wie in ein lebendiges Grab, hinter seine gläsernen Wände. Und manchmal sah Marie im Vorübergehen Gustav hinter den Scheiben und inmitten seiner Palmen.

* * *

»Sie dürfen das nicht!«

Marie blieb überrascht stehen. Auf der Schloßwiese saß, nein lagerte ein Mann, bequem auf dem Unterarm und mit locker übereinandergeschlagenen Beinen, vor sich ein unansehnliches Blechgeschirr und eine Flasche, die er dem Felleisen entnommen haben mochte, das neben ihm lag. Er lächelte sie mit vollem Mund an. Es sei nicht gestattet, mitgebrachte Speisen und Getränke auf der Insel zu verzehren, erklärte Marie und ging einen Schritt näher zu dem seltsamen Gesellen hinüber, der wie ein älterer Fischer aussah mit seinen kurzen grauen Stoppelhaaren, dem aufgeknöpften Hemd, den Kniehosen ohne Strümpfe, und wartete auf eine Antwort, die er ihr aber nicht gab. Statt dessen griff er in den Blechbehälter, nahm vorsichtig etwas heraus und hielt es ihr kauend hin.

Wildgänse zogen in langen Formationen über die Insel Richtung Osten und schrien dabei wütend in den hohen blauen Himmel hinein. Es war der erste Tag in diesem Jahr, an dem die Sonne wärmte. Im stumpfen, welken Wintergras zeigte sich schon das Grün. Marie wurde schwindelig, denn es kam ihr plötzlich so vor, als drehten sich die Jahreszeiten nur um sie, immer nur um sie, wie ein Carrousel. Der Sommer würde wiederkommen und der Herbst und dann wieder ein Winter und wieder ein Frühjahr, und Rohrweihen und Fischadler würden wieder auf der Havel jagen, Kormorane und Graureiher in ihren kotweißen Bäumen nisten und im Röhricht des Parschenkessels Haubentaucher und Bläßhühner. Man würde wieder, wie jetzt im April, das *Zilp-Zalp* des Zilpzalps hören und das Schreien des Milans im Sommer ganz weit droben im Himmel am Mittag, und in den Nächten würden die Nachtigallen wieder in den Eichen nahe der Fontäne singen, lautlos Störche vorüberziehen und mit lautem Klatschen schwarze Schwanenfüße das Wasser treten, wenn die großen Vögel unbeholfen aufflogen. Und das Krächzen der Saatkrähen auf den kahlen Bäumen um die Meierei würde man den ganzen Herbst und Winter hindurch hören, wenn die Tafelenten und Schellenten, Reiherenten und Gänsesäger dicht nebeneinander auf ihren Rastplätzen in den Buchten schaukelten. Und immer von neuem. Und immer wieder. Hilflos sah sie sich um. Wie groß der Götterbaum geworden war, den Lenné hatte pflanzen lassen! Welches Jahr schrieb man denn? Marie schlug vor Entsetzen die Hand vor den Mund.

»Probieren Sie!« sagte der Mann mit sanfter Stimme und lächelte ihr zu.

Doch sie konnte nur heftig den Kopf schütteln, als hätte er ihr ein ungehöriges Angebot gemacht. Und ihr fiel ein, wie sie aussah, in diesem alten Kleid, das an mancher Stelle geflickt war und an anderen nicht einmal das. Sie hatte sich am Morgen nicht gekämmt.

»Was tun Sie hier?« fragte sie tonlos.

Der Mann schwenkte seine breite Hand mit den kurzen dicken Fingern und jener seltsam bleichen Knolle, die er ihr anbot. »Für gewöhnlich kommt meinesgleichen ja nicht so weit aus der Stadt heraus. Aber ich hatte in Potsdam etwas auszuliefern, und da dachte ich: Statte ich doch der berühmten Pfaueninsel einen Besuch ab. Das hier sind die Reste meiner Lieferung. So probieren Sie doch!«

Marie ignorierte das Angebot noch immer. Doch sie spürte erleichtert, wie der Schwindel sich langsam legte. »Was ist das, was Sie da haben?«

»Ich bin Koch, ein Leihkoch. Ich koche auf Gesellschaften, Hochzeiten, Beerdigungen. Und mache auch kleine Sachen bei mir zu Hause, die ich dann verkaufe. Wie das hier. Setzen Sie sich doch zu mir, dann erkläre ich Ihnen, was es ist.«

Marie sah sich um, als könnte sie bei etwas Verbotenem ertappt werden, obwohl sie wußte, daß da niemand war.

Und dann setzte sie sich tatsächlich zu ihm ins Gras. Es tat gut zu sitzen, ihre Beine zitterten noch immer. Und auch die Sonne tat gut.

»Also: Was haben Sie da?«

»Erst probieren.«

Er mochte wohl, schätzte Marie, etwa so alt sein wie sie selbst. Das Lachen, das aus seinen Augen sprach und um seine Lippen spielte, kontrastierte mit den schweren Lidern und den Falten um den Mund. Das Leben zog an einem, wenn man älter wurde, dachte Marie und ordnete ihr Kleid auf dem Rasen. Jenes Ding schien aus Teig zu sein, weich, und sie meinte ein Gewürz zu riechen, ohne zu wissen, was es war. Seine Finger glänzend vor Fett. Daß er aber auch keine Gabel hat, dachte sie mißbilligend, sah sich noch einmal um, nahm ihm das Teigstück aus der Hand und steckte es ganz und gar in den Mund.

Er sah ihr neugierig zu. »Für gewöhnlich ißt man sie warm, aber was gut gekocht ist, schmeckt auch kalt.«

Es war tatsächlich Teig, ein aromatisch nach Brühe schmeckender Teig, der eine weiche Masse umhüllte, die sofort sämig ihren ganzen Mund ausfüllte, als sie hineinbiß, und so viele Geschmäcker zur selben Zeit zu enthalten schien, daß sie vor Überraschung die Augen schloß. Pilze waren das, so intensiv, daß sie ihren würzigen, erdigen Geruch im selben Moment in der Nase zu haben meinte, dazu etwas Milchigfettiges und zugleich Herbes, Käse wohl, aber sie war sich nicht sicher, da war noch etwas Festeres, Fleisch vielleicht, und ein Aroma, das in ihrem Mund zu knospen schien, so daß sie an Blüten denken mußte, und dann auch noch etwas Scharfes und das alles durcheinander, und sie kaute und schluckte und kaute und hatte noch nie etwas so Feines gegessen.

Obwohl sie unbedingt wissen mußte, was das war, ließ sie sich noch einen Moment Zeit, als sie alles heruntergeschluckt hatte, bevor sie die Augen wieder öffnete.

»Was ist das?«

»Rafiolen.«

»Rafiolen? Kann ich noch eine?«

»Aber gewiß.«

Und während sie die nächste Teigtasche, die er ihr hinhielt, ganz vorsichtig in den Mund nahm und zunächst nur daran lutschte, erklärte er ihr, es handle sich bei Rafiolen um so etwas wie kleine Pastetchen, aber weich, in Italien mache man derlei, meist in Form einer Auster oder einer Muschel oder eines Hasenohrs, in die allerlei eingeschlagen werde, in diesem Fall getrocknete Steinpilze, die er zuvor in Wasser eingeweicht, kleingehackt und in Butter angeschwitzt habe. Dazu Kalbfleisch und Ziegenkäse.

»Und die Gewürze?« fragte Marie und schluckte den letzten Bissen hinunter.

»Muskatblüte, Pfeffer, gestoßener Rosmarin. Man siedet die Rafiolen in Fleischbrühe. Zuletzt werden sie in Butter geschmelzt.«

»Rosmarin. Das habe ich noch nie gegessen.«

Der Koch griff wieder in sein Blechgeschirr und gab ihr noch eine.

Marie musterte sie. »Es ist, als könnte man durch die dünne Haut eines Tierchens in es hineinsehen. Da, die dunklen Pilzstückchen. Wirklich wie ein weiches nacktes Tier.«

»Mögen Sie einen Schluck?«

Der Koch hielt Marie die Flasche hin, und sie trank, ohne darauf zu achten, was es war. Schwerer roter Wein. Sie aß das kleine weiche Tier. Der Himmel war hoch und blau. Es war früh am Nachmittag. Die Sonne wärmte sie durch und durch.

»Wie heißen Sie?«

»Froelich. Jon Froelich.«

Sie mußte lachen. »Wirklich? Sie heißen Fröhlich?«

Sie konnte nicht aufhören zu lachen und sah ihn dabei wie etwas an, das man nach langem Suchen gefunden hat.

Und auch er mußte lachen. »Ja, aber man schreibt es anders.«

Marie nickte und fragte nicht, wie. »Meinen Sie, es gibt verschiedene Sorten Menschen?«

»Natürlich«, nickte er. »Vor allem Reiche und Arme. Aber auch Kranke und Gesunde.«

»Das meine ich nicht.«

Er überlegte einen Moment, dann grinste er. »Männer und Frauen, ja gewiß.«

»Auch das meine ich nicht. Glauben Sie, es gibt pflanzliche und tierhafte Existenzen?«

»Verstehe ich nicht.«

Marie schüttelte den Kopf. Nichts von alledem spielte noch eine Rolle.

»Ich weiß nicht«, sagte sie. »Wegen dieser Rafiolen, die ja beides enthalten, Pflanzliches und Tierisches. Vielleicht lieben wir das ja so sehr, weil es zusammengehört, aber in der Welt nicht zusammenfindet.«

»Was Sie so denken!«

Der Koch schüttelte lächelnd den Kopf und musterte sie schweigend. Plötzlich wieder ernst, sagte er dann: »Besuchen Sie mich doch einmal, dann koche ich richtig für Sie.«

»Das würden Sie tun?«

Zehntes Kapitel

Feuerland

Noch nie hatte Marie Gleise gesehen, diese Eisenbänder, die den Blick schneller und unbedingter mit sich wegziehen als jede Straße, und sie verlor sich in diesem Band, bis an seinem einen Ende, ein Stück nur entfernt von der Plattform, auf der sie wartete, der ächzende und zischende Dampfwagen von vielen Männern unter Mühen herumgedreht wurde, der dabei dampfend stillhielt wie ein sehr großes Tier.

Und als das eiserne Tier mit seinem Gesicht in die Flucht der Eisenbänder hineinglotzte, zischte und ächzte es plötzlich lauter, und dann, ohne daß man zuvor irgendeinen Willen oder eine Anspannung bemerkt hätte, kam es zu ihnen heran. Marie entdeckte auf dem offenen Führerstand der Lokomotive einen Mann in Uniform, der sich an Hebeln zu schaffen machte, dann kam der Tender, dann kamen die grünen Wagen, eingehüllt vom Dampf, in dem das alles vor ihr mit einem Schreien von Metall auf Metall auch schon wieder zum Stehen kam, und Marie schlug das Herz bis zum Hals. Als wäre es das Normalste, setzten die vielen Menschen um sie her, die mit ihr gewartet hatten, sich im selben Moment in Bewegung, kaum ihre Unterhaltung dabei unterbrechend, während zugleich uniformierte und allesamt schnurrbärtige Männer auf die hölzernen Trittbretter sprangen, die entlang der Waggons verliefen, und die vielen Türen öffneten, in die alles hineindrängte.

Die Trittbretter waren für Marie in einer höchst unbequemen Höhe angebracht, doch als sie davor zögerte, spürte sie auch schon Maschas Hand auf der Schulter, die sie nach vorn schob und dann mit einem beherzten Griff unter die Achseln auf das Trittbrett zum Abteil II. Klasse stellte, für das sie ihre Billets gelöst hatten. Dankbar, daß ihr Peinlichkeiten erspart blieben, stieg Marie die letzte Stufe hinauf und in den Wagen hinein, und bevor noch Mascha und sie ihre Sitze eingenommen hatten, wurde die Tür zu ihrem Abteil schon wieder zugeschlagen, ein Zittern durchlief die Wagen, ein schriller Pfiff war zu hören, und der Zug fuhr los. Schnell kletterte Marie auf die weich gepolsterte Sitzbank am Fenster. Das Glas klirrte im Rahmen, die gerafften schweren Vorhänge schaukelten, während der Zug Fahrt aufnahm und der rußige Dampf, dessen Geruch sie nicht mehr würde vergessen können, durch alle Ritzen zu ihnen hereindrang. Sie waren ganz allein im Abteil.

Mascha, in Berlin aufgewachsen, besuchte ihren Verlobten in der Stadt, und Marie hatte gebeten, sie begleiten zu dürfen, um endlich auch einmal Berlin zu sehen. Daß sie ein anderes Ziel hatte, hatte sie niemandem erzählt und so ihre eigentliche Absicht ein wenig auch vor sich selbst geheimgehalten. Und nun saß sie da und konnte kaum glauben, daß sie es wirklich getan, die Insel verlassen hatte, und hielt das kleine rechteckige Pappkärtchen fest in der Hand, auf dem *Von Potsdam nach Berlin* stand, und darunter: *2. Klasse bezahlt mit 15 Sgr. Zur Beachtung: 1. Dieses Billet ist nur für die durch den aufgedruckten Stempel bezeichnete Fahrt gültig. 2. Dasselbe wird vor der Abfahrt vom Schaffner coupiert, ist aber auf Verlangen auch während der Fahrt zur Vermeidung einer Nachzahlung des Fahrgeldes vorzuzeigen. 3. Jedem Passagier werden 50 Pfd. Reisegepäck frei befördert.* In der linken oberen Ecke des Billets prangte der Datumsstempel: *12. Juni 1860.*

Am Morgen dieses Sommertages, der heiß zu werden versprach, waren sie, nachdem die Inselbesucher heruntergeströmt waren, mit dem ersten Ausflugsschiff als einzige Fahrgäste nach Potsdam zurückgekehrt. Die *Havel*, ein flaches schmales Dampfboot, dessen Bug sich kraftvoll aufbog, ganz weiß gestrichen und mit einem hohen Schornstein in der Mitte, das Deck von einer glänzenden Messingreling umgeben und mit einer weißen Plane überspannt, hatte langsam den Jungfernsee überquert, während Mascha mit den Matrosen scherzte, die sie alle kannte, weil sie die Fahrt öfter unternahm, und Marie das glitzernde Wasser betrachtete und wie der Himmel über ihnen aufging und sich dabei an ihre allererste Fahrt erinnerte, als sie zusammen mit Christian auf die Pfaueninsel gekommen war.

Und noch jetzt im Zug spürte sie, wie glücklich sie damals gewesen war, so glücklich wie Kinder es sind, ohne auch nur zu ahnen, daß jene Fahrt ihr ganzes Leben bestimmen würde, mit allem, was schön darin war und furchtbar. Leicht war das Boot durch das Wasser geglitten, so leicht, wie ihre Freude gewesen war, und als sie jetzt daran zurückdachte, kam es ihr so vor, als könnte auch diese Fahrt jetzt eine sein in ein anderes Leben. Nicht in eines, das ihr bevorstand, sondern das sie auch hätte haben können. Nie mehr, seit die Großmutter damals mit Christian und ihr nach Potsdam aufgebrochen war, war sie jemals in Rixdorf gewesen, woher sie stammte, aber das Wort bewahrte doch ihr ganzes Leben hindurch seinen besonderen Klang für sie. Daran dachte sie, und der Zug hatte längst die verschiedenen Arme der Nuthe überquert, auch schon Nowaweß, die Webersiedlung mit ihren niedrigen, akkurat angelegten Häuschen hinter sich gelassen und bei Kohlhasenbrück die steinerne Brücke über die Bäke passiert und fuhr gerade durch den Machnower Wald, als Marie, immerzu hinaussehend und noch immer aufgeregt, während das Getöse von vorn, vom Dampfwagen her mit dem Rauch sie umgab wie eine Schärpe, endlich in den Sinn kam, wohin zu fahren sie beschlossen hatte.

Nicht einen Moment lang hatte sie nach ihrer Begegnung mit dem Koch ernsthaft erwogen, seine Einladung anders denn als charmanten Scherz aufzufassen, doch die Erinnerung daran hatte sie, gerade weil sie so schnell seltsam bruchstückhaft geworden war, nicht mehr losgelassen. Tatsächlich kam es ihr jetzt, kaum acht Wochen nach ihrer Begegnung, so vor, als hätte er sie zärtlich gefüttert, obwohl sie wußte, daß das natürlich nicht stimmte. Als hätte er sie gar nicht angesehen, jedenfalls konnte sie sich seine Blicke nicht mehr vergegenwärtigen. Und auch das, was er gesagt haben mochte, fiel ihr nicht mehr ein. Einzig den Geschmack jener köstlichen Teigtaschen wußte sie noch, wie sie sich noch niemals an den Geschmack einer Speise erinnert hatte. Und wie sie hatte lächeln müssen, als er sich in ihrem Mund ausbreitete, äußerst unpassend für die alte Frau, die sie ja inzwischen war.

Und dennoch hatte sie gestern am Abend von der Klugin einen Bottich heißes Wasser erbeten und mit dem Rasiermesser ihren kleinen Körper wie früher gründlich enthaart, rasiert und gezupft, ihre Achseln und die Haare auf ihren

Beinen und selbst ihr Geschlecht, ganz so, wie sie es früher getan hatte, und dabei ihren alten Körper, den sie für gewöhnlich so wenig wie möglich beachtete, seit langem das erste Mal wieder gemustert und überall berührt voller Resignation über das, was aus ihr geworden war. Sechzig Jahre war sie nun alt, und dennoch aufgeregt gewesen wie ein junges Mädchen. Es war absurd, und wenn sie jetzt daran dachte, spürte sie, wie sie errötete, und starrte hinaus, damit Mascha es nicht merke.

Aus dem Wald hinaus, fuhren sie durch die offene Heide, hielten in Zehlendorf und passierten die Dörfer Steglitz und Schöneberg, und dann tauchte auch schon die Stadt vor ihnen auf. Eine Brücke führte über den gerade fertiggestellten Kanal, der früher Landwehrgraben und vor wenigen Jahren noch Schafsgraben hieß, der Zug verlangsamte seine Fahrt unter unerträglichem Quietschen und lief in den Bahnhof ein. Wie alle Kopfbahnhöfe, die in jenen Jahren in Berlin entstanden, befand er sich vor der Akzisemauer, direkt vor dem Potsdamer Tor, wo sich, umsäumt von den Ausläufern des Tiergartens, der Ringweg an der Stadtmauer und die Landstraße nach Potsdam trafen, die hier ihren Ausgangspunkt hatte. Ihr entlang waren mit der Bebauung der Friedrichs-Vorstadt luxuriöse Geschäftshäuser und Villen entstanden und der Leipziger Platz zu einem verkehrsreichen Ort geworden, auf dem sich jetzt Bellevue-, Potsdamer, Leipziger und Linkstraße kreuzten. Erst vor wenigen Jahren war das alte, baufällige Tor durch zwei Torhäuser nach einem Entwurf Schinkels ersetzt worden. Der Bahnhof war der erste in Preußen, erbaut in den Jahren 1835 bis 1838, die Halle, die in jener Zeit Bahnwagenhalle hieß, ein eingeschossiger Flachbau, der nur ein einziges Gleis enthielt.

In Marie zitterte noch das Zittern des Zuges nach, aber auch die Aufregung, nun endlich hier zu sein. Es herrschte ein Gedränge, wie Marie es nicht kannte, es wurde geschrien und gerufen, ein Betrunkener ließ eine Flasche am Randstein zerschellen, ein Gendarm eilte herbei, Pferde wieherten und stampften in der Hitze, Wagenräder quietschten, und durch all das hindurch gingen scheinbar ungerührt Menschen, deren Kleidung Marie beschämte, sah sie doch, wie *démodé* ihre Haube mit dem breiten Band war, ihr Kleid mit den Keulenärmeln und dem weiten Dekolleté, die Schnecken, zu denen sie ihr Haar gelegt hatte. Die Frauen hier trugen weitschwingende Röcke mit Volants und hochgeschlossene Kleider aus Moiré oder Taft, die Haare in einem tiefsitzenden Chignon zusammengefaßt, die Männer zweireihige, ebenfalls hochgeschlossene Jacken, wie sie sie noch nie gesehen hatte, braun und grau, dunkelblau oder grün, darunter ein weißes Chemisett und ebensolche Manschetten, schwere Uhrenketten und dünne Stöckchen.

Unentwegt bimmelnd kreuzte die Verbindungsbahn den Platz, eine kleine rauchende und in den engen Kurvenradien ächzende Lokomotive mit einer langen Kette von Güterwaggons. Droschken warteten in langen Reihen auf Kunden, die Pferde müde und stumm, dazu die großen Kremser, die ihre Fahrgäste gegen kleines Geld eng gedrängt aufnahmen. Dazwischen suchten die gelben Pferde-Omnibusse, von Schöneberg kommend, ihren Weg nach dem Molkenmarkt, luden die Passagiere ab, und gleich strömten neue hinein. Und alle, schien es Marie, sahen sie an. Doch völlig anders als auf der Insel. Kalte, unverständliche Blicke trafen sie, und solche von einer ebenso kalten Neugier. Obwohl alles Heldenhafte unserer Zeit sich in Städten zuträgt, ist die Stadt kein Ort für Helden, was am notwendigen Vergessen liegt. Unerträglich wären die unendlich vielen Tode in den übereinander-, nebeneinander-, ineinandergepackten Wohnungen, gäbe es das Vergessen nicht, das in der Stadt so schnell greift wie in der besonders fetten Erde mancher Friedhöfe die Verwesung. Alles ist hier einmal neue Zeit, doch nichts wird überwunden, alles vielmehr zur Seite geschoben, und man selbst spürt nicht einmal, wie der Boden der Zeit sich unter den eigenen Füßen bewegt. Doch plötzlich ist das, was eben noch ein Versprechen auf Zukunft war, in die Vergangenheit gerückt, und etwas Neues scheint unwiderstehlich.

Noch immer standen die beiden Frauen unter den Arkaden des Bahnhofsgebäudes wie am Rand eines aufgewühlten Meers, doch dann nahm Marie allen Mut zusammen und erklärte ihrer Begleiterin, sie werde nun allein weitergehen. Mascha, die ihr auf der Zugfahrt ausgemalt hatte, wie sie gemeinsam unter den Linden flanieren würden, war so überrascht, daß sie nicht fragte, wohin Marie wolle, die, auf dem Weg zu den Droschken, mit einem Schritt in der Menge verschwand.

Der Droschkenkutscher half Marie hinauf, ohne eine Miene zu verziehen. Sie wolle nach der Linienstraße, erklärte sie und nannte die Hausnummer. Das sei dort, nickte er berlinernd, wo sich das Filiale von das Königliche Leihhaus in die Jägerstraße befinde, drückte seinen alten Zylinder mit der zerzausten schwarzweißen preußischen Kokarde wieder ins Gesicht, schwang sich auf den Bock, und schon zog das Pferd an. Marie rutschte tief in das speckigglatte Lederpolster hinein. Das Octogon des Leipziger Platzes weitete und schloß sich wieder, die Leipziger Straße legte ihre schnurgerade Schneise durch die Häuserzeilen, der Wilhelmsplatz mit dem Palais des Prinzen Carl lag plötzlich da wie eine grüne Decke, dann ging es die stille Jägerstraße entlang, in der die Hufe des Pferdes und die eisernen Radreifen auf dem Pflaster klapperten, in die Friedrichstraße hinein und über die Linden hinweg, am Holzmarkt vorüber und über die gußeiserne Weidendammer Brücke immer nach Norden, die Straße nun von Bäumen gesäumt. Marie, in der Hitze des Mittags und über sich den blauen Himmel, sog begierig die Eindrücke der Häuser auf, die vorüberzogen, und sah dabei zu, wie die Stadt sich während der Fahrt veränderte.

In nur einem halben Jahrhundert hatte die Bevölkerung Berlins sich auf weit über vierhunderttausend Einwohner mehr als verdoppelt, und vor allem die Vororte nahmen ständig weitere Zuwanderer auf. Während im Westen immer neue bürgerliche Viertel entstanden, sammelte sich dort, wohin sie jetzt fuhr, im Osten und im Norden der Stadt, die Armut, im Neu-Vogtland, in der Obdachlosenkolonie am Kottbusser Tor und in der qualvollen Enge im Scheunenviertel um die Neue Synagoge an der Oranienburger Straße, deren Bau erst im letzten Jahr begonnen worden war und wo die Juden sich niederließen, die vor den Pogromen in Rußland und Polen flohen. Hier war der Wohnraum billig, und hier vor dem Oranienburger Tor war auch Platz für die neuen Fabriken.

Feuerland, murmelte der Kutscher, sich nach ihr umsehend und in derselben Bewegung die Zügel anziehend, daß das Pferd hielt. Die Straße schien am Oranienburger Tor zu enden. Jenseits sah Marie Rauch, der zum Himmel stieg, und hörte ein unangenehmes Wummern, das, je näher sie gekommen waren, desto lauter geworden war. Der Kutscher nickte in die Linienstraße hinein. Marie zahlte und stieg aus.

Er wendete und fuhr davon. Die Straße breit und staubig und leer am Mittag. Mauersegler stürzten sich kreischend von den heißen Wänden herab. Auf alles war sie gefaßt gewesen, auf das atemlose Hasten der Weltstadt, das Durcheinander der Menschen, aber nicht auf leere Bürgersteige, blanke Fahrdämme, auf Öde und trostloses Mittagslicht. Dieses Wummern, das dumpfe Pochen mächtiger Dampfhämmer, durchdrang alles und schien den Boden selbst zu erschüttern. Der Droschkenkutscher hatte Marie gewarnt. Das sei keine Gegend für eine Dame wie sie. Marie spazierte die paar Schritte zum Tor hinüber, das ein kleiner Obelisk krönte, und spähte durch einen der Bögen hindurch. Feuerland, hatte der Kutscher gesagt.

Feuerland, so nannten die Berliner damals die Gegend nordöstlich des Oranienburger Tors, in der sich in den letzten Jahrzehnten Betriebe angesiedelt hatten, wie es sie noch niemals gegeben hatte, Eisen- und Walzwerke, rauchende Schlote, feurige Essen, die *Königlich Preußische Eisengießerei* am Ufer der Panke, die berühmte Lokomotivenfabrik von Borsig, die *Pflugsche Waggonfabrik*, dann Wöhlerts *Maschinenbauanstalt*. Aus unzähligen Schornsteinen stieg schwarzer Rauch in den Himmel, Abertausende fanden hier ihr Brot, und zu manchen Stunden des Tages wurde die Chausseestraße zum Flußbett eines Stroms von Arbeitern, ohne daß dieses Wort damals schon seinen heutigen Klang gehabt hätte. Ihr Jahrhundert begann erst.

Marie zögerte, ob sie dem Wummern und Hämmern nachgehen sollte, das sie von jenseits des Tors hörte, bog aber dann doch in die Linienstraße ein, die der Koch ihr genannt hatte. Die Linienstraße, die auch heute noch parallel zur Torstraße deren leichtem Bogen folgt und am Oranienburger Tor beginnt, war damals eine Straße der Trödler und Kesselflicker, Hehler, Dirnen und Wucherer, die in kleinen, engen Wohnungen, in Hinterhäusern und Souterrains als Schlafburschen und Chambregarnisten hausten. Ruhr und Scharlach zogen epidemisch von einem der feuchten Keller in den nächsten und die schiefen Stiegen hinauf bis unter die Dächer. Marie, die doch die Tagelöhner kannte, die auf der Insel arbeiteten, waren Menschen wie die, in deren Gesichter sie jetzt sah, noch nie in ihrem Leben begegnet. Als ob es in der Stadt eine andere Art von Schmutz und Armut gäbe. Wie schon am Bahnhof erschreckte sie die Kälte, die aus den Augen herausschaute, und ihre Unsicherheit wuchs, während sie die Nummern Haus für Haus herabzählte, bis sie vor der richtigen Adresse stand.

Im offenen Tordurchgang warteten tiefe Schatten, und Marie mußte sich überwinden hineinzugehen. Mit langsamen Schritten tastete sie sich aus der trockenen Straßenhitze in die kühle Kellerluft vor, die nach feuchtem Putz roch und nach Kohl. Niemand, der ihr hätte Auskunft geben können. An der Wand der Durchfahrt entdeckte sie schließlich den Stillen Portier, einen Holzkasten, in dem hinter einer Glasscheibe die Namen aller Mieter aufgeführt waren, unterteilt in Vorderhaus, Seitenflügel und mehrere Quergebäude, etagenweise geordnet. Ganz oben las Marie seinen Namen.

Nun kam sie sich lächerlich vor. Was tat sie hier? Sie blinzelte zögernd in das kleine Himmelsquadrat, zu dem die hohen Wände mit den unzähligen Fenstern vom ersten Hof hinaufstiegen. Doch schließlich gab sie sich einen Ruck und ging durch all die Torbögen und Höfe, das Buckelpflaster uneben und schadhaft, bis sie im letzten eine Pumpe sah, davor eine alte Frau an ihrem Waschtrog, und an der Brandwand zum Nachbarhaus eine Reihe von Aborten, von deren angefressenen Holztüren die Farbe abblätterte. Die Tür zum IV. Quergebäude so niedrig und klein, daß Marie sie beinahe nicht entdeckt hätte, und als sie sie öffnete, drängte im selben Augenblick ein Sandjunge, auf der Schulter die leere Molle, heraus. Madamken, Madamken, murmelte die abgerissene Gestalt vorwurfsvoll und drückte sich an ihr vorbei.

Langsam stieg Marie die vielen Stufen in den vierten Stock hinauf. Nach all dem Fremden, das sie in der Stadt in so kurzer Zeit gesehen hatte, fühlte sie sich wie betäubt, und es schien ihr, als ob in dem unablässigen Wummern, das auch hier im Treppenhaus noch zu hören war, die Stadt selbst nicht aufhörte, sie zu verfolgen. Kein Ort zum Bleiben. Ihr Ziel nur mehr etwas, an dem sie festhielt. Als sie die letzte der ochsenblutrot gestrichenen Stufen hinauf war, rang sie einen Moment lang nach Atem, bevor sie klopfte.

Er sah einfach zu ihr herab und lächelte. Strich sich mit der breiten Hand über den rasierten Schädel und lächelte sie sichtlich erfreut an. Marie hatte, was sie erst in diesem Moment bemerkte, völlig vergessen gehabt, wie er aussah, seine gedrungene Gestalt mit den schweren Gliedern. Jetzt erinnerte sie sich wieder, daß sie ihn für einen Fischer gehalten und daß er auch auf der Insel dasselbe weitaufgeknöpfte Hemd über den Kniehosen getragen hatte, die Ärmel aufgekrempelt. Wortlos ging er den kleinen Flur vor ihr her und führte sie in die Küche. Verschwand gleich wieder im Flur. Und sie wartete, völlig ruhig mit einem Mal. Das Wummern, das auch hier hereindrang, störte sie nicht mehr. Marie hörte die Gläser im Schrank aneinanderklirren und meinte zu spüren, wie der Fußboden im Takt zitterte.

Dann war er wieder da, in der Hand ein braunes Samtkissen, das er auf einen der beiden Stühle legte, den er unter dem Küchentisch hervorzog. Daß sie sich doch bitte setzen solle, war das erste, was er sagte, und sie tat es. Er lehnte an der graphitschwarzen Herdplatte, auf der ein großer Topf stand, in dem es leise simmerte, und betrachtete sie lange. Er freue sich sehr, daß sie gekommen sei. Ja, sagte sie.

Der gemauerte Herd mit gelbglasierten Kacheln in der Ecke des Raums, Feuerholz unter einem hölzernen Regal daneben, darauf ein Zinkeimer mit Wasser, auf dem Boden ein zweiter, über dem Herd an der Wand Töpfe und Pfannen, Kasserollen, Kellen, Schaumlöffel, Siebe und Kochlöffel. Auf einem Bord irdene Töpfe, Blechdosen, ein großer und ein kleiner Mörser aus grünlichem Stein, Holzbrettchen, Schüsseln aus Blech und ein Durchschlag, an Haken darunter Tassen an ihren Henkeln. Eine Wäscheleine über eine Ecke des Raumes gespannt. Vor dem offenen Fenster, an dem sie saß, Kräuter in kleinen Töpfen, deren Geruch hereinzog. Neben dem Küchentisch das Buffet, in dem die Gläser leise klirrten. Der Küchentisch selbst hatte eine Marmorplatte, über die sie jetzt mit der Hand strich. Die Kühle des Marmors fühlte sich schön an.

Er folgte amüsiert ihrem Blick. Er sei nur ein armer Chambregarnist, sagte er mit einem entschuldigenden Lächeln, ein möbliertes Schlafzimmer nach hinten hinaus und die Küche hier, das sei seine ganze Wohnung. Da sei sie in ihrem Schloß sicherlich anderes gewohnt.

Marie schüttelte den Kopf. »Ich bin so froh, Sie anzutreffen!«

»Und? Haben Sie Hunger?«

»Ja!« antwortete sie umstandslos.

Er lachte und drehte sich zum Herd um. Es dauere nur einen Moment, sagte er und rückte den großen Topf zurück auf die Flamme, holte Gläser aus dem Schrank, zog den Strohpfropfen aus einer Weinflasche, goß ihnen beiden ein, und sie tranken. Dabei erzählte er, als wäre es nichts Besonderes, daß sie jetzt hier bei ihm in der Küche saß, von einem Auftrag, den er heute habe, weshalb er später leider wegmüsse, auch noch einiges zu tun sei, obwohl er schon den ganzen Morgen gekocht habe und sie die Suppe gern probieren könne, die sei gleich fertig. Aber er habe etwas, um die Zeit zu überbrücken, sagte er, griff sich das Glas und trank es aus. Es sei zwar von gestern, aber was warm schmecke, sei auch kalt gut.

Marie erinnerte sich, daß er das auch auf der Insel gesagt hatte, während er einen großen Teller aus dem Schrank holte und vor ihr auf den Tisch stellte. Sie solle sich bitte bedienen, die Suppe komme gleich. Er schenkte sich nach, prostete ihr lächelnd zu, dann wandte er sich wieder an den Herd. Marie spürte, wic der Alkohol in ihren Körper sackte und Ruhe sich in ihr ausbreitete. Auf dem Teller lag ein halbes Dutzend Pasteten, kleine runde Törtchen, sie nahm eine mit den Fingern, besah sie erst von allen Seiten und biß dann hinein. Und tatsächlich, da war der Geschmack wieder, diese erdigen, wie feuchten Aromen.

»Oh, das ist wieder wunderbar! Ich liebe den Geschmack von Pilzen.«

»Ja, seltsame Dinger.«

Der Koch hatte inzwischen den Topf zur Seite gezogen und mit einem Schürhaken die Feueröffnung geschlossen, einen zweiten Topf und ein Sieb geholt und die Suppe passiert, war dann zu einem Gerät gegangen, das ganz in der

Ecke auf dem Regal stand, hatte sich daran zu schaffen gemacht und schließlich die verkochten Gemüse aus dem Sieb hineingetan. Jetzt drehte er an einer Spindel, und bronzefarbener duftender Saft rann aus dem Gerät, während er sie ansah und nochmals sagte: »Seltsame Dinger. Irgendwie halb Tier und halb Pflanze.«

»Ach.«

Er erzählte vom Fleisch der Pilze und wie sie zusammenstünden im Wald, wie eine Herde, und Marie hörte ihm zu und achtete gar nicht mehr darauf, was er währenddessen tat. Schließlich aber schob er die Pastetchen zur Seite und setzte sich mit zwei Tellern zu ihr an den Tisch, holte Löffel aus der Lade, polierte den einen kurz mit einem Leintuch und gab ihn ihr. Er bat sie, noch einen Augenblick zu warten, bis das Brot weich geworden sei. Marie atmete den würzigen Gemüseduft ein. Lächelnd schüttelte er den Kopf über ihren seligen Gesichtsausdruck, nickte ihr aufmunternd zu, und sie nahm einen Löffel von der Suppe mit einem Stück des gerösteten Brots, das darin lag und dessen nussig-buttriger Geschmack sich wunderbar mit dem des Gemüses verband.

»Hmm. Was für Kräutlein sind denn darinnen?«

»Mohrrüben, Sellerie, Petersilienwurzel, Lauch, Zwiebel, etwas Rote Bete.«

Er sah ihr beim Essen zu, bis sie ihren Teller ganz leergelöffelt hatte, doch seine Blicke störten sie nicht, wenngleich sie sich nicht vorstellen konnte, was er da sah. Vom ersten Moment an, als sie ihm auf der Schloßwiese begegnet war, hatte sie das Gefühl gehabt, in diesem Blick sich ausruhen zu können, und wenn sie sich auch gleich gefragt hatte, ob sie dafür zu tadeln wäre, vermochte sie es nicht. Nicht einmal verhindern konnte sie, daß sie ihn immerzu anlächelte, auch, als der Teller leer war und sie den Löffel ableckte, obwohl sich das nicht gehörte.

Zufrieden und zugleich so, als hätte er einen Entschluß gefaßt, nickte der Koch, stand auf und nahm ein weißgescheuertes Brettchen vom Küchenbord, ein Messer aus der Lade, aus dem Schrank Zwiebeln und Möhren und begann beides zu schälen und kleinzuschneiden. Dann holte er aus dem Schrank, eingeschlagen in Papier, das an manchen Stellen durchblutet war, ein Stück Fleisch, wie Marie es noch nie gesehen hatte. Ochsenschwanz, erklärte er. Den müsse er eigentlich für seinen heutigen Auftraggeber zubereiten. Eigentlich? Er habe sich gerade überlegt, sagte er, wieder mit diesem triumphierenden Grinsen im Gesicht, daß er ihn lieber für sie braten wolle. Marie sah ihn ungläubig an. Sie verstehe nicht. Ach, sie verstehe ihn schon. Bevor sie etwas erwidern konnte, begann er das Fleisch sorgfältig zu parieren. Es werde allerdings seine Zeit dauern, sagte er, ohne dabei aufzusehen. Aber jetzt sei sie ja wohl erst einmal satt. Sie mußte lachen.

Und sah ihm zu, wie er zunächst Holz nachlegte und das Feuer anschürte, dann ein Fleischerbeil nahm und zwei Scheiben vom oberen, dickeren Ende des Ochsenschwanzes hackte, Butter in eine Pfanne tat und das Fleisch langsam von beiden Seiten anbriet, es in ein Kasserol hob, dem Bratensatz in der Pfanne die Zwiebeln und die Möhren zugab und anschwitzte, mit Rotwein aus der Flasche auf dem Tisch ablöschte, dann den Sud zum Fleisch gab und das Kasserol ein Stück vom Feuer nahm. Marie dachte an die langen Jahre, die sie jetzt schon allein verbracht hatte. Genoß es, wie all diese Verrichtungen die Zeit aufschoben. Das Zögern vor dem, was kommen mußte. Es gab keinen Grund zur Eile. Als alles getan war, setzte er sich zu ihr und sie sahen schweigend aus dem Fenster in das Stück Himmel hinaus. Sie tranken den Wein in kleinen Schlucken, und als die Flasche leer war, entkorkte er eine zweite.

Was das für ein Wummern draußen sei, fragte Marie irgendwann. Das ist Borsig, sagte er, den Blick im Himmel, und sie nickte, ohne zu verstehen, was er damit meinte.

Der Nachmittag verging, und dann hörte das Wummern auf, und Marie hörte das Schreien der Mauersegler wieder. Der Koch holte ein Schälchen mit Gänselebern und hackte sie klein, schnitt Weißbrot in Scheiben, weichte es in Wasser ein, drückte es aus, schlug Eier auf, vermischte das Brot mit dem Eigelb und der Leber, würzte mit Salz und Pfeffer, holte eine bauchige Flasche vom Regal und goß etwas daraus zu der Farce. Cognac, sagte er, und sie nickte wieder. Wie hatte sie nur denken können, es hätte kein anderes Leben gegeben für sie. Immer mal ging er an den Herd und sah nach dem Fleisch. Fragte sie nach der Insel, und sie erzählte von den Tieren. Ob er Palmen möge, wollte sie wissen, und er zuckte die Achseln. Dann lag einmal ihre Hand auf dem kühlen Marmor des Tisches, und er legte seine darüber. Dann nahm er sie, ganz vorsichtig, als wäre sie eine seiner Pastetchen, führte sie an den Mund und küßte sie. Marie genoß die Berührung.

Es ist schön, sagte sie irgendwann, und er nickte, ohne daß daraus etwas gefolgt wäre. Aus dem Kasserol stieg der Bratenduft. Er nahm eine Schüssel vom Regal und füllte süßen Rahm hinein, der in einem irdenen Kännchen im Schrank gestanden hatte, hielt die Schüssel in das kühle Wasser des Eimers und schlug den Rahm mit einem Schneebesen zu Sahne. Marie betrachtete seinen Rücken. Das

Klappern des Schneebesens hörte auf, und er sah sie mit gespielter Erschöpfung an, als wollte er gelobt werden für seine Mühe. Lachend tat sie es, und er setzte sich wieder zu ihr, in der Hand nun ein Weidenkörbchen mit Biscuits, die er in zwei Schälchen bröselte und mit einer Flüssigkeit aus einer kleinen Flasche tränkte. Maraschino, sagte er diesmal, und wieder nickte sie dazu. Er bedeckte den Biscuit mit der Sahne, tat eine weitere Schicht des Gebäcks darauf, die er wiederum mit dem Likör tränkte, und fuhr damit fort, bis die Schälchen gefüllt waren.

»Ist gleich soweit.«

»Eilt aber nicht.«

»Nein?«

»Nein. Wir haben doch Zeit.«

»Ja. Wir haben Zeit.«

Zeit. Wir haben Zeit. Immer war es ihr vorgekommen, als stünde ihre Zeit offen in eine Vergangenheit hinein, die so vieles größer war als sie und die sie nicht zu beschreiben vermocht hätte. Das machte die Jahre, die vergingen, klein. So viel Zeit war nun schon vergangen, seit sie auf der Insel war, und fast nichts von dem, was in der Welt geschehen war, hatte sie gesehen. Wie verging einem Tier im Käfig seine Zeit? Oder hatten die Tiere, die ja nicht wußten, daß sie sterben mußten, gar keine? Marie beugte sich vor und strich dem Koch mit ihrer kleinen Hand über das Gesicht. Kleine, unruhige Augen hatte er. Wieder nahm er ihre Hand, doch diesmal küßte er, als wäre sie eine zierliche Schale, in ihre Handfläche hinein. So, sagte er dann, jetzt ist es soweit. Und sie klatschte in die Hände, in denen sie seinen Kuß noch spürte.

Er ging zum Herd und hob die Ochsenschwanzscheiben aus dem Topf auf ein Brett, entbeinte sie vorsichtig mit einem kleinen Messer und füllte die Farce in die Lücken. Den Sud schmeckte er mit Rotwein ab, nahm ein Sieb von der Wand, schüttete ihn hindurch und gab ihn in das Kasserol zurück. Schlug erneut Eier auf, verquirlte etwas von der Soße mit den Eigelben und rührte mit dem Schneebesen die Liaison langsam wieder in den Sud, legte das Fleisch dazu und einige Trockenpflaumen, schob das Kasserol noch einmal kurz aufs Feuer, dann konnten sie essen. Sie zerteilte das Fleisch, das wunderbar mürbe war, und nahm den ersten Bissen in den Mund.

»Und? Schmeckt es Ihnen?« fragte er fast im selben Moment.

Marie mußte kauend lachen darüber. »Ach, sehr! Wunderbar«, sagte sie, als sie wieder sprechen konnte. »Aber ...«

»Aber?«

»Nenn' mich Marie.«

»Marie.«

Sie konnte nicht anders, als wieder zu lachen, so ernst klang ihr Name aus seinem Mund. Und wie solle sie ihn nennen? Froelich, sagte er, einfach Froelich. Froelich, wiederholte sie, dann aßen sie weiter. Und wieder beobachtete er sie bei jedem Bissen, und sie sah, wie sehr es ihm gefiel, daß es ihr schmeckte. Und tatsächlich war das Fleisch weich und saftig, und der Rotwein und die Pflaumen ließen es dunkel schmecken und sehr intensiv.

Kaum hatte sie ihr Besteck mit einem glücklichen Seufzen zur Seite gelegt, stand er auf und kniete sich vor ihr auf den Boden, was sie so überraschte, daß sie wieder lachen mußte. Doch als er eine Hand an ihr Gesicht legte, wurde sie ernst. Er drängte zwischen ihre Beine, und dann war sein Gesicht ganz dicht vor ihrem Gesicht, und sie schloß die Augen und wartete, daß er sie küsse. Und dann küßte er sie tatsächlich, und sein Kuß war weich und zärtlich, und sie spürte, wie das Glück in sie hineinrann, und wollte ihm entgegenkommen. Doch ihr Mund blieb starr. Sie begriff nicht, was geschah, spürte seine Lippen, nichts anderes hatte sie sich ersehnt, doch alles war wie taub, und sie vermochte nichts anderes, als nur zu erdulden, wie er sie weiterküßte, und die Verzweiflung darüber und die Angst, daß er es merken würde, begannen das Glücksgefühl in ihr zu löschen, und das fühlte sich furchtbarerweise so an, als könnte es gar nicht anders sein. Hilflos griff sie mit ihren kleinen Händen in seinen Nacken, wollte ihn an sich ziehen, über jene Kluft hinweg, von der sie nicht begriff, weshalb sie sich auftat, und spürte wohl seine warme Haut, doch ihre Hände rutschten an ihm ab, als vermöchten sie nichts mehr, niemals mehr etwas zu halten, und fielen ihr mutlos in den eigenen Schoß.

Quälend lange bemühte er sich um sie, was sie nun nur noch ertrug. Darauf wartend, daß es vorbei sein würde. Und es würde vorbei sein. Und dann war es soweit. Vor Scham gelang es ihr nicht, die Augen zu öffnen. Sie spürte, wie er aufstand, und hörte ihn hantieren, und erst, als er sich wieder an den Tisch setzte, konnte sie ihn ansehen, waidwund wie ein Tier. Er stellte die Schälchen vor sie beide hin, nahm kleine Löffel aus der Lade, legte sie dazu. Nichts Besonderes, sagte er mit traurigem Blick. Als er die Schälchen auf den Tisch gestellt hatte, war das Glas hart auf dem Marmor geschlagen. Bagatellen, sagte er.

»Bagatellen?« fragte sie tonlos.

»Ja, so heißt das. Bagatellen.«

Nickend beugte sie sich über ihr Schälchen, damit er nicht sähe, wie ihr die Tränen in die Augen stiegen. Die Süße von

Sahne und Likör füllte ihren Mund schmeichelnd und üppig aus. Sie ertrug es nicht. Ohne etwas zu sagen, ohne aber auch das Weinen länger unterdrücken zu können, rutschte sie von dem Kissen und von ihrem Stuhl herunter und lief aus der Küche hinaus in den Flur, wollte erst zur Wohnungstür, überlegte es sich dann aber schluchzend anders und stieß die Tür zum anderen Zimmer auf.

Sie hatte nicht bemerkt, daß es längst Abend geworden war. Und so überraschte sie der rote Feuerschein, der durchs Fenster hereinfiel und über Wände und Decken des winzigen, karg möblierten Raums flackerte, aus dessen Ecken das Dunkel kroch, unter dem schmalen Bett und hinter dem Schrank hervor, als ob draußen schon finsterste Nacht wäre. Eine Nacht, in der große Feuer brannten, ja die Stadt selbst. Unwiderstehlich angezogen von dem roten Licht, ging sie schluchzend zum Fenster, und da es zu hoch war, als daß sie hätte hinaussehen können, stieg sie auf das Bett, dessen Kopfende unter dem Fensterbrett stand. Der Anblick, der sich ihr da bot, nahm ihr den Atem. Feuerland, dachte sie, das war Feuerland. Und konnte die Tränen nicht mehr zurückhalten und mußte weinen wie ein kleines Kind.

Es öffnete der Blick sich weit über die Akzisemauer hinweg ins Land. Rechts die Anhöhe des Prenzlauer Bergs lag tatsächlich schon im Dunkeln, aber direkt vor sich sah Marie mächtige Ziegelhallen und hohe Schornsteine, dicht hintereinander gestaffelt, und durch all die Fensterfronten und offenen Tore leuchtete es so feuerrot hervor, daß der Rauch, der über allem lag und in den Nachthimmel stieg, davon glühte. Und dieser ganz fremdartige Anblick machte sie unendlich traurig, denn nun erst begriff sie: Die Welt war längst eine andere geworden, längst nicht mehr die ihre, und so gab es für sie auch keinen Weg mehr in ein anderes Leben hinein. Ihres war zu Ende. Sie mußte an Christian denken und wie er tot am Boden des Palmenhauses gelegen und wie tot sie selbst sich gefühlt hatte, als man ihr das Kind wegnahm. Da war sie gestorben. So lange es auch noch dauerte.

Und Marie starrte weinend in die rote Glut dort unten, rot wie das Rubinglas, das sie so furchtbar lange schon mit sich trug, und wußte, bald schon würde die Stadt dort unten nach ihrer Insel greifen, bald schon. Und alles, was sie kannte, würde verbrennen. Und die Süßigkeit der Sahne und des Likörs noch im Mund, wußte sie, sie mußte zurück auf ihre Insel, so schwer es ihr auch fiel. Sah nicht, daß die Tränen auf ihren Wangen rot glitzerten im Widerschein der Feuer.

Elftes Kapitel

Wollen wir jetzt rauchen?

Marie hustete und erwachte von ihrem Husten in einen nebligen Frühlingsmorgen hinein, der so kalt war wie der Winter, der in jenem Jahr nicht enden wollte, und hustend endete darin ihr Traum. Erwachend sah sie noch die gelben Augen des Löwen und lag eine Weile still und teilnahmslos unter den Zuckungen, mit denen der Hustenreiz ihren kleinen Körper schüttelte. Ein Traum und zugleich kein Traum, dachte sie, und dann schlugen die Glocken von Nikolskoje, und mit dem letzten Schlag setzte sie sich mühsam auf und rutschte langsam vom Bett hinab auf den Boden, bemüht, einen Platz zwischen den Bücherstapeln zu finden, die ihr Bett umstanden. Obenauf lag ein abgegriffenes Exemplar der *Geschichte des Schiffbruchs und der Gefangenschaft des Herrn von Brisson bei der Verwaltung der Colonien*, das wohl noch von der Gräfin Lichtenau stammen mochte, und in dem sie seit langer Zeit las, ohne zu Ende zu kommen. Hell klirrte der Weinkelch auf der Kommode am Fenster gegen die leere Karaffe, deren Boden ein roter Strich umlief wie den Hals einer Selbstmörderin. Mühsam ging sie ans Fenster und sah hinaus.

Von Norden brandete dichter Nebel heran und zog aus den Büschen und Baumgruppen hervor und über die Wiese. Dort hatte damals die Kiste mit dem Löwen gestanden. Zwei golden blitzende Blättchen im Dunkel hinter den Brettern, in der Mitte der kalten Feuer kleine, noch dunklere Schlitze wie Mandeln. Marie erinnerte sich: Ganz gleichmäßig hatte es aus der Kiste geknurrt. Vorsichtig hatte sie eine Hand an das Holz gelegt. Aus den Bäumen schrien die Pfauen. Sie hatten Angst gehabt. Das Schreien wurde lauter, als die Augen des Löwen aus dem Dunkel auftauchten. Sie hatte die Hand nicht weggezogen, und der Atem des Löwen war heiß und naß darüber hingegangen.

Marie griff nach ihrem Stock, der immer neben der Tür lehnte, stützte sich schwer darauf, die Hände knotig und blau, und ging mit kleinen vorsichtigen Schritten langsam in den Saal hinüber und trat auch dort an eines der Fenster. Die Fensterbank drückte gegen ihre Schlüsselbeine, während sie hinausstarrte ins Weiß. Der Nebel so dicht, daß man das Wasser nicht sah und auch das andere Ufer nicht im weißen Dämmerlicht. Seit Tagen Nordostwind, der kalt über das Land fuhr und durch alle Ritzen des Schlosses und unter die Kleider. Dorther war das Dampfboot mit dem Löwen gekommen. Und auch jener andere Kahn, an den zu denken sie nun nicht mehr vermeiden konnte, und dann schien es ihr wirklich so, als sähe sie ihn im Nebel wieder herankommen, langsam und schwer, und fast so hoch wie der Mast die große Palme, die sich zitternd über das Wasser neigte. Das war vor fünfzig Jahren gewesen. Für einen Moment meinte sie Gustav zu erkennen im Nebel, wie er dastand am Bug und ihr zuwinkte. Sie schluckte und legte ihr Kinn auf das Fensterbrett und schloß die Augen.

Als sie sie wieder öffnete, war das Schiff verschwunden. Sie griff sich den Shawl vom Sessel, jenen Shawl aus den Haaren der Nepalziege, der einmal der Fürstin Liegnitz gehört hatte und aus welchen Gründen auch immer hier im Schloß zurückgeblieben war, raffte ihn eng um die Brust und ging wieder zurück in ihr Schlafcabinett, das früher einmal das des Königs gewesen war.

Mit Mühe zog sie die unterste Lade der Kommode auf, in der sich alles befand, was Marie zu ihrer persönlichen Habe zählte. Der Scherenschnitt lag zuoberst, sie nahm ihn heraus, betrachtete ihn einen Moment und erinnerte sich wieder an jenen Sommertag, als Schlemihl ihn auf der Schloßwiese von ihr geschnitten hatte, dann legte sie den Karton entschlossen wieder zurück und zog ein verschnürtes Paket aus grobem Nesselstoff hervor. Es enthielt jenes Kleid, das sie nach Christians Tod bei seinen Sachen gefunden hatte, Seidenpapier lag darauf und in seinen Falten, es raschelte und roch so plötzlich nach Veilchen, daß Marie ihre Nase hineindrückte. Sie schlug das Papier zurück, betrachtete den schweren Silberbrokat lange und sah, wie in den fadendünnen Ornamenten das Licht spielte, eine Hand auf dem vollkommenen Gewebe. Das kostbarste Kleid, das sie in ihrem Leben besessen hatte.

Als sie das Paket damals öffnete, hatte sie gleich gewußt, daß es in Christians Sinn eine Art Brautkleid war, das Brautkleid zu einer Hochzeit, die es nie gegeben hatte. Marie nahm es nun heraus, ohne daß sie den Grund anzugeben vermocht hätte, weshalb sie es gerade heute zum ersten Mal tragen würde. Unter großer Anstrengung trug sie es zum Bett hinüber. Nach dem Aufstehen schmerzte das Gehen am meisten, in der Hüfte stach es dann bei jedem Schritt, und sie wußte, wie grotesk ihr Gang inzwischen aussah. Sie war ebenso alt wie das Jahrhundert. Als hätte jemand es darauf angelegt, daß sie es mit ihrem Watscheln begleitete, dachte sie manchmal.

Wir sind unsterblich, hatte Christian immer gesagt und sie lächelnd in den Arm genommen, sie beide Teil eines Märchens. Und tatsächlich schien es ihr jetzt oft so, als wäre sie nur für eine ganz kurze Zeit in der Welt der andern Menschen gewesen, zusammen mit Gustav, der sie gleich wieder dorthin zurückgestoßen hatte, wohin sie wohl gehörte. Das ist unsere Insel, hatte Christian geflüstert. Sie verachtete ihren Körper für die Schmerzen, diesen so sinnlosen Protest gegen die Weise, wie der Schöpfer sie nun einmal hatte wachsen lassen. Alles so klein! hatte Gustav geflüstert.

Marie mußte lächeln, als sie daran dachte, und stellte sich auf die Zehenspitzen, um Wasser aus dem Krug in die Schale zu gießen. Wusch sich mit dem eiskalten Naß erst das Gesicht und zog dann das Nachthemd über den Kopf, schlotternd vor Kälte. Schnell zog sie die Unterhose an, Unterhemd und Strümpfe, dann das Korsett, zog es fest, ganz fest, dann setzte sie sich hin und schnürte zunächst die Stiefeletten, damit ihre Füße auf dem kalten Parkett nicht mehr froren. Nun die Krinoline. Die Stahlstreifen zitterten wie nervöse Degen im Leinen, als sie hineinstieg. Und nun endlich das Kleid, hochgeschlossen und mit dreiviertellangen Ärmeln, es schimmerte der mattweiße Stoff im matten Nebellicht, als wäre er selbst aus Nebel gesponnen. Ihren gichtigen Fingern fiel es schwer, die kleinen Knöpfe zu fassen.

Dann kämmte sie ihr Haar, am Fenster und mit der Bürste, die immer dort lag. Schon lange nicht mehr schwarz, war es von einem schmutzigen Grau, dazu so dünn, daß es eng und durchscheinend ihrem eckigen Greisenschädel anlag. Sie scheitelte es, nahm es nach hinten und faßte es zu einem kleinen traurigen Knoten zusammen. Am Bett und an der Truhe sich haltend, trat sie vor den Ankleidespiegel, bei jedem Schritt knickte ihre Hüfte ein, und ihre rechte Hand schwebte in der Luft, als suchte sie Halt, die Finger wie in einem Krampf ineinander verdreht. Sie fürchtete sich vor ihrem Gesicht. Daß sie alt war, uralt, sagte der Spiegel, und beinahe nichts mehr sonst. Das Gesicht von Falten verwittert, der Mund eingefallen, die Augen tief in schattigen Höhlen, eines, fast erblindet, schimmerte milchigweiß. Eine winzige Hexe. Und sie mußte, wenn sie sich so sah, an die alte Oberhofmeisterin denken, die sie in ihrer Kindheit gekannt hatte, und wünschte sich, sie hätte eine Perücke, wie die Alte sie damals noch getragen hatte. Stäubte Puder auf ihre papierne Haut, damit die Adern ein wenig verschwanden, die man hindurchsah wie Wurzelgeflecht.

Dann ging Marie zur Kommode, öffnete das Kästchen, das dort neben der Weinkaraffe und dem Glas stand, und legte die lange Silberkette mit dem Kreuz über den niedrigen Stehkragen. Nahm auch die kleine Uhr herunter und befestigte sie am Kleid. Neben der Uhr lag das Rubinglas. Wie jeden Morgen betrachtete sie einen Moment lang das rote Licht darin, das selbst jetzt, an diesem nebligtrüben Tag, nicht ganz verloschen war.

Es hatte sich Besuch angemeldet, dem sie Schloß und Insel würde zeigen müssen. Das war seit langem ihre einzige Aufgabe als Schloßfräulein. Gustavs Nachfolger hatte sie sich für Marie ausgedacht. Eine Attraktion der Insel war sie nun, der nicht mehr viele Attraktionen geblieben waren. Unter der Bedingung, im Schloß wohnen bleiben zu dürfen, hatte Marie sich zu diesem Dienst bereit erklärt. Und blieb, wie sie es am meisten wünschte, die meisten Tage hier ganz allein. Sie nahm den Stock, stieg mit ganz kleinen Schritten die knarrende Treppe hinab, warf ihr Cape über die Schultern und trat hinaus. Der gefrorene Tau auf den Grashalmen krachte unter ihren Schritten. Sie brauchte unerträglich lange, bis sie zum Kastellanshaus kam, in dem noch kein Licht brannte, man schlief noch, also ging sie hinunter zur Havel, hinab zum Bootssteg, und hörte zu, wie das Wasser träge um den Kahn schwappte.

Alles, was es auf der Insel gibt, ist einmal hier angekommen, dachte Marie. Wurde hergebracht wie die Palmen und wie der Löwe. Und wie sie selbst. Und nun bin ich die letzte, dachte sie. Und erinnerte sich: Sie hielt die Hand ihres Bruders, während die Ruderer sich schweigend ins Zeug legten. Aalfischer standen in ihren Booten und sahen sich nach ihnen um. Christian zeigte ihr einen Kormoran. Der Himmel flirrte hell über den weiten Ufern der Havel, und die hohen Bäume neigten sich tief über den Grund. Und dann war die Insel aufgetaucht, und zum ersten Mal in ihrem Leben hatte sie den Schrei eines Pfaus gehört.

Marie sah hinüber, wie auf der anderen Seite der Havel der Nebel die Chaussee im Wald herabkroch. Nikolskoje ragte zwischen den Bäumen hervor. Auf dem kleinen Friedhof, den man dort nach einem Entwurf Schinkels angelegt hatte, lag der Onkel, hochbetagt mit beinahe neunzig in Charlottenburg gestorben, seltsamerweise wenige Monate vor dem Garten-Director Lenné und im selben Jahr wie Gustavs Frau. 1871, zwei Jahre, nachdem man ihn in den Ruhestand versetzt und er die Insel verlassen hatte, war dann auch Gustav tot. Sie hatten all die Jahre, außer bei den unumgänglichen

Gelegenheiten, die es auf einer Insel natürlich gab, kaum ein Wort miteinander gewechselt. Marie war nicht auf seiner Beerdigung gewesen. Tat es ihr leid? Sie fragte sich das manchmal, doch was Gustav anging, spürte sie keinen Schmerz mehr. Gewiß, manchmal wünschte sie sich, mit ihm zu sprechen, seine Stimme noch einmal zu hören, doch nicht die des Mannes, der er geworden, sondern die des Jungen, der er gewesen war. Lange vor jenem Tag, an dem er ihr das Kind weggenommen hatte.

Auch der alte Maschinenmeister Friedrich und seine Frau lagen dort oben, binnen dreier Tage waren die beiden Greise gestorben, und das war traurig und schön zugleich gewesen. Und Maitey. Gestorben am 26. Februar 1872. Unter französischen Kriegsgefangenen in Dreilinden waren damals die Pocken ausgebrochen, und er hatte sich angesteckt. Immer tröstete Marie der Gedanke, daß sie ihn noch hatte besuchen und sich verabschieden können.

Auch Marie selbst liegt dort. Auf ihrer schmalen, kaum armdicken Grabplatte steht, unter einem Palmzweig rot ausgetüncht: *Hier ruhet in Gott die Schloßjungfer Fräulein Maria Dorothea Strakon.* Aber es ist nicht sicher, daß jener Stein den Ort bezeichnet, an dem ihre Leiche in die Erde gebettet wurde. Ein russischer Panzer, heißt es, pflügte im Kampf um Berlin durch den Friedhof. Dennoch ist der Grabstein die einzige Spur, die Marie hinterlassen hat. Die Akten der Gartenintendantur der Preußisch-Königlichen Gärten, in denen sich Belege ihrer Existenz gefunden haben müssen, sind im Krieg verbrannt. Mag sein, daß in einem Bündel handgeschriebener Briefe im Schubfach eines alten Schrankes, oder in einem ungelesenen Konvolut, untergegangen in einem unerschlossenen Archiv, Maries Geschichte erzählt wird. Es kann gar nicht anders sein, denn sie hat gelebt. Doch in unserer Welt findet man nichts mehr von ihr, nirgendwo in den verschlagworteten Annalen, nirgendwo im *world wide web* gibt es am Ende irgendeines *links* ein Bild von Marie, kein Wort von ihrer Hand, keine Spur jener großen Liebe, die die Geschichte ihres Lebens war.

Wie seltsam, dachte sie, daß eine Welt vergehen und zugleich dableiben konnte. Daß immer mehr verschwand als entstand und doch alles zunahm. Jeder Garten ein Friedhof. Mit der Spitze ihres Stockes zog sie eine Linie in den Sand und atmete tief die nebelfeuchte Morgenluft ein. Schlafende Enten, die Köpfe im Gefieder, schaukelten auf den Wellen nahe am Landungssteg. Meine Insel, dachte sie.

In diesem Moment kam langsam ein einzelner Pfau die Böschung von der Schloßwiese herab, ein Weibchen, braun aufgeplustert in der Kälte, das sich, unsicher pickend, dem Steg näherte und Marie dabei musterte, die mit einer seltsamen Rührung daran denken mußte, wie sie, fast ein Kind noch, im Glanz dieser Tiere sich verloren hatte. Es war, als grüßte es sie aus einer fernen Welt. Und es kam ihr jetzt mit einem Mal so vor, als hätte sie tatsächlich in verschiedenen Zeiten gelebt. Wenn sie an ihre Kindheit dachte, dann war in ihr ein so ganz anderes Licht als in der Gegenwart. Vielleicht, daß ihre Liebe keine Zukunft gehabt hatte, weil die Welt, aus der sie selbst stammte, schon damals zerfiel. Nichts hatte Gustav davon begriffen, mit seinem Hegel im Kopf und seinem Winckelmann.

Eine ganze Weile stand das Pfauenweibchen einfach da, fast reglos, und wendete nur, sie betrachtend, den Kopf dabei immerzu hin und her. Dann ging im Kastellanshaus das Licht an, und Marie machte sich auf den Weg, und das Tier wich Schritt für Schritt zurück, während sie sich ihm näherte, bis es, als hätte es nur nach ihr sehen wollen, den Weg zum Schloß hinauf wieder verschwand.

Mascha öffnete ihr und schlurfte schwerfällig wieder zurück in die Küche. Marie trat ins Eßzimmer und nickte in die Runde. Niemand bemerkte ihr Festtagskleid. Wortlos setzte sie sich auf ihren vor Jahrzehnten gefertigten Stuhl, extrahoch und mit zwei Tritten, um ihn zu erklimmen.

Am Kopfende des Tisches, dort, wo einst Ferdinand Fintelmann gesessen hatte und danach Gustav, war nun Adolf Reuters Platz, seit zehn Jahren Hofgärtner und Kastellan der Pfaueninsel. Ein kahler Mann von Mitte fünfzig, der älter ausssah und schwammig, die Augen tief im Fett. Neben ihm saß der alte Rösner, einst Tierpfleger, der sich, seit es die Menagerie nicht mehr gab, um die Heizung des Palmenhauses kümmerte, in dem er auch wohnte. Er kam jeden Morgen zum Frühstück ins Kastellanshaus, anders als Andreß, der neue Maschinenmeister. Ansonsten gab es nur mehr zwei Gärtnergehülfen auf der Insel, Bumke hieß der Alte, einfach nur Bumke, und Hans war der Name des Knaben. Auch sie waren da, saßen eng beieinander. Einzig Karl fehlte von den letzten Inselbewohnern, ein Sohn der Klugin, zwanzig Jahre lang Heizer und jetzt lange schon Nachtwächter auf der Insel. Man sah ihn selten bei Tage. Ein Eigenbrötler, der alleine im Cavaliershaus lebte.

Der kahle Reuter pellte, wie jeden Morgen, seine Eier, indem er sie auf den Teller fallen ließ, als wären seine dicken, von der Arbeit in der Erde rissigen und braunen Finger nicht in der Lage, sie zu halten, um aber dann mit eichhörnchenhaften Bewegungen die zersplitterte weiße Schale abzulösen, sich zufrieden zurückzulehnen, das Ei ausgiebig zu salzen und im Ganzen in den Mund zu stecken. Es wurde nicht gesprochen.

Marie hörte das Klappern von Mascha, die dabei war, ihre Brennsuppe zu machen. Seit sie keine Zähne mehr hatte, aß sie am Morgen Grütze, und während ihr Blick durch den Raum wanderte, horchte sie auf die Geräusche, mit denen die Pfanne aufs Feuer kam, das Schmalz darin brutzelte, die Dose mit dem Mehl geöffnet wurde und der schwere irdene Krug über den Tisch rumpelte, bevor Mascha das Wasser zugab und mit dem Schneebesen die Grütze glattrührte. Und schon kam sie herein, eilig und mit rotfleckigen Wangen, und stellte den Teller ohne ein Wort vor ihr auf den Tisch, der Löffel schon darin. Die Flasche mit dem Essig landete daneben. Bevor Marie ihr zunicken konnte, huschte sie schon wieder hinaus. Marie wußte: Längst war sie ihr, die sie doch seit Jahrzehnten kannte und mit der sie damals ihre Reise nach Berlin unternommen hatte, unheimlich geworden wie allen Bewohnern der Insel, geduldet, wie man das duldet, vor dem man sich fürchtet. Eine Art Geist aus einer anderen Epoche.

Marie begann wortlos zu essen. Niemand, dachte sie, ist mehr da, und sah im selben Moment alle wieder vor sich, und es vergilbten darunter die, die jetzt hier waren, das Schmatzen des vierschrötigen Reuter verschwand klaglos, als Ferdinand Fintelmann seinen Platz wieder einnahm, an die Stelle der beiden Gehülfen setzten sich Gustavs Brüder mit ihren Kindergesichtern, und der alte Rösner verschwand hinter der strengen Gestalt der Tante. Was war nur los, daß die Bilder der Vergangenheit heute so gar nicht verschwinden mochten? Als wäre es die Insel selbst, die ihre Erinnerungen, wie die Blüten einer besonderen Pflanze, die nur hier heimisch war, gerade heute noch einmal hervorbringen wollte. Und da war auch Gustavs Stimme wieder, ganz leise und ganz nah neben ihr, noch ganz die Stimme eines Kindes. *In der Geschichte, die Mama mir vorliest, reist der heilige Brandaen bis über den Rand der Welt!*

Damit hatte ihr Leben begonnen. Wie hatte er damals ausgesehen? Marie wußte es nicht mehr. Einzig seine Stimme existierte noch von jenem Morgen. Und Christian? Er wird an jenem Morgen neben ihr gesessen haben, doch sie erinnerte sich nicht mehr an ihn, und das tat ihr leid.

* * *

»Fräulein Strakon?«

Marie war nicht überrascht, aber es dauerte doch, bis sie sich aus ihren Erinnerungen befreien konnte, dann drehte sie sich um und lächelte ihre Besucher an. Sie wußte, sie hatte noch einen Moment, bis sie mit ihnen sprechen mußte, denn zunächst wurde sie immer gemustert. Seit langem schon fühlte sie sich unter den gierigen Blicken, die sich durch die Jahrzehnte immer gleich geblieben waren, nicht mehr unwohl. Deshalb war sie hier. Wie sie alle deshalb hier gewesen waren, die Tiere ebenso wie die Menschen. Nur, daß der jetzige König irgendwann keine Verwendung mehr für sie gehabt hatte, nicht einmal für sie, die einzig Übriggebliebene in seinem Königreich der Skurrilitäten, das nun sogar ein Kaiserreich war. Alles war anders geworden, lange schon, doch diese Blicke hatten sich nicht verändert, und so stellte sie sich zur Schau.

»Maria Dorothea Strakon, ja«, sagte sie leise.

»Wir haben so viel von Ihnen gehört!«

Ein Ingenieur Nietner und seine junge Frau. Als Reuter ihr den Namen nannte, hatte sie aufgehorcht, denn die Nietners waren eine alte Familie von Hofgärtnern wie die Fintelmanns, seit hundert Jahren dienten sie dem König in verschiedenen Revieren, Marie hatte den Onkel manches Mal von dem alten Nietner sprechen hören, dessen beide Söhne wohl auch gelegentlich hier auf der Insel gewesen waren.

Kurz nach Mittag hatte die Glocke des Fährmanns ihr die Ankunft ihrer Besucher annonciert, und sie war zur Anlegestelle hinuntergegangen, als die beiden im Nebel, der noch immer dicht auf der Havel lag, gerade herübergerudert wurden. Der Ingenieur war ein weicher Mann in einem etwas abgestoßenen Gehpelz und einem fremdartigen Hut, den Marie neben seiner Frau zunächst kaum beachten mochte, so blutjung und schön war sie, fremdartig schön, wobei die Fremdartigkeit vor allem von dem dunkelhäutigen Gesicht der jungen Frau und ihren schwarzen Augen herrührte, zwischen denen, über der Nasenwurzel, ein goldener Punkt prangte. Sie trug einen hochgeschlossenen Mantel, nach der neuesten Mode aus moosgrünem Samt, die schwarzen Haare fielen offen über den Stoff, ein kleines Hütchen darauf.

Am meisten jedoch verwunderten Marie ihre schmalen Hände, die sie, ebenso dunkel wie das Gesicht, zur Begrüßung mit den Handflächen aneinanderlegte, als wollte sie beten, wobei Marie sofort das seltsam verschlungene Muster aus dunkelroter Farbe auf ihnen entdeckte, das sich über die Handrücken zu den Handgelenken und wohl weiter die Arme hinaufspann. Mit unsicherem Lächeln bemerkte die junge Frau Maries Überraschung und sank, weil ihr Mann Marie als Schloßfräulein vorgestellt haben mochte, oder vielleicht auch nur wegen des Größenunterschiedes, in einen Knicks. Solch einen sanftmütigen Blick, mußte sie denken, hatte nur Maitey für sie gehabt. Keinerlei Gier war darin. Sie freue sich ja so sehr, endlich den Ort zu sehen, wo die Königin Luise glücklich gewesen sei, flüsterte die junge Gattin des Ingenieurs Nietner.

Marie war die ungewohnte Nähe nicht angenehm. Und so begann sie, ohne etwas zu erwidern, und die junge Frau so zum Aufstehen bewegend, ihren üblichen Rundgang.

»Die Wohnung des Hofgärtners und Kastellans der Pfaueninsel befindet sich hier unmittelbar an der Anlandestelle. Rechts davon«, deklamierte sie und wies die Anhöhe hinauf, »da, wo ein alter hochberankter Rüsterstamm eine Pumpe verkleidet, führen zwei Wege unter mit Reben bezogenem Bogen einen kleinen Berg hinan.« Während sie gemeinsam hinaufschritten, hörte sie nicht auf zu sprechen. »Es ist gleich, welchen von beiden Wegen man wählt, man kehrt, am Ende der Promenade, zur selben Stelle zurück. Doch muß man dem einmal gewählten Wege unabänderlich folgen, durch nichts etwa zur Seite sichtbar Werdendes sich abziehen lassen, wenn man nicht irgend etwas Interessantes versäumen und auch Umwege vermeiden will.«

Marie verbarg so gut es ging die Anstrengung, die ihr das Gehen bereitete, und ignorierte, wie ihre Gäste sich ihrem langsamen Tempo anzupassen bemühten, von einem Bein aufs andere tretend, wenn sie wieder einen Moment stehenblieb, um Kraft zu schöpfen. Bevor das Schloß auf der Wiese in den Blick kam, wandte Marie sich nach rechts, wo die letzten überlebenden Rosen wuchsen.

»Vielleicht schenken Sie einige Minuten dem Rosengarten hier. Es war der erste in Preußen. Lenné hat ihn 1821 angelegt für die Rosensammlung des Doktor Böhm aus Berlin, die der König in jenem Jahr um fünftausend Taler erwarb, was seinerzeit immerhin ein Zehntel dessen war, was ganz Klein Glienicke gekostet hatte. Es blühte hier vom ersten Mairöschen bis zum ersten Schnee. Leider ist diese Pracht in den letzten Jahrzehnten mehr und mehr geschrumpft wegen fehlender Mittel zu ihrer Erhaltung. Doch einzelne Stöcke blühen noch immer zu ihrer Zeit. Nur haben Sie keinen recht glücklichen Zeitpunkt für Ihren Besuch gewählt, um dies zu sehen.«

Die beiden Besucher standen ratlos inmitten des nutzlosen Wegenetzes und sahen zu Boden, als suchten sie dort die Spuren der Pracht, von der die Zwergin sprach. Der Ingenieur lächelte verlegen. Die Umstände. Leider sei es ihnen nicht anders möglich gewesen.

Etwas, dachte Marie und musterte ihn, etwas in seinen Augen, etwas in dieser ungewöhnlichen, fast durchsichtigen Bläue war ihr seltsam vertraut. »Woher kommen Sie, wenn ich fragen darf, Herr Nietner?«

»Aus Ceylon.« Nietner sah lächelnd zu seiner jungen Frau hinüber. »Es ist unsere erste gemeinsame Reise in die alte Heimat.«

Marie erinnerte sich, daß immer wieder Gärtner aus Preußen in die Fremde gegangen waren, ein Fritz Sello, hieß es, sei Pflanzensammler in Brasilien geworden, und ein Johann Nietner habe auf Ceylon eine Stelle gefunden. Beide, das wußte sie, waren niemals zurückgekehrt.

»Und wo liegt dieses Ceylon?«

Der Ingenieur lachte. »Ceylon ist eine Insel südlich von Indien im Ozean. Sie ist heute englisch und kam zum Empire, als man hier in Europa gegen Napoleon focht.«

Der Nebel lichtete sich. Auf dem Gras der Schloßwiese, das zu hoch stand und auf die Mahd wartete, perlte in unendlicher Wiederholung leuchtender Tau. Nietner knöpfte seinen Gehpelz auf und nahm mit den ersten Sonnenstrahlen, die durch den Nebel drangen, seinen Hut ab. Ihm schien trotz der feuchten Kälte warm zu sein.

Überhaupt war er offenkundig nicht von besonders guter Konstitution, dicklich und unbeweglich in der Hüfte, hängend die glattrasierten Wangen, seine Augen aber, klein zwar und fast wimpernlos, doch wasserblau und strahlend, ließen sie nicht los. Etwas an ihnen machte sie unruhig, und sie mußte wieder an den Löwen denken und seinen heißen Atem und verstand nicht, weshalb. Nie weiß man, welchem Anstoß sich welche Erinnerung verdankt, was woran sich bildet, die Träume am Leben oder unser Blick auf die Welt an dem, wovon wir nicht aufhören können zu träumen. Und dennoch! Marie gab sich einen Ruck und setzte ihren Rundgang wortlos fort.

»Wie lange leben Sie schon hier, Fräulein Strakon?« fragte die junge Frau.

»Mein ganzes Leben.«

»Das war sicher oft sehr einsam.«

Marie schüttelte den Kopf. »Nein, gar nicht«, sagte sie. »Wir waren ja viele!«

Als sie daraufhin ungläubig angesehen wurde, wechselte Marie das Thema. »Schade, daß Sie die Hortensien jetzt nicht sehen können, deren mehrere als selten so groß gefundene Exemplare es hier noch immer gibt und die sich durch das künstlich erzeugte Blau ihrer naturgemäß roten Blüten auszeichnen. Den vor neun Jahren verstorbenen Hofgärtner Gustav Adolph Fintelmann, der ein halbes Jahrhundert hier auf der Insel gewirkt hat, haben sie weithin berühmt gemacht.«

Gustav. Nun hatte sie den Namen also doch ausgesprochen, den bei ihren Führungen zu nennen sie schlechterdings nicht vermeiden konnte, vor dessen Nennung sie sich aber gleichwohl jedesmal erneut fürchtete.

»Mein Onkel hat mir davon erzählt«, sagte Nietner.

»Verzeihen Sie meine Neugier, Herr Ingenieur, aber es gibt eine hiesige Hofgärtnerfamilie ihres Namens, und es heißt, ein Nietner sei vor langer Zeit nach Ceylon gegangen. Könnte es sein, daß sie verwandt mit jenem Gärtner sind?«

»Das war mein Onkel.«

»Ach.«

Nietner nickte. »Aber ja! Wobei zu sagen, er sei mein Onkel, nicht ganz korrekt ist. Ich bin ein Waisenkind und nicht auf Ceylon geboren, wenn ich auch nichts mehr von der Reise weiß. Meine eigene Erinnerung setzt erst im Haus von Onkel John ein, wie er sich dort unten nennen ließ, denn alles spricht dort ja englisch. Er hat mich an Kindes Statt angenommen.«

Ein Gedanke, den Marie sich im selben Moment verbot, in dem er in ihr entstand, forderte dennoch Platz. Es gilt, nicht jedem Weg ins Dunkel zu folgen, unsere Herzen sind Bergwerke, und wir alle sind Zwerge darin, ängstlich bemüht, das trügerische Glimmen des Katzengolds von jenen Adern zu unterscheiden, die uns nicht sinnlos in die dunkle Nacht hinabbringen. So schnell, wie es ihr möglich war, führte Marie die beiden in den Wald hinein, vorbei an den Gewächshäusern, die Anlaß boten, über die Zucht unter Glas zu sprechen, die man auf der Insel betrieb, und weiter zu jener Stelle, wo der Weg hinab zum Maschinenhaus ging, von dem sie alles Wissenswerte berichtete, und dann weiter zur Fontäne.

»Der Onkel hoffte, ich würde Freude am Gartenhandwerk finden«, erzählte Nietner, während sie hinaufstiegen. »Leider aber war dies nicht der Fall.«

»Nein?«

»Nein.« Das weiche Gesicht, in dem sich alle Gefühle direkt abzubilden schienen, verzog sich bei der Erinnerung.

Marie nickte und setzte sich auf eine der Bänke, die das Becken des Candélabre umstanden. Obwohl ihr die Angst das Herz bis zum Hals schlagen ließ, konnte sie doch nicht anders, als zu fragen, was sie jetzt wissen mußte: »Und wann genau kamen Sie nach Ceylon?«

»1833 war das. Vor fast fünfzig Jahren.«

Vor beinahe fünfzig Jahren, ja. Wie die Hoffnung ihr den Hals zuschnürte! Sie verbarg die zitternden Hände in ihrem Shawl. Alles ist Märchen oder nichts.

»Dabei ist es hier ganz anders, als ich es mir vorgestellt hatte. Der Onkel hat mir so viel von der Pracht der Gärten in der Heimat erzählt. Und nun ist doch alles«, Nietner suchte zögernd nach dem rechten Wort, »recht herunter, wenn ich ehrlich sein soll.«

Marie mühte sich, ihre Tränen zu bezwingen. Nach einem langen Moment brachte sie schließlich tonlos hervor: »Der dünne Sand nährt kümmerlich einige Gräser, Mauseohr und fette Henne sind die natürlichen Bewohner der Insel. Nur die starken Eichen erreichen mit ihren weithin und tief suchenden Wurzeln einige die Insel durchziehende Lehmadern und saugen dort Feuchtigkeit, wenn im Sommer alles verschmachtet. Alles braucht ständige Pflege, und an der hat es in den letzten Jahrzehnten zunehmend gefehlt. Früher füllte die Dampfmaschine unten im Maschinenhaus dieses Reservoir hier in viereinhalb Stunden. Aus den beiden Schalen des Candélabre stürzte das Wasser in einem romantischen Wassermantel in das große, im Sommer von Vergißmeinnicht umstandene Becken, und ein feiner Wasserschleier wehte schon von Ferne durch das Grün der Eichen.«

Das Becken des Candélabre aber war seit Jahren nicht mehr gesäubert worden, und die Agaven hatte man, als sie vor einigen Jahren bei einem überraschenden Wintereinbruch erfroren, in ihren Kübeln einfach stehengelassen, ihre bleichverdorrten Spitzen hingen starr in alle Richtungen über dem Kies, in dem Löwenzahn wuchs und, an besonders schattigen Stellen und unter den Bänken, dichtes Moos. Traurig führte Marie die beiden den Abhang wieder hinab, dorthin, wo sich einst die Menagerie befunden hatte, obwohl nichts davon mehr vorhanden war, selbst die Grundmauern der Gebäude hatte man beseitigt, nachdem die letzten Tiere abtransportiert worden waren.

Den Boden deckte jetzt dünnes Wintergras, Birken- und Kiefernschößlinge hatten sich ausgesät, Brombeergesträuch wucherte über die letzten Steinhaufen. Aus der nahen Voliere, die als einziges auf der Insel verblieben war, hörte man das Krächzen der letzten Tiere, einige Tauben und Krähen, ein letztes Paar weißer Pfauen.

»Dort kam man früher zum Lamahaus.« Maries Stimme war jetzt dünn und zitternd, und sie mußte sich mit aller Kraft zwingen, lauter zu sprechen, und wandte sich doch dabei von dem Paar ab, dessen Blicke sie in ihrem Rücken spürte.

»Es wurde vom Königlichen Schloßbaumeister Schadow erbaut. Der vordere Hof war für die Lamas bestimmt, die, den Schatten suchend, oft an heißen Tagen im Stall blieben. Auf dem Balkon schaukelten die weithin rufenden Aras, rote, blaue, schwarze. Daneben wanderten mit bedächtigem Schritt die großen neuholländischen Strauße. Der braune flüchtige Guanako, das kolumbische Reh, die westindischen Hirsche, unserem Damwild verwandt, waren auf der anderen Seite untergebracht. Von dort ging man zuerst an den Adlern vorüber, unter ihnen Seeadler in mehreren Exemplaren, dann folgten die Affen, das nordafrikanische Stachelschwein und, im letzten Zwinger der Reihe, der Löwe.«

Nicht einmal mehr zu ahnen war, wo Lenné die Käfige zwischen den Eichen am Rand der großen Schloßwiese gruppiert hatte, die nun beinahe wieder so aussah, wie Marie sie aus ihrer Kindheit kannte. Verschwunden all die hochfahrenden Bilder, stumm wieder die Insel, wie sie es einst gewesen war. Bleich lag das Licht dieses kalten Frühlings auf dem Gras, auf das sie so lange hinstarrte, bis die junge Frau zu ihr kam und, mühsam in dem engen Kleid, vor ihr in die Hocke ging.

»Ein Löwe? Wirklich?«

»Er wurde nicht alt.«

Schüchtern lächelte sie die junge Frau an, die ja für all das nichts konnte. »Und in einem Gehege ganz in der Nähe befanden sich die sonderbaren Känguruhs aus Neuholland.«

»Känguruhs?«

»Ja. Sie machten auf ihren muskulösen Hinterbeinen weite Sprünge. Putzige Tiere. Man hatte ihnen Kaninchen und unsere Hasen beigesellt. Leider hielten auch sie sich stets nur kurze Zeit am Leben.«

»Gehen wir weiter?« fragte die junge Frau des Ingenieurs leise, während sie den Schmerz im Gesicht der Zwergin wohl bemerkte.

Marie nickte. Jenseits der Wiese führte der alte Weg noch, der die Besucher einst von den Känguruhs zur nächsten Attraktion der Insel geleitet hatte, zugewachsen zwischen Büschen und unter Bäumen hindurch zum Cavaliershaus. Mühsam ging sie über das harte Wintergras vorweg.

»Wollen sehen, ob wir bei Rösner etwas zu Mittag bekommen«, murmelte sie halblaut im Gehen mehr zu sich selbst als zu dem Paar, das ihr schweigend durch das kleine Wäldchen folgte.

* * *

Kaum standen sie in dem niedrigen Raum, der dem alten Rösner gleichermaßen als Küche und Stube diente, verrußt und zugeräumt mit allerhand Gerätschaften, plazierte er sie auch schon an dem großen blanken Holztisch. Marie war gern hier, das Cavaliershaus damals wie eine Zuflucht für sie gewesen, und sie meinte die Klugin noch zu hören. Kindchen, Kindchen! hatte sie immer zu ihr gesagt.

Als Nietner in die Nähe des Ofens kam, aus dem es prasselte und knackte, und dessen Wärme sie alle einhüllte, deklamierte er laut: *Wohltätig ist des Feuers Macht, wenn sie der Mensch bezähmt, bewacht.* Doch der Tierpfleger, auf den das gemünzt war, reagierte nicht. Früher hatte er von seinen Tieren gern allerlei Anekdoten erzählt, doch nachdem man sie ihm weggenommen hatte, schwieg er meist, um so mehr, seit seine Tochter Witwe geworden und nach Berlin gezogen war. Bei den wenigen Gästen, die noch hierherkamen und die Marie stets zu ihm führte, war es ihr egal, wenn sie die Schweigsamkeit und Unsauberkeit des Alten befremdeten. Ja, Marie genoß für gewöhnlich die indignierten Blicke, wußte sie doch, daß keiner der Besucher je wiederkommen würde, und sie war froh darum. Heute aber war es anders.

Auf dem Herd wartete, neben das Feuer geschoben, ein Topf, und der säuerliche Geruch nach Fisch und Zwiebeln erfüllte den Raum. Es gab Aal, und Rösner stellte die Teller mit den Fischstücken auf den Tisch, dazu Salzkartoffeln und in Essig eingemachte Pfeffergurken, die sehr scharf waren. Der Ingenieur aß mit Freude, das sah Marie, und dachte dabei: Es ist, wie wenn ich ihn fütterte. Wenn dies ihr Sohn war, mußte sie es ihm sagen. Sie drückte ein Stück Aal gegen den Gaumen und lutschte daran, bis der säuerlich-süße Geschmack ihren ganzen Mund ausfüllte, das Fleisch sich auflöste und sie es schlucken konnte. Währenddessen wiederholte der Ingenieur noch einmal, welch tiefen Eindruck die wunderschöne Fassade des Hauses auf ihn gemacht habe, in deren Betrachtung er lange versunken war, bevor sie hereinkamen.

»Und was ist noch hier herinnen?« fragte er dann.

Das Bett, in dem du geboren wurdest, dachte sie. »Oben befanden sich früher die Ankleide- und Schlafzimmer der Prinzen und Prinzessinnen des Königlichen Hauses, die Zimmer der Herrn Cavaliere und Adjutanten und der dazugehörigen Bedienungen.«

Nietner nickte und lobte das vorzügliche Mahl und leutselig wollte er von Rösner wissen, ob denn die Havel hier sehr fischreich sei.

»Man fängt gut Raubfisch. Die beste Zeit ist September bis November. In den Früh- und Abendstunden kann man dann gut auf Barsch oder Zander gehen.«

Der Alte verstummte wieder. Nietner sah ihn noch einen Moment freundlich an, aber Marie wußte, daß er nicht vorhatte weiterzusprechen. Er wartete jetzt darauf, daß seine Gäste ihre Mahlzeit beendeten, um das Geschirr abzutragen.

»Erzählen Sie doch ein wenig von sich, solange wir hier im Warmen sitzen, Herr Ingenieur«, forderte Marie ihn auf.

»Oh, wenn Sie das hier schon warm finden, wäre das Klima in den Tropen nichts für Sie, Fräulein Strakon!«

»Erzählen Sie, wie es Ihnen dort ergangen ist! Hier auf der Insel haben wir uns früher oft ausgemalt, wie es in Indien oder der Südsee wohl sein mag.«

»Gelandet bin ich damals in Colombo, und der Onkel hat mich, wie er mir später immer erzählt hat, gleich am Hafen in Empfang genommen. Er hatte eine Anstellung in den Royal Botanical Gardens in Peradeniya, nicht weit von der alten Königsstadt Kandy. Dort hinauf ging es dann mit dem Ochsenkarren, die Eisenbahn wurde ja erst später gebaut. Wissen Sie, der Engländer weiß sich die Welt nutzbar zu machen. Erst hat man Kaffee angepflanzt, Sie können sich das nicht vorstellen: bis zum Horizont nur Kaffee! Später stieg man auf Tee um und holte die Tamilen zu Tausenden als Pflücker ins Land. Ein Volk der Ingenieure und Händler! Das Empire, das versteht man hierzulande wohl zu wenig, gründet dieser Tage mehr auf der Tatkraft der Unternehmer als auf Kanonen.«

»Und Ihr Onkel? Ist er wohlauf?«

»Er ist vor sechs Jahren gestorben.«

»Das tut mir leid.«

Der Ingenieur schüttelte lächelnd den Kopf. »Jener Garten, wissen Sie, in dem er arbeitete, hat vor den Engländern Vikrama Rajasinha gehört, dem letzten König von Kandy. Palmen vor allem gibt es dort in Hülle und Fülle, aber auch alle anderen exotischen Pflanzen und Tiere. Riesige Schmetterlinge, unzählige Vögel, Krokodile, Flughunde und Warane. Und auch in dieser fernen Region weiß man um das Können der preußischen Gärtner!«

»Aber Sie wollten es trotzdem nicht werden? Sie schlagen aus der Art, Herr Nietner! Das wird Ihren Onkel nicht gefreut haben. Was tun Sie statt dessen? Bauen Sie Eisenbahnen durch den Dschungel?«

Er nickte. »Die Eisenbahn in Ceylon ist hervorragend, da ist in der Tat in den letzten Jahrzehnten viel geleistet worden, und ich hätte wohl mittun wollen. Alle wichtigen Orte der Insel sind nun verbunden, so daß die Ernten schnell von den Plantagen zum Hafen kommen und von dort in die ganze Welt verkauft werden können. Aber die Insel ist auch reich an Bodenschätzen, und ich bin *mining engineer* der East India Company. Es hat mich immer schon fasziniert, was in der Tiefe der Erde darauf wartet, von uns ans Licht gebracht zu werden.«

Ohne es zu wissen, dachte Marie stolz, ist er einer vom kleinen Volk. Die großen Feuer, die im Leib der Welt brennen, hatte Christian immer gesagt, sind unsere Bestimmung. Das Feuer im Stein läßt uns nicht los. Marie spürte, wie die Zeit verstrich. Lange durfte sie nicht mehr warten, wenn sie das Geheimnis lüften wollte. Die junge Frau sah sie mit einem solch freundlichen Lächeln an.

»Wie heißen Sie bitte? Ich habe noch nie einen ceylonesischen Namen gehört.«

»Ananthi. Ich heiße Ananthi. Mein Vater war Beamter der Kolonialverwaltung in Kandy. Ich bin Tamilin.«

»Ein glücklicher Zufall, daß ich ins Haus ihres Vaters kam!« lachte der Ingenieur, und sie legte lächelnd ihre Hand auf seine.

Ich kann es nicht sagen. Jetzt nicht. Marie spürte, wie sie immer verzweifelter wurde. Was hielt sie zurück? »Ein sehr schöner Name«, sagte sie statt dessen und wiederholte ihn, und für einen Moment trug er sie mit sich davon.

»Gibt es Löwen dort, woher Sie kommen?«

Ananthi schüttelte bedauernd den Kopf. »Keine Löwen. Aber Tiger. Im Dschungel leben Tiger, und die Alten sagen, sie beobachten uns mit ihren glühenden Augen.«

»Ja. Augen wie goldene Blättchen«, sagte Marie lächelnd.

* * *

»Und die Königin Luise?« fragte Ananthi gleich, als sie das Cavaliershaus wieder verlassen hatten.

Marie nickte und schlug, dabei von der Königin berichtend, den Weg zur Meierei ein, doch kaum waren sie ein Stück gegangen, erschienen plötzlich Pfauen vor ihnen auf dem Weg. So ziellos und doch würdevoll, wie es ihre Art ist, kamen sie vom Wald herüber. Sicherlich zwanzig Tiere, viel mehr gab es auf der Insel nicht mehr.

»Max! Look over there!« rief die junge Frau überrascht aus, als sie ihrer gewahr wurde.

Es dauerte einen Moment, bis Marie begriff, daß sie nicht den Namen ihres Kindes gehört hatte. Doch dann fuhr ihr die Überraschung wie ein sehr scharfes dünnes Messer durchs Herz, und sie spürte, daß alle Kräfte sie verließen. Max, dachte es in ihr, die fremdartige englische Betonung des Wortes nachbildend, und sie sah sich nach ihm um, als ob gerade er ihr helfen könnte. Sah, wie er lachend seine Frau in den Arm nahm und sie zusammen zu den Pfauen hinübergingen und keinen Blick für sie hatten. Bemüht, die Tränen zu unterdrücken, die ihren kleinen Körper schon schüttelten, sah sie ihnen zu. Er ist es nicht, dachte sie. Aber stimmte das denn? Die Pfauen wichen, wie sie das bei allen Besuchern taten, den Annäherungen der beiden in langsamen, aber bestimmten Schritten aus, und Marie, die sie hätte locken können, tat es nicht. Es dauerte lange, bis er sich umsah, wo sie bleibe.

»Wenn Sie erlauben, würde ich sehr gerne hier warten«, sagte Marie mit zitternder Stimme. »Ich bin doch etwas müde. Folgen Sie einfach dem nächsten links abführenden Weg, auf ihm gelangt man erst durch eine Kiefernheide, dann am Ufer der Havel entlang zur Meierei. Da, wo die Wiese endet, der Boden ein wenig ansteigt, und zwar wenige Schritte vor einer Marmorbank, wendet sich der richtige Weg links und führt zum sogenannten Portikus. An einem Waldsaume nach der freundlichen Wiese blickend, ist dieser einfache Bau dem Andenken der hochseligen Königin Luise gewidmet, deren Büste dort aufgestellt ist.«

Er musterte Marie, offenbar besorgt von ihrem Zittern und den Tränen, und wollte wissen, was sei. Doch sie wiegelte ab. Das Alter.

»Sie heißen Max?«

»Maximilian. So hat der Onkel mich getauft.«

Marie nickte. »Gehen Sie schon«, ermunterte sie ihn und zwang sich zu einem Lächeln.

Dann war sie allein. Doch es dauerte nur einen Moment, und die Pfauen kamen wieder heran, und wie in einem sehr langsamen Tanz begannen sie Marie zu umkreisen, scheinbar ohne sie zu beachten. Müde setzte sie sich auf die grüne Bank, auf der sie früher manchmal mit Gustav gesessen hatte, und sah ihnen zu. Und erinnerte sich, als Kind einmal gebannt beobachtet zu haben, wie die Tiere im Frühling umeinander warben. Wie tröstlich es ihr erschienen war, daß die wunderschönen Männchen vor den doch so unscheinbaren Weibchen balzten. Bald war es wieder soweit, sehr langsam und zärtlich würden sie die Mäntel ihrer Federn über sich und ihre Hennen senken.

Es gibt Tiere, die erinnern uns daran, wie unsere Träume entstanden. Staunend stehen wir immer wieder vor ihnen, als wäre es das erste Mal, daß wir sie sehen, und sehen zugleich all die Bilder, die wir uns von ihnen gemacht haben. Und sie? Sie schreiten vor uns auf und ab und lassen sich betrachten, schreiten auf und ab an der Grenze von Leben und Bild, für uns. So schlägt, jedesmal von neuem, ein Pfau sein Rad in all dieser prunkenden Großartigkeit. Das Blau, das Grün, der goldene Glanz. Das zitternde Krönchen auf seinem hocherhobenen Kopf mit den großen blicklosen schwarzen Augen. Der Hals wie mit winzigen glänzenden Schuppen belegt, gerüstet in ein Kettenhemd aus Glanz. Dieser schmale gotische Vogelritter in Minne, hinter sich reckend und präsentierend sein Wappenschild der Schönheit, diese wippende orientalische Helmzier der reinen Symmetrie, augenbestickt und wimpernselig wie die vielaugigen Flügel der Seraphim, knisternd in der Bewegung wie Seide, ein Baldachin aus Schönheit, der uns mit jenem Köpfchen gleich mitzubedecken verspricht, ein Schutzschirm, fragil wie ein Prunkzelt, ein Paravent, der sich triumphierend in unseren Blick schiebt, alles verdeckt, alles ausschließt, alles vergessen macht. Und doch nichts ist als eine hauchdünne Membran aus Farbe und Glanz.

Und wie die Sonne da hineinstürzt und wieder heraus! Uns in die Augen aus seinen Augen. Und immer bewegt sich da etwas im Flattern dieser unendlich vielen Augen, immerzu flüstert es im Federgezitter. Ein Prospekt voll Farbengelächter, das plappert und wispert, horizontweit aufgespannt, trägt dieses Tier mit sich herum und wendet es immer uns zu, mit allem darauf, was uns gefällt. Stumm und leer aber bleibt der Blick des Vogels selbst dabei, als gingen ihn all die Fragen gar nichts an, die seine Schönheit anscheinend so beharrlich uns stellt.

Wie seltsam, daß all der Prunk Lennés, den der König befohlen hatte in seinem unbedingten Willen, die Zeit seines Vaters vergessen zu machen, wieder getilgt worden war von der Insel, tot und verdorrt, und nichts geblieben war als der Glanz der Pfauen. Nichts außer ihr, die immer noch da war. Und die Kulissen einer lange vergangenen Zeit, die niemals von sich behauptet hätte, eine bessere Natur erschaffen zu wollen, sondern die einfach nur Freude hatte an Zöpfen, Muscheln und Rocaillen und allem, was ungewöhnlich war. Denn der Schöpfer hatte es gemacht, und seine Phantasie war grenzenlos. Was sollte sie jetzt nur tun? Ein Satz fiel Marie ein, den sie im *Werther* gelesen hatte: *Wenn wir uns selbst fehlen, fehlt uns doch alles.*

Marie blinzelte in die Sonne. Die Pfauen waren weitergezogen, ohne daß sie es bemerkt hatte. Man schaut immer entweder mit oder gegen das Licht, hatte der Onkel sie gelehrt. Mit dem Licht wirken Formen flach, gegen das Licht aber gewinnen sie Kontur und Tiefe. Wenn sie ehrlich zu sich selbst war, erkannte sie in den Zügen jenes Mannes nichts wieder. Für alles war es einmal zu spät. Marie spürte, daß die Luft ihre Tränen getrocknet hatte. Wieder einmal hatte die Insel für sie entschieden. Wenn wir uns selbst fehlen, fehlt uns doch alles. Da hilft es nichts wiederzubekommen, was man so sehr vermißt hat. Ruhig wartete sie auf ihre Besucher und genoß die Zeit in der Sonne. Als die beiden den Sandweg wieder entlangkamen, konnte Marie schon von weitem sehen, wie Nietner auf seine Frau einsprach, mit großer Begeisterung, und dabei mit weit ausholenden Gesten um sich zeigte.

»Und nun freue ich mich, endlich zu sehen, wovon der Onkel stets mit allergrößtem Enthusiasmus erzählt hat: das berühmte Palmenhaus«, erklärte er, als die beiden wieder vor ihr standen und Ananthi sich gleich neben Marie auf die Bank setzte.

»Wie schlicht und schön ist dieser Tempel für die Königin. Er muß sie sehr geliebt haben.«

Das Lächeln der jungen Tamilin wärmte ihr das Herz. So entschied sie, seine Erwartungen nicht vor der Zeit zu enttäuschen, und sagte nichts, während sie weitergingen. Erst, als durch die Bäume des Uferwegs die Glasfront des Palmenhauses sichtbar wurde, begann sie mit ihren Erläuterungen.

»Das Palmenhaus, einhundertzehn Fuß lang, vierzig Fuß tief und zweiundvierzig Fuß hoch, wurde nach dem Entwurfe Schinkels und unter der Leitung Schadows im Jahre 1830 erbaut. Aber das wissen Sie ja sicher, Herr Nietner. Dem Hofgärtner Fintelmann kam es darauf an, schon in der Umgebung des Baus auf das Innere des Hauses vorzubereiten. In größeren und kleineren Gruppen siedelte er hier neben den Götterbäumen noch andere Pflanzen mit ausgezeichneten Blattformen an, die großblättrige Alkermes etwa, den Wunderbaum, Tabak und brasilianisches Mangold.«

Nichts, außer den Götterbäumen, war von diesen Pflanzungen noch zu sehen, und auf den Gesichtern ihrer Besucher zeichnete sich Enttäuschung ab, als Marie auf die kümmerlichen Reste eines Kissenbeetes zeigte, das eher einem überwachsenen Grabhügel glich, und dabei von den üppig geformten Blättern des indischen Blumenrohrs sprach, von Zuckerrohr und Papyrus.

»Nun wollen wir aber hinein!« sagte Nietner, trat unter die Pergola, die den Eingang beschirmte, und griff nach der Tür. Die Überraschung auf seinem Gesicht, als er sie verschlossen fand.

Marie schüttelte den Kopf. »Das geht nicht.«

»Ich verstehe nicht«, sagte er und rüttelte heftig am Türgriff.

»Man kann nicht hinein.«

Er verstehe nicht, sagte er noch einmal. Es sei nicht möglich, wiederholte Marie und lächelte traurig.

Wortlos lief der Ingenieur zurück zu der Glasfront und preßte wie ein kleiner Junge die Stirn gegen das Fenster, um hineinzuspähen. Marie, die ihm mit seiner jungen Frau langsam folgte, sah ihm ungerührt dabei zu.

»Die geschwungene Kuppel mit den spitzbogigen Fenstern, die jetzt das Dach schmückt und die dem ganzen Bau einen exotischen Anschein gibt, wurde erst aufgesetzt, als das allzu große Wachstum der Fächerpalme im Zentrum des Hauses dies nötig machte.«

»Weshalb können wir nicht hinein?« fragte der Ingenieur, sichtlich erregt jetzt.

»Es geht nun einmal nicht.«

Marie wandte sich wieder an die junge Tamilin. »Und glauben Sie mir, Ananthi, es tut mir wirklich besonders leid darum, daß Sie den indischen Pavillon nicht sehen können, der aus Birma hierher zu uns kam, und die Ausmalung im orientalischen Stil, die Sie sicherlich an Ihre Heimat erinnern würde. Aber es ist unmöglich. Und jetzt möchte ich Sie wirklich bitten, mir zu folgen. Es wird Abend, und auch im Schloß gibt es noch einiges zu sehen.«

Ohne auf eine Antwort zu warten, begann Marie den Uferweg entlangzugehen, der unter den Eichen, die hier dicht standen, zum Schloß führt. Es ist genug, dachte sie, wenn sie sich auch nichts Schmerzhafteres als den Abschied vorstellen konnte, der ihr bevorstand. Sie unterließ es, auf den antiken Brunnen hinzuweisen oder um das Schloß herumzugehen, wo ihre Besucher den Ausblick nach Potsdam gehabt hätten, sondern ging direkt zum Portal, und erst, als sie die Tür öffnete, sah sie sich nach den beiden um, die ihr stumm gefolgt waren und denen sie jetzt den Vortritt ließ in ihr Haus.

»Das Schlößchen wurde unter Friedrich Wilhelm II. in den Jahren 1794 bis 1797 vom Baumeister Brendel aus Potsdam errichtet«, begann sie im Treppenhaus sogleich ihren Vortrag. »Die Zimmer haben parkettierte Fußböden von allen inländischen Holzarten und schöne teils Papier-, teils Zeugtapeten.«

Langsam führte sie die beiden von Zimmer zu Zimmer im Erdgeschoß, sie folgten ihr schweigend, besahen sich alles genau und begriffen doch nicht, was vor sich ging. Endlich kamen sie auch ins Otaheitische Cabinett, und Ananthi lachte überrascht, als sie das exotische Dekor erkannte. Musterte ganz genau die Tapete. Zeigte ihrem Mann die Vignette des Schlößchens darin.

»Als wären wir bei uns am Strand!«

Der Ingenieur nickte. Doch Marie sah, daß ihn derlei nicht interessierte. Er war noch immer verstimmt, weil ihm das Palmenhaus verschlossen geblieben war, und das schmerzte Marie, denn er sollte doch alles sehen, was ihr Leben hier gewesen war.

»Wonach die Europäer sich damals wohl so gesehnt haben mögen, daß ihnen derlei gefiel?« fragte Ananthi nachdenklich, den Blick nicht von der Tapete nehmend. »Heute bauen sie Eisenbahnen durch unser Land und legen Plantagen an.«

»Ja, das war wohl eine andere Zeit.«

Marie mußte wieder daran denken, wie sie hier einmal unerwartet auf den Kronprinzen gestoßen war, der König nach ihrem König und nun selbst tot. In seinen Augen war all die Sehnsucht gewesen, die die Tamilin nicht begriff. In diesen feuchten Augen über dem steifen Kragen der blauen Uniform.

»Gehen wir weiter?« fragte der Ingenieur ungeduldig, und als ihre Blicke sich trafen, gelang es Marie für einen Moment nicht ganz, ihre Traurigkeit zu verbergen, doch schnell faßte sie sich wieder und nickte ihm zu.

»Der Plafond des Speisesaales im ersten Stock, zu dem wir jetzt hinaufgehen, ist seinerzeit mit Guido Renis Aurora *al fresco* ausgemalt worden«, sagte sie, wieder ruhig, und ging voran.

Der Saal beeindruckte ihre Besucher, doch mehr als das Deckenfresko, die Holzarbeiten an den Wänden und der Parkettboden war es der Blick, der ihnen gefiel. Lange standen sie an den hohen Fenstern und schauten hinaus. Hier hatte der König immer gesessen. In Gedanken an seine tote Königin oder seinen Vater, wer konnte das sagen. Und hier hatte sie selbst gestanden unter seinem Blick, und er hatte sie angesehen wie sonst niemand in ihrem Leben. Ein Tierchen war sie gewesen unter diesem Blick, nein, etwas noch viel Geduldigeres, noch Nachgiebigeres, noch viel Stummeres, ein Ding war sie gewesen, die Insel selbst. Daß sie hierhergehörte, hatte Marie in diesen Momenten begriffen, und weshalb.

Von alldem aber würde er, der noch immer dort am Fenster stand und hinaussah und seiner jungen Frau dies und jenes zeigte, nie etwas erfahren, dachte Marie traurig. Und wollte zugleich nicht, daß es schon vorüber wäre.

Und so schlug sie den beiden vor, was sie sonst nie bei ihren Führungen tat, noch auf den Turm hinaufzusteigen. War selbst lange nicht mehr dort oben gewesen, zu sehr schmerzte das Treppensteigen, und mußte tatsächlich alle paar Stufen pausieren. Doch die beiden warteten geduldig hinter ihr, während sie sich ans Geländer klammerte und Atem schöpfte.

Als sie dann schließlich oben anlangten und hinaustraten auf die Plattform, war die Sonne über Potsdam bereits untergegangen, das Firmament glomm noch rot, und die wenigen Wolken, die in dünnen Schleiern über die ferne Stadt zogen, brannten dabei. Tief atmete Marie durch. Direkt über ihnen wurde der Himmel schon durchsichtig in die schwarze kalte Nacht hinein. Ananthi lehnte sich in den goldenen Abendschein, und auch ihr Mann schien seinen Groll zu vergessen. Man ist auf diese Landschaft in Preußen immer so stolz gewesen, weil sie Preußen so wenig gleicht. Ein wenig Süden. Ein wenig gütiges Licht. Lange sagte keiner der drei etwas, dann erklärte Marie den beiden leise, was sie sahen. Ihre ganze Welt.

»Zur Rechten tritt die Halbinsel von Sacrow in das Wasser der Havel, weiterhin sieht man das Marmorpalais im Neuen Garten, auf dem Hügel dahinter die grüne Kuppel der griechischen Kirche in der russischen Colonie bei Potsdam, zur Linken das hölzerne Dach von Nikolskoje.« Sie trat zur anderen Seite. »Kommen Sie, sehen Sie sich die Insel an! Dort aus den Bäumen ragt das Palmenhaus hervor, und dort, ungefähr in der Mitte, sehen Sie das Cavaliershaus, und ganz am Ende die weißen Ruinen der Meierei.«

Von dorther kam die Nacht. Sie wischte das Glitzern der Havel aus und zerschmolz das Grün der hohen Bäume in Grau. Ein letzter Glanz auf der Kuppel des Palmenhauses verlosch. Schnell wurde es ganz empfindlich kühl, doch das bemerkten die drei erst, als die Nacht den Turm des Schlosses schon ganz erreicht hatte. Im Dunkeln tasteten sie sich dann die Treppe wieder hinunter und in den Saal zurück, wo Marie eine Lampe entzündete, um ihre Gäste hinauszubegleiten. Dabei führte sie die beiden noch durch das Cabinett, das ihre Heimat geworden war, damit er, ohne es auch nur zu merken, ein Bild davon mit sich nähme.

»Sieh einmal, wie das glänzt«, sagte er leise zu seiner Frau und blieb an der Kommode stehen.

Marie, schon im Hinausgehen, drehte sich überrascht um, als sie ihn das sagen hörte. Tatsächlich: Er hatte das Rubinglas entdeckt, das im Licht der Lampe tiefdunkelrot aufgeleuchtet hatte und nun, als sie wieder umkehrte, immer heller strahlte. Als könnte er nicht genug bekommen von dem Feuer darin, stieß Nietner den Kelch vorsichtig mit dem Zeigefinger an, der sich daraufhin mit einem klingelnden Geräusch um seinen imaginären Zirkelpunkt drehte, kippelte und mit einem winzigen Zittern erstarrte. Und wieder tippte er mit dem Finger gegen das Glas, und wieder glitzerte das Rot darin auf, als pustete er in eine Flamme.

Er habe, sagte er leise und in diesen Anblick völlig versunken, sich niemals so für Pflanzen interessiert, wie ihn schon als Kind die Steine in den Bann geschlagen hätten, leuchtende, glitzernde Steine, und er habe sich immer danach gesehnt, dorthin zu gelangen, wo sie in der dunklen Erde darauf warten, ans Licht geholt zu werden. Noch einmal wurde Marie unsicher, ob sie das Richtige tat. Wie gern hätte sie ihm in diesem Moment alles erzählt, was mit jenem Glas einst begann. Daß er als Kind damit gespielt hatte. Und sie befeuchtete mit der Zunge schon ihre Lippen, um endlich zu reden.

Aber da drehte er sich nach ihr um und fragte mit einem weichen Lächeln: »Es ist doch nun einmal zerbrochen, das schöne Glas. Ob Sie es mir wohl als Andenken an die Pfaueninsel überlassen könnten, Fräulein Strakon?«

Und damit zerbrach der Zauber des roten Scheins. Was man verschenkt, muß sein Geheimnis behalten. Ein Geschenk trägt all das in sich, wovon man nicht sprechen will. Marie lächelte, statt zu weinen.

»Sie wissen gar nicht, was für eine große Freude Sie mir damit machen würden! Ich habe dieses zerbrochene Glas mein ganzes Leben lang sehr liebgehabt. Vielleicht denken Sie ja, wenn Sie wieder in Ceylon sind und es betrachten, einmal an die alte Frau, die Sie heute hier kennengelernt haben und die einst das Schloßfräulein der Pfaueninsel gewesen ist.«

Er nickte langsam. Etwas in seinen blauen Augen, den hellen Augen der Mark, betrachtete sie voll zärtlichem Unverständnis, und als er sich bedankte, mußte er sich erst räuspern. Sorgsam nahm er das Glas von der Kommode, schlug es in ein Taschentuch und steckte es ein.

Dann gingen sie hinunter. Wobei Nietner sich in der Halle ein weiteres Mal gründlich umsah, auch seine Frau noch auf manches Detail der Ausstattung hinwies, als wollte er es unbedingt vermeiden, daß sie schon auseinandergingen. Als ahnte er, daß sie etwas vor ihm verbarg. Und schon begann sie sich davor zu fürchten, daß sie nun, am Ende, doch noch sprechen würde. Aber mit einem letzten fragenden Blick nickte er ihr zu, Marie öffnete die Tür und ließ die beiden hinaus.

Die Schloßwiese lag dunkel vor ihnen, die Bäume an ihrem Rand eine schwarze drohende Wand. Nur der helle Kies, von dem aus sich der Ingenieur Maximilian Nietner und seine Frau Ananthi aufmachten in die Nacht, schimmerte ein wenig im Lichtschein, der aus der Tür fiel. Kurz nachdem das Dunkel die beiden verschluckt hatte, hörte Marie, die noch in der Lichtschleppe stand und ihnen nachsah, Schritte, bedächtige Schritte, und dann bog Rösner auf seinem abendlichen Kontrollgang um die Ecke des Schlosses, grüßte zu ihr herauf und ging weiter. Es war, als erwachte sie da. Er möge doch bitte, rief sie ihm auf einmal mit fester Stimme nach, im Palmenhaus anfeuern. Der Alte blieb stehen und sah sie verwundert an.

»Weshalb?«

»Heize Er! Heize Er tüchtig ein!« Marie drückte die hohe Tür hinter sich zu.

* * *

In dieser Nacht fiel die Temperatur auf der Pfaueninsel bei anhaltendem Nordostwind unter den Gefrierpunkt. Um die seit Wochen ruhende Heizung wieder in Betrieb nehmen zu können, mußte Rösner zunächst in den beiden Schornsteinen Lockfeuer aus Hobelspänen entzünden, wobei die Funken hoch aufstoben, hoch in den Nachthimmel hinein wie ein wilder Tanz aus Lichtpunkten, die sogleich von noch helleren, wilderen Funken auseinandergewirbelt und abgelöst wurden, widerstandslos trudelnd in die Nacht, in der sie verlöschten, als nähme ihnen das Dunkel den Atem. Marie blieb stehen und verlor sich für einen Moment in diesem Anblick, doch dann fiel ihr wieder ein, wohin sie unterwegs war, und ergeben in das Unabänderliche verglühte in ihr die Freude wie jene Funken.

Seit der Nacht vor nunmehr fünfzig Jahren hatte sie das Palmenhaus nicht mehr betreten und auch allen Besuchern, die sie über die Insel geführt hatte, den Zutritt verweigert. Im Dunkeln öffnete sie die Tür zu jenem Ort, an dem damals Christians Leben geendet hatte, und dabei kam ihr zum ersten Mal der Gedanke, ihr eigenes könnte vielleicht nur deshalb noch immer nicht vorüber sein, weil sie es seitdem vermieden hatte hierherzukommen. Vorsichtig zog sie die Tür hinter sich zu und entzündete einige der Lampen, die dort für einen späten Besuch bereitstanden.

Als wäre seit jener Nacht keine Zeit vergangen, schien alles wie früher, selbst die Stühle, die hier und da zwischen den Pflanzen standen, waren noch am selben Platz, und so ging sie in Christians Kleid, langsam, daß er es auch sähe, durch den Raum und sah sich, den Blick hinauf zum Balkon vermeidend, nach allen Seiten um. Große Farne, die es früher noch nicht gegeben hatte, standen üppig zwischen den hohen Stämmen, doch Marie entdeckte das Zuckerrohr, die Zimtbäume und die Bananenstauden wieder, und es roch ganz so, wie es an jenem Abend gerochen hatte, und auf einmal hörte sie das Lachen und Klirren der Gläser wieder, und Christian war wieder ganz in ihrer Nähe, noch einmal tanzte er vor der Fürstin, und noch einmal, wie unzählige Male seitdem, griff Gustav ihm unter die Achseln, und noch einmal fiel sein Blick dabei auf sie, wund und verzweifelt, noch einmal spürte sie ihre Todesangst, noch einmal den bodenlosen Schrecken, und noch ein letztes Mal warf Gustav ihren Bruder über die Brüstung, und sie sürzte ein allerletztes Mal die Treppe hinab, sah ihn daliegen in seinem Blut und spürte, wie ihre Welt zerbrach. Marie blinzelte durch das Glasdach in den Nachthimmel hinauf, in dem die Funken noch immer stumm umeinanderwirbelten, aufstieben und verloschen.

Beklommen tastete sie sich zum Kreuzungspunkt der Wege vor, dorthin, wo auf der achteckigen Säule die Latania stand, das Prunkstück der Sammlung, und dicht dabei entdeckte sie gleich die Ostindische Schattenpalme, von deren Merkwürdigkeiten ihr Gustav damals soviel erzählt hatte. Es sei die einzige Palme, welche nur ein einziges Mal in ihrem Leben blühe, dabei eine unglaubliche Menge übelriechender Blüten hervortreibend, um alsbald, wenige Früchte reifend, abzusterben. Auf der Insel hatte man immer viel über diese Palme gesprochen, denn sie wollte nicht aufhören zu wachsen, und als sie nach zwanzig Jahren das Glasdach erreicht hatte, ließ Friedrich Wilhelm IV. dem Palmenhaus für sie eine Kuppel nach indischem Vorbild aufsetzen.

Dann starb der König, und jener Prinz, der damals von hier aus nach England geflohen war, folgte ihm nach, wurde König, dann Kaiser. Die Düppeler Schanzen und Königgrätz, die Emser Depesche, Sedan und der 18. Januar 1871 im Spiegelsaal von Versailles, und die Palme wuchs immer weiter. Die Palme wuchs in die Kuppel hinein und füllte sie schließlich ganz aus, so daß man, wiederum zwanzig Jahre später, darauf verfiel, eine Grube unter ihr auszuheben, sechs Meter tief, und dort hinein wurde die Palme seither, ihrem Wachstum entsprechend, nach und nach abgesenkt.

Marie spähte in ihren nachtdunklen Wipfel hinauf und hinab in den Schacht. Die Zeit beeindruckte sie nicht mehr. Ihr Vergehen war ihr ganz gleichgültig geworden. Sie setzte sich auf einen der Eisenstühle, die ringsum unter den Palmen standen. Hörte, wie Rösner sich im Keller bei den Öfen mühte, und meinte auch schon zu spüren, wie die Wärme vom Boden aufzusteigen begann. Im Flackern der Lampen zitterten die Palmenschatten umeinander. Nun kommt keiner mehr, dachte Marie. Hierher auf die Toteninsel, auf der ich lebe. Jetzt bin ich ganz allein. Bin wirklich ein Ding, das man vergessen hat. Und langsam nestelte sie den kleinen seidenen Beutel auf, den sie ums Handgelenk trug, nahm eine Cigarre heraus und das Döschen mit der Schwefelsäure und das mit den Tunkhölzchen.

»Ach, daß Sie das noch haben, Mademoiselle! Wie schön!«

Die Stimme war ihr zu vertraut, als daß sie hätte erschrekken können. Freudig schaute sie sich um, sah Peter Schlemihl gerade mit der Hand ein paar Palmwedel beiseite biegen und lächelnd zu ihr heranschlendern. So sehr war sie von ihren Erinnerungen abgelenkt gewesen, daß sie ihn gar nicht hatte hereinkommen hören.

»Schlemihl, was für eine Freude! Sie glauben gar nicht, wie sehr ich Sie all die Jahre vermißt habe.«

Umstandslos kauerte er sich vor ihr auf den Boden, und sie meinte gleich, in dem altvertrauten Gesicht so etwas wie Mitleid zu erkennen. Empfand unter seinem Blick, wie unendlich alt sie geworden war, während er, wie sie verwundert bemerkte, sich überhaupt nicht verändert hatte: Er war so jung wie damals, als sie sich auf der Schloßwiese beim Besuch des Königs zum ersten Mal begegnet waren.

»Ist so furchtbar lange her«, murmelte sie und streichelte lächelnd sein schönes Jungengesicht. Schimpfte sich selbst dabei eine alte sentimentale Frau und spürte zugleich eine wunderbare Müdigkeit in all ihren kleinen Gliedern, die plötzlich so schwer schienen, daß es ihr ganz undenkbar vorkam, sich irgend einmal noch zu bewegen. Die Hand mit Cigarre und Tunkhölzchen sackte in ihren Schoß.

»Da gibt es jetzt etwas Besseres«, sagte Schlemihl leise, zog geschwind ein kleines metallenes Gerät hervor, dessen Kappe er abnahm, und schon flackerte eine Flamme heraus, und Marie roch zum ersten Mal in ihrem Leben den beißenden Geruch von Benzin. Er steckte die Kappe wieder auf, und das Feuergezüngel erlosch. Wenn da tatsächlich Mitleid in seinem Blick gewesen sein sollte, war es jetzt verschwunden. Er lächelte sie an.

»Wie lange wir einander schon kennen! Ich denke noch manchmal an unser erstes Zusammentreffen hier auf der Insel. Der junge Parthey, erinnern Sie sich?«

Marie nickte ernst. »Was wohl aus ihm geworden ist?«

»Vor ein paar Jahren ist er, ein alter Mann, in Rom gestorben, wo er immer hatte leben wollen. Und Lili, seine kleine Schwester!«

»Die Arme!«

»Ist nun auch schon fünfzig Jahre tot.«

»Ja.«

Marie hielt noch immer die Cigarre und das Döschen mit den Tunkhölzern im Schoß, aber sie schien es vergessen zu haben. Der Beutel war auf den Boden gerutscht.

»Wir stehen am Beginn einer neuen Zeit, Mademoiselle Strakon«, sagte Schlemihl. »Die Mittel sind alle versammelt, und was noch fehlt, wird die so produktive Wissenschaft und Ingenieurskunst bald entdecken. Die letzten weißen Flecken der Welt werden kartographiert. Der Bürger macht sich jetzt die Welt. Alle Stile, alle Zeiten, alle Kunst der Völker sind ihm zur Hand. Löwen sind keine Allegorien mehr, und aus den Menagerien sind Zoos geworden, in denen die Tiere den Menschen Vergnügen und Bildung bringen. Ihresgleichen lebt heute nicht mehr bei Hofe, sondern wird zusammen mit Negern, Chinesen und Indianern zur Schau gestellt.«

Marie mußte an Berlin denken, an die Straßen, die endlosen Ziegelmauern, das Feuer in den Fabriken, die Massen der Menschen und ihre Gesichter. Nicht lange mehr, und die Stadt würde hier sein. Sie nickte. »Wir sagen, die Zeit vergeht, dabei sind wir es.«

»Aber was ist die Zeit? Vielleicht ist sie ja nur ein Schleier, der alles bedeckt«, sagte Schlemihl, »eine Färbung der Dinge, die alles durchdringt, von dem man sagt, daß es einmal war. Und in Wirklichkeit ist alles noch da, und auch wir sind alle noch da, nur nicht im Jetzt. Und werden immer da sein. Ich war immer so gerne hier bei Ihnen auf Ihrer Insel! Die Orte sind es, die länger bleiben als wir.«

»Nichts von mir wird bleiben«, sagte Marie leise. »Nicht einmal ein Schattten.«

»Wissen Sie, Mademoiselle Strakon, was, außer mir, auf dieser Welt einzig ohne Schatten ist?«

Marie schüttelte den Kopf.

»Das Feuer.«

Das stimmt, dachte sie und hörte Christians Stimme wieder, seine Stimme, die sie so lange nicht mehr gehört hatte. Wir wurden angewiesen, hatte er gesagt, die großen Feuer, die im Leib der Welt brennen, zu bewahren. Und weil wir am Anfang der Zeit aus der Erde entstanden sind, werden wir unendlich alt und pflanzen uns nicht fort. Nein, wir pflanzen uns nicht fort, dachte Marie traurig.

»Wollen wir jetzt rauchen?« fragte Schlemihl nach einer Weile, in der er geschwiegen und sie betrachtet hatte, als wüßte er genau, wie lange sie brauchte, um mit ihren Gedanken an ein Ende zu kommen.

»Ja, wir wollen rauchen!« sagte Marie und lächelte ihn an.

Sie war so glücklich, den Freund wieder bei sich zu haben. Gleich zog sie eines der Hölzchen hervor, tauchte es zitternd in den kleinen Porzellanzylinder und brannte mit dem geisterhaften Feuer ihre Cigarre an. Doch als sie wieder hochschaute, war Schlemihl verschwunden.

Der Rauch kräuselte sich vor ihren Lippen und stieg ganz still in den gläsernen Himmel des Palmenhauses hinauf, während ihr für einen Moment der Atem stockte. Marie spürte das lastende Schweigen in dem großen Raum. Kein Blatt raschelte. Wie überall auf der Insel machte sich auch hier im Palmenhaus die Nachlässigkeit des Hofgärtners Reuter bemerkbar. Weder hatte man, wie zu Gustavs Zeit üblich, die vertrockneten Blätter von den Palmen geschnitten noch es offenbar für nötig befunden, die abgefallenen Blätter zu entsorgen, die zuhauf unter den Pflanzen lagen. Es genügte, daß Marie die Cigarre in den Haufen neben ihrem Stuhl warf.

Glas ist nicht vorgesehen in der Menschenwelt. Vulkane werfen es auf die Erde, Meteoriten, deren Gestein zerschmilzt, bringen es herab, Blitze schmelzen es in den Sand der Wüsten. Als die riesigen Fenster mit einem fürchterlichen Geräusch zersprangen und Tausende und Abertausende Splitter herabprasselten auf die wie Fackeln brennenden Palmen, sah Marie noch einmal den schwarzen Nachthimmel durch den Rauch, der ihn fetzenweise freigab, dann fing auch ihr Kleid Feuer. Und noch einmal und als letztes war Christian wieder bei ihr. Nicht an die Liebe ihres Lebens dachte sie, und nicht an ihr Kind, verloren, und wiederbekommen und für immer verloren, sondern sie spürte den wunderbar warmen, vertrauten, kleinen Kinderleib ihres Bruders wieder neben sich in dem Kahn auf der Havel und empfand das Glück jenes hellen sonnigen Morgens noch einmal, und noch einmal sah sie ihre Insel zum ersten Mal.

* * *

Das schöne prächtige Palmenhaus auf der Pfaueninsel bei Potsdam, berichtete die Vossische Zeitung am 21. Mai 1880, *ist in der Nacht vom Mittwoch zum Donnerstag mit Allem, was es enthielt, ein Raub der Flammen geworden, in denen auch ein gewesenes Königl. Schloßfräulein, Maria Dorothea Strakon, die in ihrem achtzigsten Jahr stand, ums Leben kam. Wie man uns meldet, wurde das Feuer, über dessen Entstehungsart man nichts Bestimmtes weiß und nur vermutet, daß es vielleicht durch die Heizungsanlagen des Gebäudes entstanden sei, zuerst von einigen Fischern bemerkt, welche sich am Mittwoch abend zwischen 10 und 11 Uhr in der Nähe auf dem Wasser befanden, um Aalpuppen auszulegen. Die Fischer eilten nach dem Palmenhause, woselbst sofort mit allen zu Gebote stehenden Mitteln versucht wurde, dem rasenden Ueberhandnehmen der Flammen, die an den vielen Holztheilen des Gebäudes reichlichen Nahrungsstoff fanden, Einhalt zu thun. Die erste Spritze, welche zur Stelle war, war diejenige des nahe gelegenen Sacrow, aber weder sie, noch der bald nachkommende Succurs, konnten die Flammen dämpfen. Von allen Seiten strömten die Beamten der königlichen Gebäude herbei und leisteten die ganze Nacht hindurch Hilfe, aber Alles, was erreicht wurde, war, daß das Feuer auf seinen Herd, das Palmenhaus beschränkt wurde. Dieses aber wurde mit dem schönen Bestand vollständig vernichtet. Der Feuerschein war so mächtig, daß er weithin jenseits Potsdams und in den umliegenden Ortschaften bemerkt wurde; auch in Berlin wurde er gesehen.*

Inhalt

Stindhorn
Römer Schanze
Königswald
FORST
Zedlitz B.
Holz-
Abl.
Sacrower See
Weinb.
Der Lange Jungfern Zug
Jungfern See
Zahn
Sacrow
Sacrow Lanke
Kirchhof
Schwarze B.
Jacobs
Schloss
Kessel
Fährhs.
Heilands K.
Titzhorn
Röm. Bank
Krughorn
Meierei
Grotte
Einsiedelei
Jägerhof
Schwanen Br.
Rothe Hs.
Matrosen Hs.
Glienicker
Br.
Marmor Palais
Mühlen
Häuser
Kl.
Glienicke
Glienicker Lake
Fontaine
Maschinen H.
Heilige See
BERLINER
VORST.
Babelsberg
VORST
Witam
Gas. Anst.
Kaserne
u. Ställe
Schw. Anst.
Militair
Schwim. Anst.
POTSDAM
Dampfmühle
Wasser-Str.

Zgl.
Schwemmhorn
Kälber Werder
198
Stupe Ecke
Erdzunge
Meierei
Pfauen-
Insel
Parschen Kessel
Der neue Zug
Jagdschirm
Küche
Schloss
Dampfmaschine
Castellan Woh.
Schiffs Schuppen
Kgl. Ställe
Alter
Hof
Gr. Grund
Stolper Berge
Langen
Enden
Villen-
Stolper
Col.
Alsen
Heide
Stolpe
Pohle-
See
Wehrhorn
Rempfstücken
Stolpers
Feldchen
Brand
Kohlgarten
kleine
Schäferwall
Stolper
Wse
Theil
Kirchen Wse
Kohlhasenbrück
Gr. Kuhhorn

Der Autor dankt der Pro Helvetia, der Stiftung
Preußische Seehandlung, dem Berliner Senat und dem
Deutschen Literaturfonds für die Unterstützung
seiner Arbeit an diesem Roman.

Verlagsgruppe Random House FSC® N001967

3. Auflage
Genehmigte Taschenbuchausgabe März 2016,
btb Verlag in der Verlagsgruppe Random House GmbH,
Neumarkter Str. 28, 81673 München

Umschlaggestaltung: semper smile, München
nach einem Umschlagentwurf von Barbara Thoben, Köln
Umschlagmotiv: © Illustration nach einer Vorlage von artqu/123RTF;
© aopsan/ Shutterstock
Druck und Einband: GGP Media GmbH, Pößneck
MK · Herstellung: sc
Printed in Germany
ISBN 978-3-442-74983-6

www.btb-verlag.de
www.facebook.com/btbverlag